本书得到"南京大学白先勇文化基金"资助

献给恩师王亦群先生

（1927.05.24—2013.06.11）

南京大学白先勇文化基金·博士文库

主　　编　白先勇

执行主编　刘　俊

新文学传统的延续：

以20世纪50年代
台湾文学教育为中心的考察

陈秋慧 ◎ 著

天津出版传媒集团

天津人民出版社

图书在版编目（CIP）数据

新文学传统的延续 : 以20世纪50年代台湾文学教育为中心的考察 / 陈秋慧著. -- 天津 : 天津人民出版社，2025. 5. --（南京大学白先勇文化基金 / 白先勇主编）. -- ISBN 978-7-201-20566-3

Ⅰ. I209.958

中国国家版本馆CIP数据核字第2025Q4T059号

新文学传统的延续:以20世纪50年代台湾文学教育为中心的考察

XIN WENXUE CHUANTONG DE YANXU: YI 20 SHIJI 50 NIANDAI TAIWAN WENXUE JIAOYU WEI ZHONGXIN DE KAOCHA

出　　版	天津人民出版社	
出 版 人	刘锦泉	
地　　址	天津市和平区西康路35号康岳大厦	
邮政编码	300051	
邮购电话	（022）23332469	
电子信箱	reader@tjrmcbs.com	

策划编辑	王　玎
责任编辑	王　玎
特约编辑	曹忠鑫
封面设计	汤　磊

印　　刷	天津新华印务有限公司
经　　销	新华书店
开　　本	710毫米×1000毫米　1/16
印　　张	20.25
插　　页	2
字　　数	260千字
版次印次	2025年5月第1版　2025年5月第1次印刷
定　　价	98.00元

总　序

　　南京大学与天津人民出版社合作出版"南京大学白先勇文化基金·博士文库"丛书。丛书以出版青年学者研究台港文学的博士论文为主,出版由南京大学"白先勇文化基金"赞助,此基金乃由"赵廷箴文教基金"负责人赵元修先生、辜怀箴女士捐赠。丛书旨在鼓励青年学者对台港文学加深研究。文学是最能沟通人类心灵的媒介,通过青年学者的研究成果,把台港文学讲解介绍给读者尤其是高校学生,会产生良好的影响,使他们对台港的社会有更深一层的了解。

　　"南京大学白先勇文化基金·博士文库"丛书第一批包括以下列七本书:

　　林美貌:《台湾当代散文批评新探索研究》

　　王璇:《空间书写与精神依归——抗战时期旅陆台籍作家研究(1931—1945)》

　　肖宝凤:《消解历史的秩序——当代台湾文学中的历史叙事研究》

　　徐诗颖:《20世纪80年代以来香港小说中的"香港书写"研究》

　　蔡榕滨:《杨逵及其文学研究》

　　宋仕振:《白先勇小说的翻译模式研究》

　　李光辉:《联合副刊文学生产与传播研究》

这些论著涉及的领域相当广阔,具体如下:

　　台湾当代散文的质与量都相当丰富,散文家辈出,尤其女性作家数量甚众,值得研究。

　　在全面抗战时期有一批台湾作家旅居大陆,如钟理和、吴浊流、张我军、洪炎秋等,这些人的作品及生平,在大陆较少受到关注。台湾因经过日本50年的殖民统治时期,光复后,国民党撤退抵台,又一次经历大变动，历史渊源相当复杂，而历史意识常常反映在文学作品中。

20世纪80年代，香港涌现新一代的作家，如钟晓阳、辛其氏、董启章等，他们笔下的"香港书写"又呈现了一种新的面貌。

杨逵是台湾日据时代享负盛名的作家，他的政治背景复杂，曾参加抗日运动，遭日本当局逮捕，光复后，因言论触怒台湾当局，被判刑坐牢。他的生平与作品对当时台湾读者有一定的影响。

宋仕振的研究比较特殊，他研究我的小说的翻译模式，主要聚焦在《台北人》的英译本上。这个英译本，由我本人、共同译者尹佩霞（Patia Yasin）以及编者——著名翻译家乔志高三人合作而成。这个译本花了五年工夫，一再润饰修改而成，修订稿原件存于加州大学圣芭芭拉校区图书馆白先勇特别馆藏中。宋仕振研究译本的修订稿，得以洞悉《台北人》的英译本是如何一步一步修改润饰而成的。

台湾《联合报》是影响力最大的一份报纸，其副刊历史悠久，在台湾文坛享有极高的声誉，曾经培养出为数甚众的台湾作家，联副的文学奖也是台湾文学界的标杆。

这些博士论著，是"南京大学白先勇文化基金·博士文库"的第一批丛书，另外，还有一些博士论著陆续进入出版流程，如尹姝红的《大转折时期的旅美左翼知识分子研究：以郭松棻为中心》、陈秋慧的《新文学传统的延续——以20世纪50年代台湾文学教育为中心的考察》等。这些论著的出版希望能激励更多青年学者投身台港文学的研究事业。这项计划完全由南京大学中文系教授刘俊先生一手促成，特此致谢。

白先勇
二〇二二年四月五日

目　录

绪　论

　　20世纪初,中国文学界响起除旧布新的声音。1915年9月胡适发出"文学革命其时矣！吾辈势不容坐视"[①]的感慨,1917年初胡适的《文学改良刍议》、陈独秀的《文学革命论》相继发表于《新青年》,陈独秀将胡适称作"首举义旗之急先锋",自己也要"高张'文学革命军'的大旗"[②]。由于其中包含以革新文学来革新文化、政治的动人图景,"文学革命"的宣言很快得到钱玄同、刘半农等人的呼应,自此,中国文学有了所谓"旧文学"与"新文学"的对立。相对于前者,后者在书写语言、文学观念上的新变都可界定其核心特质。经由文艺社团的创作实践、文艺理论的译介引进以及出版市场的繁荣,新文学羽翼逐渐丰满。随着它的规模日益扩大,新文学传统也得以奠定,并在后来的二三十年间持续吸收新质要素,形成一个颇具辐射力的文学传统,对台湾等地区华文文坛都产生过重要影响。

　　在历史的浪潮里,台湾与祖国大陆的新文学多次离合。新文学诞生之后,处于殖民地氛围的台湾文化界很快就感知到这一新生事物的存在。20世纪20年代的《台湾青年》《台湾》《台湾民报》等报刊先后多次出现介绍新文学运动的单篇文章,例如创刊于1923年4月的《台湾民报》,当年7月15日该报就发表了《中国新文学运动的过去、现在和将来》一文,向台湾读者介绍《文学改良刍议》《文学革命论》这两篇标志新文学发端的重要文献,把大陆新文学运动的情况进行了简要勾勒,并列举了鲁迅、王统照、谢冰心等新文学作家。[③]与此同

---

① 胡适:《胡适文集》第1册,北京:北京大学出版社1998年版,第143页。
② 陈独秀:《文学革命论》,《新青年》1917年2月1日第2卷第6号。
③ 秀湖:《中国新文学运动的过去、现在和将来》,《台湾民报》1923年7月15日。

时,黄呈聪、黄朝琴、蔡孝乾、张我军等台湾文化人也都积极将"白话文""文字改革""文学革命"等概念引入台湾。[①]1929年,台湾留日学生叶荣钟完成了《中国新文学概观》的撰写工作,该书是台湾第一部系统介绍1917—1929年中国新文学的专著。[②]至此,无论是直观认识还是理论描述,台湾文化界对大陆新文学已有较全面的呼应,以白话文为书写工具的台湾新文学也在此时同步生发、发展。30年代,台湾的话文论争、乡土文学论争都与大陆的新文学运动有相似的发生机制;但后来随着殖民者推行"皇民化运动"的深入,日语政策覆盖全台,两岸文化交流缺乏直接、便捷的通道,台湾与大陆的新文学便在各自的发展脉络上曲折前行。至1945年台湾光复,两岸文化界重新来思考文化对接的问题,在文学上也就有了两岸新文学传统合流的契机。光复初期的4年当中,"国语"推行运动在魏建功、何容等人的筹组之下有序进行;鲁迅等新文学作家在台湾得到文化界的积极推介;《新生报》等报刊也在提倡"现实主义的大众文学"……1949年后两岸对峙,国民党有"前车之鉴",以30年代的左翼文学为禁忌,在台湾对新文学作家作品进行严苛的筛查与审核,文学青年并不能在阅读中接触到完整的新文学文库,那么新文学传统是否就此与台湾文坛绝缘?它是否以其他方式在此时此地进行渗透?本书就尝试从考察20世纪50年代台湾文学教育的角度来回答这些问题。

①　林瑞明编:《台湾文学史年表》,载叶石涛:《台湾文学史纲》,高雄:文学界杂志社1987年版,第221页。

②　付祥喜:《日据时期台湾人编写的两种"中国新文学史"——蔡孝乾和叶荣钟的〈中国新文学概观〉》,《现代中文学刊》2014年第3期。

新文学传统的延续：以20世纪50年代台湾文学教育为中心的考察

第一节　选题缘起

毫无疑问,新文学是近代中国在其进入"现代"的进程中所衍生的事物,当中国在20世纪中期发生历史裂变,发端于"五四"时期的新文学传统有怎样的遭遇便成为值得思考的问题。正如作家萧乾在其回忆录中以"大十字路口"形容1946—1949年的光阴,[①]抗日战争结束之后的数年对于中国来说是一个歧路徘徊的阶段,而1949年则是一道分水岭。这一年,诗人胡风在大陆高歌《时间开始了》,共和国以新的时间坐标定位新的历史方向;同一年的台湾地区,则发生了"中国近代最大的移民潮"[②]。两岸血脉相连,但在之后很长的一段历史时期内都保持着对立状态。相对于历史、国家、民族这些宏大的议题,新文学传统在1949年之后的海峡两岸如何传播与接受也许是一个小问题;不过,正因为新文学自诞生之日起就与政治现实须臾不可分,新文学传统的评价问题颇能折射出中国在现代化进程中的几个历史侧面,对之进行研究,除了文学本身的相关命题能够得到澄清,也可见微知著从中探寻到文学如何回应历史与现实。基于这一考虑,本书将考察对象集中于文学教育,借助文献史料还原历史情境、察看20世纪50年代台湾文学史的腠理,进而辨析这一时期的文学生产与文学传统的关系。

在20世纪50年代的台湾,国民党对于文化事业进行管制时呈现出"驱魔"的心理导向。当局率先在出版物中标示禁区,查禁一切可能与左翼思想有关联的书籍,甚至绝大多数1949年之前的作家作品都被刻意遗忘,纵令其与左翼文学无关,作者如仍在大陆生活,其作品便带有"原罪",读者不可触碰。整体上来看,国民党在这一时期借

---

① 萧乾:《萧乾全集》第5卷,武汉:湖北人民出版社2005年版,第209页。
② 季季:《听说林先生去买鼓》,《万象》2009年11月号。

"反共文艺"政策封锁了1949年前许多的新文学作品,对于文学教育存在很大的消极影响。20世纪50年代末期,王文兴等青年写作者就面临无法从新文学作家作品中取经的问题,感慨"这才是我们台湾在1949年以来文学创作的致命伤,补救之道只有依赖西方文学"①。学者张锦忠据此指出"五四"新文学在20世纪50年代的台湾成为一个只有传统在空转而没有"文库"的空壳。②

不过,在作品之外,人是文学传统最大的承载者。文艺理论家、文学期刊的编辑、"国语运动"的推行者、坚持创作的作家……在20世纪50年代的台湾,这些人物直接、间接地扮演着文学教育者的角色。他们在1949年前的新文学环境中受过浸染,因此,他们的文学活动不可避免地要与新文学传统发生丝丝缕缕的关联。1923年5月发行的《创造周报》上,创造社的成仿吾曾提出新文学必备的三种使命:"一、对于时代的使命,二、对于'国语'的使命,三、文学本身的使命。"③这三个方面在20世纪50年代台湾文学都有清晰的表现,当时不同形式的文学教育都牵涉"时代""国语"及"文学本身"这三个要素。在这一时期具体的文学教育实践中,很多语汇直接源于1949年前的新文学,甚至沿用自与国民党相对立的左翼文艺阵营,比如"文艺工作者""写实主义""现实主义""广大民众喜闻乐见的作品"等等,像这种表达方式上的延续性充分证明国民党当局虽以"驱魔"心理对待新文学传统,最终仍然避免不了这一传统的辐射。尽管1949年之后的数十年中,两岸一度不相往来,这些语汇及其背后隐现的新文学史观却可以将20世纪50年代的台湾文坛与1949年前的大陆文坛、1949年后的大陆文坛相关联。

在论述20世纪50年代的台湾文学如何回应1949年前的新文学

① 单德兴:《对话与交流:当代中外作家、批评家访谈录》,台北:麦田出版社2001年版,第96页。

② 张锦忠:《现代主义与六十年代台湾文学复系统:〈现代文学〉再探》,《中外文学》2001年8月第30卷第3期。

③ 成仿吾:《新文学之使命》,《创造周报》1923年5月20日第2号。

时，必须认识到新文学传统是一个多向度的传统。1943年，上海沦陷时期的期刊《杂志》上有论者从语言的角度论述新文学传统是"属于'五四'时代的论题"，胡适在当初为白话文学正名，提出要建设"国语的文学，文学的国语"，促使"五四"以后的作家在白话文学创作上取得不少成果，"这是早已为人所熟知的新文学的传统，是属于文学形式方面的"①。而学者夏志清则在1976年论及新文学传统时重引周作人等作家的观点，着重强调"人的文学"，他说："我认为中国新文学的传统，即是'人的文学'，即是'用人道主义为本'，对中国社会、个人诸问题，加以记录研究的文字。"②以现代白话文写成、体现"人的文学"之内在精神——这两个要素是新文学传统的重要构成。结合1923年成仿吾提出的"新文学三使命说"，新文学传统可以这样界定："五四"之后，依托于作家创作、理论倡导，中国新文学呈现出迥异于古典文学的特征，其在形式上以现代白话文作为载体，其精神内核则是关注个体、关注现实的人道主义，鼓励创作与时代保持对话，并回应民族群体之精神需求。

关于20世纪50年代台湾文学的研究，从考察文学教育入手来论述新文学传统的延续问题是一条可行的路径。"文学教育"作为本书关键词，其与创作直接关联，如学者旷新年所言，"五四"时期"'创作'是随着文学运动出现的一个概念。文学是一种创作，一种作家的艺术创造。'创作'的观念赋予了文学以不同于传统范畴的意义"③，创作问题是新文学诞生以来文学界的最关注的问题，而文学教育活动当中最重要的就是教育者指导他人进行创作。以创作为旨归，"文学教育"在本书中是一个外延较为宽泛的概念，它关注"写什么""怎么写"的问题，并不仅限于校园内以文学课程为基础展开的教学活动。而

---

① 林榕：《新文学的传统与将来——兼论乡土文学问题》，载封世辉选编：《中国沦陷区文学大系·评论卷》，南宁：广西教育出版社1998年版，第240~247页。

② 夏志清：《谈文艺·忆师友：夏志清自选集》，台北：印刻出版有限公司2007年版，第175页。

③ 旷新年：《现代文学观的发生与形成》，《文学评论》2000年第4期。

且，正因为新文学进入大学课堂的问题在50年代的台湾尚未解决，当时以创作为主题的文学教育更多是在校外以多种形式呈现。无论是"中国文艺协会"主办的小说创作研习组、李辰冬等人创办的文艺函授学校，还是国民党军方发起的文艺研习讲座，抑或《野风》《文坛》《文学杂志》等文学刊物围绕"创作"展开的编读往来，都可以从中概括出一定的师资构成与文学教育的相关理念。作为一项文学史研究，本书之所以将文学教育作为研究重点，是因为在文学作品的生产链条上，文学教育是牵涉部门最多的一个环节，对之加以考察，能较准确地把握文艺思潮的动向。同时，文学教育实践本身便是文学传统寻找载体的过程，承上启下、推陈出新，具备极强的生成性，由之可以发现新文学传统在传播、接受的过程中如何被传承并发生嬗变。

从文学教育的角度来考察20世纪50年代的台湾文学，可以把握到更多的文学史细节。国民党的文艺政策在当时对文学创作的确产生了很大的消极影响，不过50年代台湾文学史实际上包含了许多复杂的要素，也有多种冲突对立的关系，因为"文学艺术从来就不是凝滞不动的，而是会透过明显的或隐晦的管道，进行细致传播的扩散"[①]。"五四"新文学运动之后，"人的文学""国语的文学"的理念得到确认，新文学传统首先便是包含了这两层因素，与此同时，新文学在生成过程中与国家、民族的命运一直保持着对话关系，它将中国古典文学"感时忧国"的精神气质拥抱在内，这也是新文学传统的重要内涵。本书在这样的思路之下来讨论"反共文学"动员、青年作者培养、"国语"推广、文艺大众化等议题，试着以文学教育为线索把这些考察对象串联起来，探寻文学传统传播的具体管道。以"国语运动"中的文学教育为例，便可体现出新文学传统在台湾的细致传播。光复之初，具有中文读写能力的台湾人属于凤毛麟角。不管在台湾实施哪一种形式的文学教育，教育者都要先解决语言的问题。"国语运动"于1945年底在台湾开始施行，魏建功、何容等人设计的训练，从听说读

① 陈芳明：《昨夜雪深几许》，台北：印刻出版有限公司2008年版，第197~198页。

写基础性的语言学习起步,使得后续的正式文学教育有所依傍。魏建功青年时期成长于北京大学这一新文学重地,曾有文学创作方面的实践;从推行"国语"到建设"国语"文学,他带着一套较系统的理念来台,后来魏建功虽又复返大陆,他关于语文教育的一系列理念却根植于台湾。1948年8月《台湾文学丛刊》开始发行,该刊集结了不少本省籍作家,刊物中作品的语言仍有过渡期的生硬痕迹,但都是以中文为书写工具,显示了"国语运动"初步取得的实绩。"中国文艺协会"在1950年成立于台湾,1951年该会开设小说创作组向社会公开招生,通过笔试与口试进入创作组的本省籍学生寥寥无几。不过,稍后于1953年成立的文艺函授学校在设立小说班、散文班之外,也特意为本省籍文学青年提供了"国语"普通班的课程,有意将"国语"班与创作班进行衔接,授课者为众多本省籍写作者批改习作,依循这样的思路,台湾民众在初步具备"国语"读写能力之后,逐步向自如运用"国语"进行写作的阶段过渡。这个过程也正对应着20世纪初的大陆写作者从文言置换到白话所经历的语言改造之路。

朱自清在编选《中国新文学大系》的诗歌卷时,曾提出应以"历史的兴趣"看待那些艺术上并不成熟的作品,从中发现"启蒙时期诗人努力的痕迹",看他们"怎样学习新语言,怎样寻找新世界"。[1]笔者从这样的意见当中受到启发,有意在当时的期刊文献中搜寻材料重现50年代台湾的文坛图景,将当时作家"努力的痕迹"放在20世纪中国文学的发展脉络上进行观照,试图把握到1949年"历史断裂"之后文学传统的连续性。

---

① 朱自清编选:《中国新文学大系·诗集》,上海:良友图书出版公司1935年版,第17页。

第二节　研究现状

随着史料开掘的深入，学界对20世纪50年代台湾文学加以阐释的空间日渐深广。海峡两岸的学者各有优势，这里就近年来两岸的研究成果进行评述：

一、大陆学界研究成果综述

历经几十年的沉淀、几代学人的积累，大陆学界对于20世纪50年代台湾文学的研究从最初的文学史现象描述到深度论述，研究不断细化。最初在文学史撰写上，古继堂、刘登翰、古远清、陆卓宁等学者对50年代台湾文学的评价有相似之处。古继堂在其主编的《简明台湾文学史》中讨论了这一时期的"反共文学"、女性创作、现实主义题材创作、现代诗歌，文学传统的问题并未展开论述，但在《台湾文学的母体依恋》一书中，古继堂提出台湾50年代的散文写作"接传着'五四'以来中国新文学和新散文的传统"[①]；此外，他认为"大陆现代小说和台湾现代小说是'五四'新文学运动的母腹中诞生"，历史小说、武侠小说等创作类型则是秉承"同一基因"[②]。陆卓宁《20世纪台湾文学史略》关于50年代台湾文学的具体考察对象与古继堂《简明台湾文学史》相似，讨论了"反共文学"、女性文学等文学现象的成因。刘登翰、庄明萱主编的《台湾文学史》对50年代台湾文学的概括体现在第二章标题"文学的极端政治化和非政治化倾向对它的离弃"，该书论述了"战斗文学"的发展脉络，也兼及论述这一时期具体创作中的思旧怀乡主题、乡土主题、纯情主题、现代主义写作风向；编者的视野宏阔体

---

① 古继堂：《台湾文学的母体依恋》，北京：九州出版社2002年版，第42页。
② 古继堂：《台湾文学的母体依恋》，北京：九州出版社2002年版，第47页。

现在此书第四章论述台湾经济转型的背景及其对文学思潮的影响，此外，其对"五四"新文学传统的定义与夏志清论述"五四"新文学"感时忧国"的思路相通，①虽未直言此一时期台湾文学与"五四"新文学传统的承继关系，对之后的研究者却有颇多启发。古远清在20世纪八九十年代即较早投身台湾文学研究，在《海峡两岸文学关系史》一书中，他以随笔的形式讨论了1949年之后两岸具有共性的文学现象，文不甚深，却也为年轻后学提供了许多研究线索。

在上述几种文学史论著当中，20世纪50年代台湾文学中包含的新文学传统因子、文学教育的话题尚较少涉及。20世纪90年代的部分学术论文曾将此类议题纳入视野，例如朱双一的《"反共文艺"的鼓噪与衰败——兼论50—60年代国民党的文艺政策》，该论文基本立足点也是国民党当局在两岸对峙时期的文艺政策以"禁绝"五四新文学传统为倾向，但文中梳理了当时不同团体文艺报刊的出版情况、创作辅导及研究机构的运作情况、面向青年写作者的活动组织情况，已部分揭示了50年代台湾文学教育的侧面。②同一时期，朱双一曾撰写《光复初期海峡两岸的文学汇流》一文，在其中对1945年之后数年间两岸文脉连接的历史细节进行深入讨论。③沿着这一研究理路，朱双一与张羽合作出版了《海峡两岸新文学思潮的渊源和比较》一书，该书对于50年代台湾部分文学创作如何承继、发展"五四"时期"人的文学""自由的文学"思潮有充分论述。④在朱双一所指导的部分博士学位论文中，也体现了新文学传统在20世纪中期的台湾如何传播这一问题意识。这些论文包括徐纪阳《台湾鲁迅接受史研究（1920—2010）》（厦门大学博士学位论文，2012年）、倪思然《1945—1970年的

① 刘登翰、庄明萱：《台湾文学史》，北京：现代教育出版社2007年版，第356~357页。
② 朱双一：《"反共文艺"的鼓噪与衰败——兼论50—60年代国民党的文艺政策》，《台湾研究集刊》1994年第1期。
③ 朱双一：《光复初期海峡两岸的文学汇流》，《台湾研究集刊》1994年第2期。
④ 朱双一、张羽：《海峡两岸新文学思潮的渊源和比较》，厦门：厦门大学出版社2006年版，第403~411页。

台湾文学与"五四"》(厦门大学博士学位论文,2013年)、何随贤《台湾人文主义文学的源流和形成》(厦门大学博士学位论文,2018)等。徐纪阳在其论文第四章梳理了鲁迅作品在50年代台湾传播的隐秘渠道。倪思然从"人的文学""为人生而艺术"等表述切入,探析了"五四"新文化与20世纪中期台湾文学的关联。何随贤以夏济安等人创办的《文学杂志》为讨论对象,论述50年代台湾文学如何体现三四十年代大陆人文主义思潮的影响。张晓婉基于博士论文出版的专著《审美秩序的重塑:1950—1970台湾文学理论批评研究》从文学批评史料着手分析,尝试呈现"乡土文学"论战之前的二十多年中台湾文学发展的审美秩序,其中讨论了"五四"文学资源在这一时期文艺理论中的选择性继承。

　　黄万华将50年代作为重要转型时期,对大陆、台湾、香港文学进行参照研究,成果颇丰。经其梳理、论述,新文学传统的生命力得以凸显,至于中国现代文学在历史的风陵渡口如何与时代同步、呼应新文学的源流,黄万华也有颇为深入的论述。在《战后二十年中国文学研究》这一专著中,黄万华以《文学精神和文学经典——以战后五六十年代的海峡两岸文学为例》一文分析政治对峙状态之下,50年代两岸文学存在共通之处,本质上源于"东亚现代性曲折展开背景下,海峡两岸文学共同凸显了20世纪中国文学的根本性课题"[1];对待五六十年代的文学,他还提出必须真正将大陆和台湾文学一起视为中国文学的整体,其中的文学精神"在文学与政治、传统与现代等文学性课题的解决中延续了'五四'后中国文学典律构建的命题"[2]。2008年出版《战后二十年中国文学研究》之后,黄万华继续围绕新文学传统的流变进行延伸研究,发表多篇相关主题论文,例如《五四新文学多种流脉的战后拓展——论二十世纪五六十年代的台湾散文》《世界华文文学对于中国现当代文学学科建设的作用和价值——以战后中国

---

① 黄万华:《战后二十年中国文学研究》,北京:人民文学出版社2008年版,第39页。
② 黄万华:《战后二十年中国文学研究》,北京:人民文学出版社2008年版,第39~40页。

文学转型为例》《"内化"中的"缝隙"——从1950年代文学谈文学建制和文学转型》等。在这些论文中,黄万华或是从张秀亚、王鼎钧、琦君等作家五六十年代的创作文本入手分析,论述这些作家对"五四"文学不同侧面的继承①;或是倡导"多重、流动的文学史观",借之观察中国文学转型包含的"中国现代文学"和"中国当代文学"的历史一体性和差异性②;又或是在比较50年代海峡两岸文学生产制度上的异同过程中,分析台湾这一时期《自由中国》等期刊为新文学传统承继所提供的空间、赵友培及其所编辑的《中国语文月刊》在文学教育上的贡献。③在《跨越1949——战后中国大陆、台湾、香港文学转型研究》这本专著中,黄万华对前期研究成果进行汇总,集中呈现了他关于20世纪中期文学史发展脉络的思考。关于50年代台湾文学突围当局政治牵制的路径,他在此书中条分缕析,更详细地以作家创作、民营文艺期刊、报纸副刊等作为考察对象,讨论文学思潮的形成机制。黄万华在研究中对于材料细加梳理,论述不蔓不枝,从纷繁复杂的文学史现象中提炼出有深度、有新意的学术观点,且语言晓畅,极具可读性。

对于研究者这种突破之前的研究区隔,去寻找跨越时空不同研究对象之间的共性、勾连新文学传统发展脉络的努力,杨联芬评价其为"当代文学研究对'发生'的追问,现代文学研究对'后续'的关心"④,这一论断揭示了中国现当代文学学科的包容性、生成性,也为近来研究者对50年代文学表现出的极大关注给出了一个合乎情理的解释。方忠的《台湾当代文学的五四新文学传统》从思潮、主题、发展规律、创作方法、形式五个方面探究"五四"新文学传统之于台湾当代文学的意义,讨论了台湾当代文学与"五四"新文化精神等话题。

---

① 黄万华:《五四新文学多种流脉的战后拓展———论二十世纪五六十年代的台湾散文》,《理论学刊》2011年第5期。

② 黄万华:《世界华文文学对于中国现当代文学学科建设的作用和价值——以战后中国文学转型为例》,《广东社会科学》2011年第3期。

③ 黄万华:《"内化"中的"缝隙"——从1950年代文学谈文学建制和文学转型》,《山东师范大学学报(人文社会科学版)》2011年第6期。

④ 杨联芬:《2004年现代文学研究综述》,《中国现代文学研究丛刊》2006年第1期。

无论是发表在期刊上的学术论文，还是博硕士学位论文，对于20世纪50年代台湾文学的研究，大陆学者较多从具体作家创作进行阐发，其中又以这一时期的女性作家研究为主体。例如王勋鸿《君临之侧，闺怨之外——五六十年代台湾女性文学研究》（山东大学博士学位论文，2008年）、戴勇《琦君散文创作论》（华侨大学硕士学位论文，2008年）、赵翠欣《以文本摩画生命，用真爱吟唱灵魂——论琦君的散文创作》（河北师范大学硕士学位论文，2011年）、俞巧珍《当代大陆迁台女作家流寓经验书写研究》（广西民族大学硕士学位论文，2013年）、李文静《二十世纪五十年代迁台女作家女性观念研究》（西南大学硕士学位论文，2017年）、赵浠晰《在地化的身份重构——艾雯在台散文创作研究》（西南交通大学硕士学位论文，2018年）等。这些论文主要采取文本细读的研究方法，分析作品的艺术价值，从作品中认识写作者抒发的特定生命体验、文化精神。50年代台湾男性作家作品研究方面，钟理和、钟肇政等作家得到较多关注，例如杨志强《论台湾作家钟理和"乡土小说"的意识内蕴与审美价值》（内蒙古师范大学硕士学位论文，2006年）、张利灵《承续与坚守：论钟理和的乡土小说》（暨南大学硕士学位论文，2016年）、谭玉婷《钟理和文学叙事研究》（深圳大学硕士学位论文，2019年）、赖一郎《钟肇政小说创作论》（福建师范大学博士学位论文，2013年）等。钟理和与钟肇政在50年代台湾文坛并非处于主流位置，研究者对他们的生平、作品进行梳理，也能体现当时文学史的大量细节。

20世纪50年代台湾文学研究中，诗歌也是颇受关注的门类。黄万华在其专著中曾设专章讨论"跨越'1949'的诗歌创作"，以"中国传统""现代西化"作为关键词，论述50年代台湾诗歌如何融汇"五四"以来的新诗传统、西方文学艺术的精华，不仅突破了当时政治环境带来的局限，也实现了特殊历史时期下文学主体性的建构。[①]诗歌研究方

---

① 黄万华：《跨越1949——战后中国大陆、台湾、香港文学转型研究》，南昌：百花洲文艺出版社2019年版，第402~429页。

新文学传统的延续：以20世纪50年代台湾文学教育为中心的考察

012

无论是发表在期刊上的学术论文，还是博硕士学位论文，对于20世纪50年代台湾文学的研究，大陆学者较多从具体作家创作进行阐发，其中又以这一时期的女性作家研究为主体。例如王勋鸿《君临之侧，闺怨之外——五六十年代台湾女性文学研究》（山东大学博士学位论文，2008年）、戴勇《琦君散文创作论》（华侨大学硕士学位论文，2008年）、赵翠欣《以文本摩画生命，用真爱吟唱灵魂——论琦君的散文创作》（河北师范大学硕士学位论文，2011年）、俞巧珍《当代大陆迁台女作家流寓经验书写研究》（广西民族大学硕士学位论文，2013年）、李文静《二十世纪五十年代迁台女作家女性观念研究》（西南大学硕士学位论文，2017年）、赵浠晰《在地化的身份重构——艾雯在台散文创作研究》（西南交通大学硕士学位论文，2018年）等。这些论文主要采取文本细读的研究方法，分析作品的艺术价值，从作品中认识写作者抒发的特定生命体验、文化精神。50年代台湾男性作家作品研究方面，钟理和、钟肇政等作家得到较多关注，例如杨志强《论台湾作家钟理和"乡土小说"的意识内蕴与审美价值》（内蒙古师范大学硕士学位论文，2006年）、张利灵《承续与坚守：论钟理和的乡土小说》（暨南大学硕士学位论文，2016年）、谭玉婷《钟理和文学叙事研究》（深圳大学硕士学位论文，2019年）、赖一郎《钟肇政小说创作论》（福建师范大学博士学位论文，2013年）等。钟理和与钟肇政在50年代台湾文坛并非处于主流位置，研究者对他们的生平、作品进行梳理，也能体现当时文学史的大量细节。

20世纪50年代台湾文学研究中，诗歌也是颇受关注的门类。黄万华在其专著中曾设专章讨论"跨越'1949'的诗歌创作"，以"中国传统""现代西化"作为关键词，论述50年代台湾诗歌如何融汇"五四"以来的新诗传统、西方文学艺术的精华，不仅突破了当时政治环境带来的局限，也实现了特殊历史时期下文学主体性的建构。[①]诗歌研究方

---

① 黄万华：《跨越1949——战后中国大陆、台湾、香港文学转型研究》，南昌：百花洲文艺出版社2019年版，第402~429页。

新文学传统的延续：以20世纪50年代台湾文学教育为中心的考察

012

新文学传统的延续：以20世纪50年代台湾文学教育为中心的考察

面还有田华《台湾文学中的乡愁诗》(四川大学硕士学位论文,2007年)、简婉《台湾现代诗的中国书写——二十世纪五〇年代到八〇年代》(苏州大学博士学位论文,2013年)、王丹《台湾"现代派"诗研究》(宁夏大学硕士学位论文,2017年)等研究成果。在这些论文中,研究者深入分析诗歌文本,对照50年代台湾的社会空间,去揭示作家的文化认同、写作源流。刘奎则在《吴兴华与20世纪50年代台港的现代诗》一文中讨论了诗人吴兴华1949年前的作品在50年代台港诗坛传播的情况,从侧面展示了中国文学在这一特殊历史时期跨越空间的内在关联。

此外,也有不少研究成果跨越文类、重读经典,讨论50年代台湾文学之前不为人所熟知的面向。例如夏冬兰《传承与变异——五六十年代两岸阴柔风格文学创作比较论》(南京师范大学硕士论文,2005年)、杨婷婷《历史叙事·成长书写·乡土情怀 ——五十年代台湾小说再解读》(福建师范大学硕士学位论文,2017年)、俞巧珍《1950年代台湾文学中的隐微写作》(厦门大学博士学位论文,2018年)等。

文学作品的生成与相关媒介出版息息相关,对文学报刊进行细致考察在50年代台湾文学研究当中也是很重要的一脉。朱云辉在《承续的传统:两本〈文学杂志〉》一文中比较30年代朱光潜主编的《文学杂志》与50年代夏济安主编的同名文学期刊,分析后者对于前者的精神延续。[①]张晓婉在《20世纪50年代台湾文学场域中的"五四"传统改造问题——以数种台湾文学期刊为考察中心》中考察了《文艺创作》以及大陆学界尚较少关注的《幼狮文艺》《革命文艺》《海风》等文艺刊物,论述当时的台湾文学场域对"五四"文学传统中激进倾向的改造与重构,以及这种改造对后来台湾文学气质走向的影响。向忆秋对50年代的《文艺创作》《文学杂志》《台湾文艺》等期刊进行持续研究,撰有《自由主义、现代主义文艺思潮与台湾文艺期刊——20世纪五六十年代台湾文坛的一种考察》《乡土文艺思潮与台湾文艺期

---

① 朱云辉:《承续的传统:两本〈文学杂志〉》,《中国现代文学研究丛刊》2019第12期。

刊——以20世纪五六十年代创刊的〈台湾文艺〉等期刊为例》《台湾〈文学杂志〉对二十世纪中国小说的批评倾向》①等论文,从中可见当时堪称汹涌的文艺思潮。基于文艺期刊来研究台湾文学并体现50年代文学史片段的学位论文则包括陈冬梅《试论20世纪五六十年代台湾小说叙事模式的转变:以〈文学杂志〉〈现代文学〉为中心》(厦门大学博士学位论文,2009年)、徐瑾《台湾的半个文坛——林海音文学活动研究》(陕西师范大学硕士学位论文,2014年)、李光辉《联合副刊文学生产研究》(福建师范大学博士学位论文,2019年)等。

20世纪50年代台湾的特殊时空背景下,国民党在文化阵线推行的政策与其大陆时期的相关政策有延续也有变革,关于1949年前国民党文艺政策、重要理论家、相关文艺期刊的研究成果也很丰硕。例如倪伟《"民族"想象与国家统制——1928—1948年南京国民党政府的文学政策及文学运动》、张志云《〈文艺先锋〉(1942—1948)与国统区文艺运动》(四川大学博士学位论文,2007年)、郑蕾《〈文艺月刊〉研究》(华东师范大学硕士学位论文,2009年)、袁娟《多重身份镜像的结构与解构:张道藩文艺活动及思想研究:以二十世纪三四十年代为中心》(四川大学博士学位论文,2013年)、谢劲松《王平陵在抗战时期的文学活动研究》(西南大学硕士学位论文,2017年)、赵伟《〈文艺月刊〉(1930—1941)中的民族话语》等。这些研究者考察了国民党文艺阵营的理论倡导、重要代表人物、作家创作、期刊出版实践等,对国民党1949年前的文艺工作进行深度梳理,完善、充实了中国现代文学史关于国统区文学、国民党文艺政策及理论的部分,让读者可以更清晰地感知文学史全貌。

另外,本书研究新文学传统在20世纪50年代台湾文学的传播与

---

① 向忆秋:《自由主义、现代主义文艺思潮与台湾文艺期刊——20世纪五六十年代台湾文坛的一种考察》,《华文文学》2007年第1期;向忆秋:《乡土文艺思潮与台湾文艺期刊——以20世纪五六十年代创刊的〈台湾文艺〉等期刊为例》,《江西社会科学》2009年第1期;向忆秋:《台湾〈文学杂志〉对二十世纪中国小说的批评倾向》,《齐齐哈尔大学学报(哲学社会科学版)》2012年第4期。

接受，主要是以不同形式的文学教育作为论述的切入点，因此也将1949年前新文学教育相关研究成果纳入视野。例如翟二猛《延安时期的文学教育研究(1936—1949)》(陕西师范大学博士学位论文，2015年)、胡笛《民国时期的"国语"教育和新文学(1920—1927)》(华东师范大学博士学位论文，2016年)、郑园园《观念、知识与课程：新文学运动与新文学教育的建构》(浙江大学博士学位论文，2016年)、王丽娜《二十世纪上半叶中国现代大学的文学教育：以北大、清华、西南联大为例》(上海大学博士学位论文，2017年)、金星《华北联合大学的文艺教育与文学活动研究(1939—1948)》(山东师范大学博士学位论文，2017年)、顾云卿《中小学新文学教育传统研究(1901—1949)》(浙江大学博士学位论文，2018年)、李占京《民国大学新文学教育研究》(南开大学博士学位论文，2018年)、张蓬《中国"新文学"与"国文教育"互动关系研究》(东北师范大学博士学位论文，2021年)等。这些论文讨论的话题涉及文艺政策与文学教育之间的关系、中小学语文教材中的新文学作品选录情况、大学文学教育的个案分析……在"国语"教育、文学教育的视域内考察新文学，对其发生、发展的脉络有更为多元的把握。此外，尤妤冠的博士论文《台湾大学的教育与文学生产(1945—1973)》(福建师范大学博士学位论文，2019年)也涉及文学教育的话题，其中讨论光复之后台湾大学延续民国时期大陆高校的精神底蕴，在课程设置、文学出版等方面对于写作者产生的正面影响。

二、台湾及海外学界研究成果综述

关于20世纪50年代台湾文学的文学史特征描述，许俊雅在《台湾新文学史的分期与检讨》一文中列举李敏勇、游胜冠、胡衍南、陈芳明、陈映真、叶石涛等台湾研究者的观点，从"压抑期""'本土论'的式微""第一次横的移植""再殖民时期""半资本主义"到"理想主义的挫折和颓废"①,这些基于文学史分期的表述不单单指向20世纪50年代的文学,也囊括社会、政治、经济层面。在"统派""独派"意见交锋的舆论空间中,台湾研究者对于50年代台湾文学的研究颇多争鸣,对之所作的判断很难完全局限在文学边界之内。既有的研究成果中,文艺政策与意识形态、"反共文学"与文学制度、现代主义文学与西方现代文学……这些都是台湾学界较多关注的议题。

吕正惠在其与大陆学者赵遐秋合编的《台湾新文学思潮史纲》一书中对20世纪台湾文学有客观评述,对50年代台湾文学的评价则跟当时学界主流观点一致,即"反共文学"占领要冲,但其间亦不乏创作者以游离或反抗的策略与其周旋。毋庸置疑,"反共文学"是讨论50年代台湾文学时无法绕开的话题。在作家创作研究方面,讨论50年代作家个体或写作群体的研究者都需要处理好文学内部、外部因素的平衡。过去三十余年中,作家作品研究在50年代台湾文学研究占极大比例,包括迁台作家研究、女性作家研究、军中作家研究、诗歌研究等。齐邦媛的《千年之泪》一书重在考察作家、作品与其所处时代的关系,她对潘人木的《莲漪表妹》、司马中原的《荒原》与《狂风沙》等长篇小说,以及张秀亚、林海音等女性作家的短篇创作均有深入分析。蔡芳玲《一九四九年前后迁台作家之研究》(中央大学硕士学位论文,1996年)以田野调查为写作基础,将大陆赴台作家作为一个整体进行考察,对于作家创作心理有较深入的分析。许婉婷的《五〇年代女作家的异乡书写:林海音、徐钟佩、锺梅音、张漱菡与艾雯》(台湾清华大学硕士学位论文,2008年)则讨论这一时期女性作家的创作心理,分析其对于国民党当局论述的呼应与疏离。庄宜文的《移民经历和遗民情怀的托寓——战后台湾外省族群作家作品中的"桃花源记"》将50年代张漱菡小说《白云深处》与之后数十年中同一母题的作

---

① 许俊雅:《台湾新文学史的分期与检讨》,《复旦学报(社会科学版)》2001年第5期。

品并置而观,讨论其中蕴含的身份认同话题。①萧信维的《张漱菡〈白云深处〉的桃花源改编》则是从张漱菡这篇小说来讨论50年代女性作家的写作策略。②吕正惠在《五十年代的林海音》中盛赞林海音作品所折射的现实关怀难能可贵,认为林海音与钟理和并列,堪称50年代台湾最重要的作家。③李瑞腾主编的《霜后的灿烂:林海音及其同辈女作家学术研讨会论文集》收入了16篇学术论文,从女性书写、文学史评价等角度讨论林海音、潘人木等50年代女性作家。④唐玉纯《反共时期的女性书写策略——以"台湾省妇女写作协会"为中心》(暨南国际大学硕士学位论文,2004年)对《海燕集》《妇女创作集》等小说作品进行考察,探析女性作家在正统之外寻找书写空间的策略。

　　20世纪50年代女性作家作品研究方面,散文作家如张秀亚、琦君、艾雯等人颇受关注。张瑞芬在《台湾当代女性散文史论》一书中提及:当代文学史通常将50年代与60年代分开论述,这一思路源于小说研究。散文方面,这两个时期的写作者重叠,可以合并论述。书中《张秀亚、艾雯的抒情美文及其文学史意义》一文以"五四"文学传统作为参照,研究张秀亚等作家所建立的女性抒情散文写作范式。⑤许珮馨也在《五十年代的迁台女作家散文研究》(台湾师范大学博士学位论文,2005年)中讨论了女性作家的散文如何体现"五四"美文传统。近年来,艾雯及其散文作品成为台湾高等院校文学专业学位论文的研究热点。这方面的研究成果包括罗淑芬《五○年代女性散文的两个范式——以张秀亚、艾雯为中心》(政治大学硕士学位论文,2004年)、陈汇心《艾雯散文美学研究》(台北市立教育大学硕士学位论文,2007年)、李佳谕《流动的"故乡"——艾雯及其作品中的生命空

---

　　① 庄宜文:《移民经历和遗民情怀的托寓——战后台湾外省族群作家作品中的"桃花源记"》,《成大中文学报》2015年第9期。

　　② 萧信维:《张漱菡〈白云深处〉的桃花源改编》,《华文文学与文化》2021年第12期。

　　③ 吕正惠:《战后台湾文学经验》,北京:生活·读书·新知三联书店2010年版,第293页。

　　④ 李瑞腾主编:《霜后的灿烂:林海音及其同辈女作家学术研讨会论文集》,台南:文化资产保存研究中心筹备处2003年版。

　　⑤ 张瑞芬:《台湾当代女性散文史论》,台北:麦田出版社2007年版。

间之研究》(中兴大学硕士学位论文,2009年)、沈彦君《艾雯散文研究》(嘉义大学硕士学位论文,2010年)、陈静芳《青春不老:艾雯及其散文研究》(高雄师范大学硕士学位论文,2012年)、翁秋兰《咏花、写物、记事——艾雯散文研究》(屏东大学硕士学位论文,2020年)等。艾雯的小说作品也得到关注,例如叶晓青《艾雯小说主题研究》(铭传大学硕士学位论文,2011年)、林佳德《艾雯小说研究——以人物角色为中心》(淡江大学硕士学位论文,2019年)、简忍《艾雯小说研究》(屏东大学硕士学位论文,2022年)等。这些论文是50年代作家创作的个案研究,虽有相互重叠之处,随着议题的细化、深入,也能管中窥豹,体现50年代台湾文学研究的演变历程。

近年来,台湾不少学位论文从新的角度对20世纪50年代现代诗进行阐释。蔡明谚在《一九五〇年代台湾现代诗的渊源与发展》(台湾清华大学博士学位论文,2008年)中表达的基本观点是:现代诗在台湾的历史发展与时代风潮保持一致,而非抵抗时代。刘志宏《一九五〇、六〇台湾军旅诗歌的空间书写——以洛夫、痖弦、商禽为考察对象》(佛光大学博士学位论文,2010年)围绕"空间"讨论军中诗人作品的特色与成就,辨析其文本空间独特的诗歌美学。林柏宜《五〇年代台湾现代诗的知性追求——以方思、黄荷生、黄用为研究对象》(政治大学硕士学位论文,2014年)选择"知性"作为论述主轴,对50年代几位年轻诗人的作品进行细致的文本解读,试图建立台湾现代诗的知性系谱。白哲维《覃子豪与战后初期台湾现代诗象征主义系谱的建制》(中兴大学硕士学位论文,2018年)将诗人覃子豪1949年前在大陆的创作与其在台湾创作的诗歌合并而观之,并对照覃子豪的诗论,揭示出象征主义在台湾诗坛的传播接受过程。

"反共文学"曾经在很长时间内被视为糟粕,21世纪以来,台湾学界在"反共文学"的深度解读、重新阐释上,也产出新的成果。梅家玲《性别vs.家国:五〇年代的台湾小说——以〈文艺创作〉与文奖会得奖小说为例》对50年代台湾"中华文艺奖金委员会"历届奖项暨得奖作品进行整理,此文观点是:性别论述建构家国想象,也同时质疑、消解了(男性)家国意识的正当性与合理性。①王德威《历史与怪兽》一书中讨论姜贵的"反共小说"《旋风》,他提出"怪兽性"的概念来界定中国文学当中的暴力叙事,阐述道德、政治、意识形态等力量相互之间的角力,不仅是以一种新颖的视角来解读50年代台湾文学,也对鲁迅、舞鹤等不属于那个时代的作家及作品赋予了别样的观照。纪蔚然撰写了《重探一九五○年代反共戏剧:后世评价与时人之论述》②《善恶对立与晦暗地带:台湾反共戏剧文本研究》③等论文。在前者之中,纪蔚然引述杨照、王德威的观点,重新审视不同时期论者对"反共文学""反共戏剧"的评述,进而描绘文学史的细节;在后者之中,纪蔚然对"反共戏剧"文本进行分析,论述其在运用戏剧策略、追求可看性的同时,于不知不觉中掺入"杂质",不但逸出善恶对立的轨道,甚至在叙事过程中自我解构。廖淑芬《李曼瑰反共剧本研究》(淡江大学硕士学位论文,2017年)、范维哲《由大陆到台湾——李曼瑰剧作与风格转变研究》(台湾大学硕士学位论文,2017年)等研究成果也是从文本出发,对李曼瑰与台湾小剧场运动的关联、李曼瑰在两岸戏剧史中的历史地位加以阐发。

20世纪90年代,郑明娳基于文艺政策的解读对50年代台湾文学进行研究,她提出1950年是台湾文学政策的关键年份,张道藩的"中国文艺协会"系统、蒋经国的"总政治部"系统在当年形成,对50年代的文学生态产生了重大影响。④在其之后,许多研究者从文学制度、政经政策的角度去展开论述。李丽玲在《五○年代国家文艺体制下台籍作家的处境及其创作初探》(台湾清华大学硕士学位论文,1995

---

① 梅家玲:《性别 vs.家国:五○年代的台湾小说——以〈文艺创作〉与文奖会得奖小说为例》,《台大文史哲学报》2001年总第55期。

② 纪蔚然:《重探一九五○年代反共戏剧:后世评价与时人之论述》,《戏剧研究》2009年第3期。

③ 纪蔚然:《善恶对立与晦暗地带:台湾反共戏剧文本研究》,《戏剧研究》2011年第7期。

④ 郑明娳主编:《当代台湾政治文学论》,台北:时报文化出版企业公司1994年版,第24页。

年)中将本省籍作家放在文艺体制的坐标轴上进行研究。简弘毅在
《陈纪滢文学与五〇年代"反共文艺"体制》(静宜大学硕士学位论文,
2003年)中结合作家研究与文学制度研究,揭示制度形成过程中的各
种互动关系。王梅香在《肃杀岁月的美丽/美力？战后美援文化与五
六〇年代反共文学、现代主义思潮发展之关系》(成功大学硕士学位
论文,2005年)讨论美援文化在50年代前后对台湾文学的影响。黄玉
兰在《台湾五〇年代长篇小说的禁制与想象——文化清洁运动与禁
书为探讨主轴》(台北教育大学硕士论文,2005年)一文讨论"文化清
洁运动"与图书查禁制度在50年代台湾长篇小说创作中留下的痕迹。
黄怡菁《〈文艺创作〉(1950—1956)与自由中国文艺体制的形构与实
践》(台湾清华大学硕士论文,2006年)从"反共文学"期刊的个案分析
入手,对《文艺创作》等"反共刊物"进行资料梳理,分析文学制度的形
成过程。胡芳琪《20世纪50年代台湾反共文艺论述研究》(台湾清华
大学硕士论文,2007年)对1949年前新文学论争进行梳理,分析三民
主义体系化的过程,将"反共文艺"分为三民主义文艺、民生主义社会
文艺、战斗文艺三部分进行具体论述。封德屏的博士论文《国民党文
艺政策及其实践(1928—1981)》(淡江大学博士学位论文,2009年)在
第四、五章讨论国民党迁台后如何建构完备的文艺体制,分析其文艺
政策对创作的影响。陈康芬的《政治意识形态、文学历史与文学叙
事:台湾五〇年代反共文学研究》(东华大学博士学位论文,2009年)
在研究深度上有所开掘,在"文学与社会"的关系之外,也勾勒出"官
方与民间"的相辅相成对于50年代"反共文学"的意义。马翊航《生
产·禁制·遗绪:论台湾文学中的战争书写(1949—2015)》(台湾大学博
士学位论文,2017年)讨论"准战争体制"与文学生态之间的互动关
系,主要涉及陈纪滢、司马中原等人创作于50年代的长篇小说。

在台湾及海外学者研究20世纪50年代台湾文学的成果中,有不
少对场域理论有较多借重。例如江宝钗针对许多研究者将"反共文
学"作为50年代台湾文学的单一现象,在《重省五〇年代台湾文学史
的诠释问题——一个奠基于"场域"的思考》一文讨论了这种"刻板印

象"的成因,并描述文学场域内部各种力量的消长、现代主义文学与女性文学因之所拥有的发展空间。张诵圣同样基于文学场域的考察,在《台湾文学生态:从戒严法则到市场规律》一书中论述文学场域内部的角力,比如第二章以姜贵《旋风》一书的出版遭遇来论述此书与当局写作范式的差距,第三章以林海音的职业生涯来论述出版者、写作者与当局之间的力量平衡,在此基础上实现"纯文学"美学范畴的普及。翁柏川在《"军中三剑客"的文学创作与活动研究》(成功大学博士学位论文,2017年)中辨识朱西宁、司马中原、段彩华三位作家及其作品在当时文学场域中参与、扩展、移动的路径,见证政治与文学间复杂纠葛的关系。

关于新文学传统在20世纪50年代台湾的传播情况,不同学者有不同观点。吕正惠在《中国新文学传统与现代台湾文学》一文中提出:1949年之后的第一代作家创作中尚有"五四"遗韵,之后第二代作家的创作则与"五四"传统隔绝。①蔡盛琦在《1950年代图书查禁之研究》通过图书查禁制度、具体执行情况的梳理,来论述"五四"文学传统在50年代台湾出现中断现象。苏伟贞认为1949年之后的十多年中,台湾文学与新文学传统之间存在巨大的罅隙,因此她在《弥补与脱节:台、港〈纯文学〉比较——以"近代中国作家与作品"专栏为主》一文论述60年代《纯文学》期刊"近代中国作家与作品"专栏,评价其"构筑了一条台湾1949年后与"五四"文学关联的新时间走廊"②。与之形成对照,陈康芬在罅隙与隔膜中看到新文学传统的沿革:"从文学事实出发:中国"五四"以来新文学所习用的文学成规,大量跨越一九四九年国府迁台的历史断层——即便是标志着左翼传统的文学成规,也不乏被右翼作品所转化、挪用的案例。"③这一观点得到张诵圣

① 吕正惠:《战后台湾文学经验》,北京:生活·读书·新知三联书店2010年版,第367页。
② 苏伟贞:《弥补与脱节:台、港〈纯文学〉比较——以"近代中国作家与作品"专栏为主》,《成大中文学报》2018年第1期。
③ 陈康芬:《健康写实——中国文艺协会社群与战后台湾"纯文艺"的大众文艺价值观形塑》,载中国文艺协会编:《文协六十年实录》,台北:普音文化公司2010年版,第132页。

的认同,曾被张引用在自己的专著中。张诵圣后来在《当代台湾文学场域》一书表达这一观点:台湾当局的文艺政策使"选择性的中国新文学传统"成为战后台湾文学的重要构成部分。她引述捷克学者普实克关于传统审美观在"五四"新文学抒情传统中延续的论点,论证这一传统在50年代的台湾"占有一个特殊的优势的位置,和当局的文化政策直接有关,对文学审美意识有广泛的影响"①。

　　与20世纪50年代台湾文学相关的文艺期刊、出版机构研究方面,《文艺创作》《自由中国》《联合报》副刊等重要出版物已获得学界重视,例如许俊雅《回首话当年——论夏济安与〈文学杂志〉》②、施英美《〈联合报〉副刊时期(1953—1963)的林海音研究》(静宜大学硕士学位论文,2003年)、徐筱薇《战后台湾现代主义思潮之出发以〈自由中国〉〈文学杂志〉为分析场域》(成功大学硕士学位论文,2004年)、梅家玲《夏济安、〈文学杂志〉与台湾大学——兼论台湾"学院派"文学杂志及其与"文化场域"和"教育空间"的互涉》③等。《野风》《畅流》等小型文艺刊物也都在学位论文当中获得关注。例如张毓如《乘着日常生活的列车前进——以战后二十年间的〈畅流〉半月刊为考察中心》(政治大学硕士学位论文,2008年)、游鉴明《是为党国抑或是妇女? 1950年代的〈妇友〉月刊》④等。此外,应凤凰、陈建忠、秦贤次、蓝博洲等台湾学人在传媒研究、史料钩沉等方面都取得了很出色的成果。以应凤凰为例,她编写的《光复后台湾地区文坛大事纪要》及《五〇年代文学出版显影》《五〇年代台湾文学论集》等书都集中展示了台湾学者扎实、细致的研究风格。从整体上来看,关于50年代台湾文学期刊、报纸副刊的研究已取得丰硕成果,但当时的许多文艺刊物如《中华文

　　① [美]张诵圣:《当代台湾文学场域》,镇江:江苏大学出版社2015年版,第72页。

　　② 许俊雅:《回首话当年——论夏济安与〈文学杂志〉》,《华文文学》2002年第6期、《华文文学》2003年第1期。

　　③ 梅家玲:《夏济安、〈文学杂志〉与台湾大学——兼论台湾"学院派"文学杂志及其与"文化场域"和"教育空间"的互涉》,《台湾文学研究集刊》2007年第1期。

　　④ 游鉴明:《是为党国抑或是妇女? 1950年代的〈妇友〉月刊》,《近代中国妇女史研究》2011年第2期。

艺》《海风》等,仍有待学界进一步进行开掘。

在上述议题之外,研究者从语言的层面对50年代文学进行考察也一直有所尝试。因形势变化,推行"国语"在50年代相对显得不再那么急迫,但笔者认为不可因此而忽略50年代的作家在语言问题上的困扰。学者吕正惠在《战后台湾文学经验》一书中多次论及新文学传统与台湾作家白话文写作的关系,这就代表着一种新的研究路径。目前已有多篇学位论文讨论本省籍作家语言运用、"国语运动"、语文教育等问题。例如吴幼萍《钟理和笠山农场语言运用研究》(辅仁大学硕士学位论文,1999年)探讨语言的学习与运用如何影响钟理和的创作,并探讨钟理和前后期语言风格的转变,评价钟理和《笠山农场》的文学语言表现在50年代本省籍作家中最为突出。又如黄英哲《20世纪50年代台湾的"国语"运动》[①]、蔡明贤《战后台湾的语言政策(1945—2008)——从"国语运动"到母语运动》(中兴大学硕士论文,2009年)等论文也为我们观察20世纪中期台湾语言环境的细节提供了入口。

近年来,新文学作家的作品在台湾的传播/接受过程得到研究者越来越多的关注。以陈芳明指导的硕士学位论文为例,叶淑美《徐志摩在台湾的接受与传播》(政治大学硕士学位论文,2009年)、汤惠兰《何其芳与一九五〇年代台湾现代抒情诗》(政治大学硕士学位论文,2012年)、郭羿彣《鲁迅在台湾的传播,以许寿裳为中心》(政治大学硕士学位论文,2018年)等论文分别讨论了徐志摩、郁达夫、何其芳、鲁迅等作家及其作品在台湾的传播、影响。正如汤惠兰在其论文摘要中所述:"文学之河自有其流域,并非否认就不存在,不是由政治立场或意识形态宣称彼此毫无关联,就能阻断与遮蔽",这类研究具体而微地分析了新文学传统的延续问题。就笔者目前所见的论文而言,此类研究还停留在初步的史料整理,而且研究方式趋向模式化,这个问题在未来还有待突破。

---

① 黄英哲:《20世纪50年代台湾的"国语"运动》,《文学台湾》2003年第4、7期。

如上文所述，20世纪50年代的台湾文学在一个深受二元对立思维影响的时代当中曲折发展，上述许多研究者在作家创作研究、文学思潮研究、传媒研究等课题领域都产出了不少具有深度的理论专著。它们是笔者进行写作的重要借鉴，笔者从中深受启发，尝试基于已有成果开拓出一条与自己研究能力相称的研究路径。

第三节　研究思路

在文学世界当中，"断裂"的发生是否有可能？某个历史时期的文学创作、理论批评是否真的可以服膺于部分人的主观意志，断然否定它们与之前文学传统的联系，制造出灵根自植的神话？本书的基本观点是——新文学传统发端于"五四"，在国家衰颓之时应运而生，"人的文学""国语的文学"分别概括了其精神内核与形式特征。从面向民众进行思想启蒙，到唤起国民救亡图存，新文学传统1949年前在一次次的文学运动中获得土壤去扎根、生长。它在象牙塔中，更在十字街头，伴随着20世纪上半期中国历史的变迁而不断遭遇新的命题，不断被赋予生命力。不管是为人生、为艺术还是为政治，新文学传统极具包容性，因此在中文写作世界具备很强的辐射力，纵令外部环境逼仄，其仍自带惯性，往往在含混、复杂的文学现象下潜伏着它的一脉源流。落实到50年代的台湾文学，其与新文学传统是什么关系？本书尝试借助文献分析、关键词分析、文本细读等方法回到当时台湾的文学现场，去解答前面提出的问题。

文献分析法是本书写作中最基本的研究工具。为避免"用一般结论来代替实事求是的分析"和"用牺牲现实来成全一种公式"①，笔

①　[英]雷蒙德·威廉斯：《文学与社会》，吴松江、张文定译，北京：北京大学出版社1991年版，第6页。

者意图尽可能穷尽地搜集相关文献和史料作为论文写作的基础。90年代,台湾学者吕正惠曾对当时的50年代台湾文学研究提出批评:"除了现代主义的萌芽和台籍作家的困境这两项之外,当代的研究者对五十年代文学相当漠视。"①如今学界观察50年代台湾文学的视角自然早已丰富多元,但还存在一定的盲区,笔者认为取文献分析的方法,从史论结合的路径推进,可以避免这种不适当的"漠视"。当学界习惯于以"反共文学"对50年代台湾文学的主流进行命名,有关此一时期的新问题如现代诗研究、"反共文学"中的性别研究等等,无一例外都将"反共文学"作为论述坐标轴的原点。在此坐标系的荫蔽之下,我们讨论的问题或者与之背道而行——寻找与"反共文学"相抗衡的文学力量,或者与之携手并进——肯定"反共文学"在当时的重要地位,并寻求关于"反共文学"的新解读。正如胡适曾反对陈独秀以"产业发达,人口集中"这一"最后之因"来解释近代文学史的进化②,国民党"反共抗俄"的口号并不能作为最后之因来阐述50年代的台湾文学史。诚然,"反共文学"的消极影响不容否认,它以政治利益牺牲文学自律,不仅塑成了一大批"速朽"的文本,也践踏了许多写作者的文学生命。本书借助充分的史料逼近历史情境、描述文学场域的原景,以此还原文学史细节。当史料的拼图被组合,原先被遮蔽的许多问题得以浮现:这一时期的文学教育者——甚至是多数国民党阵营的文艺理论家——常常为中国文学在世界文学中处于落后地位而怀有相当强烈的危机意识,其实就是回应了成仿吾"五四"时期所说的"文学本身的使命",这种危机意识使得文学教育者在指导创作的过程中分外重视西洋文学、强调技巧的重要性,也使得当时许多年轻写作者的创作超越了现实政治的羁绊。此外,文艺政策的导向作用自然不可小觑,不过其执行力、有效性并不完全随政策制定者的主

①　吕正惠:《战后台湾文学经验》,北京:生活·读书·新知三联书店2010年版,第295页。

②　胡适选编:《中国新文学大系·建设理论集》,上海:良友图书出版公司1935年版,第15页。

观意愿而改变。当我们将视线推移到《文艺创作》等"反共文学"刊物之外，将更多元更广阔的文献纳入视野，会看到一个行政力量无力笼罩的文学世界——以青年为主体的受教育者、从推行"国语"过渡到文学教育的"国语运动"、反观自省而提出中国文学危机论的作家与学者、渡海来台的市民文化兼之主流文学为贴近读者而实践的大众化等等，这几个层面的原因，使得从新的角度来讨论新文学传统与50年代的台湾文学教育成为可能。笔者注重从文献当中寻找可以对比的要素，把50年代的两岸文学进行对比参照分析，更时时将50年代的台湾文学与1949年前的新文学进行比较，把台湾文学放在新文学的谱系上加以观察。50年代的台湾文学并没有我们曾经想象的那样剑拔弩张，其与1949年之前新文学传统的关系，也比学界之前论述得更为紧密。

"关键词分析"也是笔者在研究中较为倚重的研究方法。书中提出的问题大多源自笔者阅读史料时对一些频繁出现的术语、概念的敏感。例如"文学的国语""国语的文学""文艺工作者""写实主义"等等，这些术语和概念和1949年前的新文学直接关联，它们激起了笔者的研究兴趣。笔者试图分析同样的话语表述在不同的历史语境下如何折射出使用者微妙的心理机制，厘清那些作为文学史概念的词语经历了怎样的来龙去脉；也尝试从中阐发50年代文艺理论家对新文学传统的认识，并探寻他们的文学观念对于50年代台湾文学有哪些直接、间接的影响。再比如，在对50年代的台湾文学期刊进行整理时，笔者发现"生活教育"这一概念二三十年代曾在大陆甚为风行，它同样在50年代的台湾文坛作为一个潜在的概念影响了文学教育者的教学策略。文学教育与人生教育、生活教育时时产生交集，体现了教育者在文学之外教导写作者的一种思路。另外，有关"中国文艺协会"小说创作研习组、中华文艺函授学校等机构的资料尚未引起学界足够的重视，这些机构在当时指导文学青年进行创作，有很大的影响力。何以"创作"在当时成为一个严肃的问题？那些有国民党背景的文学教育机构在执行"集体文学教育"时与延安鲁艺形成怎样的对照？这些提问以关键词作为先导，笔者的问题意识也随后逐渐生发。此外，关键词研究的方法对于解决50年代国民党文艺政策的相关问题也相当适用。国民党文化部门在50年代明令要求社会噤声的是"左翼"文学以及"陷匪"作家的作品，查禁这类图书的历次运动中，"驱魔"的心理机制是主导因素，越是对"禁忌"避而不提，越是在无形中肯定了自己的畏惧感。这样一种敬而远之的态度以"畏"示"敬"，其实是承认被禁之物的巨大存在。从这个角度，笔者在研究过程中将文献分析、关键词分析结合文本细读，试着去爬梳新文学经典作品的潜在影响。

本书对20世纪50年代台湾文学进行研究，考察当时文坛生态的构成显得尤为关键，因此，文学场域理论成为笔者的凭借。法国学者布尔迪厄认为对文学场域进行研究应当以了解文本为最终目标，他在《艺术的法则：文学场的生成与结构》一书中提出以下要点："分析文学场在权力场中的地位"，"分析文学场本身"，"分析某一生产者以连续占据的地位而组成的文学生涯"。①笔者从布尔迪厄那里得到启迪，在研究中结合场域理论与文本细读，首先借助分析"创作"这一公共话题的形成过程，来探讨文学场与权力场在20世纪50年代的台湾如何发生关联。其次，捕捉期刊等出版物中呈现的文学生态，并讨论文艺工作者、青年写作者的身份问题。20世纪的新文学作品中贯注着一部青年成长史，鲁迅的《伤逝》、丁玲的《莎菲女士的日记》、巴金的《激流三部曲》、萧乾的《梦之谷》、路翎的《财主的儿女们》、王蒙的《组织部新来的年轻人》……这些作品风格各异，作者的写作立场也互不相同，但年轻人追求理想的迫切、在乱离时世经受的淬炼、穷途末路时的困顿都蕴含在文字中。就文本本身而言，这些文学作品在不同时期展现了多面的青年形象。从考察创作主体的角度来看，青年的身份问题也值得深思。新文学初起之时，青年是被启蒙与被发

① [法]皮埃尔·布尔迪厄：《艺术的法则：文学场的生成与结构》，刘晖译，北京：中央编译出版社，2011年。

动的对象,当时的新文学作家以启蒙者身份自居,是有意为青年写作。到50年代的台湾,青年同样扮演着被动员、被号召的角色,但是在文学场中所处的位置已发生位移,由读者过渡到凸显作者角色的身份,也因此青年是此时各种创作组当中最为活跃的力量。从艺术上观照,50年代前期的青年创作良莠不齐,成熟作品所占比例并不大。到50年代后期的《文学杂志》,特别是60年代的《现代文学》杂志面世之时,青年写作者手中才诞生了大批经典之作。如前文引述,朱自清30年代提出要以"历史的兴趣"看待那些艺术上并不成熟的作品,从中发现写作者"怎样学习新语言,怎样寻找新世界"。如果"文学的兴趣"对应于朱自清所说的"历史的兴趣",笔者在本书中正是尝试着以"历史的兴趣"与"文学的兴趣"来考察50年代的台湾文学,去复现当时的文学学徒怎样经历"学习"与"寻找"的过程。

第一章 文学与宣传——"反共文学"
教育的关键词分析

　　台湾在1945年光复之后就被南京国民政府视作一块具有建设"三民主义模范省"潜力的土地。及至1949年1月,陈诚就任"台湾省主席"时,对外宣称台湾是国民党"最后的堡垒与民族复兴之基地"①。与抗战时期的政治动员相比,20世纪50年代的台湾也是持续战备状态。动乱坎坷,文学不能自外于风潮,正如当时最重要的"反共文学"刊物《文艺创作》在创刊号上明确表示,征稿"以能应用多方面技巧发扬国家民族意识及具有'反共抗俄'之意义者为原则"②,文学与政治宣传在此时此地有了格外紧密的关联。不管以什么形式出现,文学教育的最终指向总是呼唤着文学作品的出现,这一时期国民党当局鼓励作家写作"反共抗俄"主题的作品,着重动员作家加入一个同呼吸共命运的政治同盟。教育者以左翼文学界习用的"文艺工作者"一词指称作家,赋予作家以责任感、使命感,在促使作家完成从"写作者"向"工作者"的身份转换的同时,也在影响着作家的创作思维。国民党文艺理论家以党义、口号为动员工具,挪用了1949年前新文学理论家有关"生活"的论述,鼓励作家参与政治实践。"写实主义"也在此时作为重要的创作手法,被国民党当局用来号召作家创作"反共文学"。从"反共文学"刊物的盛行来看,"反共文学"的宣传很快就取得成效,但在执行"反共文学"教育的具体过程中,国民党当局却无力避免两个导致"反共文学"消解的因素:出于扩大教育实效而开办的集体文学教育机构、以"人性论"反对政敌却导致作家选择性地在文学创作中深入开掘人性,二者结合,使得这一时期的文学创作不同程度

---

① 薛化元:《战后台湾历史阅览》,台北:五南出版社2010年版,第49页。
② 《中华文艺奖金会,征求文艺创作办法》,《文艺创作》1951年第1期。

地回归文学本身。

第一节　20世纪50年代台湾"文艺工作者"的塑形过程

一、"文艺工作者"身份与作家的政治同盟

对于20世纪50年代的台湾主流文艺界来说，在危急时刻，作家必须面向时代、文学必须服务政治，"反共文学"教育很大程度就是建立在这样的心理基础之上。作家在这一时期被称为"文艺工作者"，由此而负起这个称呼所定义的各种职责。也因为这个称呼，作家被集结到一个群体组织当中，结束自在自为的写作状态。作为一名文艺工作者，创作问题不再仅仅是个人的志业，而更多要与"革命""战斗"相关联，以服务于特定机构为己任。这一小节中，笔者重点考察50年代国民党文艺界对于作家身份如何界定，从"反共文学"刊物中频繁出现的"文艺工作者"一词展开论述，溯源1949年前中国文学界有关作家身份的表述，探寻"文艺工作者"进入新文学语汇的轨迹。两相对照，50年代国民党当局主导的文艺活动呈现的集群性特征及其对文学教育的影响便可一目了然。

考察50年代台湾文艺界何以频繁出现"文艺工作者"这样的术语，可以参照新文学诞生之后作家关于自我身份的描述以及理论家对作家进行评价时使用的称呼语，来把握"文艺工作者"在什么样的背景之下进入新文学的话语体系。这里从20、30、40年代的文论中分别选取数例，具体如下表所示：

表1-1 1949年之前文论中作家身份命名举隅

序号	作家身份相关表述语	文章题目	作者	时间及出处
1	"诸君,艺术家诸君,关于艺术有直接兴味的诸君!""革命的艺术家是哪一种类的人物?"	《艺术与社会生活》	冯乃超	《文化评判》1928年1月创刊号
2	"我们的文学家,应该同时是一个革命家"	《怎样地建设革命文学》	李初梨	《文化评判》1928年2月第2号
3	"实行作品和批评的大众化,以及现在这些文学者生活的大众化"	《"左联"关于文艺大众化问题的几次决议》	"左联"	《文学导报》1931年11月第1卷第8期
4	"小资产阶级的文学家""贵族文学家""资产阶级的艺术家""无产阶级作家"	《马克思、恩格斯和文学上的现实主义》	静华	《现代》1933年4月第2卷第6期
5	"大众语这种语文,也只有大众自己的文化工作者才能建立起来"	《大众语简论》	徐懋庸	《新中华杂志》1934年第2卷第18期
6	"一个真实的文艺工作者,就是一个民族革命的战斗员"	《抗战文艺运动的据点》	穆木天	《抗战文艺》1938年5月第1卷第6期
7	"一切进步的文化工作者,在抗日战争中,应有自己的文化军队,这个军队就是人民大众"	《新民主主义论》	毛泽东	《中国文化》1940年2月创刊号
8	"脱掉专门学者、美学家,以及超然派的文艺家们的羁绊,而跳入从事社会工作者的怀抱,与抗战建国发生联系"	《我们所需要的文艺政策》	张道藩	《文艺先锋》1942年9月创刊号
9	"我并不是要叫现代中国文艺者都照了口语写……"	《论"新文艺"笔法》	李默	上海《杂志》1943年2月第10卷第5期
10	巴金"值得我们创作家虚心学习"	《新文艺的怪腔问题》	石木	上海《杂志》1943年4月第11卷第1期

表1-1按照时间顺序排列,我们可以从中勾连起一条关于新文学作家身份嬗变的线索。创造社是"五四"时期重要的新文学团体,它在1927年之后的转型是新文学从"文学革命"走向"革命文学"的重要标志,创造社作家的作品也在这时从早期强调自我内心表现转向注重社会批判。冯乃超与李初梨作为创造社转型后的代表人物,他们对于作家的称呼语显示新文学作家的身份开始出现微妙转变:不管"艺术家""革命的艺术家"还是兼具"文学家"与"革命家"身份,冯乃超与李初梨自然还是承认作家优先作为文学家和艺术家存在。而以"革命"作为作家的修饰语,则是他们提倡的一种理想化的远景。1930年中国左翼作家联盟成立,在"左联"早期的论述中,"文学者"与"文学家"仍然是一个核心词,以"小资产阶级""贵族""资产阶级""无产阶级"对"作家"进行修饰的做法,只是表明政治话语引入之后,作家按照其阶级属性有所分化。但是到1934年徐懋庸明确提出"文化工作者"的概念时,作家的身份及其职能开始在文学创作之外有所拓展。在左翼理论家的论述中,作家被要求负起有关文化建设的责任。抗战时期,在穆木天、毛泽东、张道藩三人的相关描述中,作家必须直接参与民族革命、承担抗日救亡的紧急要务。同一历史时期,李默、石木等人在沦陷区上海讨论"新文艺腔"问题,他们称呼作家时使用的都是不带政治色彩的"文艺者""创作家",这与话题本身局限于文学本体有关,也与沦陷区言论受到新闻检查制度的限制相关联。[1]如表1-1所示,1949年前的新文学作家及理论家在界定自我身份时所做的表述经历过微妙的嬗变,从"艺术家"到"文学家"再到"工作者",作家身上肩负的社会责任越来越大。考辨作家身份在新文学发展历程中的演变,可以看出作家随着社会环境变迁不可避免地面临政治话语的压力,作家创作心理受其影响,创作问题随之变得复杂化。

在中国古代,文学创作是个人之事,写作诗词只可说是文人著书立说之外的余兴,或者作为骚人墨客酬唱应和的工具。这种观念在

① 陶菊隐:《孤岛见闻——抗战时期的上海》,上海:上海人民出版社1979年版,第37页。

近代发生转变，梁启超在1902年发出"欲新一国之民，不可不先新一国之小说"①的论调，由此，创作这一文化活动中的个人性极大地被削弱。作家创作是一种"工作"的观念始于于"五四"时期，以文学研究会当时发起的宣言为例，由周作人执笔的这份材料彻底否定了作为"高兴时的游戏或失意时的消遣"的文学，称"我们相信文学是一种工作，而且又是于人生很切要的一种工作"②。针对视文学为玩物的旧有观念，文学研究会的这份宣言把文学看作"于人生很切要的一种工作"，意在引导作家对创作取严肃态度、信奉"为人生"的文学观。结合文学研究会作家后来的创作表现，这一宣言的发起人明显带有启蒙者的立场。随着后来中国社会的动荡加剧以及政治力量的介入，文学被更多的外界力量左右，及至30年代后期，作家的"工作"被时势引导到文学之外。危急时刻，每一个中国人都面临大是大非的选择，许多作家自觉参与到救亡运动中。1938年3月，国民党中央宣传部联合左翼作家发起成立"中华全国文艺界抗敌协会"，文艺界为配合军事上的反击也在文艺上开辟了一条战线，如老舍等人就在这一时期以文艺创作鼓舞民众，淡化自身纯文艺作家的身份，而有意识地扮演起"文艺工作者"的角色，这是战时状态的历史语境下，作家出于道义自愿进行的抉择。1939年5月出版的《文艺突击》中有文章说"为着共同参加到抗战的工作中间，文艺界在全国的范围里空前广泛地团结起来"，而在"为抗战、为建国"的总目标之下，"文艺和抗战，文艺和政治，有着多么密切的关系？在现在已经不是理论的问题，而成了事实的存在了"③。对照早先文学研究会的宣言，其中所谓"文学是一种工作"重心尚在文学，而在抗战时期，作家就必须转向到"抗战的工作"，也是在这一时期，"文艺工作者"的称号得到普遍推广。

张道藩是国民党文宣部门的重要人物，1942年《文化先锋》发表

① 梁启超：《论小说与群治之关系》，《新小说》1902年11月14日第1期。
② 《文学研究会宣言》，《小说月报》1921年1月10日第12卷第1号。
③ 《文艺界的精神总动员——代革新号创刊辞》，《文艺突击》1939年5月"革新号"。

的《我们所需要的文艺政策》由其署名,被研究者认为是国民党最早对外公开的文艺政策,[1]此文指出"文艺已不是有闲阶级的唯美主义者们在贫乏的内容上玩弄文字的东西",继而号召作家们"负起了唤起民众,组织民众的积极责任。摆脱掉专门学者、美学家,以及超然派的文艺家们的羁绊,而跳入从事社会工作者的怀抱,与抗战建国发生联系"[2]。值得注意的是,张道藩在这一表述中提出了一组对立的概念——"超然派的文艺家"与"从事社会工作者",他明确要求写作者抛下纯文艺作家的头衔,参与社会工作。此种论调基于抗战的时代主题而发,在当时民族危急存亡的背景下有一定的合理性。"工作者"的身份赋予作家使命感,这种使命感逐渐内化至个体心理。与《文化先锋》一样,《文艺先锋》也是国民党文艺阵营主持的期刊,张道藩担任该刊出版人,1943年第3卷第2期的《文艺先锋》上,开篇刊出"短论"《慰孤岛文艺工作者》,标题中出现"文艺工作者"一词,文章无具体署名,从文中"我们必须要提出来的是,在这次抗战中,上海的文艺工作者是尽了极大的贡献的"等语句可见作者是基于期刊立场或者说是国民党文艺阵营的立场来撰写这一短文。[3]不过自抗战结束至1949年仓皇赴台,整体而言这几年国民党文艺阵营较少提及"文艺工作者"。这一时期主要是左翼背景的报刊在高频使用这一表述,例如1946年香港《正报》发表的《纪念第二届"五四"文艺节:告全国文艺工作者》[4]、1949年上海《进步青年》发表的《记文艺工作者大会师》[5]等,可以说"文艺工作者"一词在当时又复归于左翼文学的话语系统。

台湾文化界接受"文艺工作者"经历了一个曲折的过程。从新文学诞生到抗战文学收梢的20余年时间,台湾尚在日据时期。两岸文

---

① 李怡:《含混的"政策"与矛盾的"需要"——从张道藩〈我们所需要的文艺政策〉看文学的民国机制》,《中山大学学报(社会科学版)》2010年9月。

② 张道藩:《我们所需要的文艺政策》,《文化先锋》1942年9月创刊号。

③ "短论"《慰孤岛文艺工作者》,《文艺先锋》1943年第3卷第2期。

④ 中华全国文艺协会总会:《纪念第二届"五四"文艺节:告全国文艺工作者》,《正报》1946年5月3日。

⑤ 徐盈:《记文艺工作者大会师》,《进步青年》1949年8月。

化界在光复初期曾全面接触,许寿裳等大陆文化人在这一时期赴台参与国民党官员主持的"去日本化""再中国化"运动,其中不乏许多具有左翼背景的作家,因此1945年后在台湾发行的刊物如《台湾文化》《创作月刊》上也常出现"文学工作者"一词。①进入50年代,左翼文学在台湾被全面禁绝,不过,出于对解放战争中失利的检讨,国民党在这一时段颇为重视文艺事业。正是在这一时段,"文艺工作者"作为一个核心概念,重新得到国民党文艺阵营的借重。审视国民党历年有关文艺阐述的文献,"文艺工作者"一词在50年代出现的频率最高(在许多场合下"文化工作者""文学工作者"与之混用)。笔者从这一时期国民党相关文论中选取几例制成下表:

表1-2 20世纪50年代国民党文艺阵营关于作家身份的部分表述

序号	表述语	文章题目	作者	时间及出处
1	新的文艺运动"需要**文艺工作者**大家努力推动"	《我们需要来一次新的文艺运动》	"本社专稿"	《半月文艺》1950年11月第2卷第2期
2	(相对于共产党)"我们每个**文艺工作者**所影响于读者的比他们大若干倍……"	《论自由中国文艺创作时期》	陈纪滢	《火炬》1950年12月创刊号
3	"时代不容**文艺工作者**深藏象牙之塔,消闲言志"	《致自由中国文艺作家》	张道藩	《火炬》1950年12月创刊号
4	"**文艺工作者**们,都知道以革命和艺术相结合"	《一年来的文艺运动》	张道藩	《火炬》1951年1月第2期
5	编辑现代中国文学史"供**文艺工作者**参考,供一般文学爱好者研究……"	《急需要做的几件工作》	刘心皇	《火炬》1952年8月第2卷第1期

---

① 雷石榆:《在台湾首次纪念鲁迅先生感言》,《台湾文化》1946年11月第1卷第2期;培茵:《与文艺大众化有关》,《创作月刊》1948年7月第1卷第3、4期;梦周:《文艺大众化》,《台湾文化》1947年9月第2卷第6期。

序号	表述语	文章题目	作者	时间及出处
6	"各文艺工作者到军中去,获得很好的成绩"	《反共文艺作品的问题》	黄叶	《火炬》1952年8月第2卷第1期
7	"我们那些描写匪情匪干的文艺工作者,在表现匪干的罪恶的时候,……"	《关于匪情的描写》	王集丛	《文坛》1957年11月创刊号
8	关于胡适的讲演"胡先生的意思是要文艺工作者要有自动自发的精神"	《关于文艺政策》	穆中南	《文坛》1958年4月第2号
9	"'艺术工作者'是包括文艺作家的"	《文艺政策论》	任卓宣	《文坛》1958年7月第4号

表1-2罗列了陈纪滢、张道藩等人的有关论述,50年代国民党文艺阵营热衷使用"文艺工作者",这份表格是一个比较直观的展示。早在1949年5月,王惕吾在台湾创办《民族报》,该报于当年年底设置副刊,发刊词就以"文艺工作者底当前任务"为题。①自此开始,国民党文艺理论家多以"文艺工作者"称呼作家,并且以之动员作家参与"反共抗俄"文艺运动。

国民党文艺理论家中,张道藩堪称代表人物,他曾任国民党"中央文化运动委员会主任委员""中央宣传部部长"等职,赴台之后组建中华文艺奖金委员会并担任主任委员,该委员会在50年代扶持了许多"反共文学"作家。1950年底,张道藩在"反共文学"刊物《火炬》创刊号上发出这样的动员令:"时代不容文艺工作者深藏象牙之塔,消闲言志;要像英勇的战士一样,走向战斗。三十年来中国的为艺术而艺术的作家们,只有麻痹了大众的精神,涣散了大众的力量,疏忽

---

① 《文艺工作者底当前任务——展开战斗,反击敌人》,《民族报·民族副刊》1949年11月16日。

了大众与敌人作生死搏斗的当务之念,而与大众同罹空前的灾祸",
"因此,我们当前的文艺,必须是'为人生'的载道。为着救国救民,乃
至救自己,都必须如此。所谓载道,便是载以仁为中心以独立自由平
等为鹄的的三民主义的道;与新人文主义相结合;进而可拯救全人类
于毁灭的边缘。"①张道藩号召文艺工作者以"为人生"为宗旨,走出
"为艺术而艺术"的象牙之塔,这种说法看起来与"五四"时期文学研
究会的宣言颇为相似,但是归根结底张道藩是要将作家引导到与所
谓对手进行"战斗""搏斗"的路上,主要是政治动员。1951年1月,张
道藩回顾国民党当局赴台一年在文艺方面取得的成绩时说:"文艺工
作者们,都知道以革命和艺术相结合;走出象牙之塔,面对着人生。
在反共抗俄大革命当中,肩负了思想战、精神战的艰巨任务。因此,
所有作品,都充盈着时代的色彩,洋溢着革命的情绪。"②在他的描述
之中,文艺工作者已经响应动员来到"十字街头",面对人生、革命而
且负起"反共抗俄"的任务。

　　关于"文艺工作者"的论述在国民党当局主办的"反共"刊物上如
此集中,民间论者的零散篇章中也有呼应,"文艺工作者"的概念在50
年代颇得人心。此处仅举数例——民间文艺刊物《野风》杂志上发表
的一篇论文中有这样的观点:"一个文艺工作者正确的世界观与人生
观是必须确立的,不然,其作品的现实性与战斗性是无从谈起的。"③
论文作者认为作家为确保作品的效力,应在文字技巧之外形成正确
的政治认识。而《野风》的编辑也在编后记中向读者强调"文化工作
者本来就是不为金钱,不计成败"的观念④,以之界定文艺工作者的道
德标准。作家潘垒担任主编的《宝岛文艺》杂志上,有作者提出"一个
文艺工作者,他对现实发展方向、思想主流有了握力,他自然就有解

---

① 张道藩:《致自由中国文艺作家》,《火炬》1950年12月创刊号。
② 张道藩:《一年来的文艺运动》,《火炬》1951年1月第2期。
③ 陈笛:《小谈新文艺——给〈野风〉》,《野风》1951年1月第5期。
④ 《编后记》,《野风》1951年1月第5期。

决现实问题的路线了"①,则是呼吁作家跟进文艺政策。更引人思考的是:这一时期的本省籍作家受文坛潮流的影响,也在使用"文艺工作者"指称作家,例如写出《笠山农场》《原乡人》等小说的钟理和,他其实并未在创作上配合当局政策,但在一次给文友的信中,他回应对方因为付出与所得不平衡想放弃写作的烦恼,表示自己也能感同身受,并说这"也许是文艺工作者全体的苦闷"②,这句话可以说是标志着当时的作家普遍接受了新的写作身份。

在使用"文艺工作者"对作家进行命名的同时,作家被集结成一个政治同盟,具体而言便是在20世纪50年代台湾出现若干由国民党当局牵头组织的作家团体。光复后至1949年之间,台湾主要有四个文化组织——行政长官公署下属的"宣传委员会""台湾省国民党部"支持的"文化运动委员会"、国民党官员林紫贵主持的"台湾文艺社"、台北市长游弥坚担任发行人而性质偏"半官半民"的"台湾文化协进会"③。各组织中,属"台湾文化协进会"最有活力,其会刊《台湾文化》自1946年9月至1950年12月连续出版,因集结了大批外省、本省作家及学者,刊物分量相当之重。

相对于1949年前在台湾文化界的表现,国民党在20世纪50年代对于文化组织的影响力得到极大加强。这一点上,两岸可以进行比较,1949年7月2日,中华全国第一次文艺工作者代表大会在北京召开,周恩来在其所作的报告中说:"文艺工作在政府方面也好,在群众团体方面也好,我们都要来有计划地安排","不仅我们要成立一个中华文学艺术界的联合会,而且我们要像总工会的样子。下面要有各种产业工会,要分部门成立文学、戏剧、电影、音乐、美术、舞蹈等协会。"④稍后,中华全国文学工作者协会于同月24日在北京成立。台湾

① 胡雷:《论清扫文艺路径》,《宝岛文艺》1951年3月第3年第1期。

② 钱鸿钧编:《台湾文学两钟书》,台北:草根出版公司1998年版,第117页。

③ 差不多:《五分五分》,《台湾文化》1947年3月第2卷第3期。

④ 周恩来:《在中华全国文学艺术工作者代表大会上的政治报告》,载张炯主编:《中国新文艺大系(1949—1966)·理论史料集》,北京:中国文联出版社1994年版,第22页。

则于1950年5月4日由国民党当局组织成立了"中国文艺协会",下设小说创作研究、诗歌创作研究、散文创作研究、音乐、美术、话剧、电影、戏曲、舞蹈、摄影、文艺论评、文艺教育、民俗文艺、新闻文艺、广播文艺、国外文艺工作、大陆文艺工作等十七个委员会。最初参会人员100余人,至1960年,"中国文艺协会"参会总人数已达到1290人,其中男性会员1084人,女性会员206人,下设的各个委员会中以小说创作研究和话剧人数最为众多,分别为164人和176人。[①]相比于大陆中华全国文学工作者协会1960年会员人数高达3719人[②],台湾的"中国文艺协会"规模不算很大,但是如果考虑到人口基数的悬殊,就可以想象国民党当时在台湾动员作家已经到达如何普遍的程度。

不管作家在"艺术家"与"工作者"之间进行怎样的抉择,创作始终是立身之本。苏联作家高尔基曾警示写作者如果太重视"创作"本身,容易脱离新世界建设者的队伍而"落入'献身于艺术者',或者说得更简单些——艺术教士的特殊贵族集团中"[③]。台湾主流文艺力量在集结作家形成一个团体的基础上,及时给作家指出文学创作的方向。比如1953年,张道藩在《文艺创作》"战斗文艺评论专号"发表《论文艺作战与反攻》,将作家创作比喻为作战,而"反攻大陆"则是战斗目标。陈纪滢也号召作家"不能孤立看文艺",文艺团体及作家个人都应"扩大阵容为反攻作准备"[④]。20世纪50年代的冷战背景下,广义的战时状态仍在台湾持续,国民党文艺理论家王平陵就曾提出时代正处于"史无前例的浩劫"[⑤],按照这样的论述逻辑,写作者更加需要服

---

① "中国文艺协会"第十届理事会主编:《文协十年》,台北:"中国文艺协会"1960年版,第3页。

② 王洁:《建国后17年文艺工作者的'组织化"及其评价》,《南京师范大学学报》2002年第1期。

③ 高尔基:《论散文》,载周扬编:《马克思主义与文艺》,北京:作家出版社1984年版,第225~226页。

④ 梅家玲:《性别,还是家国?——五〇与八、九〇年代台湾小说论》,台北:麦田出版社2004年版,第34~35页。

⑤ 王平陵:《新叙事诗的创造》,《文艺创作》1951年11月第7期。

从现实政治的需要,向从事实际工作的"革命者"过渡。在这样的背景下,来看"中国文艺协会"公布的《中国文艺协会动员公约》,则可发现其将作家收编于体制的用心:

> 一、恪遵政府法令,推动文化动员。
> 二、发扬民族精神,致力救国文艺。
> 三、团结文艺力量,坚持反共斗争。
> 四、厉行新速实简,转移社会风气。
> 五、严肃写作态度,坚定革命立场。
> 六、巩固文艺阵营,注意保密防谍。
> 七、加强研究工作,互相砥砺学习。
> 八、集会严守时间,力求生活节约。①

这份公约不仅对作家创作提出要求如"严肃态度""加强研究",也对作家的思想意识、个人生活等方面有所约束,已经远远超过了一个普通的文艺团体所覆盖的职能范围。从公约中"坚定革命立场"这一句上,可以看出"文艺家"转变为"文艺工作者"之后,直接归并在"革命者"门类之下,于是就有培植新生力量的问题。抗战时期中国文艺界有这样的表述——"为了完成我们的神圣的抗战的任务,我们必须动员自己,我们更必须动员,训练,组织我们的后备军。"② 50年代在"反共抗俄"的任务之下,国民党当局倡导的"反共文学"教育更加着眼于政治功利性,文学青年是当时可资利用的一股力量,"广大社会青年和学生,对文艺欣赏创作兴趣的浓厚,使这新的文艺运动,发展得很快",故而"中国文艺协会"成立一周年时,张道藩高度评价其举办的文学教育活动,比如他曾评述"暑期青年文艺研习会"帮助学员提高对文艺的认识、增进了写作技巧之外,还坚定了他们"为'反共

---

① 张道藩:《论文艺作战与反攻》,《文艺创作》1953年5月第25期。
② 穆木天:《抗战文艺运动的据点》,《抗战文艺》1938年5月第1卷第6期。

抗俄'而从事文艺创作的信心",可说"替自由中国文艺运动增加了一批生力军,也为反攻大陆后的文艺运动储备了优秀的干部"①。在《文艺创作》为"中国文艺协会"成立一周年而设的专栏中,也有人赞许文艺青年受过文艺研习会教育之后,作为新生力量的可观:"这文艺新军啊,在反攻大陆时,所发生的威力是和飞机、大炮、战舰、坦克无异的!"②结合张道藩等人的言论,文学青年在国民党阵营文学教育者心目中的战略意义可以说自50年代初就已奠定。

20世纪50年代的台湾,"文艺工作者"一词频频出现在动员作家参与"反共文学"创作的文章中,这一现象相当引人思考。"文艺工作者"的概念最初由左翼文学界开始使用,在两岸对峙的50年代,国民党文艺阵营也开始广泛接受"文艺工作者"的概念。对照国民党当时禁绝左翼文艺思想影响的处心积虑,在"文艺工作者"一词的使用上,体现出国民党文艺阵营不得不挪用对手话语资源的尴尬境地,但换个角度来看,也不妨将之视作50年代台湾文学对新文学传统的一种无意识传承。

二、"反共文学"的动员过程

近代以来,中国的历次社会运动如戊戌变法、五四运动,最初都是由知识分子以革命性的思想言论打开突破口,语言文字在这个历史悠久的国家发挥的效力每每不容小觑。作家沈从文在抗战初期曾说过:"中国民族既然是个受文字拘束住了的民族,真正进步的希望就依然还建设在文字上。它的理由明白,符咒本可以代替符咒。"③这段话中提及的"符咒"是一个包含多重意义的词语,对沈从文而言,是指知识分子以进步的启蒙观念驱逐民众的落后意识。"五四"运动家

---

① 张道藩:《一年来的文艺运动》,《火炬》1951年1月第2期。
② 蔡坚:《灿烂辉煌的节日》,《文艺创作》1951年6月第2期。
③ 沈从文:《谈进步》,《文学季刊》1938年9月第1卷第3期。

提倡新文学以反对"旧"文学,如果说是因为后者贯注着传统社会伦理以及士大夫意识——正是需要取而代之的"符咒",新文学当时的精神核心则是陈独秀等人呼吁的"三大主义""德先生"与"赛先生",由此,"五四"新文学运动从总体上成为一场以写实主义代替古典主义的运动。"五四"之后,文艺思潮波涛激荡,写作者不断探索,比如左翼在30年代提出建设革命的大众文艺以代替反动的大众文艺,便是出于这种心理机制。不管是在50年代的台湾还是30年代的大陆,国民党文艺阵营在与左翼文学阵营对峙的状态之下,也在不断尝试建立一个符合自身利益的话语系统,借以消解强势的左翼文艺思潮给它带来的威胁。国民党文艺阵营在50年代以"反共文学"动员作家,将文学与政治紧密关联。笔者在这一小节就以"反共文学"的动员过程为考察对象,从国民党宣传三民主义文学理论的具体方式入手,对照理论家的倡导与作家的回应,评估"反共文学"教育的效力。

　　成仿吾在"五四"文学运动兴起之后提出的"新文学三使命说"中,第一点便是"对于时代的使命"[①],这是当时作家的共识,也是新文学自诞生之日便具备的一个特质:作家在"五四"时期为启蒙民众、改造国民性而写作;在五四运动落潮时期即1927年之后,为动员民众参与革命而写作……抗战时期是作家把新文学肩负时代使命这一理念阐释得最为明显的一个阶段,作家在全民动员的风潮之中投身于抗战,以文字鼓舞军民斗志。国共两党抗战时期的合作也终结于抗战胜利,新文学对于时代肩负的使命便开始出现分化。1945年之后的解放区文学担负起引导大众翻身得解放、催生新国家的使命。蒋介石因国民党军队在解放战争中节节败退,于1949年下野,次年他在台湾"复行视事",发布演讲时提出"一年整训,二年反攻,扫荡'共匪',三年成功",稍后正式提出"一年准备,二年反攻,三年扫荡,五年成功"[②]。作家在20世纪50年代的台湾要面对的大环境充斥

　　① 　成仿吾:《新文学之使命》,《创造周报》1923年5月20日第2号。
　　② 　薛化元:《战后台湾历史阅览》,台北:五南出版社2010年版,第77页。

着这类口号。

考察50年代由国民党当局主导的"反共文学"教育,首先需要确认它在怎样的话语脉络当中进行。1950年3月国民党中央改造委员会在政纲中列入文艺工作的项目,在行政力量干预之下,这一时期国民党文艺阵营摒除左翼文艺的"干扰",以三民主义文艺理论指导作家创作。国民党文艺阵营在大陆最初提出三民主义文学就是用以对抗左翼文学的各种理论和口号。台湾学者郑明娳认为:"三民主义文学"作为一个概念最早由潘公展在30年代民族主义文艺论战中使用。①其实在20年代末,国民党文艺界就在有意识地倡导这一概念,1929年秋季周佛吸的《倡导三民主义的文学》在国民党机关报《中央日报》的《大道》副刊上分三期连载,周文将孙中山当初在同盟会刊物《民报》发刊词提出的革命纲领"民族、民权、民生"三民主义与文艺做了关联性的阐述。稍后,该报又刊发了周佛吸的《何谓三民主义文学》《怎样实现三民主义的文学——复大道编者先生》,这两篇文章都围绕作家如何认识以及如何建设"三民主义文学"的主题进行讨论。30年代,国民党文艺阵营提出三民主义文学理论,有意与左翼的普罗文学相对峙的痕迹更加明显,例如国民党浙江省党部宣传机关主办的《文学新闻》一方面倡导三民主义文学,一方面也在聚集文艺力量攻击左翼文学,第九期就曾设置"反普罗文学专号"②。不过,三民主义文学理论整体上的影响力在30年代比较有限,倒是作为其分支之一的"民族文学"在当时产生了不少作品及理论。1936年国民党发布的《文艺宣传要旨》提出"民族文艺"的口号,其主要是针对左翼文艺阵营提出的"国防文学"和"民族革命战争的大众文学"这两个口号而来③,这是国民党阵营与左翼阵营之间关于争夺舆论制高点的战役在

---

① 郑明娳:《当代台湾政治文学论》,台北:时报文化出版事业有限公司1994年版,第13页。

② 《反普罗文学专号》,《文学新闻》1933年6月第9期。

③ 倪伟:《"民族"想象与国家统制——1928—1948年南京政府的文艺政策及文学运动》,上海:上海教育出版社2003年版,第229页。

抗战前夕掀起的一次小高潮。

国民党文艺阵营号召作家承担政治使命都是从民族大义的层面进行论述的。抗战时期中国面临日本侵略,时代主题是抗日救国。50年代国民党败逃台湾,时代主题是"反攻复国"。最初界定三民主义的要旨时,孙中山将"民族主义"解作"驱除鞑虏,恢复中华"[1],这一阐释为国民党文艺阵营提供了便利,使得三民主义理论在抗战和"反共"两种状态之下都适用。国民党中央文化运动委员会主办的《文艺先锋》在1942年发行,其发刊词《敬致作家与读者》由张道藩撰写,他点出征稿要点之一是"促进三民主义文艺建设"[2],便是突出文艺与时局的对话关系,促进作家从救亡图存的角度展开创作。他在同期发表的《我们所需要的文艺政策》中进一步解释了为何文艺应当与三民主义关联,"三民主义是救国主义,文艺既成了救国武器的一环,那就与三民主义发生了密切关系",接着便从解释民族主义的内涵"恢复中华"引申出"共产社会产生阶级观念,而三民主义社会则产生国族至上的意识","民族的形成为天然的,而阶级的对立是人为的"[3],言下之意是在攻击左翼文艺理论,从中可见国民党文艺阵营在抗战时期仍未放弃争夺话语权的努力。考虑到1942年正是毛泽东发表延安文艺座谈会讲话的一年,张道藩这番发言无疑充满政治隐喻,此文之中,有几点是特别针对由共产党主导的左翼文艺观点而发,一方面是以三民主义文学的"全民性"对抗左翼文学的"阶级性",另一方面则以"国族至上"确立民族主义的核心地位,淡化阶级对立的问题。张道藩在《我们所需要的文艺政策》中向作家提出"六不"与"五要"的创作原则,"六不"是:"一、不专写社会的黑暗。二、不挑拨阶级的仇恨。三、不带悲观的色彩。四、不表现浪漫的情调。五、不写无意义的作品。六、不表现不正确的意识";而"五要"则是:"一、要创造我们的民

① 《发刊词》,《民报》1905年10月20日。

② 《敬致作家与读者》,《文艺先锋》1942年10月第1卷第1期。

③ 张道藩:《我们所需要的文艺政策》,《文艺先锋》1942年10月创刊号。

族文艺。二、要为最苦痛的平民而写作。三、要以民族立场而写作。四、要从理智里产生作品。五、要用现实的形式。"①所谓"不专写社会的黑暗""不挑拨阶级的仇恨"即针对30年代左翼文学的挑战而提出，而"要创造我们的民族文艺""要以民族立场而写作"则是从三民主义文学的角度出发来具体阐述作家抗战时期进行文艺创作应遵循的纪律。

20世纪50年代，国民党文艺阵营在台湾为鼓励"反共文学"的创作而鼓吹三民主义文艺，其实在40年代，三民主义理论就开始在台湾有所渗透。1943—1946年民间知识分子主持的《台湾青年》杂志以宣扬三民主义、阐明大陆与台湾的历史关系为主旨，也试图引导台湾读者形成"恢复中华"的意识；光复初期，由大陆赴台知识分子主持的《现代周刊》(1945—1946年)以"阐扬三民主义，传播民主思想"为办刊宗旨，"台湾省行政主管部门"教育处处长范寿康、台北市长游弥坚等人在该刊都有稿件发表，合议"台湾的文化，应该是中国的文化"的主题②，这都是在"恢复中华"的口号之下贯彻"去日本化"与"再中国化"的实践。50年代，由于认识到左翼文艺对共产党政治工作的助力、自身在"宣传战"上的失利，文艺创作得到国民党的空前关注，且多从反省三民主义理论得失的角度对1949年前文艺实践进行检讨。张道藩就在他的文论中频频涉及这一议题，"自'五四'新文艺运动到现在"，"西洋艺术和各种思潮汹涌到中国来以后，好的影响固然不少，但未能熔铸中国文化的根本精神，未能与国父所创造的三民主义的思想合流，这本来应该'以仁为中心，以独立自由平等为鹄的'的文艺，它所载的道，并未载合于'民生史观'的大道，却载了偏于'唯物史观'的邪道"③。张道藩认为三民主义理论1949年前被左翼文艺理论冲击，在两种理论相对抗的过程中后者占了上风，导致左翼文学的兴

---

① 张道藩：《我们所需要的文艺政策》，《文艺先锋》1942年10月创刊号。
② 文讯杂志社编：《台湾文学杂志展览目录》，台北：文讯杂志社2003年版，第23页。
③ 张道藩：《一年来的文艺运动》，《火炬》1951年1月第2期。

盛,因此,他提出要重新铸造三民主义文学。"反共文学"进行至高潮的时候,1956年1月举行的国民党中常会上通过了《展开反共文艺战斗工作案》,其中申明将"反共抗俄"作为战略目标,而"基本思想路线,自然是以三民主义和当前国策为根据"①。1957年,"中国文艺协会"总干事穆中南在三民主义的理论框架中提倡"民生主义的新写实主义",他对于"五四"文艺后的一个历史阶段中文艺的批评也正出于类似张道藩的考虑,"一个旧社会成为历史,一个新的社会出现,是有其必然的必要,可惜五四运动以后,我们未能抓住这一有利的时间,制造出一套新的文艺路向,也就是新的社会理想,反而造成了一个新的混乱局面,以至于大陆撤退"。穆中南在以"战斗,再战斗"为题的论文中承认五四运动之后新文学的事实存在,也肯定新文学在"五四"即奠定文艺须贴合时代的特性,因此他论证"民生主义的新写实主义"这一路线不是突如其来之物,"是由'五四'文艺运动以来徐渐演进的一条鲜明的方向,我们不能背道而驰和违背时代,应当接受这一伟大时代所付给我们的伟大使命"②。

正如前文所述,国民党阵营的文艺理论家首先将三民主义文学理论上升到战略性的高度,然后从文学史的延续性上着眼,以"时势造英雄"之类的话语激励作家参与"反共文学"的创作。国民党文宣部门另一位重要人物任卓宣在1950年"反共文学"刊物《半月文艺》的创刊号上提出,"反共"作为主题仅仅是文艺存在的消极原则,而从内容上说,"反共文艺"的积极原则是以三民主义为思想内容。任卓宣从"三民主义理论"分析出"民族的""民权的""民生的"三个方面的要素,倡导文艺创作契合此三点,界定"反共文艺"须兼具民族文艺、民权文艺、民生文艺的特征;在以下四个方面,任卓宣的补充论述加强了理论的适用性:"要注意民族意识底唤起,民族精神底抒发,民族独

---

① 萧自诚:《掀起新的文艺思潮》,《文艺创作》1952年6月第14期。

② 穆中南:《战斗,再战斗——并提出民生主义的新写实主义的文艺路线》,《文坛》1957年11月创刊号。

立底鼓吹,民族英雄底表扬。"①

左翼文学阵营的周扬曾明确表示"文学要配合任务。如果不为当前斗争服务,那又为什么服务呢?"②两相对照,二者的理论基础没有太大的差别,都是将文学作为工具,但郑明娳指出,二者"在推行的策略上却有本质上的差别,共产党的文艺理论将文艺创作的'源'置于社会底层的现实,而国民党的文艺理论则将文艺创作的'导'寄托于党国文艺政策的权杖指挥之下"③。20世纪50年代初期,国民党文艺理论家并非忽视社会底层的现实作为文艺创作的重要资源(赵友培等人在这一时期有所实践,本书第四章将有所涉及),但相对于1949年前在大陆的文艺实践,这一时期国民党文艺阵营整体上确实是在发挥文艺政策的导向作用上有极大的加强。也有民间论者配合文艺政策,来阐述作家创作应突出相关主题:"今日的文艺主潮,和'五四'新文艺复兴运动,一样的赋有严肃的历史课题:反帝,反汉奸,争取民主自由"④;文化官员在报纸副刊上连篇累牍讨论作品的内容问题、形式问题、文艺写作的统制与放任问题⑤;1955年1月,蒋介石以"战斗文艺"号召文艺工作者投入创作,文化官员紧跟着论述战斗文艺的写作原则,对该口号作具体阐释。⑥

对于国民党的动员,响应者在这一时期不是少数。例如作家张秀亚1948年自大陆赴台,她的作品多以女性视角展开,较注意营造诗化的意境,尤其是散文创作一向以新颖清丽的风格著称。在50年代初期"反共文学"的浪潮中,张秀亚也有所回应,在创作中写下"向雪莱、魏尔伦、王尔德道声再见,我勇敢的投入现实荆棘的怀抱!""我

---

①　任卓宣:《今后的文艺动向》,《半月文艺》1950年3月第1卷第1期。

②　周扬:《周扬文集》第2卷,北京:人民文学出版社1985年版,第375页。

③　郑明娳:《当代台湾政治文学论》,台北:时报文化出版事业有限公司1994年版,第13页。

④　孙旗:《论文艺的统一战线》,《半月文艺》1950年5月第1卷第3期。

⑤　张道藩:《论当前文艺创作三个问题》,《联合报》1952年5月4日、5月5日、5月6日。

⑥　古远清:《亦官亦民的陈纪滢》,《武汉文史资料》2004年12月。

想,粉碎了梦之桎梏,正视现实,会令我的身心一齐走上康庄之路"①。表明作者根据社会环境的变化做了创作路向的调整,她1951年发表的小说《星与灯》以第一人称叙事塑造了一个男性军官的人物形象,写出战争年代个人对家园的热爱。看惯张秀亚作品的温婉,这一篇小说中的阳刚气息的确会让读者觉得出乎意料。1953年前后张秀亚有不少作品刻意契合时代主题②,公孙嬿后来为张秀亚的新书写书评,也对张秀亚写作的转向表示了积极的肯定:"秀亚女士批评自己,责贬自己,正是她新途径开拓的前奏。这个消息是可喜的。最后我愿意再检出二十年前她自己文章里的两句话,勉励她,并自勉,同时奉献给这个大时代的文艺同道:'跳出艺术至上的圈套,赶快正视现实'"③。不过,在短暂的改造自我过程之后,张秀亚还是回到了她较擅长的艺术创作风格,记录心灵感触或专写女性的感情故事。④

---

①　公孙嬿:《寻梦与画梦——论张秀亚女士的〈寻梦草〉》,《自由中国》1953年12月第9卷第12期。

②　张秀亚:《冬夜》,《自由中国》1953年1月第8卷第1期。

③　张秀亚:《冬夜》,《自由中国》1953年1月第8卷第1期。

④　以张秀亚1953年之后发表在期刊《自由中国》上的作品为例:《旧笺》(第8卷第4期)、《暮春漫笔》(第8卷第9期)、《絮语》(第9卷第3期)、《怀念》(第10卷第1期)、《日记抄》(第11卷第7期)、《栗色马》(第13卷第2期)、《莎茀致法昂书》(第14卷第6期)、《湖上的小诗》(第16卷第7期)、《诗二首》(第16卷第12期)、《爱与死》(第17卷第3期)等,全部复归于她之前的艺术风格。

第二节 "写实"与"生活"——"反共文学"与新文学共享的关键词

一、"理想—实践—生活—意识—作品"创作程式分析

在20世纪50年代的台湾,因为文艺事业得到国民党当局重视,文学界关于创作的各种讨论中,理论家对写作者进行引导很重要的一个方面是强调文学与生活的关联,将"生活"阐释为按照理想、信仰进行的政治实践,而非"衣食住行""饮食男女"所揭示的日常生活。当时有论者概括出"理想—实践—生活—意识—作品"的创作程式,"生活"在这一链条上处于中介物的位置;对于作家来说,它不仅是观察的对象,也是作家亲身参与政治实践的体验过程。文艺理论家要求写作者在生活中寻求写作素材之前,首先要完成从理想到生活的转化,即必须确立理想和信仰,按照正确的观念参与政治实践,积累生活经验;其次是从生活中酝酿出正确的意识,提高人格修养,以之作为艺术实践的基础。笔者在这一小节参照"五四"时期的理论家在"为人生""充实生活"等问题上的论述,考察文艺理论家在对"生活"进行阐释的过程中,如何动员作家发挥个体的主观能动性、实现"反共文学"的现实效能。

就"生活"在文学中的呈现方式而言,新文学较古典文学有巨大的变化。创作诗词歌赋曾经是传统社会中文人专享的艺术,描写民生疾苦也只是少数人的尝试。胡适等人在20世纪初发起白话文运动倡导以白话文进行文学创作,由此,在形式上实现文学语言与日常生活语言的对接,而在内容上也促使作家创作时从普罗大众的日常起居、喜怒哀乐着手。新文学发端之后,它的一个重要关注点就是文学与个人生活的关系:如何在文学中展现真正的"人"的理想生活、如何

实现人的物质生活与道德生活的协调。①此外,新文学作家对于社会生活更给予较多重视,茅盾1921年提出"表现社会生活的文学是真文学,是于人类有关系的文学,在被迫害的国里更应该注意这社会背景"②这样的观点,奠定了后来作家突破"小我"而关注社会现实的写作观。与此同时,从写作者提高自身素养的角度,生活问题也是一个重要的参照。这里可以举叶圣陶的相关意见为例,开明书店在1930年发行的《中学生》是一份以青年学生为目标读者的杂志,刊物内容侧重讨论文艺、交流思想。它在创刊号上就设立了由"郢生"(叶圣陶)负责撰稿的"写作杂话"专栏,该专栏第一次刊载的文章是《作你自己要作的题目》,叶圣陶在文中向青年学生提出"我们要把生活与作文结合起来","久而久之,将觉作文是生活的一部分,是一种发展,是一种享受"③,叶圣陶在这里以语文教育专家的身份向青年学生传授练习写作的经验,这篇文章的一个重点就是写作的"日常化",将写作看作日常生活的一部分,而不是一种游离生活之外的刻意劳作。在《中学生》杂志第二次发表"写作杂话"时,叶圣陶讨论了写作中"思想情感方面的毛病尤其要避免"的问题,他列举自己在学生的作文本上常看到"中国的不强,皆由于鸦片""中国的不强,皆由于赌博"类似的语句,他认为要避免这样的问题关键在于"整个的生活内容的充实"④。在30年代的大众语讨论中,叶圣陶再次强调了这样的观点:"必须根源于现实生活,文章才真能写通,写来才真有意义。"⑤基本上,他的观点是从生活的充实到思想的缜密,再到文章的文从字顺、理清义明。

　　20世纪50年代台湾文学教育的几位重要人物都在文学与生活的关系这一话题上有所阐发,例如赵友培在台湾撰写《文艺创造的特

①　周作人:《人的文学》,《新青年》1918年12月15日第5卷第6号。
②　郎损:《社会背景与创作》,《小说月报》1921年7月10日第12卷第7号。
③　郢生:《写作杂话之一——作你自己要作的题目》,《中学生》1930年1月创刊号。
④　郢生:《写作杂话之二——"通"与"不通"》,《中学生》1930年2月第2号。
⑤　叶圣陶:《杂谈读书作文和大众语文学》,《申报·自由谈》1934年6月25日。

性》一文(发表于1951年3月的《海军士兵》),他提出文艺并不重视日常生活的琐碎事实,"文艺所重视的,是那为生活而奋斗的热情,为理想而牺牲的信念"①。以此为例,在50年代台湾倡导"战斗文艺"的语境下,文艺理论家认为写作者的生活、创作都与"奋斗"与"牺牲"这样的关键词密切关联。

综合来看,在当时台湾论述这一话题影响较大的理论家主要是李辰冬。李辰冬40年代初在重庆曾得到张道藩的重用,负责编辑《文化先锋》《文艺先锋》等期刊,1942年张道藩署名发表的《我们所需要的文艺政策》一文最初正是由李辰冬起草。②1949年自大陆赴台后,他在省立师范学院"国文"系任教,之后组织过"中国文艺协会"小说创作研习组、中华文艺函授学校。李辰冬曾于1928—1934年在法国巴黎大学研究所攻读比较文学及文学批评专业,留学期间出于对法国学者泰纳的推崇,李辰冬将泰纳的《巴尔扎克论》译为中文,1934年发表在北平的《文学季刊》上,后来50年代《中华文艺》等刊物上由李辰冬译介、撰述有关巴尔扎克的文章大多源于这份译稿。③

李辰冬的《文学与生活》一书与胡风1936年的一部著作同名,汇集了李辰冬1954年为中华文艺函授学校学生撰写的讲义,于当年由台北中华工艺出版社出版。一位书评人对于李辰冬的这部著作给予相当高的评价,认为它"不仅是现代青年写作的指路标,而且确实是一部有系统的中国文学史"④。称其为"文学史"是因为该书中有不少章节按照文学史的方式呈现,李辰冬首先介绍了中国文学的文体特征,以之为基础再指导学生欣赏名家名作;至于被评价为"青年写作的指路标",则是因为李辰冬每次在讲义中以书信体的形式向函校学生授课,讲述如何为文、做人。书中第一讲的题目就是"理想、生活与

---

① 赵友培:《赵友培自选集》,台北:黎明文化事业公司1981年版,第130页。
② 李怡:《含混的"政策"与矛盾的"需要"——从张道藩〈我们所需要的文艺政策〉看文学的民国机制》,《中山大学学报(社会科学版)》2010年9月。
③ 郑明娳:《李辰冬教授年表初编》,《文讯》1984年8月第13期。
④ 苏尔曼:《〈文学与生活〉第一辑读后》,《中华文艺》1955年5月第2卷第6期。

文学"，李辰冬提出"文学是生活的表现"这一为人所熟知的老话之后，便向学生指出"怎样得到生活，这是培养文学家的最基本工作"，"要当文学家，第一应先充实自己的生活"；他还澄清了"生活"与"活着"的区别，"生活是理想的，热情的，奋斗的；而活着仅是行尸走肉"；"要想获得生活，第一得有理想。理想是生活的指路标，也是生活的指南针"，"第二个步骤就在实践。理想不过是一个虚悬的目标，你得去力行，去实践，才能达到这个目标。当你实践理想的时候，自然就产生了生活"；"有了理想，有了实践，有了毅力，才能得到生活"，"生活愈丰富，你的作品也愈伟大，而你在文学上的地位也愈高"。①李辰冬的论述语言相当简洁明了，对于函校学生来说易解易通，这是他的书在当时甚为畅销的一个原因。他在论述中提到的关于充实生活的意见，叶圣陶早在《中学生》杂志的专栏中就有所阐发，在叶圣陶而言，生活基本还只是一个静态的供给写作者观照的对象，而李辰冬在这讲义中着重强调的却是从理想到实践这一过程中的体验，写作者须能动地参与其中。

李辰冬在《文学与生活》中不仅动员写作者树立理想、参与"生活"实践，还着重讨论了写作者在生活中完善自我人格的问题。他在给函校学生撰写的第五讲讲义中讨论怎样"养气"，引用曹丕"文以气为主"的名句，说明"气"是志向，理想是"气"的根源②，也是在论述写作者生活、人格与创作的高度合一。关于写作者人格问题的论述，李辰冬不仅是在他自己的撰述中着重强调，也在他的翻译实践中屡屡提及。在译作《巴尔扎克论》的前言中，他论述写作者"他的性格，他的生活与教育，他的过去与现在，他的德性与嗜癖，他的灵魂的一切部分与行为"都投射在著作中，基于这一观点，李辰冬提出一个解读名家作品的新角度，他以《巴尔扎克论》中论述的作家为例，"为了解和判断巴尔扎克，我们得先知道他的气质与生活。这两种东西之滋养他的小说，正等于两种树液之造成一枝花的形态，奇特和美丽的一样"①。译文第一章以"巴尔扎克的生活与性格"为标题，第二章则是"巴尔扎克的精神"，如果说前面一章是重在谈论写作者的生活经历与人格历练，后面一章则将作家人格联系到文学思想，在前者基础上考察文学创作的脉络。1922年茅盾在演讲《文学与人生》中引述西洋文学关于文学是"人生的反映"的观点，提出五个角度讨论文学与人生的关系，分别是社会、人种、环境、时代、作家的人格。关于最后一点，茅盾解释道："大文学家的作品，那怕受时代环境的影响，总有他的人格融化在里头。法国法朗士说'文学作品，严格地说，都是作家的自传'就是这个意思。"②与茅盾在1922年论述的心理机制相比较，李辰冬在论述中强调作家的人格问题，某种程度上也是出于当时历史语境的作用力。这一时期台湾文坛高频率出现呼吁作家进行"人格完整"创作的口号，例如"反共文学"杂志《半月文艺》在1951年提倡"人格完整的文艺创作"③。

国民党当局当时在民众中间倡导"克难"意识，李辰冬指引文艺青年从克服困难的过程中汲取力量、"产生"生活："如果你真的有理想，真的热烈地去追求你的理想，环境不允许，正是产生生活的最好机会。"④青年作家吴瑾怀受李辰冬影响，在他的一篇文章中有这样的表述："信仰愈坚定，则作家的生命力愈强，感受的生活也愈丰富，所激出的情感也愈真挚，作品的内容也就愈深厚。但由于信仰坚定与性格耿介之故，自然就会与现实脱节，于是不得志、潦倒、穷困、都随之而来。再反过来讲，文学家在社会上感受到潦倒，穷困的苦痛愈大，其所表现的作品才能深刻"⑤，从坚定的信仰、顽强的生命力、丰富

---

① [法]泰纳:《巴尔扎克论》，李辰冬译，《中华文艺》1955年3月第2卷第4期。
② 沈雁冰:《文学与人生》，《松江第一次暑期学术演讲会演讲录》1922年7月第1期。
③ 《怎样推动新的文艺运动——本刊读者作者座谈会记录》，《半月文艺》1951年2月第2卷第5、6期合刊。
④ 李辰冬:《理想、生活与文学》，《文学与生活》，台北:力行书局1957年版，第1~6页。
⑤ 吴瑾怀:《穷与文学家》，《中华文艺》1954年9月第1卷第4、5合期。

的生活、真挚的情感，到深厚的作品内容，这几个短语在吴瑾怀的这篇文章中有着明晰的递进关系，也是受李辰冬影响的例证。在阅读了李辰冬《文学与生活》一书之后，苏尔曼在他撰写的读后感中倡导文学青年"遵向理想—实践—生活—意识—作品的正确路向前进"①，这就是前述创作程式的由来。除了李辰冬等人以"生活"为中介物培养作家人格、创作深刻作品的观点，"生活"与文学的牵连在50年代的台湾文坛还引发过多种议题。论者朱啸秋的观点与1921年茅盾在"表现社会生活的文学是真文学"这一论断中体现的文学观一致，他在1958年发表的一篇文章中提出，文学作品中个人生活应与社会生活有交集，并强调生活作为作品的表现对象时，作家须在其中向读者传达特定"观念"："作为一个作家，他不仅应该参加社会的活动，更得在生活中探索社会生活的现实的本质，与各方面的关联"，"作家的基本工作，应该是将某种自己的观念，借了某种生活方面的事实，传递给读者；作家之艺术是从观察人生的结果归纳而得的生活材料，借创造之力而再生出人的性格，表现在相当的经验与行动上。艺术之别于历史者，在于：艺术是讲人的生活、历史是记载人类的生活"②，朱啸秋提出文艺作品重点讲述"人的生活"，引导写作者在创作中关注个体，前提则是在现实生活中进行的体验和探索；"中国文艺协会"小说创作研习组在选拔学员的标准上明确提出"须有丰富的生活经验"③，可以说正对应着朱啸秋的观点。

　　20世纪50年代的台湾文坛出现不少以作家为主人公的小说作品，它们提供了一个有趣的角度来观察写作者对于文学与生活关系问题的考量。这一时期，中华文艺函授学校的校刊《中华文艺》上发表的小说如《解脱》与《蜕变》、期刊《宝岛文艺》上发表的《雇佣记》等短篇，以及著名作家徐訏在《自由中国》连载的长篇小说《江湖行》等

---

① 苏尔曼：《〈文学与生活〉第一辑读后》，《中华文艺》1955年5月第2卷第6期。

② 朱啸秋：《写生与深入》，《文坛》1958年4月第2期。

③ 李辰冬、赵友培：《关于小说写作的研究》，《火炬》1950年12月创刊号。

等,都是以作家或者初习写作的文学青年为主人公。在这些小说中,作为主人公的"作家"直接参与作品所要揭示的"生活",主人公在小说设定的框架中观察、体验生活,同时也成为读者观照的对象。作者借含有自我投射意味的人物来阐释他们本人对于文学与生活关系问题的意见,显示了50年代台湾文学教育关于此一问题的论述走向。正如当时一位士兵在散文中表白自己"对写作感到浓厚的兴趣",写作是自己"精神寄托的所在"[1],小说《解脱》中的主人公迷恋文学,不断练习,在回应文学教育者"充实生活"的提议时他发现了自己存在的问题:"'学而后知不足',恐慌与缺乏生活经验使他的情感和想象力趋于干涸! 他知道必须充实生活,扩大生活面,但直到现在,四年来他始终在一家工厂里陪着那几架机器边机械的生活。"一番漫长的心灵折磨之后,他恍然领悟可以通过志愿从军"锻炼他的身心,充实他的生活",一旦遇到阻力,"他感到无比的烦恼,而每当'充实生活'四个字在头脑中提醒他催促他的时候,他更焦躁得要发狂!"[2]在小说结尾,主人公离家出走去寻找"充实生活"的方法,小说作者提供的答案是从军,从一个侧面体现这一时期文艺界讨论"生活"话题仍寄予政治动员的用心。

从20世纪初诞生的新文学到20世纪50年代的台湾文学,中国文学界一直存在关于"文学"与"生活"关系的讨论,这些讨论涉及如何组织创作素材,也涉及创作主体的能动性。50年代台湾的文艺理论家们在这一话题上的持续探讨,也是对"五四"时期"文学何为"相关讨论的回应。由于当时国民党在台湾开展持久的政治动员,写作者时时受到"走出象牙塔"的号召。1950年创刊的"反共文学"刊物《火炬》上,署名"逢吉"的一篇文章中出现这样的句子:"文艺附丽于人生,人生也需要文艺,在近代人的生活中,文艺实际是一种生活方式

---

[1] 谢春回:《丘八谈写作》,《中华文艺》1955年4月第2卷第5期。
[2] 黄振芳:《解脱》,《中华文艺》1955年3月第2卷第4期。

或者生活过程,并不是娱乐也不是象牙之塔中的缀饰。"①作者在这段话的后半句否定文学作为消闲之物存在,与文学研究会同仁在1921年否定文学作为"高兴时的游戏或失意时的消遣"相似。置于当时动员"反共文学"创作的背景下对之观照,逢吉的这篇文章强调的是要发挥文学的现实功利性,因此,他提出"文艺实际是一种生活方式或者生活过程"便显得有些微言大义的意味。1957年,国民党文艺官员王集丛曾说:"文艺作家和一般人一样,生活于政治环境里,时代气氛中,他不能不和政治发生关系。"②在这种社会氛围之下,讨论文学和生活的关系逐渐转变为讨论文学和政治二者的关系。

以20世纪50年代大陆文艺界对照同期的台湾文坛,中国作家协会副主席周扬1954年在《发扬"五四"文学革命的战斗传统》一文中肯定"五四"时期中国作家开启了文学的现实主义,他提出"我们在文学作品中所应当看取的,是作者对于生活的忠实,对于阶级矛盾的揭露的深刻,对于黑暗势力的强烈的仇恨和对于人民利益的坚决的拥护"③,他提及的"生活"也是一个与现实政治相关的概念。与同时期大陆文学理论家一样,"生活"在50年代台湾文艺界作为一个关键词,也是强调了作家的主观能动性。

但是,当主题先行而忽略实质性的日常生活时,写作者就会遇到写作困境。当时一位高中"国文"教师在谈论"国文"课教学问题的时候,点出学生写作个人生活题材的文章常有佳作,而"那些应景的庆祝文和配合课本的议论文,他们写作得都不好。例如《国庆感言》之类,十九都是抄袭成章;而《廉耻》《四维》等题,更扯东扯西拼七凑八地不成其文章,还不如他们所写的《投考高中回忆》等记叙文","人人有其甘苦",学生有海边生活体验,因而"他们写那《海滨游泳》《山中樵采》等题材,无不兴趣盎然,淋漓尽致!"④限定写作主旨须切合时代

---

① 逢吉:《文艺与时代》,《火炬》1952年第2卷第1期。
② 王集丛:《关于匪情的描写》,《文坛》1957年11月创刊号。
③ 周扬:《周扬文集》第2卷,北京:人民文学出版社1985年版,第272页。
④ 钱孟邻:《我怎样教高一的"国文"》,《中国语文月刊》1958年9月第3卷第3期。

主题的命题作文在50年代的台湾课堂中非常普遍，它其实把学生的实际生活经验排挤到文学边缘，导致学生写作时无从下手；而执行具体文学教育的实践者遇到的这个难题，正是因为当时台湾主流文艺一方面强调"生活"，一方面曲解"生活"本义。"文学写作无非是两个问题，一个是写什么，一个是怎么写，依总政战部的设计，他们决定写什么，我们只管怎么写。"①在这样的情况之下，作家已经不需要自己去体验生活，因为国民党当局的文艺部门已经设置了一个有关"生活"的话语系统，其中包含着主题和若干素材，作家需要做的只是接受写作任务，对材料进行整理、按照主题选取合用的素材，然后以写作技巧整合这些素材，写成符合当局需要的作品。一些文学教育者意识到这个问题之后，便以与国民党文艺政策反向而行之的策略来进行弥补。《中华文艺》杂志中常设"习作修改"的栏目，教员黎中天在其中一期曾以修改学员邱家洪创作的小说《悔》为示范。黎中天先解释了他的出题用意源于"自从我批改同学的习作以来，发现作品的意识都不深刻"，因此以每个人在生活中都有过体验的"悔"为题，"要求同学紧紧地把握题意，加重作品意识的深度"。邱家洪在写作中选取校园生活中熟悉的题材，获得黎中天的赞许："像这类事情，是现实里面常有的，作者取材，完全得之于现实，可以说是'反映了人生'，至少'反映了人生'的某一部分。"②这个案例体现了文学教育者试图纠偏的努力，进一步确认了文学与真正现实生活的关联，肯定了从咀嚼生活体验到深化作品意识的轨迹；也是教育者为实现文学自身价值的一种策略，如此，才可避开表现文艺部门官员所论述的局限了的"生活"。

　　赵友培的《生命的诗篇》一文1963年1月1日在期刊《文坛》刊载，虽然不是发表于50年代的作品，但赵友培在其中论述了写作者的生活实践与文学创作之间的关联，这篇文章折射的文艺观本质上与50

---

　　①　王鼎钧：《文学江湖》，台北：尔雅出版社2009年版，第430页。
　　②　"习作修改"，《中华文艺》1954年9月第1卷第4、5合期。

年代台湾主流文艺界的认识一以贯之。例如"文艺从生活出发,但不止于生活的表现;而要从生活的表现进展到生命的创造"①,揭示写作者对生活内容须加以提炼、升华;"文艺作家之所以伟大,是在他本身就是这个时代中的革新者,就是这个时代中的战斗者,就是这个时代中的创造者","他在生活的实践中,对于生命的目的,必有新的体认,对于生命的秘奥,必有新的发现,对于生命的境界,必有一个前人从未到达的高峰","他不但要作时代的一员,和别人并肩携手,他还要作时代的先驱,走在别人的前面;所以,他的精神不仅已在动员,而且是最早动员的一个"②。几十年之后再来看赵友培的这番论述,"革新""战斗""先驱""动员"等词语都是典型的20世纪50年代语汇,但赵友培在其中强调写作者应不落入前人窠臼,在生活实践中有自觉意识地"体认""发现",客观而言,这一论述为文学青年指明了一条避开公式化写作的路径。

二、20世纪50年代台湾的"写实主义"与"反共文学"作品分析

现实主义创作观是新文学传统中最重要的理论话语之一。在20世纪20年代的中国文坛,经过理论家的有意提倡以及作家的亲身实践,自然主义、写实主义、浪漫主义等创作手法都得到了普遍推广。写实主义这一创作理论因其与民众生活结合有可能带来的政治号召力,获得了文艺界特别是左翼文学论者最多的倡导。历经数十载,它在20世纪50年代的台湾仍然是主流文艺界最为推崇的写作理论,许多相关的理论阐述都沿承了1949年前新文学的文学主张;但由于"反共文学"的创作需要,此时的文艺理论家与茅盾等人当初提倡写实主义时的心理机制已大为不同。为显示理论的进化以及区别于左翼文学阵营的表述,一些理论家提出"新写实主义"的概念,并对左翼理论

① 赵友培:《赵友培自选集》,台北:黎明文化事业公司1981年版,第1页。
② 赵友培:《赵友培自选集》,台北:黎明文化事业公司1981年版,第2页。

家的写实主义文学观进行批判。这一小节将50年代台湾文坛的写实主义理论与之前大陆文坛的相关理论进行对比,着重考察"反共文学"教育者如何倡导写实主义,并在此基础上检视几部较有代表性的"反共文学"作品,从"反共八股"的问题上分析这一时期作家在限定题材与表现真实之间的两难境地。另外,需要说明的是,50年代的台湾文艺理论家总体而言对"写实主义"与"现实主义"并不加以严格区分,经常出现混用现象,因此,本书在这一小节对于引用文献中可能出现的表述不一将不再具体讨论。

写实主义在20世纪之初是作为先进的创作手法被理论家引入中国的,客观来看,它对于中国文学具有革命性的意义。晚清时期文坛盛行"黑幕小说""谴责小说","五四"作家效仿"先进国的写实主义作家",认为文学应当反映社会的现象,故而肯定"客观的态度和比较写实的手法",并将写作看作"崇尚理智的活动"①;兼之茅盾等人提出"现代的活文学一定是附着于现实人生的,以促进眼前的人生为目的"的观点②,写实主义很快在祛除愚昧推崇理性的"五四"时期得到作家的广泛认同。随着鲁迅、叶圣陶及其他新文学作家作品的涌现,中国文坛风气一变,"五四"新文学也由此奠定了写实主义的传统。叶圣陶在1921年评述当时文坛的创作"有一个一致的普遍的倾向,就是对于黑暗势力的反抗,最多见的是写出家庭的惨状,社会的悲剧和兵乱的灾难,而表示反抗的意思"③,叶圣陶以理论家的身份对于作家运用写实主义创作手法已收成效提出肯定意见,而他所说的"反抗"一词则标示着作家在写实主义文学中贯注着批判精神。以写实主义为标的来衡量"五四"文学后来很快成为评论界的共识,例如刘大杰在1936年鲁迅去世之后曾高度评价鲁迅的作品:"中国的写实主义,

---

① 郑伯奇编选:《中国新文学大系·小说三集》,上海:良友图书出版公司1935年版,第10页。

② 雁冰:《"大转变时期"何时来呢?》,《文学》1923年12月31日第103期。

③ 叶绍钧:《创作的要素》,《小说月报》1921年第12卷第7号。

从鲁迅的手开始,由鲁迅的手完成。"①国民党宣传部部长任卓宣在1960年评价"五四"文学革命时,也肯定了"文学革命是写实主义运动"且是"以写实主义代替古典主义的运动";他认为胡适的新白话运动只是完成了形式上的革命,陈独秀在内容上进行的革命才真正促成了文学革命的全面成功。虽然陈独秀在《文学革命论》中并无"写实主义"的提法,任卓宣的论述为之追加了"写实主义"的性质认定:"国民文学、写实文学、社会文学,可归结为写实主义。'新鲜''立诚'固然是写实主义底特征,'平易''抒情'和'明了''通俗'又何尝不是写实主义底特征?"②

在20世纪50年代的台湾,写实主义仍然具有进化论意义上的优越性。1950年,孙旗在《半月文艺》杂志上以昂扬的语调肯定经历过抗战后,中国文学在创作方法上得到的提升:"我们的文艺已从自然主义,浪漫主义,象征主义,而飞跃地进展到新写实主义的阶段。"③次年1月,木兰在《火炬》杂志为文学青年答疑解惑,他将民主与科学定义为文学的走向,而写实主义创作正是受科学方法的影响而形成。④三民主义文学理论家王集丛则论述中国古代文学"写实的倾向很明显"⑤,由此证明写实主义古已有之,也否认写实主义理论受左翼影响,因此可将写实主义视作文学教育的利器。

"现代中国文学不仅仅是反映时代混乱现实的一面镜子,从其诞生之日起一种巨大的使命便附加其上"⑥,正是在看中写实主义文学的功能这一点上,国民党文艺阵营才有意提倡和推广"写实主义"的文学。此间有关写实主义的文论大多集中在服务"反共文艺"思潮的需要,其中许多文章存在限定创作题材的倾向。"反共文学"期刊《半

---

① 刘大杰:《鲁迅与写实主义》,《宇宙风》1936年12月1日第30期。
② 任卓宣:《文学革命底形式与内容》,《文坛》1960年7月第7号。
③ 孙旗:《论文艺的统一战线》,《半月文艺》1950年5月第1卷第3期。
④ 木兰:《当前世界文学思潮的主流及其趋向》,《火炬》1951年1月第2期。
⑤ 王集丛:《三民主义与文艺》,台北:台湾商务印书馆1971年版,第81页。
⑥ [美]安敏成:《现实主义的限制:革命时代的中国小说》,姜涛译,南京:江苏人民出版社2001年版,第3页。

月文艺》的编辑程大城倡导作家重视写实主义的功能,以创作攻击对手。理论家以写实主义命名"反共文学"的创作手法,便顺理成章地赋予"反共文学"以所谓揭示历史真实的优越性。

作家创作在20世纪50年代被要求使用写实主义的手法以实现"现实的产品"。陈笛1951年初在《野风》杂志谈文学创作的问题时说,"文艺根本是现实的产品,这是不容置疑的。唯有能忠实的反映与表达出社会的动态,时代的脉搏,才是健全的成果,才是有价值的作品",这个观点与主流文坛保持步调一致。至于如何才能创作出现实的文学作品,他提出的一个前提是"文艺工作者正确的世界观与人生观"已经确立,作家在创作过程中"把对象从现实中提取了出来,整理它,过滤它,批评它,以至于战胜它。然后用文字表达出来"①,这一组由"提取""整理""过滤""批评""战胜""表达"等若干动词构成的复杂流程图,如同现代工厂流水线的作业说明,可谓是体现了符合"文艺工作者"身份的写作思路,同时也因为它暗示着作家对题材进行过多的加工与运作,显露出"反共文学"创作事实上背离写实主义的破绽。以舒亚云在《文艺创作》发表的小说《母亲的故事》为例,这是一部情节离奇的作品,作者在情节安排中设置了两组矛盾:省籍矛盾与国共矛盾,小说主要人物是两个年轻人(分别是本省籍与外省籍)及二人的母亲(同一个人,她本是外省籍后来被迫嫁给本省人)。小说作者将省籍矛盾淡化,凸显了"反共"主题②。这篇小说自然是作者遵照当时符合国民党政治立场的"世界观与人生观"所写成,不过却由于书写中不加节制,随意夸大、变形,无所不用其极,使得小说流于传奇式的虚假写作。

人物的描写问题比较能够体现国民党阵营在20世纪50年代倡导"写实主义"的捉襟见肘。凭空臆造人物、过度夸张是这一时期"反共文学"的通病,而理论家正对此持鼓励的态度。当时通行于台湾的

① 陈笛:《小谈新文艺——给〈野风〉》,《野风》1951年1月第5期。
② 舒亚云:《母亲的故事》,《文艺创作》1952年5月第13期。

一个口号是"共党实行清算斗争，灭绝人伦；我们则笃践忠孝仁爱，尊重伦常"①。以之为出发点，如任卓宣所言，"写实主义"的"反共文学"不仅要揭露黑暗，还须表现光明与模范。"反共文学"实践者一是从反面谴责政敌"灭绝人伦"的斗争哲学，二是从正面树立典型，展示己方的"忠孝仁爱"。不过，这个过程中都已经不是写"实"，而是创造一些"反共抗俄"口号的替代物。柏樟回溯历史，从他1946年在沈阳提倡"描写匪区"运动谈起，"由于无法去眼见目睹及较真实的耳闻，有人却写出偏差来了"，柏樟列举陈纪滢的《荻村传》中即有甚大错误，"写匪应该适可而止了。除非有真正真实的材料，坐在房间里作梦的作家尽可停止写匪了"，"要反攻必先建立对自己的信心，有了必胜信心，才能反攻成功"，因此他提出"描写好人"的口号。对于作家"要是没有好人呢"的疑问，柏樟答复是"我们创造好人，请大家看齐！"②在对"真正真实的材料"的重视程度上，可以说柏樟把握到写实主义创作手法关于观察现实生活的重要，不过，他所谓用"创造好人"的方法来"描写好人"的论述却已溢出了写实主义的边界。

接着柏樟的意见，李辰冬以数学公式作比，描述写作中刻画人物形象的过程。按照李辰冬的论述，写作者描写人物时，须先做减法，再做加法，"一个实际人物的性格，异常复杂"，顺着他之前论述的"符合理想的生活"的逻辑线索，李辰冬便导入"理想人物"的概念，"小说家要将一个实际人物创造为一个理想人物的时候，必得单取一种性格来描写，才能显出人物的特性。选定某想象人物附以某种性格后，还得把此种性格夸大，所谓夸大的意思，就是把实际人类所有与某选定性格同类的，尽可能都加在这个理想人物身上。因为不如是，性格就不能显著"③。不过，人物塑造的问题也可以看出"反共"作家一种颇具无力感的创作心理。李辰冬以罗贯中的《三国演义》为例，谈曹

---

① 雷震：《〈共党语言可以袭用吗?〉书后》，《自由中国》1951年9月第5卷第5期。

② 柏樟《描写好人》，《火炬》1952年8月第2卷第1期。

③ 李辰冬：《论人物创造——曹操这个人物是怎样创造成的》，《文艺创作》1952年2月第10期。

操与刘备这两个人物形象的对立其实是符合读者期待的设置,罗贯中"选择事实,夸大事实,捏造事实,附会事实来创造曹操这个人物,因而曹操在我们心目中成了一位不朽的人物","因为作者要将曹操写成奸雄,而奸雄是人人憎恶的,可是曹操在事实上是成功的,他无法改变这件事实,于是每遇曹操失败的时候,写得特别惨,虽没有死,然也是九死一生,这样也可以发泄一点人们憎恶的忿恨"[1],《三国演义》中的曹操是一个出于写作者的价值取向而被丑化的人物形象,"反共文学"按照这种逻辑展开人物设置,李辰冬从传统小说中引申的意见正可以解释当时"反共文学"的尴尬处境。

对于那些初学者而言,文学反映社会生活与写作须借重想象力这二者是一组悖论。穆中南在讨论"创作写实"问题时称,陈纪滢在《文坛》函授学校散发的《文学概论》讲义中有两段相关的话,引发学生较多提问。陈纪滢的第一段话大意是"没有一个小说竟是说实话的。说实话的是历史家,说假话的才是小说家。历史家用的是记忆力,小说家是想象力。历史家取的是记忆力,小说家是想象力。历史家取的是科学态度,要忠于客观;小说家取的是艺术态度,要忠于主观","小说应该是主观的,个性的,有感觉。认艺术是人类的镜子和生活的画面",不过,陈纪滢同时又称,"对小说的要求是客观,作品是社会生活的反映。文学是显示的,而不是教导的,应该做一个表现人的,而不是讨论的人"。穆中南作为《文坛》主编,声明"本社是主张创作写实的,所以提出问题的非常踊跃"[2]。在"说假话"与"客观反映社会生活"之间,陈纪滢的论述未能做到自圆其说,无怪乎学生们纷纷发问。与陈纪滢相比,任卓宣的言论就是直接引导写作者"说假话"了,他先是承认当局存在很多问题,但继而强调"文艺上的写实主义不能用在这里。如果用在这里,比如刺激起不满现实的情绪,使人来

---

① 李辰冬:《论人物创造——曹操这个人物是怎样创造成的》,《文艺创作》1952年2月第10期。

② 穆中南:《文学家和历史家》,《文坛》1959年2月第4号。

反对政府了"，"须知分散意志便分散力量，是大有害于反共的。所以反共文艺必须专一反共。如果反共之外又反我们，怎能说是反共文艺呢？"①很明显，"反共文艺必须专一反共"这一口号体现了国民党文艺阵营在提倡写实主义的"反共文学"时执行的双重标准。

"反共文艺"的实践过程中，写作者一方面受限于主题先行的思维方式，一方面为达到宣传目的，在创作中掺入过多的想象成分，二者结合，使得写作者根本无法贯彻写实主义，大部分作品都陷入"反共八股"的困境。正如向林冰在抗战时期批评部分创作"凡是提到敌人侵略我国原因的时候，照例是'日本军阀无人性'或'东洋小鬼太凶残'等空洞而错误的抽象词句"②。王集丛评价50年代台湾某些作家过于模式化的创作："在表现匪干的罪恶的时候，总是对他们的形态、服装和为人加以特别说明，给人以坏的印象。看来就像旧戏中的小丑，又像旧小说中的恶徒，但是不如他们的有生气。"③

关于写实主义的局限性，当时曾在理论倡导者与作家之间有过一次小规模的辩论。作家徐訏50年代先后在香港、台湾两地居住，视野不局限于台湾一地。在《从写实主义说起》这篇文章中，他以美国文坛的创作为例，来说明现实主义已过时，他提出文艺上的现实主义其实与唯物论相对应，是"政治的现实主义"，因此批评台湾文艺界对现实主义的倡导受左翼影响。"在自由中国作家中，主张现实主义的朋友竟或多或少的未能摆脱多年来左翼文人提倡的影响，往往把现实解作政治的现实"④，徐訏在这里的发言显得颇为"犯忌"，因为他将国民党文艺阵营与左翼文学界相提并论，但他对现实主义进行检讨的重点其实是放在国民党阵营文艺理论家引导作家把"现实"置换为"政治的现实"。针对徐訏这篇文章中表达的现实主义"衰落、过时之

---

① 任卓宣：《今后的文艺动向》，《半月文艺》1950年3月第1卷第1期。

② 向林冰：《通俗读物编刊社的自我批判》，《抗战文艺》第1卷第3号。

③ 王集丛：《关于匪情的描写》，《文坛》1957年11月创刊号。

④ 徐訏：《从写实主义说起》，《新生报》1956年8月27日。参考王集丛：《三民主义与文艺》，台北：台湾商务印书馆1971年版，第68~69页。

说",王集丛并未辨明写实主义与现实主义的细微差别,却牵强地指出徐訏持此观点是为他自己的小说创作进行辩护。此外,王集丛引证若干作家作品来说明现实主义在美国文坛一直盛行,尚未过时。①因为徐訏的挑战,国民党文艺阵营倡导写实主义便有些捉襟见肘:一方面,写实主义文学在当时台湾的合法性被动摇;另一方面,它相对于其他写作理论的优越性也岌岌可危。就前者而言,这场辩论是王集丛反复强调写实主义价值中立的一个重要背景,他必须针对作家的质疑来修补国民党文艺阵营以往论述上的漏洞,划清两种写实主义的界限来以正视听;至于后者,放在新文学发展的脉络上来看,则是徐訏与"五四"时期文艺理论家遥相呼应的一次对话。

称写实主义文学已经过时的观点并非始自徐訏,早在1921年文学研究会同仁引进写实主义的创作理论时,他们就在《小说月报》的改革宣言中明确表示"写实主义的文学,最近已见衰歇之象,就世界观之立点言之,似已不应多为介绍",这样的见解表明了"五四"时期文艺理论家们的开阔视野,不过,茅盾等人也认识到,在"写实主义之精神与写实主义之真杰作"都很欠发达的中国文艺界,有提倡写实主义文学的必要;与此同时"非写实的文学亦应充其量输入,以为进一层之预备"②。在这样一种顾全大局的思路之中,写实主义文学其实只是被理论家当作中国文学在过渡阶段的凭借,因其具有"促进眼前的人生"③的功能而被临时借重;至于写实主义文学之外的更丰富、更多样的文学,并未被"五四"时期的理论家忽略,而是引进中国文坛作为"进一层之预备",归根结底,"五四"时期的理论家毕竟对"文学本身的使命"心存敬意。④

整体上来看,国民党文艺阵营在20世纪50年代对写实主义之外的其他创作理论持有否定态度。前文已引述孙旗在《论文艺的统一

---

① 王集丛:《三民主义与文艺》,台北:台湾商务印书馆1971年版,第71页。
② 《〈小说月报〉改革宣言》,《小说月报》1921年1月10日第12卷第1号。
③ 雁冰:《"大转变时期"何时来呢?》,《文学》1923年12月31日第103期。
④ 成仿吾:《新文学之使命》,《创造周报》1923年5月20日第2号。

战线》中关于写实主义的意见,他将写实主义与之前中国文坛流行过的其他创作理论进行了比较,其中就包括浪漫主义,在他看来,写实主义优先于浪漫主义。王集丛也持有这种态度,他在评述巴尔扎克的《人间喜剧》时称巴尔扎克正是一位"由浪漫主义过渡到现实主义的伟大作家"[①],舍浪漫主义而取现实主义,他对巴尔扎克的转型持赞赏的态度。自梁启超1902年在《论小说与群治之关系》中提出"理想派"与"写实派"这两个概念[②],浪漫主义和写实主义这两种创作观在中国文坛就被奠定了分野。郑伯奇在1935年对文学研究会和创造社进行评述时,从二者的整体倾向上支持"文学研究会被认为是写实主义的一派"而"创造社是被认为有浪漫主义的倾向"的观点,不过,他更着重强调创造社倾向"革命的浪漫主义"[③]。相对于国民党文艺阵营轻视浪漫主义的态度,左翼文学界早就在结合浪漫主义和写实主义的问题上做了阐释。30年代周扬等左翼理论家讨论这一问题时,将"五四"时的"写实主义"置换为含有政治意味的"现实主义",他说:"现实主义在文学史上一般是被了解为浪漫主义的反对物,这种区分法是机械的和不确当的。实际上这两种倾向常常互相错综,渗透和融合。"[④]这样的表述为1949年后大陆盛行的"革命现实主义与革命浪漫主义相结合"做了铺垫,也是国民党文艺阵营在动员作家参与"反共文学"创作时并未言明的一条途径。

写实主义创作手法从"五四"时期开始被中国文学界广为运用,1949年之后两岸文坛从各自的政治立场出发对之有所传承,国民党文艺阵营不断激励作家投身写实主义文学创作,念兹在兹的却是所谓"反共文学"的时代主题,因此不断有意识地"误读"写实主义,"反共八股"的出现也就在所难免。夏济安编辑的《文学杂志》在"反共文

---

① 王集丛:《三民主义与文艺》,台北:台湾商务印书馆1971年版,第77页。

② 梁启超:《论小说与群治之关系》,《新小说》1902年11月14日第1期。

③ 郑伯奇编选:《中国新文学大系·小说三集》,上海:良友图书出版公司1935年版,第10页。

④ 周扬:《现实主义试论》,《文学》1936年1月1日第6卷第1号。

学"尚未退潮的1956年开始发行，发刊词《致读者》中说"我们不想逃避现实。我们的信念是，一个认真的作家，一定是反映他的时代，表达人的时代精神的人。我们并非不讲求文字的美丽。不过我们觉得更重要的是让我们说老实话"①，这种"说老实话"的态度便是文学家对变形了的"写实主义"文学进行的拨乱反正。

第三节　"反共文学"教育的副产品

一、"小说研习组"——集体文学教育的尝试

出于政治动员的目的，国民党文艺阵营在20世纪50年代多方筹措，以"中国文艺协会"、《文艺创作》、中华文艺奖金委员会为代表，成立高度组织化的作家协会来强化作家的"反共"使命；主办或资助文学刊物来营造"反共文学"的舆论氛围、设立文艺奖金委员会来重金悬赏"反共文艺"作品……不过，许多创作为了契合所谓时代主题，整体上流于口号化、模式化。为此，国民党文艺阵营不断尝试对之进行调整与改进。在这样的背景之下，各种形式的创作辅导机构、文学研习组开始成立。文艺官员组织优质师资，向社会开放招生，通过班队化管理的方式进行集体文学教育。由于课程设计重文学轻政治，集体文学教育在实践过程中取得了一些意外的收获，即"反共文学"界期待之外的文学本身的收获。这一小节就从"中国文艺协会"小说创作研习组的开办缘起展开讨论，对照大陆40年代延安鲁迅艺术学院、50年代文学研究所的办学实践，分析这一时期台湾的集体文学教育如何突破"反共文学"模式的局限。

---

① 《致读者》，《文学杂志》1956年9月第1卷第1期。

50年代初期的"命题"创作大多存在口号化、模式化的严重问题，这在《文艺创作》——当时规格最高的"反共文学"刊物——发表的作品中相当普遍，表现为这四种类型：作品中的共产党员总是被刻画为极端丑恶的反面形象①；遵循"反共加爱情"的写作公式②；为突出敌我两立，作品结尾往往设置"大义灭亲"的情节③；即使是一些试图在小说艺术上开掘的佳作，也会狗尾续貂，在最后添上一条光明的尾巴④。

从"反共文学"传播的实效、文学本身的境界这两个角度，20世纪50年代有不少评论者提出批评，一定程度上对劣质作品泛滥的现象有纠偏的意义。胡雷在较多发表"反共文艺"作品的《宝岛文艺》上讨论文坛动向，首先就对"反共八股"的问题提出了批评："文艺自从确立了反共抗俄这一主题，就有人担心，会不会像'抗战八股'一样成为'反共八股'，果然没有错，确确实实的陷入'八股'的泥沼了。就是说写什么东西，都是'反共抗俄'的直率口号"⑤；作家墨人在民间文艺刊物《野风》为邓禹平作品写诗评，他先是肯定邓禹平作品的艺术性，表示文坛像他这样的作家太少，接着便指出文学创作固然应该突出社会价值但也不能忽视艺术价值，作品如果仅有前者，"只能算是宣传品"，而"目前我们所能读到的属于前者的多，属于后者的少"⑥；墨人次年在《火炬》杂志中又再次强调了这一意见："没有艺术价值的作品不但不能垂之久远，甚至在此地也难存在。"⑦本省籍作家钟肇政在致信钟理和时，批评报刊上的所谓战斗性文字，内容多半"拙劣不堪"⑧；甚至在这一时期的小说作品中，也有作者借人物之口提出批评："青

---

① 梅逊：《榴花》，《文艺创作》1951年8月第4期。

② 郭嗣汾：《蓝色之歌》，《文艺创作》1951年10月第6期。

③ 墨深：《大别山下》，《文艺创作》1951年6月第2期。温新涞：《被骗者的觉悟》，《文艺创作》1951年6月第2期。

④ 端木方：《四喜子》，《文艺创作》1951年9月第5期。

⑤ 胡雷：《论清扫文艺路径》，《宝岛文艺》1951年3月第3年第1期。

⑥ 墨人：《评〈蓝色小夜曲〉》，《野风》1951年9月第19期。

⑦ 墨人：《三点希望》，《火炬》1952年8月第2卷第1期。

⑧ 钱鸿钧编：《台湾文学两钟书》，台北：草根出版公司1998年版，第131页。

筋暴涨硬把口号渗入文章的'小说',报屁股上千篇一律,莫名其妙的短杂竟出之于许多自认为大师之手。文艺可以宣传,但宣传品毕竟不能称之为文艺。然而他们却硬要这样去做,结果这混合物塑成了四不像,然后在读者眼睛的过滤之下,宣传仍是宣传,词句仍是词句的分得清清楚楚。"①

针对个别作者进行一一纠偏既然不可能,群体性的补课就显得是一条可行的路径。集体文学教育成为可能的前提是社会上创作意识的普遍与写作者群体的扩大,客观上,当时的台湾已具备推行集体文学教育的条件。诗人周弃子在《自由中国》写文章批评文坛风气时点出:"此时此地","不论那一种杂志,每期至少总有篇把小说,首把诗,可以说凡杂志必文学"②,从侧面展现文学在民众中传播、接受的广度。作家王鼎钧早年在小说研习组接受过半年的文学教育,他追忆50年代的台湾社会"学习文学写作的风气大盛"③,这种写作风气就是贯彻集体文学教育的基础。

20世纪50年代是"中国文艺协会"发展如日中天的阶段,最早在1950年就有了集体文学教育的尝试。当年8月21日至9月2日,"中国文艺协会"与台湾省教育厅合办为期两周的"暑期青年文艺研习会",此次研习会借用中学教室作为场地,每晚上课两小时。最初报名人数将近九百,最后录取三百人。学员中除了"军公教"职业,来自工厂、商铺、摊贩的职业青年也大有人在;整体上,中小学教师及大中学生仅占百分之十,可见社会人口在比例上占绝对优势。研习会分为文学、美术、音乐、戏剧四个组,其中文学开设两个班。陈纪滢担任教务委员会主任委员,赵友培则担任教务主任,何容兼任委员与文学组主任。课程设讲题六十四种,由罗家伦、陈纪滢、陈雪屏、许君武、徐钟佩、李辰冬、耿修业、王平陵、张道藩、傅红蓼、何容、葛贤宁、赵友

---

① 师范:《笔尖》,《自由中国》1953年6月第8卷第12期。

② 周弃子:《脚踏实地说老实话(读〈文学杂志〉创刊号)》,《自由中国》1956年10月第15卷第7期。

③ 王鼎钧《文学江湖》,台北:尔雅出版社2009年版,第170页。

培等人担任主讲。①另外，当年10月，"中国文艺协会"公开接受文学爱好者习作，由该会延请老师进行修改，包括"文艺青年习作诗，小说，剧本（原定诗歌一项，后来小说，剧本均不约而同送进请修改），迄十二月二十日止，共批改五百余件"。与此同时，"中国文艺协会"还通过现场演讲和广播转播的形式向社会推广有关文艺创作的经验，"公开举行文艺讲演，计在植物园两次，广播电台三次，共五次，听众均极踊跃"②。综上所述，至1950年底，台湾文艺界通过暑期研习、开放修改习作、创作指导讲座、广播授课等形式，在推行集体文学教育上积累了不少经验，这些经验就是"中国文艺协会"进一步开办"小说研习组"的重要基础。

"小说研习组"全称为"'中国文艺协会'文艺创作研习部小说组"，最初由李辰冬、赵友培在《火炬》杂志1950年12月的创刊号上发起倡议。他们将采取课堂讲习式的集体文学教育，归结为面向时代使命的需求——"欲求发挥文艺攻心的战斗力量，自有创设一个专门研究写作的机构的必要"，清楚交代了他们主持这项文学教育活动有明确的现实考虑。与周扬在1956年提出的观点截然不同："文学不同于其他艺术，不需要专门训练，自己关在屋子里写出作品来就可以成为作家"③，李辰冬、赵友培二人提议设计系统课程来教授文学创作，首先便是确认了文学教育的可能性——"文艺创作，除天才与学识经验而外，尤赖技术。天才可以启发，学识经验可以吸收、消化、发挥，技术可以训练；这是公认的事实。"李、赵二人提出文学教育具备可行性、合理性。作为国民党文艺阵营的重要人物，赵友培1949年前在南京中央训练团主办过民间艺术训练班，主办小说研习组前，他在台湾也主办过暑期青年文艺研习会，但都由于"组别太多，时间太短，学员

①　"中国文艺协会"第十届理事会主编：《文协十年》，台北：中国文艺协会1960年版，第23页。

②　张道藩：《一年来的文艺运动》，《火炬》1951年1月第2期。

③　周扬：《周扬文集》第2卷，北京：人民文学出版社1985年版，第373页。

的水准不够整齐,教学的计划不够精密,难如理想"①。此番改造文艺教育,他单独选择小说一个部门、延长教学时间,尝试在教学上探索得更为深入。相对于小说研习组出现之前的各类文学教育,李辰冬、赵友培以一个完整的工业流水线模型来比喻设想中的文学教育过程,将文学教育者的主动性发挥到新的高度——"我们基于共同的认识和一致的信念,准备协力合作,创设一个研究小说写作的机构。这个机构,同时是生产的工厂:我们要约请许多心灵的技师,担任指导设计,帮助爱好文艺的青年朋友,开动天才的马达,以从事精美的创造;这个工厂开工的日期,预定在1951年1月"②,"工厂""技师""马达""开工"等词语拼凑出一个大型生产现场的场景,与周扬"自己关在屋子里写出作品"的描述相比,完全是不同的思路。

以小说研究班的具体课程表为例,可以发现课程设计的文学性相当之高③:

关于中外小说名著研究部分,共四十四小时;

关于人生哲学及文艺思潮部分,共三十小时;

关于创作心理研究部分(包括创作经验谈),共十六小时;

关于表现技巧训练部分共八十二小时;

关于艺术欣赏部分共三十二小时;

关于作品批改部分共三十二小时;

关于讨论及座谈部分共十四小时;

关于分组指导部分,每周各二小时。

除分组指导不计外,各项课程总计为二百五十小时。

这份课程简表将"讨论及座谈"单独列出,看似比例不大,实际上

① 李辰冬、赵友培:《关于小说写作的研究》,《火炬》1951年12月创刊号。

② 李辰冬、赵友培:《关于小说写作的研究》,《火炬》1951年12月创刊号。

③ 李辰冬:《四年来自由中国的文艺教育》,《文艺创作》1955年1月第45期。

在每一门课程上，组织者都比较重视师生间的互动。赵友培在1951年3月12日开课之前的讲话中称之前的创作班在教学上有缺陷，师生之间仅仅依靠讲义进行文学理论知识的传授，实际上无益于创作，"现在创作第一，不谈主义，不发讲义，直接阅读作品吸收技巧、领略风格、体会意境，按时交出作品给大家看，欢迎批评，不怕修改"①。在课堂上，赵友培"创作第一""不发讲义"的意见得到具体落实。不单是提出"创作第一"的口号，小说研习组的组织者将活动整体上就看作一次"实验"，"对于当前文艺教育的改造，应有新的觉悟，应作新的实验；而小说写作研究，就是我们实验的第一课"②。

　　20世纪50年代在台湾进行的文学教育常常能体现教育者对新文学传统的回顾。李辰冬与赵友培就以"五四"以来的新文学作为参照系来设计小说研习组的课程，他们称自己的尝试"是从五四以来新文艺史上的一件大事，成功或失败，关系太大：成功，将为中国文艺开辟新途径；失败，将为中国文艺放下绊脚石"，此话看似自命不凡，却把握到了培养文学创作人才的艰难，因为他们也注意到大学课堂内培养创作人才的局限性，"今日大学文学系的课程、教材、教法，皆不能培养文艺写作人才"，"大学教育制度的改革，特别是文学系课程的调整与教法的改进，不是一朝一夕的事，也不是闭门造车纸上谈兵的事；而夜间教育的倡导，亦不应仅注意于补习，而应更注意于深造。我们当从这次实验中，提出具体意见，藉供教育当局的参考"③，这些基本上都是比较公允的观点。

　　在总结1950年"中国文协"主办的短期研习会时，张道藩的表述很符合他国民党文艺领袖的身份，"在短短的两周内，作有系统的研讨，提高了他们对文艺的认识，增进了他们写作的技巧，坚定了他们为'反共抗俄'而从事文艺创作的信心，可说替自由中国文艺运动增

① 王鼎钧：《文学江湖》，台北：尔雅出版社2009年版，第72页。
② 李辰冬、赵友培：《关于小说写作的研究》，《火炬》1951年12月创刊号。
③ 李辰冬、赵友培：《关于小说写作的研究》，《火炬》1951年12月创刊号。

加了一批生力军,也为'反攻大陆'后的文艺运动储备了优秀的干部"①,字字句句突出的都是文学教育与"反共抗俄"这些大主题的关联性。但是,具体负责集体文学教育运作的人并非从同样的角度进行思考。尽管赵友培倡议开办小说研习组时以"反攻大陆"和"攻心战"一类语言为号召,实际教学过程中,政治口号却隐退到台后,从名著精读、写作训练中提升文学素养才是教学活动的主要内容。1951年,赵友培在他组织的小说研习组课堂上,跟学生说教员向学员传授怎样写小说,并非要求大家一定写"反共"主题的小说;据王鼎钧回忆,赵友培的原话是:"不管你提倡什么小说,都得先有小说!""每一堂课,我们要求讲座从小说创作的层面发挥,如果讲座没能完全做到,我们希望大家从小说创作的角度接受。"②在文学教育的具体运作中,执行者与接受者两方面的原因综合起来,一定程度上是规避了"反共文学"扩大化带来的弊端。

　　张道藩在1952年总结前一年文坛创作的情况时特别介绍了"极受读者欢迎的新作家",他开出一列长长的名单,其中就包括王鼎钧、师范等小说研习组的学生③。小说研习组第一届的毕业学员如王鼎钧、师范、骆仁逸、水束文、廖清秀、陆勉余、包乔龄、李双等人在50年代初期的台湾文坛上崭露头角,一定程度上体现了这种集体文学教育的成果。1956年,小说组老师王梦鸥曾带动学员尝试过一次"集体创作",他主动联系半月刊《畅流》编辑,在该刊特设专栏,"刊载用唐宋传奇改写而成的新式白话小说"④。1956年10月—1957年3月,《畅流》设置"中国历代短篇小说选"栏目,连续12期刊登了12位小说研习组学员的作品。按时间顺序,先后发表了梁宗之的《江西客》、姚一

---

①　张道藩:《一年来的文艺运动》,《火炬》1951年1月第2期。

②　王鼎钧:《张道藩创办小说研究组》,《文学江湖》,台北:尔雅出版社2009年版,第72页。

③　张道藩:《一年来自由中国文艺的发展》,《文艺创作》1952年1月第9期。

④　王鼎钧:《老手、熟手、好手、第三只手? ——记小说组的同学们》,《文讯》2006年6月。

苇的《怪案》、萧闲的《郑六》、王鼎钧的《木工之弟》、梁宗之的《天宁寺里的客人》、蔡文甫的《柳暗花明》、姚一苇的《闾山古庙》等小说。这些作品基于中国古代小说进行改编，颇具习作意义。以王鼎钧的《木工之弟》为例，作品情节峰回路转，讲述了一位在外做活的木匠在回乡之夜误以为妻子与他弟弟私通，于愤怒中杀死家中一对男女，事后才发觉妻子与弟弟是清白的，而被害的男女则分别是私闯民宅的无赖与盗贼。①对照王鼎钧创作生涯的其他作品，这篇小说文字稚嫩、叙述直白、难称佳构，但其场面描写、对话描写都有板有眼，展示了作者一定的创作基本功。《木工之弟》加上梁宗之、姚一苇、蔡文甫等学员的作品，合而观之，写作者以唐宋传奇为蓝本，运用自己的想象力去扩充、完善千百年前的一段故事梗概，并尝试用文学语言去讲述其中的一波三折，在完成初稿之后师生之间讨论、修改，将成品依次发表在同一份刊物上……置于50年代的文学版图，这样的写作实践确实很具有实验性。

　　虽然受制于意识形态持续渗透的局限，20世纪50年代台湾的集体文学教育却能够在技术层面向受教者传达不少创作经验。在如何传授创作技巧这个问题上，小说研习组以及后来的中华文艺函授学校都提供了成功的实践范例。沈从文在1935年写成的《论技巧》一文中论及，在当时的一些写作者心目中，"技巧"被看作是"纤细，琐碎，空洞"的末流，过于注重作品中表现宏大主题的"流行观念"阻碍了文学学徒对于创作技巧的重视，"正由于数年来技巧二字被侮辱、被蔑视，许多所谓'有思想的伟大作品'企图刻画时代变动的一部分或全体，在时间面前，却站立不住，反而很容易的被'时代'淘汰忘却了"，沈从文最后指出，"若预备写出一点有思想的作品"，"作家应当作的第一件事，还是得把技巧学会"②，这一点，李辰冬与赵友培可谓是深以为然。

---

① 王鼎钧：《木工之弟》，《畅流》1956年12月。
② 沈从文：《论技巧》，《大公报·小公园》1935年8月31日第1782号。

　　从新文学史的全局来考察小说研习组,我们可以发现这并不是一个全新的事物。20世纪50年代初,大陆文艺界在北京成立了中央文学研究所,该所于1951年1月8日正式开学①;而台湾的小说研习组则是在这一年的3月12日开始上课,比大陆的文学研究所晚两个月。文学研究所由丁玲发起,不过,茅盾1949年7月就在《文艺报》座谈会上提出要效仿苏联的高尔基文学院,成立一个"培养青年作家"的文艺研究院。②应当说,茅盾之所以有此提议,与他之前在延安鲁艺参与过类似实践有关。50年代大陆的文学研究所与1938年在延安成立的鲁迅艺术学院同宗同源。1938年2月,林伯渠、徐特立、成仿吾、艾思奇、周扬等人为成立鲁艺联名发表了一份《创立缘起》,其中说明了何以要在抗战艰困的情况下成立一个艺术学院:艺术"是宣传鼓动与组织广大群众最有力的武器,艺术工作者——这是目前抗战不可缺少的力量。因此,培养抗战的艺术工作干部,在目前也是不容稍缓的工作"③。赵友培等人1950年底倡议开办小说研习组时,就是以同样的逻辑来论述成立的必要性。从具体的运作来看,鲁艺直接为文学研究所(也间接为小说研习组)奠定了办学模式。最初鲁艺下设三个院系:戏剧、音乐、美术,学制均为六个月;在1938年7月招收第二届学员时设立文学系,这就奠定了后来台湾在50年代开办文艺辅导班时设置文学、美术、戏剧、音乐四大门类的格局。丁玲、茅盾等作家都在鲁艺做过文学讲座或报告,何其芳、周立波、严文井、周扬等人则长期担任鲁艺教员④;在聘请名家担任讲师这一点上,海峡两岸的两种实践有共通之处。不过,鲁艺在教学上一是突出理论学习,例如茅盾开设的《市民文学概论》这门课,每周一次,每次四小时;另外则是以

---

①　邢小群:《丁玲与文学研究所的兴衰》,济南:山东画报出版社2003年版,第34页。

②　邢小群:《丁玲与文学研究所的兴衰》,济南:山东画报出版社2003年版,第3页。

③　贺志强等:《鲁艺史话》,西安:陕西人民出版社1991年版,第4页。

④　王培元:《抗战时期的延安鲁艺》,桂林:广西师范大学出版社1999年版,第183~233页。

宣传队、访问团的形式组织学生参加实践,直接服务于"革命事业"①。课程方面,鲁艺文学系的课程包括必修与专修两类课程,前者包括:"共产主义与共产党""社会科学概论""中国问题""艺术论""马列主义""唯物史观""唯物辩证法""艺术学说史""中国新文学论"以及作为共同选修学科的"外国语"课程;后者包括"新文学运动""名著选读""中国文学""创作问题""创作实习""文艺批评""作家研究""世界文学""文艺理论选读""创作"等。②据曾在鲁艺研习的贾芝回忆,"名著选读"与"文艺批评"是当时鲁艺较为重要的两门课程:前者以古典作品为对象,学员阅读之后展开讨论,话题涉及作家的世界观与作品主题的关系、革命作家的世界观改造问题等等;后者则重在引导学员掌握文艺批评的方法之后学会对具体作品进行分析,也是以集体讨论的形式,学员曾讨论过作者写什么人的问题、人物形象的塑造问题、语言的运用问题。③就教学方式而言,师生互动在鲁艺的教学实践中已有所体现。

20世纪50年代中期,李辰冬主持中华文艺函授学校时,国民党"总政治部"邀请他办了两届"军中文艺函授班",第三届"军中文艺函授班"由穆中南接办。该函授班前后共办六届,平均每届六千人左右,学员总人次达三万六千人。王鼎钧在评价50年代的"军中文艺函授班"等文艺相关活动时说:"并非一句'官方意识'可以了之,它确实造就了许多作家艺术家","它散播技术,有教无类,播种之功,无人可比。"④这话也同样可以用于评价"中国文艺协会"的小说研习组。始自于政治而终归于文学,小说研习组是50年代台湾"反共文学"教育不折不扣的副产品,当局最初是为了纠正"反共文学"创作的弊病而支持这类集体文学教育,却由于主办方在具体执行的过程中有意重文学轻政治,引导学员树立"创作第一"的理念,使得"反共文学"的题

① 贺志强等:《鲁艺史话》,西安:陕西人民出版社1991年版,第46页。
② 贺志强等:《鲁艺史话》,西安:陕西人民出版社1991年版,第68页。
③ 贺志强等:《鲁艺史话》,西安:陕西人民出版社1991年版,第73页。
④ 王鼎钧:《文学江湖》,台北:尔雅出版社2009年版,第437页。

新文学传统的延续:以20世纪50年代台湾文学教育为中心的考察

旨无法在教育过程中落实。赵友培、李辰冬等人基于当时社会较为普遍的创作风气，在集体文学教育实践中做的是因势利导的工作，而非一意将学员的创作引导到配合时潮上。小说研习组培养的作家如王鼎钧、蔡文甫、舒畅等人后来都成为台湾文学史上的重要作家，由此集体文学教育的有效性得到验证。至今，以文学杂志社为依托开办的各种文学营、创作班在台湾依然很盛行，已经成为台湾文学教育较有特色的传统，某种程度上这也是50年代文学教育奠下的成果。

二、"人性"的文学与"反共文学"的瓦解

受二元对立思维的影响，"反共文学"作家为了突出自己所在阵营的道德优越感，在创作中多热衷以缺乏人性的"罪名"攻讦共产党；国民党文艺理论家也以"人性"为标准褒贬文学，多次据此对当时的大陆作家作品进行批评。不过，从理论倡导到写作实践的过程中发生了一个"历史的误会"——主流文艺界对作为"反共作家"的纪德倍加推崇，这一点并未在作家那里得到普遍回应，却因纪德的作品深刻地表现人性逐渐得到作家们的认同，以至于文学与人性的论述在当时的台湾发生了颇为微妙的转变。例如聂华苓、司马桑敦等作家，他们以人性作为文学的归依，其创作颠覆了"反共文学"对"人性"二字过于狭隘的定义，当他们在言说人性之时，讨论的坐标轴已然从政治的维度转向文学的维度。有赖于此，50年代的台湾文学史虽以"反共文学"为主潮，但也出现了不少经得起推敲的"人的文学"。进言之，聂华苓等人这一时期的创作向上追溯，呼应了"五四"时期"人的文学"；往下延伸，则与60年代的台湾文学衔接起来，在这一条脉络上，"人性"这一关键词不仅蕴含着使"反共文学"瓦解的力量，也鼓励着后来的作家更为深入地探索文学如何表现人性。

"五四"时期的文艺理论家以"人的文学"这一革新性的概念将新文学的内在境界提升到一定的高度，此后的新文学作家以不同的方式阐释人性幽微，梁实秋、沈从文等人则直言以"人性"为创作第一要

义。"文学""人性""反共"这三个关键词在50年代的语境中紧密关联，台湾文坛在当时大倡人性论的首要原因是为了诋毁政敌。台湾当时有不少作家在"反共文学"作品中穷尽修辞地丑化共产党人，汇集各种关于人性之恶的抽象形容词，例如获得中华文艺奖金委员会1951年元旦剧本奖金话剧第一奖的《人兽之间》将共产党比喻为野兽。①与攻击共产党相对应，"反共文学"界也以人性之名对大陆作家进行大批判，从"立"的角度彰显己方的正面形象来谈"反共文学"创作也大有人在，例如逢吉呼吁作家为了"担负起反共抗俄的时代使命"，"发挥文艺对于时代的功能"，在写作中表现"至善人性和人类爱的表现"②。

在"反共"的背景之下，国民党当局倡导的一切文艺活动都服膺于"反共抗俄"的时代主题。《文艺创作》是20世纪50年代最重要的"反共文学"刊物，它在创刊号上就提出约稿"欧美各民主国家近二十年来文艺思潮的分析与研究"③，由此，法国作家纪德得以进入"反共文学"理论家的视线。纪德20世纪30年代经历了从"亲苏"到"反苏"的历程，他对于共产主义的怀疑、舍弃导致左翼、右翼这两个对峙的阵营对纪德有着判若云泥的评价。季薇所写的《浪子回头的纪德》发表于1951年9月的《文艺创作》，这是50年代"反共文学"阵营较早介绍纪德的一篇论文，作者在介绍纪德的文学成就之外，更有意借纪德的经历质疑"共产主义"④。宋念慈的《从纪德的话说起》则发表于次年8月出版的《火炬》，此人曾担任国民党中央宣传部副主任，他在文章开头就肯定了纪德的思想转变："他自从莫斯科返回法国以后却成了由衷的苏俄共产主义反对者。一个有理想的作家，不会为现实所迷惑，但可能倾倒于不透彻的观念"，作者将纪德当初信服共产主义解释为作家在不正确观念上的短暂逗留，并从"反共"的角度论述纪

---

① 吴若：《人兽之间》，《文艺创作》1951年8月第4期。
② 逢吉：《文艺与时代》，《火炬》1952年第2卷第1期。
③ 《本刊稿约》，《文艺创作》1951年5月第1期。
④ 季薇：《浪子回头的纪德》，《文艺创作》1951年9月第5期。

德的原话,引导读者对抗共产主义思潮,"纪德认为一个伟大的艺术家,必须不是一个'随声附和'的人,尤必须逆着当时潮流而游泳"①。宋念慈等人为论述"反共文学"的合理性,不断寻找论证材料,纪德其人其事在这种情况下便成为他们所倚重的论据。

由于接受心理的差异,纪德在1950年后台湾文坛的形象有过多次嬗变。其实在季薇之前,即1951年9月之前,台湾文坛已有过数次对纪德的介绍,但都不是从纪德是"共产主义反对者"的角度立论。纪德于1951年2月逝世,当时的台湾文坛对此作出快速反应,例如当年5月份发行的一期《宝岛文艺》上很快就有译文《我与纪德的最后一次晤面》,它出自纪德的亲友之手,作者追忆自己与纪德的交往,也对纪德的文学生涯进行评述,此外,更指出纪德人格的独特:

> 这位背德者其实是一位道德家。因为德性并不是教训的同义字,而只是来自深刻的行动原理。一个人如果忠实地遵守这种原理的时候,将会自我矛盾,同时在此他又无法改变自己的内在倾向。纪德是具有着无数的内在倾向的。他说:"两个极端左右着我"。他终于不归属特定的党派,他的党派就是他自己一个人的党派,而他惯于单独行动,未曾遵从别人的指令。他曾凭靠自己坚守了他的立场。因此他在多数人渐渐压倒个人的时代里,他终于成为具有着独立不羁的精神的最后一辈人中的一个。②

这一评语对纪德的独立人格进行了充分肯定,但与宋念慈从"反共"立场来肯定纪德不同,作者并未预设认同任何党派的前提,他所肯定的是一种不需要任何附加条件的独立人格。《宝岛文艺》虽是民

---

① 宋念慈:《从纪德的话说起》,《火炬》1952年8月第2卷第1期。
② [法]戈克妥:《我与纪德的最后一次晤面》,藤村译,《宝岛文艺》1951年5月第3年第4期。

间人士所办,却具有"反共文学"刊物的背景,就这一点而言,编者刊载这篇《我与纪德的最后一次晤面》应该是从宋念慈那样的"反共"角度来考虑的;读者的阅读和接受却是各取所需,仁者见仁智者见智。纪德去世之后、台湾的主流刊物为纪德"共产主义反对者"的身份盖棺定论之前,台湾大学学生主编的《暖流》杂志也有一篇重要的文章讨论过纪德的文学作品,作者石振歌对纪德的生平、作品年表如数家珍,关于1949年中国文艺界对于纪德的译介情况他也有清晰的把握,尤其引人注意的是他指出纪德的创作都是根源于作家的人性观:

> 纪德的血液里本就含着崇尚人性的气质,因此他的作品常常是为阐扬人性而作,他以为人类一切行为都应当是发自天性,不矫揉,不受束缚,他说人类应不顾一切偏见,充分表现自己(这也可说是他写作的态度),唯一限制是必须符合精神的独立,因此在《窄门》里,《日尼薇》里,《女性的风格》里,《浪子回家》里,他都在强调人性,不懈地发挥"人性"的可贵。[1]

整体上,这篇文章沿承了1949年前中国文坛论述纪德的评价话语,从"人性"的角度肯定纪德的艺术成就,也隐含借之激励中国文学创作的深意。

对于20世纪50年代的台湾,与其说纪德是为论证"反共"而被引入的一位西方作家,毋宁说他是一个具有多重含义的象征。纪德的意义在于指引这一时期的作家用各自的方式诠释"人性";在台湾与大陆政治分隔的情况下,纪德更是作为一个中介人衔接了台湾文坛

---

[1]　石振歌:《纪德的艺术根源》,《暖流》1951年6月第2期。

与1949年前的新文学传统。①1949年前的中国文艺界对于纪德的译介有较高的热情，穆木天、闻家驷、丽尼、鲁迅、陈占元、卞之琳、黎烈文、盛澄华等人都译介过纪德的作品。如果不计重合的书目，译书共有十二部。与同期被译介的其他法国作家相比，中国文艺界对纪德作品的译介在数量上并非最多②，纪德却是产生深远影响的一位法国作家。中国文坛最早提及纪德约是在20世纪20年代初，当时茅盾与赵景深二人分别在1923年第14卷第1期、1925年第20卷第9期的《小说月报》上向读者介绍纪德；创造社成员穆木天则是最早翻译纪德作品的中国作家，他翻译的《窄门》于1928年11月出版③；进入30年代，纪德在中国文坛获得越来越高的知名度，鲁迅这一时期曾经翻译过纪德的作品，出版时他在附记中称纪德是当时"中国知识界一个较为熟识的名字"④；同一时期，黎烈文评价纪德是一个"忠于自己良心的老人"⑤。可见中国文坛从写作技法接受纪德的创作经验之外⑥，更对于纪德的思想进行解读并达到了一定的深度。与周作人在"五四"时期提倡"个人主义的人间本位主义"⑦对应，胡风1935年评论纪德在《拥护文化》一文中表现出个人与社会协调共处的态度，他就称"纪德底个人主义深深地在大地上面生了根"⑧，将这位西方作家的思想与"五四"时期的理论倡导做了勾连，以显示纪德的思想在中国的适用。

---

①　从一个微观的层面来看，可以说新文学传统在一定程度上曾以西方作家作品为中介，曲折进入50年代的台湾。正如司马桑敦在《自由中国》1954年8月第11卷第3期发表的《从纪德谈起》中提到，卞之琳翻译纪德的《窄门》在50年代的台湾可以看到，当时有许多1949年前译介至中国的外国文学作品传播至台湾，当局禁书政策对于这一部分人在大陆的作家学者的译书较少约束。

②　钱林森主编：《20世纪法国作家与中国——1999南京国际学术研讨会》，南京：南京大学出版社2001年版，第316~320页。

③　北塔：《纪德在中国》，《中国比较文学》2004年第2期。

④　鲁迅：《鲁迅全集》第10卷，北京：人民文学出版社2005年版，第498页。

⑤　黎烈文：《邂逅草·前言》，上海：生活书店1937年版，第2页。

⑥　纪德：《描写自己》，乐雯译，《译文》1934年第1卷第1~6期。

⑦　周作人：《人的文学》，《新青年》1918年12月15日第5卷第6号。

⑧　胡风：《胡风评论集》（上），北京：人民文学出版社1984年版，第232~237页。

除了文艺界的热心译介,1949年前其他中国学者对纪德进行的研究也有许多成果,盛澄华是其中较为重要的人物,他的许多观点在1949年后的台湾仍多次得到响应。盛澄华本人第一篇相关论文《论纪德》发表在1934年《清华周刊》的"现代西洋文学专号"上;1948年他撰写的《纪德研究》由"九叶诗人"曹辛之办的上海森林出版社出版①,书中延续了他早年留学巴黎时对纪德作品进行的研究,他多次拜访纪德,二人由此成为忘年交。纪德是1947年的诺贝尔文学奖获得者,为此盛澄华在1948年出版的第1卷第2期《中国作家》上,专门发表了一篇论文向读者介绍纪德的创作与为人。首先,他肯定了纪德的文坛地位:"纪德已被认为不仅是当今法国而是欧洲最伟大的作家";整篇论文中盛澄华向读者传达的最重要的理念就是纪德作品中的"人性",他评价纪德的文章"几乎每一篇都充满着丰富的人性感与精炼的睿智",对纪德"一个伟大的艺术家只应有一种挂念:即是使自己成为最人性的,换言之,也即成为平凡的"的说法进行解读时,②盛澄华与周作人、鲁迅、黎烈文等作家持同样的观照角度,也是后来1951年台湾的《暖流》杂志发表关于纪德的文章所持的角度。

因为纪德在政治立场上的转向,他作为一个颇受争议的人物在1949年后海峡两岸的文坛得到了截然不同的评价。大陆文艺界在1949年后的三十年中较少提及纪德,仅有的一次是在1957年第9期《译文》上出现过讨论他的文章,因纪德当了共产主义的"叛徒",此文对纪德评价彻底持否定的态度。③相比之下,50年代的台湾文坛对纪德的推崇显得颇为复杂,上文列举的季薇、宋念慈等人是从"反共"的层面接受纪德;另外则有不少作家从纪德作品中的人性关怀着眼。作家司马桑敦于1954年致信《自由中国》编辑聂华苓时,自述他在30年代较多受"斗争""民族形式""为大众的写实"这类左翼文学概念的

① 王辛笛:《梦馀随笔》,南京:凤凰出版社2003年版,第59页。
② 盛澄华:《安德烈·纪德》,《中国作家》1948年1月第1卷第2期。
③ 北塔:《纪德在中国》,《中国比较文学》2004年第2期。

影响,后来有机会接触到纪德的《苏联纪行》和《苏联纪行续集》等书,阅读之后受到很大的震撼,纪德在书中直陈社会阴暗面时所表现的道德勇气使他很受鼓舞;至此,这封信都是在描述司马桑敦对于一位"反共作家"的印象,但他随后着重介绍了纪德对自己的影响并不仅限于此:

> 我却在模糊中从他的作品中发现了"自己""个人主义"的骄傲,一个敢冲破现实的和心灵上任何束缚的赤裸裸的人! 老实说,我从他那里得救了。假若我的东西,有些表现出我要说我想说的,那得感谢纪德,他的自剖精神,太有力量了! ①

就在这样的情况之下,纪德作品中超出控诉政治现实的那一部分内容,即真正作为纪德作品主题的关于独立人格的内容,对于司马桑敦等50年代台湾作家产生了意义深远的影响。司马桑敦在自述中展示了当时台湾作家接受纪德其人其文的一种具体过程。当作家们从精神层面、人性层面发现了纪德,才真正受到实质性的影响。最初"反共文学"界发起的以"人性"为大纛的创作由此从政治逐渐转向文学,文坛气象的变化也由此悄然发生。最初一些作家在创作中直接引用或化用纪德作品里的文句,以表现对健康、自然的人性的赞美。这里仍以聂华苓为例,相对于1951年那篇生硬套用人性论发挥"反共"效力的小说《忆》,她在之后的创作中去除了直接搬演时代主题的痕迹。她于1954年6月发表的一篇作品中起首题记便摘录了纪德的诗:"伸展着道路的地方,我步行的欲望/浓荫处,休息的欲望/水深的岸边,游泳的欲望。"这篇散文记叙作者与家人的一段山居生活,她在宁静山中格外看重人与人的亲近,直言阅读纪德作品给自己带来的启示:

---

① 司马桑敦:《从纪德谈起》,《自由中国》1954年8月第11卷第3期。

在长廊上读纪德。我真爱他那只清丽自然的笔，充满了灵性。再没有比在这朴实的大自然中更适合读这歌颂"人"的欲望的美丽诗篇了！我在它里面发现了真"我"，它使我的心更豁朗，更热爱生命！①

　　这之后聂华苓大段引用纪德原文，似乎是自己的表述言不尽意，纪德的话语更能表现她对于人性的赞美。对照聂华苓这一时期其他的作品，可以发现她有意借鉴纪德的文学精神，比如她在小说《一颗孤星》中描写一个有着"新鲜活泼，原版的灵魂"的人物："他不是一件雕琢精美的艺术品，他有'人'的美，也有'人'的丑，他就是一个真正的'人'！"②从这篇作品开始，聂华苓开始在以后所有的创作中关注探寻"真的人"的问题；她在1956年发表的中篇连载小说《葛藤》中描写一对平凡男女的感情故事，也是以人性作为主题词展现世俗生活的种种艰难，值得玩味的是，聂华苓将小说男主人公的身份设置为作家，这位作家在创作中就有追寻"真的人"这一主题的尝试，他在介绍他的一部作品时说，书中"没有传奇式的浪漫故事，只是刻画一群卑微的人，靠着爱的力量，追求一种平凡而快乐的'人'的生活，但是，甚至于这个最低的愿望都不可得"③，这里的男主人公可以说是聂华苓的自我投射，她有意在"人"字上标了引号，突出平凡男女也期冀自己作为独立的"大写的人"存在，借以展示人性中积极的一面。与那些声泪俱下控诉"共匪"罪行的"反共小说"相比，聂华苓这几部以"真的人"为主题的创作都较具备正面意义，文学性及艺术水准也都较她本人之前的创作有所提升，她开启的这种尝试在之后的作家那里获得更大的境界超越。

① 聂华苓：《山居》，《自由中国》1954年6月第10卷第12期。

① 聂华苓：《山居》，《自由中国》1954年6月第10卷第12期。
② 聂华苓：《一颗孤星》，《自由中国》1953年8月第9卷第3期。
③ 聂华苓：《葛藤》，《自由中国》1956年6月至9月第14卷第11期至第15卷第5期。

新文学传统的延续：以20世纪50年代台湾文学教育为中心的考察

较之聂华苓,司马桑敦继续将"人性"的文学往前推进,例如他1954年发表在《自由中国》上的《在寒冷的绝崖上》是一篇相当注重开掘人性深度的小说。全篇以第三人称叙事写成,主人公是一名国民党军官,小说以"在第七天的拂晓时分,崖下迫击炮的轰击,突然停止了"开头,简单有力地勾勒出战地的肃杀感,作者以临时休战状态的山崖为场景,勾画主人公所见所思。因战役临近尾声,主人公知道败局已定,作者描写他与同行数人的对话时较注重捕捉人物心理。小说中,作者细细摹写出人在饥饿时对食物本能的敏感以及人与人之间的温情,"他从怀中掏出那块粘糕递给了她。他并且向她撒谎说:'我已经吃了一块,你自己吃吧!'但他心中盘算着:只好把其余的二十来粒豆子送给那个孩子了"。主人公的恋人遭到枪击之后,司马桑敦描写了这样一幅场景:

> 他伏在静芝的身边,他用手搂着她的身子,他静静地听着她的呼吸,由急促,而缓慢,而停止。她的血沾满了他的两臂和全胸,暗黑处他看不见这些,也不顾虑这些,他一直流着泪,吻着她的脸,她的脸渐渐变成冰冷,他把他的脸和她冰冷的脸靠在一起。他不断的,可说一直的,呼唤着她的名字,他喉音喊哑了。他想了许多事情。当然,他也想到静娴,一想到静娴,他更其悲凄。他觉得比起她的姐姐,他太对不起静芝了。他心中勾起无限无数对不起她的事情,甚至下午他会在心中讨厌过她的哭泣,他都后悔。

描摹人物心理的过程中,司马桑敦为一个兼具人性优、缺点的男子勾勒出清晰的轮廓,这样的人物塑造是当时一般"反共文学"所望尘莫及的。小说的结尾也值得肯定,它并没有出现一般"反共小说"常常使用的"光明的尾巴":主人公身边的人一一身亡,最后他自己也中弹死去,弥留之际,他对自己没有把积攒的豆子交给少年兵心生悔意;也设想着死前能与爱人拥抱;更对没有完成同行的一位日本母亲的心愿感到歉意。①胡风在1936年评价纪德的小说《田园交响乐》时说："故事虽然单纯，但它所表现的是几个灵魂底交战：烦恼的、欢乐的、受苦的、奋战的、惨败的姿态"，"推倒了'神'而肯定了'人'，这里就有了纪德底悲剧同时也是反抗，这里就现出了Humanist（人文主义者）纪德底真正面貌。"②这段评语正适用于司马桑敦的《在寒冷的绝崖上》。在其人物形象的塑造上，可见"人性"的文学具有怎样的可能性，正是在这一点上，司马桑敦完成了对50年代"反共文学"的全面超越。

受纪德作品的感召，司马桑敦在创作中描写人性的多层面、多样性，不懈追求，其实践持续一生。60年代司马桑敦在创作长篇小说《野马传》的过程中明确以"人性追究"作为主旨：

> 我深知：一个泛政治主义的社会，通常是淹没个人的自由和个人的人格的；一篇企图由个人人格上面有所追究的小说，当然更不会在这样社会里得到欢迎的。③

此书由司马桑敦于1967年自费出版，因过于突出"个人主义"很快遭到国民党的查禁，④此事是作者在探寻人性表现的路上遭遇的挫折，不过，行政力量并不能束缚文学心灵在创作中的自由舞动。即使是被公认为"反共文学"代表作家的司马中原也在20世纪50年代有过从人性角度展开的创作，他在《灼子》这篇小说中以儿童视角观察背井离乡的人们如何生活，从一个孩子身上写出农民对土地的深厚眷恋，"反共"的政治主题得以弱化。⑤《李隆老店》中则生动塑造了一

① 司马桑敦：《在寒冷的绝崖上》，《自由中国》1954年2月第10卷第4期。

② 胡风：《胡风评论集》（上），北京：人民文学出版社1984年版，第232~237页。

③ 司马桑敦：《小说的人性追究——为〈野马传〉答许逖先生》，载周励：《台湾作家司马桑敦和他的〈野马传〉》，《新文学史料》2005年第3期。

④ 周励：《台湾作家司马桑敦和他的〈野马传〉》，《新文学史料》2005年第3期。

⑤ 司马中原：《灼子》，《自由中国》1957年9月第17卷第5期。

个安土重迁的商铺店主形象。①司马中原的小说对人心深处的悲悯、不忍也有许多精细描写，正显示了当时的作家为了使创作脱离"反共八股"倾向而作出各种努力。

在20世纪50年代的台湾，"人性"是一个含混多义的词语。法国作家纪德因为兼具"人性文学大师"与所谓"反共义士"的身份，不仅为国民党阵营文艺界所热衷，更为这一时期的作家提供了机会去温习1949年之前中国文艺界从人性角度对纪德的论述。当国民党当局扶持的"反共文学"借助暴露政敌所谓的"人性之恶"成为文坛主流时，作家依然可以在纪德的作品中回溯到本源的"人性"。他们在创作中开掘"真的人"的文学，即使处在政治宣传的夹击中，也能实现策略性的突围。在聂华苓、司马桑敦等作家的尝试之后，司马中原、朱西宁等"反共文学"作家同样在"人性"一词上寻找到真正的文学，他们的倒戈宣告了"反共文学"的快速消解，也为60年代的台湾文学渐入佳境做好了铺垫。

---

① 司马中原：《李隆老店》，《自由中国》1958年2月第18卷第3期。

第二章　动员与呼应——文学青年与20世纪50年代的台湾文学教育

　　文学教育是一个教育者与受教育者不断沟通发生互动的过程。笔者认为从任何层面来讨论20世纪50年代台湾的文学教育,都不应当忽略对受教育者的分析。受教育者对文学的敏感、热忱程度,均因年龄阶段不同而存在群体差异。在这一点上,青年与文学的距离最为相近,因此,文学青年的问题非常值得探讨。按照茅盾的说法,20世纪20年代的中国社会承接"五四"新浪潮,出现了许多"青年的文学团体和小型的文艺定期刊",至此,"一个普遍的全国文学活动开始来到"[①]。事实如此,新文学运动是一场自始至终都向青年敞开胸怀的文学运动,且当青年加入其中的时候,才真正意味着"普遍"二字得到了落实。20世纪50年代的台湾,无论从国民党当局的政策导向来看,还是文学创作的实际表现来看,青年学生都可以看作一股极为重要的力量,本章拟以1949年之前各方面有关青年教育、文学教育的文献为参照,考察50年代台湾文学教育中有关文学青年的问题,从青年学生自身具备的文学潜质、青年所面临的文学动员与革命动员、青年与文学如何参与历史共同成长这三个角度,来评述这一时期青年文学教育的总体特征及其创作成果。

---

① 茅盾编选:《中国新文学大系·小说二集》,上海:良友图书出版公司1935年版,第4页。

第一节 文学青年的苦闷与日常生活

一、文学青年的苦闷

苦闷是20世纪上半期青年群体极普遍的一种心理状态,这种苦闷在主流声音的描述中常常与颓废、消极、怯懦等负面评价相关联,成为与时代进步所需要的精神面貌相悖的状态。因此,青年的苦闷被视作一种有待治疗的"病症",文学界、教育界都从各自立场对之进行批评与修正,使得文学教育与人生教育、生活教育在这一问题上有了交集。对文学创作而言,青年的苦闷并非无可取之处,毕竟文学作品是创作者"知、情、意"的统一,是写作者个人生活经验的总结、人格结构的同构体。当文学青年尝试表现他们的苦闷、阐释苦闷的根源,新文学不仅在表现的丰富性上,也在表现的深度上得到了拓展。在本节里,笔者拟从新文学史的发展线索考察青年写作者在作品中表现的苦闷,分析文艺界、教育界在这一问题上的干涉与纠正,讨论20世纪50年代台湾青年学生走向创作之路的动机。

胡适等人在发起新文学运动之初就有意对文学与苦闷的问题做一个澄清,针对青年写作者常常表现出一种做作的苦闷,胡适1917年在《文学改良刍议》中提出一条"不作无病之呻吟"的号召:

> 今之少年往往作悲观,其取别号则曰"寒灰","无生","死灰";其作为诗文,则对落日而思暮年,对秋风而思零落,春来则恐其速去,花发又惟惧其早谢;此亡国之哀音也。老年人为之犹不可,况少年乎?其流弊所至,遂养成一种暮气,不思奋发有为,服劳报国,但知发牢骚之音,感喟之文;作者将以促其寿年,读者将亦短其志气;此吾所谓无病之呻

吟也。国之多患，吾岂不知之？然病国危时，岂痛哭流涕所能收效乎？①

　　胡适将青年在诗文中伤春悲秋的感叹视作亡国之音，认为青年如果仅仅是沉溺其中不知行动，不单于现实种种弊端无补，更严重的是，作品中表现出的悲观绝望将对于读者产生不少消极影响。在这番论述中，胡适立场鲜明地表达了他对青年作者无病呻吟、痛哭流涕式的写作持犀利的批判态度。在文学承担着时代使命的共识之下，茅盾等新文学先驱作家也对青年作者创作中的感伤主义倾向保持了高度警惕。茅盾1922年在《什么是文学》一文中先描述文坛感伤主义的泛滥："文坛上太多了感伤的作品，这是件可虑的事，一般青年的作品小说，多含着绝望的悲观"，"中国现在正是伤感的时代，社会上可伤感的事情随时都有，接触太多，已成了时代的彩色，所以不以为奇了。青年中了伤感主义之毒的，往往有神经过敏之症，忽而乐观起来，就像天堂即在目前，忽而悲观起来，又像立刻会自杀。"茅盾无疑深深理解青年的苦闷是社会问题的表征，他对于中国社会做出"伤感的时代"的评价显示了他的不满态度；但是，他坚持将伤感主义视作一种不可容忍的毒害，认为青年一旦沉溺其中便喜怒无常，易于失去理性。所以，他紧接着大声疾呼："伤感的文学在艺术上是没有地位的！如果我们永久落在伤感主义的圈子里面，那么，新文学的前途真可深虑呢！"②茅盾以新文学的前途为立论基础，他这一时期的文学活动主要是在倡导写实主义文学，号召写作者在为人生与为艺术之间谋求平衡，将创作看成"崇尚理智的活动"③。考虑到这一点，我们可以看出他着重引导青年写作者抛开感伤主义的负累，投身到写实、理

---

　　① 胡适：《文学改良刍议》，《新青年》1917年1月1日第2卷第5号。

　　② 沈雁冰：《什么是文学》，载郑振铎编选：《中国新文学大系·文学论争集》，上海：良友图书出版公司1935年版，第158页。

　　③ 郑伯奇编选：《中国新文学大系·小说三集》，上海：良友图书出版公司1935年版，第10页。

性的创作中。不可否认的是,中国新文学的许多经典之作都与作家的苦闷息息相关。早期的新文学作家较多在创作中展现他们的苦闷,不管是直抒自我胸臆还是在虚拟的人物身上有所寄托,都有不断开掘的尝试。郁达夫的小说集《沉沦》、叶圣陶的长篇小说《倪焕之》、郭沫若的诗集《瓶》、鲁迅的小说集《彷徨》等等,可以说都折射了作者的苦闷,且这些作品都是以青年为主人公,最直接地奠定了新文学作品注重表现青年苦闷心理的传统。20世纪初期的风潮激荡之中,中国青年被启蒙者从蒙昧引导到开明的路上,他们逐渐学着睁开眼看世间种种不平事;启蒙者呼吁青年打破旧社会的牢笼、封建制度的枷锁,但是并未给青年指出一条碰壁后如何调试自我的路径。在积弊难改的社会大环境之下,个体的理想与追求往往无处落实,倪焕之、涓生、魏连殳等人都尝试过行动但终归失败,因而深感苦闷。与此同时,青年的苦闷与困惑不单源于社会层面的因素,性的觉醒也为他们带来冲击,使懵懂的个人更加惶惑不安、手足无措,这一点也在早期的新文学作品中得到体现,郁达夫在小说《沉沦》之中描摹出一个忧郁的青年画像,便是生动的一例。虽然《沉沦》在发表的当时颇受争议,不可否认中国文学自此才真正开始全面正视青年的苦闷问题,且创作与评论两方面在这一问题上均有所呼应。鲁迅、郁达夫这些文学名家之后,众多文学青年效而仿之,在写作中以虚构的人物作为自我的投射,借他人酒杯浇自己块垒。巴金、路翎等作家都有过这类尝试。

尹雪曼1949年赴台,[①]早在40年代初,他在创作中就常常流露出伤感情绪:"我无法写出我内心的寂寞,寂寞带给我无限的哀愁。我不了解一切,到今天,仿佛我是一天比一天糊涂下去,糊涂得什么都忘记了,莫名其妙了,我为什么会变得这样?"[②]此文写于抗战时期,尹

---

① 尹雪曼在70年代之后撰写过《五四时代的小说作家与作品》《鼎盛时期的新小说》《抗战时期的现代小说》等学术著作,他在50年代也颇多文学创作。

② 尹雪曼:《寂寞的心》,《文艺先锋》1942年10月第1卷第1期。

雪曼笔下的苦闷较为抽象，但也是困窘现实的投射。同一时期的台湾，杨云萍曾在散文《归去来》中以"很大的暗灰色的蛾"这一意象象征日据时期知识青年心上的荫翳。[1]台湾光复前，翁闹、吕赫若等作家也曾借小说表现青年由恋爱生发出来的苦闷，同时点出其与时代的关联。待台湾光复，"小兵"——《创作月刊》的编者——一位从大陆来到宝岛的青年作家在1948年写下这样一段基调低沉的文字："一个月以来，我在苦痛的想象中过着矛盾的生活。苦闷的现实，使我失掉了生的活力，境遇的恶劣，使我低头叹气；多难的时代，埋葬了多少活泼泼的生灵。"[2]"二二八"事件发生在一年前，国民党当局事后全面部署兵力，以暴力镇压民众自由言论，台湾社会受之影响，民众情绪持续处于压抑状态。苦闷这种"时代病"一直延续到50年代的台湾。彭歌是一位在50年代台湾文坛相当活跃的青年作家，1956年他说："青年人的悲观可以算得上是一种时代病。"[3]在时代的变迁之中，青年不可避免地感受到个体的无力感，这种心理状态在当时的文学创作中有直接体现。中华文艺函授学校的一位教员在介绍自己创作经验时，谈到自己面临的多重痛苦，他以一种告解式的语言描述道：

> 我是个活在思想领域的人，成年成月为自己苦，也为国家痛，为了排遣苦痛和思索解决的方法，时常通宵在淡水河边或是新公园徘徊，一年前的一个晚上，我在新公园荡了一个晚上，几个思想上的死结不能解开，使我由焦躁变得疲倦，由疲倦变得消极[4]。

近代以来的中国青年在精神生活的层面发现了自身处境的困窘。青年常常怀抱乌托邦理想，却在多次碰壁之后产生梦醒的幻灭，

---

① 杨云萍：《近事杂记》，《台湾文化》1947年9月第2卷第6期。

② 小兵：《爱和恨》，《创作月刊》1948年4月第1卷第1期。

③ 彭歌：《落月》，《自由中国》1956年4月第14卷第7期。

④ 黎中天：《老兵》，《中华文艺》1955年3月第2卷第4期。

这个过程使得青年历经苦闷甚至惨痛的生命体验。胡适之后的文艺家在他们的文章中就将文学教育、生活教育混合在一起,为苦闷的青年提出建议。例如茅盾在30年代初发表《青年苦闷的分析》一文,他向青年读者说道:"你的苦闷的原故还不是仅仅一个胃的装饱与否的问题,——还不是仅仅活下去的问题,而是怎样活得有意义的问题","只有不断的和环境奋斗,然后才可以使你长成","正因为你是一无所有的青年,你的出路是明明白白的一条:为了大多数人也为了你自己的解放而斗争!"①瞿秋白则在稍后的文艺大众化讨论中呼吁"要组织革命的'文学青年'",将星散各地的文学青年结合在革命的队伍里,并为青年指出:"工厂里,弄堂口,十字街头,是革命的'文学青年'的出路。"②在解决青年的苦闷问题上,左翼文学界达成共识,引导青年以"人人为我我为人人"的观念投入革命实践当中。

文艺界1949年前对于文学青年的恋爱题材创作进行臧否时,也体现了上述的引导思路,即从人生问题的讨论与启发逐渐过渡到具有意识形态性质的指导与训示。"五四"时期的新文学较多涉及恋爱问题以及随之产生的苦闷,其中流露出青年(作者与读者两方面)对个人感情生活的关注,颇契合这一时期文坛提倡"人的文学"的创作导向。个体在青春阶段对于情感有强烈的心理需求,某种程度上,它优先于对信仰、理想、真理等抽象事物的追求。郁达夫、丁玲等作家都描写过这种发乎人情的恋爱及其苦闷,但恋爱问题随时间推移,逐渐成为超乎个人生活领域的公共话题。社会运动家纷纷抨击恋爱之虚妄,抗战时期全民动员抵御外侮自不必说,1945年后青年因热衷恋爱题材的写作也常常受到左翼文艺界的否定性评价。冯雪峰1947年在论文中批判青年人"恋爱自由""恋爱至上主义"的意识:"由'五四'运动所叫醒的青年们的恋爱的自由与热情,就只有被当时开始大发展的人民大众的革命斗争的社会力所充实,才能具有强烈的生命。

---

① 止敬:《青年苦闷的分析》,《中学生》1930年7月第9号。
② 史铁儿:《普洛大众文艺的现实问题》,《文学》1932年4月25日半月刊第1卷第1期。

否则，就只有空虚而不得不绝望"，"青年们的恋爱理想非加入摧毁现社会的斗争是不能实现的；而恋爱自由，惟恋爱主义等等，也非被现实所批判不可。"①这一理念之下，青年的恋爱苦闷便被看作个人主义的表现，青年被告知不能单纯关注于自己的情感沉浮，而要将个人的恋爱与大众的斗争结合。

对照1949年之后的台湾文坛，50年代初期也有不少作家在创作中针对青年的恋爱苦闷提出解决之道，其中一条路径便是号召青年抛弃个人爱恋，肩负起"反共复国"的大业，例如顾冬在1950年发表的《赤崁楼的黄昏》，这篇小说中的男女主人公拥有优越的生活条件，自相识相恋，他们都忘情在爱情的喜悦中。在一位英武的军官闯入他们视线之后，二人的心理产生了微妙的变化，各自尝到了苦闷感：男子揣度女友对自己的轻视，"从黛西方面的可能眼光来看我与他一样是一个青年人——一块有用的铁。别人在时代的烘炉里锻炼成了钢，可是我，却成了自由中国的一块镀金的废铁，很美观但是毫无用处。我在黛西的眼中是如何渺小呀！我赧然地抬不起头来"；女主人公则在苦闷之后决定告别温柔乡，参加实际工作，去追求"自己崇高的理想"，"虽然没有人驱使我，但半年来我的良心却每日在谴责着，昨天受了总统复职的精神感召，我就决定了我的去向，因为我有自己崇高的理想"。这篇小说的讨论价值主要在于作者一方面借女主人公的抉择来呼应当时社会上主流声音对于青年的动员，另一方面，又合乎人情地展现了青年并不能轻易地抛开苦闷。文中的男主人公试图克服自己的自卑，参与实际工作，从而战胜那位军官扮演的假想敌。但是他不能做到社会运动家所期待的那样与"革命力量"接近，他自述："我只挣扎在一种矛盾的痛苦里。我永远无力安排自己，仍然一面在愧疚中离开黛西，一面又在欣快时走向黛西。"②这种矛盾是青年心理的真实写照，是任何一种教条都无法有效根治的苦闷。青

---

① 雪峰：《从〈梦珂〉到〈夜〉》，《中国作家》1947年10月第1卷第2期。
② 顾冬：《赤崁楼的黄昏》，《宝岛文艺》1951年3月第3年第2期。

年作家端木方在这一时期的台湾创作了中篇小说《星火》,记录了中国青年在乱世中的种种苦闷,其中也展示了青年对"导师"们指出的光明正道经历了从信到疑的过程。

尽管上述方法对青年恋爱苦闷的问题解决得并不圆满,50年代的文艺界并未改变以"生活"为关键词面向青年学生进行文学教育与人生教育。在对李辰冬《文学与生活》一书进行评述时,苏尔曼称"自由中国爱好文艺的青年,真是多得很,然而他们大部分不是彷徨在歧途,就是在黑暗中摸索着"①,这一句话是针对青年在文学创作上尚未找到准确定位而说的,也未尝不可以看作对50年代青年苦闷心理的描述。与大陆30年代出版的《中学生》杂志一样,不少台湾刊物此时也尝试为青年学生的出路问题寻找解决方案,比如在刊物中设置与读者互动的专栏,由编者等人为青年学生答疑解惑。1950年由台大学生编辑的《暖流》杂志在创刊号上作了说明:"自第二期起,设有'暖流信箱'一栏,聘请专家解答关于青年日常生活及升学等各种问题。"②该刊发刊词也旗帜鲜明地提出:"我们不能以空白的纸张贴在这生命的旅途上,我们也不愿以美丽的空想来装点这贫乏的生活。我们要强固自己的生活意志,我们要在同学中唤起对现实的学习的兴趣。换句话说,就是我们要从书本之外去学习更切实更有用的东西。"③《暖流》杂志立场中立,是一份以学生为本位的文学期刊,它鼓动青年学生参与现实生活、不耽于空想,还要从现实生活中汲取养分,掌握实用技能,实现"强固生活意志"的目的。《文学与生活》在本书第一章中已有所提及,李辰冬在其中提出的一个重要观点便是作家的生活、思想境界与创作作品息息相关。他在单独发表的一篇论文中引用韩愈《答李翊书》中的文句"无望其速成,无望其势利",训诫青年学生克服苦闷有所作为,须不急不躁循序渐进,对于"怎样才能

---

① 苏尔曼:《〈文学与生活〉第一辑读后》,《中华文艺》1955年5月第2卷第6期。

② 《本刊启事》,《暖流》1951年5月第1期。

③ 《发刊词》,《暖流》1951年5月第1期。

将生活达到了人家所达不到的境界"这一提问,他给出的答案"一是坚定的信仰,一是耿介的性格",而且他对前者做了更多阐释,"信仰愈坚,则意志愈强,意志愈强,愈能克服困难与忍受人之所不能忍受的苦痛,因此生活经验才能丰富"①。

在李辰冬之后,于同一份刊物上发表论文的吴瑾怀也从这一角度论述,他明显是受到了李辰冬、赵友培等人的影响,主张"信仰愈坚定,则作家的生命力愈强,感受的生活也愈丰富,所激出的情感也愈真挚,作品的内容也就愈深厚。但由于信仰坚定与性格耿介之故,自然就会与现实脱节,于是不得志、潦倒、穷困都随之而来。再反过来讲,文学家在社会上感受到潦倒和穷困的苦痛,其所表现的作品才能深刻。一切的作品实际上都是在社会矛盾下产生的","无有苦痛的感受,纵能写出作品,亦不会深刻"②。在吴瑾怀的论述中出现了"信仰""生命力""生活""情感""作品内容"这一组有递进关系的词语,又一次展现了当时台湾文艺界推崇现实主义写作范式的心理倾向,也是一种引导青年学生将苦闷、磨难视作文学创作动力的积极态度。当时的文学青年确实对此有所反应,比如"中华文艺函授学校第一届毕业同学专号"上发表了一篇名为《蜕变》的小说,讲述一个女青年参加文艺函授学校的故事,当女主人公读到李辰冬等人编写的讲义中鼓励人们追求理想、获得生活等语句时,她对照友人贪图享受的生活状态,领悟"自己过去的影子:没有理想,没有奋斗,盲目的热情"③。这篇作品在艺术上乏善可陈,但可看作文艺青年对理论家的呼吁囫囵吞枣、剖白心迹的急切表现。另如《自由中国》发表的《紫娟表妹》,这篇小说塑造了一个耽于想象的青年女性形象,她1949年随丈夫从大陆来到台湾,因为生活不适应,自作主张离家出走,但在见证了其他来台友人的拮据生活之后,女主人公又选择回到家庭,她在给亲戚

---

① 李辰冬:《当前我国文学的危机》,《中华文艺》1954年5月1日创刊号。
② 吴瑾怀:《穷与文学家》,《中华文艺》1954年9月第1卷第4、5合期。
③ 沈允锡:《蜕变——加入中艺前后》,《中华文艺》1955年1月第2卷第1期。

的信中写道："现在我应该坦白地承认我到台湾来，接受了一次严格的考验,(对爱情的考验,也是对生活和思想的考验),其中,我获得新的启示：当大多数人为新的理想忍辱负重的时候,我不应该再把自己禁锢于荒唐的梦幻的小圈子里,这种解释,或者便是寻到了你所谓'生活的真正意义'。"[①]小说人物的这番独白可谓是为李辰冬、吴瑾怀的观点做了脚注。看起来,将个体的命运放在时代的参照系之后,青年便不再软弱和伤感了;他们能否在社会生活中真正获得归属感、不再为苦闷困扰? 历史将继续检验这一命题。

二、文学青年的日常生活

在文学教育的过程中,教育者与被教育者之间并非仅仅是一个前者影响、改造后者的单向关系,被教育者自身的主观能动性也在教育过程中有所体现,并且能够对教育者的施力进行一定程度的规避。从这个角度来看,20世纪50年代的台湾社会处于风声鹤唳、草木皆兵的时代氛围,绝大多数作家不得不受制于文艺政策的管束。尽管如此,文学青年的内心却有行政力量所无法驯服的表达热情。这种热情源于个体在特定年龄阶段心理活动的丰富性:青年人情感波动的频繁、对细微变化的敏感、对人生百态的好奇与困惑,各种体验对他们而言都是最顶峰的。青年作者的文学创作也许并不如名家经典那么深刻,但是自由、灵活,常常能够突破文艺理论家构建的秩序,在正统的文坛格局之外开辟清新气象。笔者在这一小节着重讨论50年代台湾青年的日常生活如何折射在创作中,分析写作者怎样借助他们的青春力量一定程度地突破文艺政策的束缚。

如果日常生活是与战时动荡生活相对立的一个概念,50年代的台湾在宏观上并未给青年学生提供一个安定的、日常的生活环境。南京国民政府在1947年7月18日通过《动员戡乱完成宪政实施纲要

---

① 徐斌:《紫娟表妹》,《自由中国》1953年10、11月第9卷第8、9期。

案》，该纲要中有这样的语句："在动员戡乱体制下毋须戒严令，即已相当程度达成限制人权的效果。"即显示国民党政府有意采取严格的人口管制，束缚民众言论自由；1949年1月，陈诚就任"台湾省主席"时称台湾是"'剿共'最后的堡垒与民族复兴之基地"；同年5月20日，全台开始实施戒严令①，民众的日常生活受到诸多约束；50年代，国民党更是以"反共抗俄、反攻复国"的口号在台湾进行全民动员。那么，文学青年在50年代的台湾有没有日常生活？当时的文艺刊物可以提供一些线索。1950年11月起，《野风》《暖流》《中华文艺》等面向青年读者的刊物相继面世，这些刊物一方面能够调剂青年的日常生活，另一方面也折射了青年生活的丰富性。《暖流》杂志1951年创刊于台湾大学的校园，创刊号上的征稿启事中就写明了"暖流月刊是我们青年自己的园地，凡属文艺、学术研究、常识、青年修养、学府风光的稿件，我们都竭诚欢迎"②，刊物重点要呈现的是青年学生丰富多样的生活图景，如果说这是一种镜像，那么镜像所对应的真实校园生活也是鲜活生动的，非僵硬的党化教育所能覆盖。青年学生在他们的成长过程中，所关注的热点问题无非是求学、求职、个人感情等话题，虽然1949年的变局使得无数青年中途辍学，但他们对受教育一事一直保持着很高的热情。那些以参与夜校、函授班学习的方式接触文学创作的商铺学徒，即使无法获得与大学生同等的待遇，也一定程度地实现了受教育的初衷。一位台湾大学的学生在投给《暖流》的通讯稿中称，台大常设名师讲座，"学术讲演风气特别浓"③，而《暖流》第二期封二的广告便是以"到台大去"为题，广告中含校景图片、院系透视、图书馆介绍、奖助金、近年入学试题等资讯，号召青年学生投考台湾大学。④在《暖流》创刊号刊载的一篇小说中，作者借人物自述点出了这一时期青年学生的生活状态：

---

① 薛化元：《战后台湾历史阅览》，台北：五南出版社2010年版，第45~52页。
② 《暖流月刊征稿简约》，《暖流》1951年5月第1期。
③ 秧秧：《台大一月》，《暖流》1951年6月第2期。
④ 《到台大去》(广告)，《暖流》1951年6月第2期。

　　说老实话，我倒真没有想过自己是在"幸福"中，一学期念二十多个学分，吃吃玩玩，一星期，一个月，一下子就飞走了，的确这个时代是动乱的时代，但在学校这片小天地里，却宁静异常；不管世界大局千变万化，韩战如火如荼，或者黄金跌了，美钞涨了，只问"功课作好没有？""打球去吗？""星期日去旅行好不好？"……功课，打球，旅行，多平凡的事，但我忽然发现"幸福"竟偷偷藏在平凡里！①

　　正如此文所示，动乱时代当中，校园却仍然"宁静异常"，校园生活的节奏始终按部就班，青年学生因而得到一个最大可能规避外界干扰的空间。

　　青年群体较善于发现、寻找生活中的乐趣，上一章中笔者论述了青年的苦闷问题，"苦"与"乐"其实是青年生活中如影随形的一体之两面。早在1938年夏，抗战尚处于全民动员的阶段，国民党政府要求全国大学生不分年级参加三个月的军训。作家吴鲁芹当时是武汉大学外文系一年级的学生，武大在战时紧急状态之下迁至四川乐山，他与同学从乐山到达成都，因当地的军训筹备工作尚未完成，"我们几个在都市长大的动物就住在成都最热闹的一条大街春熙路上的春熙饭店，每天吃小馆，逛名胜看电影"。及至军训正式开始，这些学生也不过是虚应故事走一个过场，"这三个月军事方面的知识，所获有限，打桥牌的技术可是长进了不少"②。出于同样的原因，进入50年代的台湾，一般民众的群体活动虽然受制于戒严时期的政策，颇多拘束；校园之内的学生相对来说却仍享有不少自由，他们可以自发组织剧团、游艺社等学生社团。

　　除了看电影、阅读等消闲方式，当时一般学生能够接触到的娱乐

---

① 丹立：《浪花日记》，《暖流》1951年5月第1期。
② 吴鲁芹：《师友·文章》，台北：传记文学出版社1985年版，第168~169页。

设施较有限,这在一定程度上导致学生参与文艺社团、演剧的热情高涨。1950年底,一名台湾省立师范学院的学生称:"本院剧运向极辉煌,自本学期将旧有'人间''剧之友'两大剧社合并为'师院剧社'后,成绩更佳","最近又在排演社会教育三幕名剧《岁寒图》。"①他提及的《岁寒图》正是戏剧家陈白尘1944年在大陆创作的作品,陈白尘在国共内战时期写成《乌鸦与麻雀》等讽喻现实的剧作,当时曾受到国民党的查禁,而《岁寒图》这部政治讽刺剧能够在1950年的台湾排演,可见当时社会言论环境存在一定的缝隙。王平陵也在1958年评述台湾高校由学生组建的剧团数目在1949年之后逐渐增加,学生对于演剧普遍持有较高热情,"本省的学生剧运,颇有蒸蒸日上的趋势,像台大,师大,成大及台中农学院的同学,无不忙着组织剧团"②。学生积极参与戏剧运动的动机,并非像国民党当局所号召的那样要发挥戏剧表演的政治动员效力,更多还是从艺术探索、娱乐消遣两个方面着眼。1957年之后,陈若曦、欧阳子、白先勇等台大外文系学生参与的南北社便是一个以桥牌运动为号召的游艺社;此外,他们对郊游等户外运动也很感兴趣,多次集体出游之后方才逐渐形成组建文学社团的构思。③青年不满现实生活的枯燥单调,不断尝试突围现实束缚,各种文体活动就在这样的心理背景之下成为青年们的首选。便是当时已经脱下学生制服当了教员的钟肇政,与文友通信中也多次提及自己对于网球运动的痴迷,他不止一次说过"球拍实在舍不下"④,这同样是青年人在"反共"时代的一种日常生活的表现。

青年学生在日常生活中阅读怎样的书籍与他们的性情、生活方式也有很大关系。《新青年》的前身是《青年杂志》,初期主要发表"文言的恋爱小说与翻译的英雄传记"⑤,青年学生的阅读趣味决定了他

① 《师范学院文艺圈》(通讯),《火炬》1951年1月第2期。
② 王平陵:《展开学校剧运与推行"国语"》,《中国语文月刊》1958年9月第3卷第3期。
③ 陈若曦:《坚持·无悔——陈若曦七十自述》,台北:九歌出版社2008年版。
④ 钱鸿钧编:《台湾文学两钟书》,台北:草根出版公司1998年版,第119页。
⑤ 周予同:《过去了的"五四"》,《中学生》1930年5月第5号。

们天生亲近理想化、具有浪漫色彩的作品。不管是以爱情为题材的小说，还是以英雄人物为主角的传记，新文学提供了不少这方面的读物以满足青年读者的阅读心理。某种程度上，左翼文学中的"革命加恋爱"题材的作品便是一例。自然，在50年代台湾的文学刊物上也可以找到对应物——刘心皇在小说《雨》中描写一对革命恋人的故事，作品前半部重点营造革命眷侣双宿双飞的罗曼蒂克氛围，以人物口中宣传标语式的语言突出革命的主题；小说后半部，女主人公骑马遇到意外猝死道中，结尾流露的伤感基调也无形中契合了通俗恋爱小说的写作手法。①

在追求趣味的动机之下，参与文学社团某种程度上也成为20世纪50年代的青年学生遣兴自娱的方式。以台湾大学的学生文艺社团为例，1950年1月中文系学生林恭祖称当时的台大校园"非常寂寞"，因而牵头成立"台大诗歌研究社"，同时发行《青潮》诗刊，该刊由林恭祖组织的"台大文艺社"负责编印。台大学生1957年成立的"海洋诗社"在组织规模上远甚于前两个团体，《暖流》仅发行两期，海洋诗社的社刊《海洋诗刊》则坚持八年之久，至1965年8月才正式停刊。围绕办刊主题，诗刊编辑还组织过诗友月会、作者旅行、联欢晚会等多样的文娱活动。在海洋诗社之后于1957年成立的绿涛文艺社发行了《绿涛》月刊，这是一份综合性文艺刊物，编辑针对青年读者的兴趣爱好，曾组织话剧团、球队、棋牌活动，直接将文艺与娱乐结合。②而在当时的省立师范学院，学生对于创作有很大的热情，该校师资多在文艺函授学校等文学教育机构任职（例如"国文"系的赵友培、谢冰莹、李辰冬等人），此外，师院外文系有梁实秋这样的新文学名家，所以该校文艺创作的氛围比较浓厚。师院学生在一份通讯稿中就说到"同学对新文学创作向极努力"，校中由学生自发组织的长虹文艺社在组

---

① 刘心皇：《雨》，《宝岛文艺》1951年3月第3年第2期。

② 林姿君：《台湾大学的语文学教育及其相关问题初探（1945—1960）》，硕士学位论文，台湾大学文学院中国文学系，2007年，第78~87页。

建之初就提出"拟经常举办座谈及演讲会,以资砥砺";第一次举办的座谈会上"请女作家谢冰莹教授主讲创作问题"①。当时的文艺刊物如《宝岛文艺》《野风》等也都有定期召集投稿作家聚会的做法,②在这些文艺社团的活动中,青年学生不仅在文学创作的实践中提高了写作水平,也在参与文体活动的过程中纾解了苦闷。

现代中国青年的日常生活与传统社会里青年的日常生活大不相同。近代以来,特别是进入20世纪之后,中国青年目睹着周遭环境缓慢进入现代化的进程。伴随着社会上涌现的许多新鲜事物,他们也开始对"西化/都市"的生活方式充满好奇与想象。自幼在城市生活的青年、因受教育等原因从乡村来到城市的青年,都在城市生活中获得了各种现代体验的启蒙。50年代的台湾,在国防军事、社会建设、经济发展等方面均有美援支持,虽然经济上尚未进入全盛阶段,此间的青年写作者却在生活方式、思维方式等方面受到西潮影响,并在创作中表现其都市生活的经验。在发表于1955年的作品《川端桥畔》中,作者描写主人公一次偶然的城郊漫步,"他喜欢这样地走着,尤其是在这种刮着风的灰暗的日子里,城市烦嚣的生活把他带到这里来。如今,汽车刺耳的喇叭声,女人疯狂般的笑声……,一切都远了,他使自己步入一个幻想的王国,在那世界里,思维的旋律重新活跃着",小说中,这名年轻男子感受到的纷扰,他以幻想应对种种纷扰的策略,都很符合一个现代人日常生活中所经历的内心起伏。作者以远远的汽车噪声作为人物思考时的背景,更是意在强调人物所处的环境是一座现代都市。接下来,作者借西方文学名著中的人物形象比照小说主人公的所见所思:"世界的确像是一个广大的戏台,人类也只不过是千万种不同的角色而已,不止一次地,哈梦莱特、唐·吉诃德、浮士德幽灵般地插在人群中,踏着沉重的脚步。"作者以简淡的文字表

---

① 《师范学院文艺圈》(通讯),《火炬》1951年1月第2期。

② 潘垒:《宝岛文艺举行第一次文艺晚会》,《宝岛文艺》1951年4月第3年第3期。《野风》服务部:《野风文会在台北热烈举行》,《野风》1951年9月第21期。

现出一种冷寂、孤绝的人生图景,像这样的写作手法已经是近于抒情诗了。要特别指出的是,作者将芸芸众生中的独特个体比作哈姆雷特、唐·吉诃德,这些都是西洋文学中的人物,作者对于外国文学的熟稔程度能见出现代教育在青年日常生活中留下的烙印。小说主人公在漫步时观照四周景物的方式也能折射作者的生活态度,作者将主人公与人群隔开,让他以一个"闲逛者"的姿态反省人们生活的盲目性,"像是在梦中踏着漂浮着的白云,他踏上了川端桥,站在桥头,桥的另一端却显得遥远了。桥上,人们都缩着颈子,低着头,匆忙地走着。'……人们都在寻找一些他们自己所不能懂得的——一个理想,一个梦。也许是生活太单调了。'他也曾经无数次地在各种不同的桥上徘徊着,他喜欢站在桥上,看远处被浓雾半盖住的山,听着桥下静静流过的河水,桥梁缩短了山与山,城市与城市间的距离,也促成了人类间情感的交流。然而人们却又往往忽视了这些生活过程中的里程碑。没有人在渡过桥后仍对它有所忆念"①,至此,"桥"的意象得到凸显,作者强调它缩短了人与人之间的距离,如此重要却又为人们所习焉不察;从这样的角度来写桥,迥异于古典诗词中各种关于桥的描写。这篇作品如果从结构布局上来考量,也许显得略微流于平面化,作者对人物内心也只是做了一个切片式的展现,但是它很能够说明50年代部分青年受西潮冲击后的生活状态,有城市体验的人才写得出《川端桥畔》这样的文字。

　　在上述创作动向的基础上,50年代的青年文学创作中有一个独特现象,便是许多作者在小说中有意隐去故事的具体时空、背景信息,对作品进行模糊化处理,基本与当时台湾社会的"反共""反攻"等关键词无关,使得读者单从作品字面上阅读的话,无法判断其指涉的时段与作品创作年代。自1949年5月起,国民党在台湾地区执行戒严政策,对思想言论、出版、结社等加以控制。台湾这一时期尽管有许多以"青年"为名的刊物(如《自由青年》《当代青年》等),受言论环

---

① 林霖:《川端桥畔》,《中华文艺》1955年3月第2卷第4期。

境影响,像"五四"时期《新青年》那种激扬文字、放言无忌的路数已经行不通。以《自由青年》第12卷第1期为例,这一期是"升学辅导"专辑,其中刊发的文章有叶青(任卓宣)的《投考大专应如何准备〈三民主义〉》、许世瑛《读与写》、李颖吾《如何准备英文投考大专学校》等,①呈现出十足的实用主义风格。由于"此时此地"的约束,社会环境对于青年从事写作的确存在不少消极影响,不过,文学青年便在此时用"甄士隐"的方式进行突围。青年作家刘非烈是"中国文艺协会"小说研习组第二期的学员,他的作品便最具代表性。刘非烈在《野风》等刊发表较多小说,他在小说《拳师的悲哀》中讲述了一个拳师为了昭雪十五年前观众看轻他的耻辱而重回家乡,他使出浑身解数打败了年轻拳王,却在返家之后发现擂台上的手下败将原来是自己的儿子;②另如《亡魂泪》中,亡魂重返人间,目睹昔日恋人的背叛与他家人的哀伤,将人性的善与恶进行了对照。③

除了刘非烈这种注重传奇性、故事性的写法,还有很多青年写作者在描写中津津乐道地展示西化生活的细节,完全脱离了国民党阵营文艺理论家所强调的"此时此地"的语境。以"生活的·艺文的·趣味的"为办刊宗旨的《国风》杂志较多发表这类作品,例如吴雨的《灵瞳》便是一篇较典型的小说——主人公"我"在夜晚散步时,听到来自一座精致木屋中的悠扬乐声,细心聆听,遂成了演奏者的知音。受邀登门之后,"我"观察到这样的图景:"那是一间高雅的起居室,鹅黄色的地毯,粉红色的墙壁,缀以名贵的油画,又有多尊的石膏塑像;至于沙发、陈设、古玩等,都采取一种角度安置,令人一见别致;最引人注意的,是临窗的那座平台式的钢琴,一个古董的大花瓶和一盏玲珑的台灯,分置于琴台的两端;灯光闪耀四布,将全室渲染成湛蓝色。"④这段关于室内环境的叙述充满西洋生活的情调,与下文中各种离奇的

---

① 期刊广告,《中华文艺》1954年7月第1卷第3期。
② 刘非烈:《拳师的悲哀》,《野风》1951年6月第15期。
③ 刘非烈:《亡魂泪》,《野风》1951年8月第19期。
④ 吴雨:《灵瞳》,《国风》1953年6月第10期。

情节正好契合。《野风》杂志发表的《苦乐在安息日》令读者难以判断它是小说还是散文,此文描述了四个工读生的日常生活,除了叙事者"我"在文章开头一笔带过地提及"一海之隔的母亲",整篇文章便不再含有任何指涉时局的字眼。这四个学生都有安息日读圣经的习惯,他们一同参加勤工俭学时,相互间的闲谈颇能显示他们西化的生活趣味:例如劳动中为打发时间,他们以贝多芬和柏辽兹等艺术名人为话题;与教授见面时以英语闲聊。①如上所述,像刘非烈、吴雨这样的年轻作家都避开正面表现50年代的台湾社会,以一个安定、舒徐的社会图景为寄托来展开小说创作;尽管是出于想象,写作者们却也都有意剖析人性的弱点,使创作不致流于肤浅。

如果说这些二十岁上下的青年学生思想没有真正成熟,尚未具备与文艺政策对抗的自觉意识,那就是他们这一年龄段特有的生活观念、写作态度决定了上述的创作倾向。鹿桥的小说《未央歌》创作于艰困的抗战时期,却给读者留下美好如诗的印象。青年写作者在创作中并不在意呼应主流意识形态,而是将更多的空间留给自己作青春抒怀,去生发独特的文学灵感。由于这个原因,国民党当局主持的文学教育在施行效力上便有了局限性。关于这一点,在50年代最主流的官办刊物当中也不乏例证。1951年《文艺创作》创刊号上编者就对青年作家郭嗣汾做了推介,②作为中华文艺奖金委员会的官方刊物,该刊一直将郭嗣汾定义为"青年反共作家",但郭嗣汾却以小说创作中无关大局的趣味细节不断虚化读者对其"反共作家"的印象。他在情节设置上凸显年轻男女之间的情感纠葛,更在叙事中展示他偏向西方文化的审美趣味,他借助西洋文学、西洋音乐等元素在小说中烘托一种异域的情境。例如在小说《老人星》中他就以一位擅长演奏小提琴的女子为主人公,"她对着天边升起的第一颗星,用颤动的弓

---

① 卡西:《苦乐在安息日》,《野风》1951年6月第15期。
② 《编校后记》,《文艺创作》1951年5月第1期。

弦拉着修伯尔特的小夜曲；她全心灵都注入那优美飘逸的曲调里"①。在郭嗣汾的另一篇小说中，开头很长一段就引用了大量外国文学作品的书名，主人公艾丹拿着两本书"一本是华斯华兹的诗集，那里面夹着一份'月光朔拿大'的钢琴谱；另一册是一部英国柯林斯所著的长篇小说《白衣女郎》"，第二册书的扉页上有"给艾丹，这原是萝娜给华尔特的礼物，现在，它是珍妮给你的"的题赠。单凭第一段，读者很难辨认出它是翻译小说还是以外国人为对象的创作。直到郭嗣汾写到亚当先生招待艾丹住下，"那附近美丽的山峦和小湖吸引了他，他觉得需要单独地去欣赏那酷似故乡的山水，尤其是那有名的温德美尔湖，那使他想起太湖的波光船影"②，读者这时才能够把握作品中人物的真正出处。

在战斗文学的口号喊得震天响的1955年，诗歌创作是青年写作者最能保持纯粹独立文学品格的领域。《中华文艺》是一份重视培养青年学生写作能力的刊物，也一直有意保持其纯正的文学立场。在战斗文艺的最高潮，正值《中华文艺》第1卷第4、5合期出版，刊物不能不发表一些呼应主流政策的文章，不过，大量的青年创作并不回应"战斗文艺"的动员。这一期上，辛鱼的《第一滴泪》、楚风的《爱的新奇》都是以爱情为主题的小诗，而苏美怡的《伤秋》、彭捷的《秋恋》则是带有浓重抒情气息的写景小诗。例如下面这两首张子梅的作品，均有自然清新、意味隽永的特点：

> 《寂寞》
> 你说，等院子里牵牛花爬上来的时候，
> 你说，等紫葡萄累累下垂的时候，
> 而今紫葡萄已经成熟了，
> 牵牛花也早已爬满了我的窗口。

① 郭嗣汾：《老人星》，《自由中国》1956年12月第15卷第12期。
② 郭嗣汾：《康伯兰的秋天》，《自由中国》1955年11月第13卷第10期。

《小忆》

记得那天，

绿草，河边，

小诗数首请你念，

眼底，蓝天。①

以这首诗为例，读者可见出小诗清新、舒缓的面貌与战斗文艺所要求的剑拔弩张背道而驰。

向美、向善的心理机制决定了青年们对自由的向往，他们一直在寻找一个畅快表达的文学世界。后来被誉为"电影界奇才"的潘垒最初是"反共文学"阵营中的一名年轻作家，他在颠沛流离的士兵生活中抒发了青年人的浪漫情怀："我始终怀念当上等兵的这段日子——这一段美丽、充实、真纯而狂热的日子。"②十足体现他对流浪生活的赞美。这一时期的许多青年学生在写作中频繁出现"吉普赛""流浪"一类的词语，"吉普赛"与"流浪"成为自由精神的标志，青年们在创作中尤其热衷赞美流浪。《拾起的记忆》的作者揭秘了个中原因，"流浪本身绝不是一件苦事，尤其是年青的人们当他们怀着另一个理想而走上流浪之途的时候，那简直就是一次生活的享受，争执，讨论，还带着一些新奇的憧憬，使我们忘记了身体底疲乏"③。在青年看来，因为同伴之间的砥砺与未来新世界的召唤，流浪也成了为理想而起航的浪漫旅行。这篇作品发表之后，另一位年轻作者也在《野风》上发表了散文《爱的觉醒》，明确提出要"像吉普赛少年一样地流浪"④。稍后《野风》刊载了花莲师范学校一名学生创作的情诗："你不要笑/唐·吉诃德底荒唐/我像吉卜西一样——/越过了忧戚和死亡。"⑤这里又出

---

① 张子梅：《寂寞（外一首）》，《中华文艺》1954年12月第1卷第6期。

② 潘垒：《上等兵》，《文学杂志》1960年3月第8卷第1期。

③ 也平：《拾起的记忆》，《野风》1951年7月第17期。

④ 慕天：《爱的觉醒》，《野风》1951年7月第18期。

⑤ 楚卿：《为你写下的诗篇》，《野风》1951年9月第21期。

现了"吉普赛"(吉卜西)这一意象,作者看重的是吉普赛人的超脱。综观这几个例子,这时的年轻作者对"吉普赛"意象的着迷程度着实令人惊讶,他们对于自由的向往溢于言表,至于国民党文艺阵营界定的那些写实主义、现实主义写作范式,早已无法驯服年轻人的诗化想象。

如前文所述,颠沛流离的流浪生活让青年看到了浪漫光环,很多新文学作家在青年阶段进行创作时,将残酷的战争诗意化、将革命抒情化。二者不能简单以"可笑""幼稚""小资产阶级趣味"一概而论,如果进行深入分析的话,其实它们折射了文学青年在成长过程中观照人生的一种方式。例如作家姚雪垠,研究界重点关注的是写出小说《差半车麦秸》《李自成》的姚雪垠,他最初进入文坛的时候,却是典型的理想主义文学青年。他的小说《重逢》写于40年代初期,姚雪垠在其中描写一对恋人参与革命的故事,可与作家王蓝50年代在台湾写作的同题材小说《蓝与黑》作比较。女主人公在书信中说"希望到真正的火线上体验一下,听一听枪子儿是怎样的呼啸着从耳边掠过,看一看大炮弹是怎样的在头上爆炸,怎样的在面前掘起泥土",她说她"已经厌倦了一切,也许只有真正的火线上能给她一点新的刺激。'我的生活中需要刺激。'她在信上说,'正如同需要你的爱情一样'";对于小说中的年轻人而言,革命与爱情已然同构,二者都是促使生命保持活力的新鲜刺激。这是冯雪峰等左翼文艺理论家后来对丁玲早期小说提出批评的原因,而当时的姚雪垠对男女主人公的态度是理解、赞许与肯定。他借叙事者"我"的眼睛观察战场不远处的诗意景象:"在我们的散兵壕后边,在曲曲折折的山谷里,山坳里,溪流旁边,竹木深处,微风传递着清脆的山鸟歌唱,传送着咚咚的伐木声,传送着叮叮当当的牛铃声,传送着咩咩的山羊叫声。微风还从竹木间露出的茅屋顶上,从田边堆积的牛粪堆上,从老头子们的旱烟锅上,将淡灰色的轻烟吹散。"[①]这种桃花源式的图景分明对应着一曲田园牧

---

① 姚雪垠:《重逢》(一),《文艺先锋》1943年2月第2卷第2期。

歌,与战争的惨烈格格不入。与在小说《上等兵》中赞美士兵生活的潘垒、《野风》杂志上那些对吉普赛生活表示向往的年轻作者相比,姚雪垠同样写出青年人对生活抱有想象、模糊现实与梦想二者界限的心理趋向。

"五四"之后,青年写作者参与建设新文学便是从他们的独特视角出发。30年代初,鲁迅在《中国新文学大系·小说二集》的导言中评价弥洒社的创作实绩,他一方面肯定年轻作家们"致力于优美",不断尝试开拓艺术境界;另一方面也指出他们"所感觉的范围却颇为狭窄,不免咀嚼着身边的小小的悲欢,而且就看这小悲欢为全世界"①。鲁迅在此提出了一种善意的批评,青年最初进行文学创作时所依赖的资源正是他们日常生活中的喜怒哀乐,他们以青年时期特有的理想主义情怀淡化了现实社会中的利害关系。脱离了起步阶段的青涩之后,青年写作者逐渐学会以理性、冷静的视角审视人生,方才突破了"身边的小小的悲欢"。不过,青年作者从日常生活体验出发进行写作,才使得50年代的台湾文坛出现了大批与"反共文学"无涉的作品。他们在当时的政治环境下争取到一个相对而言称得上自由的言论空间,校园中的讲座、演剧、联谊等文体活动就是青年学生日常生活的重要组成部分。在参与这些活动的过程中,青年学生追求生活趣味的心理得到满足;与此同时,他们逐渐放松的心态也间接影响了文艺创作的风格,在剑拔弩张的"反共文学"之外开辟出清新自然的文学风貌。

---

① 鲁迅编选:《中国新文学大系·小说二集》,上海:良友图书出版公司1935年版,第5页。

第二节　面向青年的文学动员与革命动员

一、文学青年与文学期刊

在新文学发展过程中，文学教育活动的参与者——教育者与被教育者——最初的相遇发生在期刊：先有教育者的启蒙观念付诸实践，需要发言的平台；再有文学青年的创作欲形诸文字，需要发表的平台。正是现代期刊提供了一个构建"想象的共同体"的基础，它是青年在中国现代历史进程中凝聚为一个群体的必要条件。这一小节以中华文艺函授学校校刊《中华文艺》为考察对象，对照1949年以前出版的青年文艺刊物，分析该刊面向青年提供的文学教育空间。

受时局影响，20世纪50年代台湾的言论空间整体上趋向保守，台湾光复初期的报刊上那种激进甚至是不乏左翼色彩的声音难成主流。这一时期面向文学青年的期刊有着不同的办刊思路，或者是如《半月文艺》《火炬》《文艺创作》那般以宣传"反共"作为使命，或者是如《野风》《读书》《暖流》等期刊有意疏离"时代主题"。在当时众多的刊物当中，自觉以"文学教育"为第一办刊宗旨的主要是《中华文艺》。1953年9月，李辰冬在台湾创办中华文艺函授学校，以函授讲义的形式面向社会各界人士开班授课。次年5月，《中华文艺》作为该校校刊创刊。李辰冬是该刊发行人，程扶镕担任社长兼主编。综合来看，这份刊物立场中正，不激不随，至1960年停刊之前的6年中，一直专注于服务文学青年、帮助文学爱好者提升写作能力。

在创刊号上，李辰冬在《当前我国文学的危机》一文中引用韩愈《答李翊书》原文"蕲至于古之立言者，无望其速成，无诱于势利"①，以

---

① 李辰冬：《当前我国文学的危机》，《中华文艺》1954年5月创刊号。

"作家迟成班"的自嘲回应时人之前对其所作的讥评。在《中华文艺》这份期刊上,"无望其速成"是贯穿始终的思路,也因为对这一思路的坚持,《中华文艺》成为20世纪50年代台湾最重要的文学教育类杂志。该刊以培养作家、推广文学创作为使命,刊载名著导读、发表专业作家的创作谈、介绍中华文艺函授学校教师批改习作的思路、展示中华文艺函授学校学员的优秀习作……很快成为当时台湾文学青年的良师益友。该刊所依存的中华文艺函授学校的办校宗旨是"探讨文艺理论/训练写作技巧/提高欣赏能力/指导'国文'写作"①,《中华文艺》的办刊宗旨则更加简洁有力——"提高创作水准,探讨写作技巧""本刊的使命,就在研究伟大作家,分析伟大作品"②。在上述办刊宗旨引领之下,《中华文艺》持续为读者提供中外名著导读。表2-1列出了这份期刊前五卷发表的名著导读原创类文章(限于资料有限,本书仅考察《中华文艺》第1~5卷):

表2-1 《中华文艺》第1~5卷名著导读原创类文章统计

序号	题目	作者	发表卷期
1	《莫泊桑及其成名作〈脂肪球〉》	黎烈文	1954年5月第1卷第1期
2	《〈可仑巴〉的结构》	梁宗之	1954年5月第1卷第1期
3	《怎样欣赏中国文学》	王屋山人	1954年5月第1卷第1期
4	《读〈我的诀别〉》	覃子豪	1954年6月第1卷第2期
5	《寂寞的麦利·韦伯》	张秀亚	1954年6月第1卷第2期
6	《李白的〈蜀道难〉》	王屋山人	1954年7月第1卷第3期
7	《诗人朗费罗》	法天	1954年9月第1卷4、5合期
8	《〈包法利夫人〉之研究——兼论写实主义》	王梦鸥	1955年10月第3卷第4期
9	《〈儒林外史〉的价值》	李辰冬	1955年10月第3卷第4期
10	《论戏剧的结构——并分析〈哈姆雷特〉》	李曼瑰	1955年12月第3卷第6期
11	《〈傲慢与偏见〉之研究》	张秀亚	1956年2月第4卷第1期
12	《〈镜花缘〉的价值》	李辰冬	1956年5月第4卷第3、4期

① 《中华文艺函授学校第四届招生》(广告),《中华文艺》1954年12月第1卷第6期。

② 《本刊的使命》,《中华文艺》1954年5月创刊号。

序号	题目	作者	发表卷期
13	《〈块肉余生录〉之研究》	谢冰莹	1956年7月第4卷第6期
14	《从〈爱丝苔尔〉的写作技巧谈起》	廖清秀	1956年7月第4卷第6期
15	《〈楚辞〉研究》	王怡之	1956年8月第5卷第1期
16	《梅里美及其短篇小说》	王梦鸥	1956年9月第5卷第2期
17	《〈汉赋〉研究》	王怡之	1956年10月第5卷第3期
18	《谈哈孟雷特》	沙冲夷	1956年10月第5卷第3期
19	《海明威及其短篇小说》	葛贤宁	1956年11月第5卷第4期

这19篇原创文章大多出自中华文艺函授学校教员之手,李辰冬自不必说,覃子豪、王怡之、王梦鸥、葛贤宁、李曼瑰、谢冰莹等人在中华文艺函授学校长期担任教学工作,因此,他们的文章可以视作课堂讲义的延伸。如表2-1所示,评介中国文学名著的文章共计6篇,涵盖《诗经》、唐代诗人李白的《蜀道难》、清代作家吴敬梓的《儒林外史》、清代作家李汝珍的《镜花缘》及《楚辞》《汉赋》等。在此之外,主要是13篇介绍国外作家作品的文章,涉及的作家作品按顺序包括:法国作家莫泊桑的短篇小说《脂肪球》(即《羊脂球》)、法国作家梅里美的中篇小说《可仑巴》(即《高龙巴》)、菲律宾诗人扶西·黎刹的《我的诀别》、法国作家福楼拜的长篇小说《包法利夫人》、英国作家莎士比亚的经典剧作《哈姆雷特》、英国作家狄更斯的长篇小说《块肉余生录》(即《大卫·科波菲尔》)、法国作家拉辛的剧本《爱丝苔尔》、美国作家海明威的短篇小说……这些文章深入解读名家名作,从选题、结构、语言艺术等层面分析其何以成为名著。由于写作者预设其读者为希冀提升写作能力的文学爱好者,所以往往会围绕颇具现实指导意义的话题娓娓道来。

表2-2列出了《中华文艺》前5卷刊载的翻译类外国名著评介文章,基本是英国作家毛姆、法国文艺理论家泰纳的论文,其讨论的作品也都是以英法两国的经典名著为主,具体见下表:

表2-2 《中华文艺》第1~5卷外国名著评介(翻译)统计

序号	题目	作者	译者	发表卷期
1	《世界十大小说家及其十大名著:昂诺列·巴尔扎克和他的〈高老头〉》	[英]毛姆	张易	1954年6月第1卷第2期
2	《世界十大小说家及其十大名著:爱弥尔及其〈咆哮山庄〉》	[英]毛姆	张易	1954年7月第1卷第3期
3	《狄更斯及其〈块肉余生录〉》	[英]毛姆	徐钟佩	1954年9月第1卷4、5合期
4	《奥斯汀及其〈傲慢与偏见〉》	[英]毛姆	徐钟佩	1954年12月第1卷第6期
5	《巴尔扎克论》	[法]泰纳	李辰冬	1955年4月第2卷第4期至1955年7月第3卷第1期
6	《福楼拜及其〈巴伐利夫人〉》	[英]毛姆	徐钟佩	1955年6月第2卷第6期
7	《杜斯妥也夫斯基及其〈克拉门索夫兄弟们〉》	[英]毛姆	徐钟佩	1955年7月第3卷第1期
8	《史顿达尔及其〈红与黑〉》	[英]毛姆	徐钟佩	1955年8月第3卷第2期
9	《亨利·菲尔亭及其〈汤姆·琼斯〉》	[英]毛姆	徐钟佩	1955年9月第3卷第3期
10	《赫尔曼·莫尔维尔及其〈莫贝·迪克〉》	[英]毛姆	徐钟佩	1955年10月第3卷第4期
11	《达文西论》	[法]泰纳	李辰冬	1955年12月第3卷第6期等
12	《写作生活回忆》	[英]毛姆	涛声	1956年10月第5卷第3期等

经张易、徐钟佩、李辰冬之手，域外名家谈世界经典名著的论文得以完整呈现在文学青年面前，其视野开阔、深度论述，对文学青年们不无启发。不过相较于文学类论文，《中华文艺》前5卷中发表的外国文学作品的比重更大。表2-3展示了29篇译作的具体信息：

表2-3 《中华文艺》第1~5卷外国文学作品译介统计

序号	题目	作者	译者	体裁	发表卷期
1	《家》	[英]毛姆	沉樱	小说	1954年5月第1卷第1期
2	《销魂》	[法]雨果	盛成	诗	1954年5月第1卷第1期
3	《论逆境》	[英]倍根	钱歌川	散文	1954年5月第1卷第1期
4	《星》	[法]雨果	覃子豪	诗	1954年5月第1卷第1期
5	《脂肪球》	[法]莫泊桑	黎烈文	小说	1954年6月第1卷第1期
6	《谈高位》	[英]倍根	钱歌川	散文	1954年6月第1卷第2期
7	《脸上有疤的人》	[英]毛姆	沉樱	小说	1954年7月第1卷第3期
8	《论贵族》	[英]倍根	钱歌川	散文	1954年7月第1卷第3期
9	《牧师的故事》	[希腊]Hikelas	沉樱	小说	1954年9月第1卷4、5合期
10	《谈结婚和独身》	[英]倍根	钱歌川	散文	1954年9月第1卷4、5合期
11	《尼罗王纵乐之歌》	[法]雨果	覃子豪	诗	1954年9月第1卷4、5合期
12	《心灵的补偿》	[法]亨利·波尔多	咏仁	小说	1954年9月第1卷第4、5合期
13	《论黎明即起》	[英]查尔斯·兰姆	沙冲夷	散文	1955年12月第3卷第6期
14	《恋爱与结婚》	（不详）	白淑慧	散文	1956年1月第4卷第1期
15	《剪烛夜话》	[英]查尔斯·兰姆	沙冲夷	散文	1956年1月第4卷第1期
16	《旷夫怨》	[英]查尔斯·兰姆	沙冲夷	散文	1956年5月第4卷第3、4合期

续表

序号	题目	作者	译者	体裁	发表卷期
17	《两性之间》	[美]多罗茜·帕克	心一	小说	1956年5月第4卷第3、4合期
18	《欲望》	[挪]路特·海姆苏	王磊之	小说	1956年5月第4卷第3、4合期
19	《审判》	[美]唐·曼凯维奇	芜弓	长篇连载	1956年5月第4卷第3、4合期
20	《奢望》	[美]多罗茜·帕克	心一	小说	1956年6月第4卷第5期
21	《梦里娇娃》	[英]查尔斯·兰姆	沙冲夷	散文	1956年7月第4卷第6期
22	《情感》	[美]多罗茜·帕克	心一	小说	1956年7月第4卷第6期
23	《情变》	[美]海明威	白力士	小说	1956年8月第5卷第1期
24	《不平凡的旅客》	[不详]Robert Bingham	王磊之	小说	1956年8月第5卷第1期
25	《蓝色寝室》	[法]普罗斯佩·梅里美	王梦鸥	小说	1956年9月第5卷第2期
26	《世事无常》	[不详]约翰·彼得·黑培尔	徐正一	小说	1956年9月第5卷第2期
27	《电话》	[美]多罗茜·帕克	心一	小说	1956年10月第5卷第3期
28	《丹青乐》	[英]威廉·哈兹里特	沙冲夷	散文	1956年11月第5卷第4期
29	《最后的下午茶》	[美]多罗茜·帕克	心一	小说	1956年11月第5卷第4期

从体裁来看,这些译作中包含小说16篇(其中15篇短篇小说,1部长篇小说)、散文10篇、诗歌3篇;在时间跨度上,最早的是英国文艺复兴时期作家弗朗西斯·培根的散文,最晚的则是美国作家海明威、多罗茜·帕克的小说作品。文艺理论家虞君质曾在《中华文艺》第2期发表文章号召读者多读名著:"任何有志于写作的朋友,倘要挽救

当前文坛的危机,倘要发挥现代文艺的创造精神,必须时刻对于名家作品保持密切的接触,必须时刻使名家生命的脉搏在自己的血管里跳动。"①他正是基于文学教育的角度,提倡文学青年多读名著,在积累的基础上创新,从而革除当时许多创作流于口号的积弊。虞君质的这篇题为《鉴赏与创作》的文章刊登在当期杂志的封面,一定程度上正代表了刊物主编的态度。综合上述三份表单来看,《中华文艺》在办刊过程中的确是坚守着文学教育者的立场,注重引领文学青年从古今中外的优秀作品中汲取养分、兼收并蓄、化为己用。

在深度解读中外名著、大量推荐国外文学作品这些偏向"务虚"的路径之外,《中华文艺》还采取"务实"态度,由专业作家撰文向文学青年介绍自身创作经验、创设"习作批改"专栏展示一篇篇作品的打磨过程。表2-4列出了前5卷《中华文艺》刊载的与作家创作经验相关的文章:

表2-4　《中华文艺》作家创作谈、创作示范统计

序号	题目	作者	发表卷期
1	《我是怎样写〈红豆〉的?》	谢冰莹	1954年5月第1卷第1期
2	《写作小说的艺术》	[英]屈奥洛浦著,吴奚真译	1954年6月第1卷第2期
3	《从〈莎蒂雅〉的编剧手法谈到创作技巧》	水束文	1954年9月第1卷第4、5合期
4	《悔》	黎种田(黎中天)	1954年12月第1卷第6期
5	《友爱》	黎中天	1955年2月第2卷第2期
6	《怎样自学写诗?》	覃子豪	1955年2月第2卷第2期
7	《老兵》	黎中天	1955年4月第2卷第4期

---

① 虞君质:《鉴赏与创作》,《中华文艺》1954年6月第1卷第2期。

续表

序号	题目	作者	发表卷期
8	《成见与误信》	黎中天	1955年6月第2卷第6期
9	《小说创作法》	[不详]罗伯特·史密斯著，楚茹译	1955年11月第3卷第5期等

这份表单上，谢冰莹、黎中天、覃子豪都是中华文艺函授学校的教员。谢冰莹当时担任函校小说班的班主任，在《我是怎样写〈红豆〉的?》这篇文章中，她自述小说《红豆》的选题由来，并介绍自己在这篇作品的创作过程中如何处理典型人物的塑造、小说结构的安排、结尾的升华等问题。黎中天则是更细致地在四则创作示范文章中向文学青年解释他的写作逻辑：比如《悔》即黎中天在批改学生习作之后，借用原有的题目重做一遍，"对情节有添有减，无非是减去'偶然性'的，添进'必然性'的，使作品真实性增加"①；关于散文《友爱》的创作谈中，则主要向文学青年介绍"描写的门路"，强调"描写要适当、要细腻、要有层次、要和谐，才能产生美感"，另外，黎中天还指出借鉴翻译小说不能流于表面，"因为翻译小说的笔调，和我们说话的语气不太切合，我怕同学们像时下一些作家一样，不晓得吸收西洋小说的写作技巧，单单模仿翻译笔调造句子，走上死文学的道路，所以决定选几篇自己的作品，加以分析，作为补充材料，给大家参考"②。

在帮助文学青年成长的路上，《中华文艺》最有成就也是最有成效的栏目应属"习作批改"。这个栏目的素材都是中华文艺函授学校在授课过程中学生真实创作的习作，在期刊上，函校教员批改习作过程中发现的问题——不论是普遍性的还是个别的——陈列在纸面，面向函校学员之外的广大青年读者，可谓是最大限度地发挥了期刊的文学教育效力。表2-5列出前5卷《中华文艺》刊载的42篇经由函

① 黎种田：《悔》，《中华文艺》1954年12月第1卷第6期。
② 黎中天：《友爱》，《中华文艺》1955年2月第2卷第2期。

校教员点评、修改的习作：

表2-5　《中华文艺》第1~5卷"习作批改"栏目作品统计

序号	题目	作者	批改者	体裁	发表卷期
1	《小姨》(原题《勒索》)	钧	黎隐	小说	1954年5月第1卷第1期
2	《怀念》	王隐	郭宝玉	散文	1954年5月第1卷第1期
3	《新诗的批改》	若木、林伟、杨振瑛	覃子豪	新诗	1954年5月第1卷第1期
4	《我最敬爱的朋友杨少敏》	杨占勋	勉馀	散文	1954年6月第1卷第2期
5	《脚的故事》	葛逸凡	鸣	小说	1954年6月第1卷第2期
6	《花》	刘秉彝	覃子豪	新诗	1954年6月第1卷第2期
7	《收音机》	王衍魁	慕铎	小说	1954年7月第1卷第3期
8	《母亲节写给母亲》	苏伟明	陆勉馀	散文	1954年7月第1卷第3期
9	《月》	苏美怡	覃子豪	新诗	1954年7月第1卷第3期
10	《一个地方》	陈金池	覃子豪	新诗	1954年9月第1卷第4、5合期
11	填词二首(《忆江南》《水调歌头》)	郑竞	陆勉余	词曲	1954年9月第1卷第4、5合期
12	《最愉快的一天》	游祥麟	艾枫	散文	1954年9月第1卷第4、5合期
13	《悔》	邱家洪	黎中天	小说	1954年9月第1卷第4、5合期
14	《日记二则》	洪尚波	陆勉余	散文	1954年12月第1卷第6期
15	《琴声》	徐荣耀	覃子豪	新诗	1954年12月第1卷第6期

序号	题目	作者	批改者	体裁	发表卷期
16	《冬之景物》	Ｔ Ｈ	覃子豪	新诗	1955年2月第2卷第2期
17	《雨》	Ｚ Ｔ	覃子豪	新诗	1955年4月第2卷第4期
18	《我底学校生活》	罗剑仁	默之	散文	1955年4月第2卷第4期
19	《音乐》	Ｔ Ｓ	覃子豪	新诗	1955年5月第2卷第5期
20	《救火记》	茅舍	默之	散文	1955年5月第2卷第5期
21	《归来》	Ｃ Ｇ	覃子豪	新诗	1955年6月第2卷第6期
22	《猴子的死》	王壬辰	默之	散文	1955年6月第2卷第6期
23	《河流》(原题《湄南河》)	Ｃ Ｂ	覃子豪	新诗	1955年7月第3卷第1期
24	《忆我童年时一位老师》	吴英隽	王奋	散文	1955年7月第3卷第1期
25	《鸟》	Ｄ Ｅ	覃子豪	新诗	1955年8月第3卷第2期
26	《希望》	陈维昭	黄定今	小说	1955年8月第3卷第2期
27	《我的童年生活》	许彩凤	王奋	散文	1955年8月第3卷第2期
28	《山》	Ｔ Ｆ	覃子豪	新诗	1955年9月第3卷第3期
29	《学画沧桑记》	詹益元	王奋	散文	1955年9月第3卷第3期
30	《月》	Ｍ Ｙ	覃子豪	新诗	1955年10月第3卷第4期
31	《我的游记》	陈锦云	王奋	散文	1955年10月第3卷第4期

序号	题目	作者	批改者	体裁	发表卷期
32	《晨》	C B	覃子豪	新诗	1955年12月第3卷第6期
33	《马祖行》	马持达	王奋	散文	1955年12月第3卷第6期
34	《寄意》	L F	覃子豪	新诗	1956年2月第4卷第1期
35	《狮头山游记》	张碧桂	王奋	散文	1956年2月第4卷第1期
36	《一对眼睛》	罗叔平	依洛	小说	1956年2月第4卷第1期
37	《呼唤》	E C	覃子豪	新诗	1956年6月第4卷第5期
38	《记苏花公路》	（不详）	余念石	散文	1956年7月第4卷第6期
39	《一段和谐的生活》	张清晖	罗盘	小说	1956年8月第5卷第1期
40	《三峡惊舟》	张梅俊	玉人	散文	1956年9月第5卷第2期
41	《牧童》	周真璞	张自英	新诗	1956年10月第5卷第3期
42	《芳邻》	何绮丽	刘非烈	小说	1956年11月第5卷第4期

覃子豪是50年代台湾诗坛的代表人物,他1954年前后担任中华文艺函授学校诗歌班班主任,这一时期他在"习作批改"栏目中亮相颇为频繁。表2-5中覃子豪批改的诗作出现16篇,占比最大。基于这些习作所附的点评文字来看,覃子豪的文学视野堪称开阔,他对"五四"运动之后新诗的得失有自己的独到见解,反对诗歌的形式主义,推崇诗的形象与意境。在批改学生习作时,覃子豪勤勉务实,言辞相当犀利,比如第2卷第2期他批评习作《霜花》词汇"都是陈腐的"、第2卷第6期他指出习作《归来》"缺少法度,自由得近于放纵,违

背了自由诗的原则",不过,覃子豪也向文学青年们解释了他的初衷:"其实文艺函授学校,就是文章病院,无论学校当局,教师们,学生们多注重的都是创作的练习,许多讲义只是一些修养上的智识,创作的练习,才能使学生们获得真的东西。整个的函授学校,既是一个文章病院,那么,诗歌就算病院里的一科了,无论是眼科和儿科,需要动手术的地方,施行手术的医生总不该马虎开刀,致病根未除,病诗不能痊愈,诗怎么能健康长成?"① 这番表述诚挚而恳切,从中可见覃子豪作为教育者的拳拳之心。在中华文艺函授学校、《中华文艺》的 "里应外合"之下,大批文学青年得以快速成长,许多在"习作批改"栏目中出现过的写作者后来也在该刊正式发表创作,比如1954年7月第1卷第3期《中华文艺》上,覃子豪批改过新诗习作《月》,其作者苏美怡后来在1955年8月第3卷第2期《中华文艺》"新诗"栏目发表作品《月台》。

"我一书在手或学习写作,顿时就觉得神清气爽,的确它是我病中唯一的情侣,精神寄托的所在。"② 这是1955年一位青年在《中华文艺》谈自己写作经验时的自述。对于50年代台湾的许多青年而言,文学为他们提供了精神层面极大的慰藉。在写作能力方面帮助文学青年成长之外,《中华文艺》在当时为广大青年读者提供了一个"文学"主题交流平台。除了不定期面向文学爱好者举办主题征文活动,激发了文学青年的创作热情,《中华文艺》的"中艺校讯""问题解答""征友"等栏目分别展示了中华文艺函授学校学员的动态信息、编者与读者的互动、文学爱好者彼此之间的互动。比如"独学而无友,则孤陋而寡闻",从文学出发,《中华文艺》让文学青年们相互连通。

本尼迪克特·安德森在《想象的共同体:民族主义的起源与散布》中指出"想象的共同体"的诞生与印刷媒体的推广有密切关联,因为作者可以通过纸质媒介发表各种富于先锋性的观点,从而在千万读

---

① TH著,覃子豪批改:《冬之景物》,《中华文艺》1955年2月第2卷第2期。
② 谢春回:《丘八谈写作》,《中华文艺》1955年5月第2卷第5期。

者心中同时唤起一个"新颖与史无前例"的想象世界。①1951年,由台大学生编辑的《暖流》杂志中经常出现这样富有号召力的语句:"暖流是青年情感的交流! 暖流是青年智慧的交流! 暖流是属于青年的!希望青年朋友共同为暖流而努力"②,"暖流月刊是我们青年自己的园地。"③年轻的《暖流》编辑们以青春激情喊出口号,希冀以期刊团结青年,《中华文艺》的办刊宗旨可谓与之相符,但后者以专业素养、严谨规划为青年提供了更为系统的写作辅导,也因此在50年代的台湾更具影响力,更有实力使分散各地的文学青年形成一个共同体。

自20世纪初起,文学青年能够走出书斋,很大程度上归功于启蒙者在期刊提供的平台上进行的鼓动。早在20世纪初,陈独秀主编的《新青年》杂志面向青年展开动员,《文学改良刍议》《文学革命论》等直接催生新文学的重要文章就发表在上面。除了《新青年》,20年代前后中国出版界以"新"为刊名的杂志还有:《新纪元》《新生活》《新中国》《新少年》《新群》《新空气》《新社会》《新的小说》《新生命》《新湖北》《新共和》《新妇女》《新女性》等。④在这求"新"求"变"的激流中,受了启蒙者动员的"五四"青年向着"有意识"、"人为"的、"向上"的"新人"和由"新人"组成的"新社会"的理想奔去⑤,期刊为青年们提供了展开乌托邦想象的基础。以中国出版文化的繁荣为依托,青年有了凝聚为一个群体的契机。30年代的《中学生》杂志进一步巩固了借助出版媒介面向青年学生进行生活教育、文学教育的传统,1930年夏丏尊等人在《中学生》杂志创刊号上向全国教育界发出"约稿信":"诸君子不仅为一校百十学子之师,抑且为校外千万学子之师,其为裨益

① [美]本尼迪克特·安德森:《想象的共同体:民族主义的起源与散布》,吴叡人译,上海:上海人民出版社2003年版,第26页。

② 《补白》,《暖流》1951年5月第1期。

③ 《暖流月刊征稿简约》,《暖流》1951年5月第1期。

④ 阿英选编:《中国新文学大系·史料·索引》,上海:良友图书印刷公司1936年版,第383~391页。

⑤ 王汎森:《从新民到新人——近代思想中的"自我"与"政治"》,载《中国近代思想史的转型时代——张灏院士七秩祝寿论文集》,台北:联经出版公司2007年版,第171~200页。

宁有涯矣。"①"为校外千万学子之师"的号召使得刊物在寻求经济利益之外更增添了不少的社会责任感，也是基于期刊生态推动青年共同体发展、成长的一种心理机制。

从"五四"运动到抗战时期，中国出版界与青年读者之间不断互动，台湾当时处于日据政权之下，也存在这种互动关系。蔡培火等来自台湾的学生1920年在东京编辑发行《台湾青年》，这份杂志在创刊数年中几经变更，编者阵容基本不变，是后来在台湾社会发挥更大影响的《台湾民报》的班底。《台湾青年》"介绍世界先进的思想潮流，以唤醒民族意识，催促台湾新文化的全面建设，并抗议台湾总督专制政策，属于日据时代民族解放运动的启蒙性刊物"。《台湾青年》与大陆的《新青年》存在对话关系的明显表征是倡导"与现实生活贴近、负有改造社会使命的文学"。《台湾青年》第4卷第1期上陈瑞明的《日用文鼓吹论》便是台湾知识阶层直接回应大陆白话文运动，以推广"日用文"（白话文）来实现新思想的普及。1922年4月，"为了与台湾本岛的文化启蒙运动及民族运动相呼应"，编者将《台湾青年》改名为《台湾》，期刊内容也开始出现英国学者罗素等人的文章，时间点正好与大陆1921年前后的"罗素热"重合。②时间越往后推进，两岸在青年读物上的交流逐渐增加。日据后期的台湾在1943年出现过一份以宣扬三民主义、论述台湾与大陆历史关系为主题的综合刊物，同样名为《台湾青年》，担任发行人的李友邦是抗日组织"台湾文化协会"成员之一，1924年曾奔赴大陆并入黄埔军校学习。他主持的这份《台湾青年》重在衔接分隔状态下的台湾与大陆，刊物有意凸显启蒙者的角色，同时，文艺栏中也发表了不少中文创作。③光复初期，两岸关于青年刊物的交流更为密切。1947年台湾文化协进会会刊《台湾文化》上，林任民向台湾读者介绍大陆上有关"青年问题的刊物"，他对《中

---

①　《发刊词》，《中学生》1930年1月创刊号。

②　文讯杂志社编：《台湾文学杂志展览目录》，台北：文讯杂志社2003年版，第13~14页。

③　文讯杂志社编：《台湾文学杂志展览目录》，台北：文讯杂志社2003年版，第21页。

学生》的评价殊为公允："立论很平稳，能供给青年学生各种新智识，并给青年指示出一条路来。"作者另外还提及《青年智识》《学生新报》《中国青年》《青年生活》《青年界》《新学生》等大陆青年刊物。[①]这一时期，台湾的出版市场有《创作月刊》《龙安文艺》等以青年学生为作者、读者的文学刊物面世。因为政局动荡，《创作月刊》等刊物存世时间并不长，但仍可以说，战后初期的两岸文化合流使得台湾文化界进一步确认了以期刊为平台对青年进行人生教育、文学教育的意义。1948年4月《创作月刊》在台湾创刊，因为"二二八"事件在前一年发生，社会气氛堪称肃杀，但《创作月刊》的创刊辞仍流露出青年人敢于介入现实生活的决断力："我们除介绍文学名著及探讨研究文学的实际理论外，愿意尽量的去写社会上血淋淋的现实，并深入民间及社会每一角落，为无数穷苦无告的人们，作正义的声援，以冀取得社会的同情，而作积极的改进。"他们对自我的肯定也充满激情："我们都是年青的一群，我们有火样的热情，我们有坚强的意志，我们要凭火样的热情，我们要用诚恳的态度，去向广大的群众，作真实的报导。"[②]这种动员的声音来自青年本身，《创作月刊》的编辑者以"我们"指称作者群，用意是将青年吸纳到一个文学同盟当中，群策群力，进而产生影响社会、改造社会的力量。

　　20世纪50年代的台湾，在国民党当局"反共抗俄"宣传的缝隙中，中华文艺函授学校避开流于空洞教条的训话，以邮寄讲义的方式进行集体文学教育，另借发行《中华文艺》为广大文学青年传道授业解惑，可谓践行了二十年前上海的《中学生》杂志"为校外千万学子之师"的初衷。从1914年的《学生杂志》、1930年的《中学生》，到1950年台北的《暖流》月刊、1954年的《中华文艺》，虽然刊物背景各异，文学主张也不同，但都是基于期刊出版生态构建了一个以青年为中心的"想象的共同体"，在为青年开掘自身文学潜力之外，也助力青年革新

---

① 林任民：《上海的报纸和杂志》，《台湾文化》1947年9月第2卷第6期。
② 小兵：《编者的话》，《创作月刊》1948年4月第1卷第1期。

思想、奠定人生基石。

二、动员与对峙中的文学青年

新文学奠基之后,中国青年接受的文学教育并不只是在纯粹的文艺语境中对创作理论进行简单接受,各种外部因素促使文学青年在面临歧路之时有所思考。这一小节重点分析20世纪50年代国民党文艺阵营对青年进行动员的具体路径,同时考察新文学诞生以来青年学生如何在相应的文学创作中表达他们的意见。笔者期冀经过这样的梳理能呈现动员方与被动员方二者合力作用下形成的"挑战/应战"结构,这一冲突性的结构关系在30年代初期大陆青年的文学创作中即有所体现,它一直延续至50年代初期的台湾。整体观照50年代台湾的文学创作,青年与当局的对峙在50年代中后期的文坛并非特别明显,但反叛性格无疑是在这一时期开始植入青年文化心理,商禽等青年诗人的创作是一个具体表征,而以《笔汇》《文星》等50年代后期出现的文化刊物为标志,台湾文学更进入了一个"告别诸神"的时代。

国民党在青年学生的日常生活中寻找到对青年进行政治动员的入口。早在1950年,台湾常常出现由大中专学生组成的慰劳团在青年节等节日奔赴战地进行劳军活动,学生们自发组织歌咏队、戏剧社赴金门、马公、澎湖等地,以文艺演出的方式慰问前方官兵。[①]年轻士兵与青年学生之间的这种互动某种程度上源于青年人乐于在文体活动当中展示自我,国民党将其视作动员青年的契机。杂志《当代青年》创刊于1950年的台湾,编辑把"以青年的友敌为友敌,以青年的爱憎为爱憎"作为办刊口号,创刊号上就刊载了《当代青年何处去》《与青年学生谈苦闷》《拯救青年! 争取青年!》这一类的文章。[②]从题目

---

① 风风:《师院点滴》,《暖流》1951年5月第1期。
② 文讯杂志社编:《台湾文学杂志展览目录》,台北:文讯杂志社2003年版,第27页。

上来看，前两篇文章与二三十年代中国文艺界和教育界所讨论的青年议题颇为接近，而"拯救青年""争取青年"这样的口号却更为直接地概括了这一历史时期国民党关注青年问题的具体要点。正如任卓宣曾引用傅斯年的观点来论述"五四"运动"外争主权，内诛国贼"的口号"改变青年底趋向，形成十三年国民党改组以完成北伐的前提。'青年的趋向不改变，则国民党之改组与国民革命军运动之成事皆不得其前提'"①。国民党当局在50年代的台湾一直重视青年工作——蒋介石在1952年3月29日发表《告全国青年书》。同一年成立的"中国青年反共救国团"由蒋经国主政，该组织"成为党国体制的辅助机构，以青年、学生的动员、控制作为主要工作"②……如此这般，国民党对青年学生的掌控进入体制化的进程，大中专院校学生成为国民党进行革命动员的首要对象。国民党教育部门在1952年4月公布《动员戡乱时期高中以上学校学生精神军事体格及技能训练纲要》，其中提出了一些新的教育举措，诸如在课程方面"加强三民主义及公民教育科目的教学"等，而其中最具影响的一点是"规范高中以上学校男学生必须实施军事训练及军事管理"③。1959年6月国民党当局教育主管部门会同军事主管部门、"救国团"及台湾省政府订定《学校军训教育改进计划大纲》《大专学生暑期集训办法》④，青年在军事训练中接受改造、进入了一个被动员被组织的秩序之中。

20世纪50年代台湾的文学青年在上述背景之下接受文学教育。国民党政府在1933年查禁左翼文艺的密令中就包括"注意学生思想及关于课外阅读之指导"⑤，不过，这还只是被动的应对策略。苏雪林在1937年致信胡适时也曾提出"要从左派的掌握中夺回新文化的领

① 任卓宣：《五四文化运动与陈独秀》，《笔汇》1959年5月第1卷第1期。
② 薛化元：《战后台湾历史阅览》，台北：五南出版公司2010年版，第113页。
③ 薛化元：《战后台湾历史阅览》，台北：五南出版公司2010年版，第108页。由于筹备不及，除了师范学校先实施军事训练，高中以上各级学校从1953年秋季开始实施。
④ 薛化元：《战后台湾历史阅览》，台北：五南出版公司2010年版，第111页。
⑤ 张静庐辑注：《中国现代出版史料乙编》，北京：中华书局1955年版，第170页。

导权,这其实就是要夺回青年"①,这一意见在1949年之后方才得到国民党实质性的重视。以张道藩为代表人物的国民党文艺阵营在50年代开始"重视青年的文艺教育"②。当时社会上文学创作的氛围颇为浓厚,文学青年也得以从不同渠道提升写作水平;凡是与文艺有关联的报刊都会设"创作园地"或者"学生习作"之类的栏目,供给初涉此道的文学青年发表创作。1950年夏季,张道藩领导的"中国作家协会"与台湾省教育厅合办暑期青年文艺研习会,招生公告发布之后不久便收到九百余名青年的报名,稍后该会又举办小说创作研习组向文学青年提供更为深入的文学课程;1953年李辰冬创办的中华文艺函授学校开班,许多无法到场听课的文学青年有机会通过函授讲义的形式接受文学教育;1955年8月,中国青年写作协会主办暑期青年战斗训练文艺营;1957年1月,中国青年写作协会于台澎金马各县市成立分会组织;同年8月,穆中南主持的文坛函授学校开班,前后持续十余年③……文学教育机构似这般遍地开花式地开办,与当时文学青年人数众多有关,更与国民党这一时期对于青年学生思想状况高度关注的政治背景密切相关。

　　中国新文学与同期社会革命的主体具有同一性,"在现代都市空间中,大量'脱序'的游荡青年的存在,在一定程度上促生了新文学的繁盛,同时某种政治的潜能其实也蕴涵其中"④。50年代的台湾青年不断受到"组织""集体"发出的呼唤。"中国青年写作协会"1954年创办的《幼狮文艺》一刊承担着所谓"团结青年写作者,加强反共复国宣传工作"的任务,第一期就发表了《文艺创作》主编葛贤宁的论文《论文艺与武艺的结合》,可谓是一则针对青年的"文学训话"。敏感的青年作者在创作中有所呼应,朱西宁1952年发表的短篇小说《火炬的

---

①　胡适、苏雪林:《关于当前文化动态的讨论》,《奔涛》1937年3月第1期。

②　王鼎钧:《难追难摹的张道藩》,《文学江湖》,台北:尔雅出版社2009年版,第177页。

③　应凤凰:《五〇年代文学出版显影》,台北:台北县政府文化局2006年版,第93页。

④　姜涛:《革命动员中的文学和青年——从1920年代〈中国青年〉的文学批判谈起》,《中国现代文学研究丛刊》2004年第4期。

爱》就表现了青年有意识进行自我改造的主题，该小说的主人公是一名女护士，为从前线撤下的伤病员服务，因而结识一名年轻军官，起初她对来看望军官的女战士们态度傲慢，"我不可理喻的偏要维持我以往的小资产阶级女性的优越感，完全是一种使小性子的嫉妒和她们保持着一个距离，仿佛和她们一挨近，我的白衣便会立刻沾染上永久洗不掉的污垢"。当听到战士们在前线发生的故事，她受军官的精神感召，扪心反省，逐渐克服自己的偏见。小说最后，她自称已经把"以往的小资产阶级女性的粉红色的爱给漂白了"[1]，表示自我改造已获成功。除了朱西宁的这篇作品，上一节论述过的小说《赤崁楼的黄昏》写作时间早于《火炬的爱》，它也蕴含小资产阶级知识分子进行自我批判的主题。男主人公对照他人"为国效劳"的事迹，为自己沉醉于儿女情长、都市生活的享受感到惭愧。一样是青年，"别人在时代的烘炉里锻炼成了钢"，而自己只是"很美观但是毫无用处"的"一块镀金的废铁"。相比之下，这篇小说的女主人公不仅进行自我批判，参与实践也更为果敢，"我们也该付出换取自由的代价，无论是为了自己，亲友，民族或者是国家"[2]，女主人公最后以参军表示她接受了政党的动员，作者在笔端流露出的完全是赞许的态度。

　　在文学的繁盛与政治的潜能之间，国民党关注的是后者，但也会借前者为中介，使文学教育与政治相结合。试以台湾中正书局在1952年出版的《初中国文》第一册为例，我们可以从该教材文选部分的设置来看这一时期国民党在文学教育中所渗透的价值观：

　　　　陆费逵《敬告中等学生》
　　　　胡适《我的母亲的教育》
　　　　朱自清《背影》
　　　　吴敬梓《王冕少年时代》

---

① 朱西宁：《火炬的爱》，《自由中国》1952年3月第6卷第5期。
② 顾冬：《赤崁楼的黄昏》，《宝岛文艺》1951年3月第3年第2期。

译诗《麻雀》

"仁爱的故事"《两头蛇》

沈复《儿时记趣》

"孝的故事"《萧孝子》

王平陵《民元的双十节》

许世瑛《民族英雄郑成功》

"宋史"《岳飞少年时代》

朱湘《少年歌》

"中央日报"《克难运动》

梁启超《纳尔逊轶事》

吴敬恒《总理幼年时代》

蒋中正《总理诞辰纪念大会讲演词》

耘愚《谒中山先生故居》

骆香林《记太鲁阁》

苏雪林《收获》

刘复《一个小农家的暮》

储光义《田家杂兴》

许地山《落花生》

落霞《一个自己做成的人》

"科学的中国"《詹天佑》

"译文"《有志竟成》

李石岑《脚踏车生活》

蒋中正《生活的改造》

蔡元培《我的新生活观》①

　　这本教材中收录了朱自清的《背影》、许地山的《落花生》等"五四"新文学经典作品,可视作当时语文教育中隐含了新文学传统的一

---

① 《〈初中国文〉目录》,《中国语文月刊》1952年9月第1卷第5期。

脉。不过这里主要讨论选入该书的第一篇文章——教育家陆费逵于1915年写成的《敬告中等学生》,在当时的语境之下,陆费逵提倡青年学生将自身的前途与国家社会的前途关联,"其为国家之中坚者,须具普通之学识能力。其具此能力者,以中等学生为最易而最多"①。这样的声音对于引导年轻学生将生活中关注的重心从"小我"转向"大我"有一定的积极意义。中国在当时积贫积弱,知识分子向民众进行宣传教育的一个重点便是动员民众去除私心,将"社会"的观念放大,各人承担一定的社会责任。这一点无疑是20世纪中国思想界一直强调的声音,国民党在对青年进行教育的过程中一贯强调民族至上、崇尚献身的观念:1934年,国民党文艺阵营主办的《黄钟》杂志与杭州《民国日报》合办中学生文艺竞赛,获奖征文中有五篇以"民族文艺"为题②;抗战时期,国民的爱国主义、民族主义本已高涨,国民党以孙中山三民主义为凝聚人心的工具,重点宣扬的还是民族主义。50年代的台湾,在坚守"反共"立场的刊物《半月文艺》上,编辑为一篇本省籍学生作的小说加上题记,赞许这篇描写日据时期台湾农民刺杀日本官员的作品,并号召青年读者效仿其义举、参与"反共","昔日的农民舍生抗异族,今日的青年更该为着伟大的民族自由解放战争,舍生取义,铲除赤匪"③。这段话中点出的"舍生取义"一词鼓动青年敢于牺牲,它已经不是文辞层面的比喻。另外,国民党当局把抗战时期爱国主义、民族主义的奋斗,与50年代当局在台湾推行的"铲除赤匪"运动混为一谈,甚至荒谬地称之为"伟大的民族自由解放战争",可以看出台湾当局处心积虑,要在政治上对台湾青年的思想观念进行别有用心的引导并扭曲。

在一首作于1950年的小诗中,青年扮演着身先士卒终而载誉归

---

① 陆费逵:《敬告中等学生》,载吕达主编:《陆费逵教育论著选》,北京:人民教育出版社2000年版,第151页。

② 倪伟:《"民族"想象与国家统制——1928~1948年南京政府的文艺政策及文学运动》,上海:上海教育出版社2003年版,第86~87页。

③ 更生:《珍藏的镰刀》,《半月文艺》1950年5月第1卷第4期。

来的角色,诗中的"我们"代表动员方——国民党当局,"你们"代表被动员方——青年:"我们为你们祝福/你们光荣的胜利归来/那时,我们鼓舞地/在人生的路上迎接/让凯旋的歌声/响彻云霄。"①该诗从"我们"的视角来发言,面对的是远行归来的青年,因为"我们"与"你们"两个人称代词划清了界限,便隐含了二个群体之间的对立关系。陶希圣作为蒋介石的文胆,赴台之后曾担任国民党中常会委员、《中央日报》董事长等职。他将50年代界定为"社会转型期",称在这转型期中,价值体系尚未完成重建,社会不免出现混乱、变乱,但是"看清了社会新趋势而特立独行,坚强奋斗的人,若不是吃苦,便受人敬仰,有时于吃苦或殉道之后再受后人的景仰"②。就像陶希圣为青年们许诺殉道之后将受到后人的景仰,国民党向青年学生许诺的种种崇高,本质上也是虚设的。成长于训政时期的青年们一旦有机会接触开明刊物的启蒙,便发现动员口号的空洞。

胡适在"五四"时期向国人推广杜威的实验主义,重点介绍用"实验的方法"来做事:"从具体的事实与境地下手;一切学说理想,一切知识,都只是待证的假设,并非天经地义;一切学说与理想都须用实行来试验过;实验是真理的唯一试金石。"③二三十年代有不少青年在报刊上呼应胡适,《学生杂志》《中学生》等刊物曾刊出大量文章发表类似观点。1931年九一八事变发生之后,形势颇为混乱。《中学生》杂志编辑应时而变,在1932年1月组稿讨论青年问题,刊发"贡献给今日的青年"专辑,共有来自不同阵营的52位文化名人参与讨论,包括陈望道、鲁迅、袁殊、杜亚泉、周建人、章克标、薰宇(朱自清)、徐蔚南、巴金、周作人、黄炎培、曹聚仁、俞平伯、孙福熙、周予同、茅盾、谢六逸、沈起予、倪文宙、郑振铎、顾颉刚、郭绍虞、樊仲云、胡愈之、陶希圣等。28岁的巴金提出青年要走自己的路,不能盲从他人,"的确我们

---

① 张默:《站起来吧!青年》,《半月文艺》1950年5月第1卷第3期。
② 陶希圣:《"风"与"格"——中国社会史话之一》,《国风》1952年11月第2期。
③ 胡适:《杜威先生与中国》,《东方杂志》1921年7月第18卷第13号。

是有热情而未经世故的孩子,所以我们过于相信人,我们常常盲目地跟着别人走,结果是我们常常受了骗。我们现在应该去走我们自己底路。我们不愿再去为别人牺牲"①。青年学生"忍寒"在当年9月的《中学生》上也提出了他的质疑:"我们展开一部民国史,上面伟人的演说、宣言等,莫不富丽堂皇,洋洋洒洒数千万言。"针对不断有青年被其吸引而被利用,忍寒表达了自己的观点:"今后的青年要免受别人的利用,应有深切之认识。对于领袖的人格尤须注意。我们听到他的动人的言论,同时应当注意他是否能力行,高调人人会唱,实行的却不多见。"②他的提议就是观察发言者是否自身有所实践。在这一点上,忍寒回应了胡适所提出的"实验是真理的唯一试金石"。

　　辨认权威的真伪并且在创作中讨论这一问题,新文学在成长期就有这样的实践,这也是青年创作的成果之一。1930年第5号的《中学生》上发表了叶乃芬的《向前进》,笔者认为要讨论新文学史上文学青年的问题,它是一份很重要的文献。按照署名标示的"浙江第八中学三年生",笔者推测作者叶乃芬是高中三年级学生,大约十七八岁年纪。这名学生年纪虽小,却在极短的篇幅中以寓言手法出色地处理了个体与群体间矛盾的题材。他借"我"与"我们"对抗的故事,来展现青年如何被裹挟着加入前进的"队伍"。当"黄金的塔"已经倾颓,人群在迁徙的旅途中跋涉;感到困倦的"我"被"我们"践踏,因为在"我们"前进的路上,软弱、害怕、反向而行的人都是障碍,所以"一个狞恶可怕而又极可爱的生命"握着"生活的鞭子"向"我"打来。时代不许人哀悼,否则只有灭亡。"我"寻求避免践踏的路径,只听到一个细小而神秘的声音答复"要向前进!""向前进的地方前进!",文章结尾是:"一声洪大的雷响振动了我全身的热血!于是我移开脚步,毅然的向前走去。再无所恐惧,再无所徘徊了!"③这是一个含义复杂

---

① "贡献给今日的青年"专辑,《中学生》1932年1月第21号。
② 第十二次讨论"青年宜认何等人为模仿人物",《中学生》1932年9月第27号。
③ 叶乃芬:《向前进》,《中学生》1930年5月第5号。

的结尾,因为"我们"向"我"传达的所谓"向前进的地方前进",根本就是一个没有方向的方向。作者虽然写"我"已不再"恐惧"与"徘徊",但是,文章结尾"我"不问去处,向前进的地方前进,很明显地蕴含着巨大的反讽意味。

在不同时期,台湾青年学生的文学实践中同样有类似的关怀。1948年4月创刊的《创作月刊》在创刊号上就登出了一篇这样的文章。该文设多个小节,第八节直接以"青年"为标题,全文如下:"永远是'权威'的敌人,也永远是'真理'的'牺牲者'。青年是大人先生眼中的'浮嚣分子!'是闻人名流心中可怕的'乱党!'也是学者教师脑中高贵的圣型。有人说你们不懂得'世故',也有人说你们不明白'道理',更有人说你们'整天胡闹'。其实,你们何尝安静过?嵇康要死了,你们请愿过;逆阉们弄权,你们表示反对。'五四'时你们高叫;一二·九时你们乱闹"①,此文引用了"敌人""牺牲者""浮嚣分子""乱党"等各种有关青年的称谓,看似嘲讽,却流露着惺惺相惜的同情。

1949年春季,台湾大学与师范学院发生流血事件,由警察与学生之间的冲突肇始,最后演变为军队进入校园。②50年代初,台大学生在《暖流》月刊上借文学作品隐晦地表达了他们的情绪。在散文《我是最后凋零的花瓣》中,作者林薮以"花"比喻青年,以拟人化的手法让花朵成为叙述者。在花朵的自述中,作者将花朵的生命史对应于青年的命运,在文字中隐晦地抗议国民党当局的暴行。此处引用部分原文:"自从人类赏识我们,并且给我们一个名称叫'花'以后,一种恐怖的威胁,就潜着这名字里面,人们一提起我的名字,就会联想到美丽;他们以'花'做美丽的代名词,以这个代名词去代替一切的美丽。人们这种做作,我们确有些'受宠若惊'","他们只看见美丽,玩赏美丽,他们就没有想到这'美丽的'也是一个生命","死掉一个生命就够伤心了,为什么却以几千几万个我们的生命,活活去殉葬?人们

---

① 林莽:《情绪的记录》,《创作月刊》1948年4月第1卷第1期。
② 蓝博洲:《天未亮》,台北:晨星出版有限公司2000年版。

的口头,老挂着博爱和同情,这不是全都虚假么?""最使我们痛恨的,就是以我们的生命当做商品做买卖的人。他们的魔掌,紧握着我们的生命,只要有机会就随便出卖我们。神圣的生命,谁也不能给谁愚弄,谁也不能愚弄谁,怎能把人家的生命作商品呢? 愈受压迫的生命愈要反抗!"①结尾处,作者分明表现出青年觉醒之后的愤慨与抗议。

1951年,诗人邓禹平在小诗《青年》中说:"思想飞上了云天/而两脚却陷在地面/为了维护真理底一瞬间/宁愿扔掉自己幸福底一百年!"②该诗概括了青年在现实与理想之间的纠结,也表白了青年愿意为真理和理想而牺牲的决心,但什么样的真理才是真正"崇高"、值得青年为之牺牲的呢? 这个问题仍是悬案。时间往后推移,当青年在国民党苦心经营的"反共文学"浪潮中越来越清楚地认识到一切看似崇高的事物都显得那么可笑,他们开始选择"用沉默去否定一切"③。虽无宣言,但内心已经默认告别诸神,"雨果,但丁,歌德呵/追随的人/已感疲惫了/你们是那样远/而世人/早就给时间冲淡了对你们的眷恋"④。这首诗中,雨果等大师的名字不单标志着文学艺术的偶像,更可以看作国民党当局动员过程中以辞令塑造出来的诸神;青年逐渐辨认出它们的虚无缥缈,随后便放弃了膜拜。"五四"时期的青年勇于打倒偶像,作家张拓芜于50年代末也在《豪语》一诗中写下:"假如谁敢说他是一尊菩萨并且敢摆在我的面前/那么,瞧着! /我将剥他脸上的泥金,漆司蒂克/撕扯金龙的蟒袍当抹布/然后,抱着他的秃头当木马骑。"⑤这首诗可看作50年代台湾的文学青年向"五四"青年遥遥致敬的证明。

① 林薮:《我是最后凋零的花瓣》,《暖流》1951年5月第1期。
② 邓禹平:《青年》,《野风》1951年5月第14期。
③ 徐本智:《垂死者之歌》,《暖流》1951年5月第1期。
④ 黎黎:《寂寞之歌》,《野风》1951年7月第18期。
⑤ 尉天骢:《那样的时代,那样的生活,那样的人——怀念商禽》,《梦或者黎明——商禽文学展暨追思纪念会特刊》,台北:文讯杂志社2010年版,第21~22页。

第三节 青年的文学与文学的青年

一、"新文艺腔"的问题——从青年创作看新文学的成长轨迹

在文学教育者的告诫与指导下,文学青年们逐渐深刻的观察力、不断丰富的个性表达、日益拓宽的精神世界,都可以体现在创作中。讨论新文学传统如何落实在20世纪50年代台湾的文学教育中,分析青年创作的成熟过程是一个重要的切入点。教育者的批评意见与青年改进创作的努力循环往复,如此便促进了创作的日臻完善。本章前两节都是讨论文学青年受到外力之后,如何结合内因形成文学观、完成人格形塑的问题。犹如"娜娜出走之后怎么办"的提问,文学青年被动员起创作热情,接下来要考虑的就是如何进入创作,以及如何克服创作中遇到的具体问题。这一小节,笔者对照1949年前文艺理论家对作家"新文艺腔"问题的批评,具体分析50年代台湾文学青年的创作特征,考察青年的创作心理及文学青年参与这一时期文学发展成熟的具体方式。

诗人周弃子在50年代批评台湾文坛"'新文艺腔'越唱越离谱"[①],所谓的"新文艺腔"即直接来源于1949年前的新文学语汇。"五四"时期的新文学被人们称作"新"文艺,是由于其与古典文学的巨大差异,而由此衍生的"新文艺腔"一词则主要是指作品语言偏向不恰当的书面化表达,呈现过度修饰的状态。新文艺腔的形成有其历史背景,它首先是文学语言在转型过程中产生的事物。20世纪之前,中国文学的正宗都是以文言写成,"五四"时期,白话语全面进入

---

① 张锦忠:《现代主义与六十年代台湾文学复系统:〈现代文学〉再探》,《中外文学》2001年8月第30卷第3期。

文学各门类。由于古典文学传统在知识阶层中间有深厚积淀，"五四"时期的文学创作中，语言尚未能够摆脱文言文的影响。例如1922年之后的《学生杂志》仍然发表了大量的古体诗作、文言文，它当时刊载的白话文学作品、论文也都夹杂着许多文言词汇。语言过渡阶段出现的作家如鲁迅等人，都在亲身实践新文艺创作，试图为中国文学开辟一个新的境界。在语言的层面，他们也在探索如何以更自然的方式、以恰当的词汇表达出复杂的思想。这一过程相当曲折：一方面，写作者尚在尝试适应新的语言规则，带有实验性质的语言自然会呈现出新旧杂陈的面貌；更不必说当时的青年创作通常都是习作，距离纯粹、成熟的白话文创作尚有很长一段距离；另一方面，在创造"文学的国语"这一诉求之下，白话文学的倡导者提出语言欧化的意见，"五四"时期的文学创作中由此出现了"欧化语"的现象，这也为稍后出现的新文艺腔问题埋下伏笔。傅斯年1919年发表了《怎样做白话文》一文，他对日常使用的白话提出批评意见："我们使用的白话，仍然是浑身赤裸裸的，没有美术的培养。"傅斯年的建议是使用西洋词法将白话文进行"欧化"的处理，"惟有使'国语'文学含有西洋文的趣味，惟有欧化中国语"，他也具体论述了欧化的必要性："白话文必不能避免'欧化'，只有欧化的白话方才能够应付新时代的新需要。欧化的白话文就是充分吸收西洋语言的细密的结构，使我们的文字能够传达复杂的思想，曲折的理论。"①与胡适在《文学改良刍议》中对白话的态度相比，傅斯年提出欧化中文的观点，可说是更加辩证地把握了白话文进入文学、论著的局限性。不过，他提出"充分吸收西洋语言的细密的结构"，这一本身就比较"欧化"的提议如何实施却是个难题。"欧化"作为一个抽象的观念进入了作家的思维体系，加之当时知识分子翻译西洋著作时，使用了不少远离日常生活的表达，由此便形成日后普遍遭人诟病的"欧化语"问题。

---

① 傅斯年：《怎样做白话文》，《新潮》1919年2月1日第1卷第2号。

如上所述，"五四"前后中国出现了现代意义上的白话文学，新文艺腔的问题是其发展过程中自然衍生出来的。与此同时，新文艺腔逐渐与文学青年发生密切关联。青年本来就是最容易接受新事物的群体，加上学校推行白话文教育，出版商发现商机之后，开始集中发行白话出版物，其中不乏大量投合青年读者阅读口味的新文学创作。因此，青年在"五四"时期的文学读者中占据了最大比例。茅盾在1928年说过"六七年来的'新文艺'运动虽然产生了若干作品，然而并未走进群众里去，还只是青年学生的读物"①。他是从反省文学与大众距离颇远的角度来讨论问题，但也从侧面反映了新文学依赖青年读者的程度，以及青年读者对新文学作品的偏爱。在30年代的文艺大众化讨论中，有人提出"'五四'白话的意识""是小布尔乔亚知识分子的意识"②，而瞿秋白在评述白话文运动的得失时也说"现在的中国欧化青年读'五四'式的白话，而平民小百姓读章回体的白话"③，至此，可见白话文创作已经出现分流。所谓"'五四'式的白话"正是与普通民众喜闻乐见的通俗白话相对立的概念，而它也就是关于"新文艺腔"的不同表述。抛弃了文言的束缚，新文学作家当中有许多人在创作时实践了傅斯年所倡议的"欧化"。徐志摩、巴金等作家在创作中呈现的语言风格大异于传统中国文学，前者"浓得化不开"的秾丽语言被视作欧化语的代表；而巴金在作品中大量使用形容词堆叠造句，被许多论者批评有新文艺腔的问题。

40年代初，上海沦陷区文艺界围绕新文艺腔问题展开了一场大讨论，反对者态度坚决地对"新文艺笔法"表示了否定意见。一位批评者从白话文学运动的初衷说起，"我们的新文学运动在初起来的时候，原本要求语文合一，文学和口语不能分离，文章应该明白如话的，并不曾提倡那种扭捏做作的'新文艺腔'"，他接着将徐志摩作为批评

---

① 茅盾：《从牯岭到东京》，《小说月报》1928年10月10日第19卷第10号。
② 孔另境：《大众语文建设之理论与实际》，《新中华杂志》1934年9月第2卷第18期。
③ 史铁儿：《普洛大众文艺的现实问题》，《文学》1932年4月25日第1卷第1期。

对象，"在新文艺界中，有一派人，特别强调形式的优美，始作俑者据说是徐志摩先生"，"其流弊所及，便是那些扭捏做作的新文艺腔的作品逐渐的多起来，甚至占有了那种明白如话的作品的位置"①。该论者批评新文艺腔违背了胡适最初提倡的"言文一致"，评价徐志摩是新文艺腔的肇始人，他的态度很明显是推崇"明白如话"的作品。另一位论者则以巴金的小说为例，指出新文艺腔的作品在青年中拥有大量读者，他也将"新文艺腔"视作不入流的事物，"这一类'新文艺'式的写作者，在青年中尤占多数。我在此要提起巴金长篇创作中一种新文艺腔调的害人了"，"巴金的创作，在有些文艺素养的人，大概是不喜欢读的，而且读不下去的，因为读下去，就处处要发生一种上述的新文艺式的难过，肉麻之感"②。这种种指责都可见新文艺腔的问题已招致文艺评论家的反感。

白话文学运动发生之后，文学青年在写作上可学习、模仿的素材越来越丰富。叶圣陶在1923年与顾颉刚合作编选的语文教材中收入了鲁迅的《鸭的喜剧》、周作人的《卖汽水的人》等新文学作家的创作。③《中学生》等杂志也设置专栏向青年读者推荐新文学作家新作以及国外文学译著。社会上公开发售的出版物当中更有不少以"描写辞典"为名的文学工具书。这种种因素综合起来，对于促进青年学生亲近文学、创作产生了较大影响。在积极的一面，许多有潜力的年轻作家开始登上文坛，当时台静农、废名等人就是在这种风气中成长起来的年轻作家。在消极的一面，则是那些取法乎下的文学青年在创作中出现新文艺腔的问题。郑振铎在30年代初参与《中学生》组织的"致文学青年"话题讨论，他说他曾以编辑的身份阅览过"无数的'文学青年'的作品"，其中佳作固然有，但是"大多数的青年作品"的缺点都是"以浅薄的情绪，运用缺乏技巧的文字，陈陈相因的结构，来

---

① 易庵：《新文艺的形式与内容》，《杂志》1943年4月10日上海第11卷第1期。

② 李默：《论"新文艺"笔法》，上海《杂志》1943年2月10日第10卷第5期。

③ 商金林撰著：《叶圣陶年谱长编》，北京：人民教育出版社2004年版，第279~287页。

写广泛无聊的题材,那样的作品以及他们的作家,是无论如何不会成功的","我可以不客气的说。不幸那一类的作品已成为文学青年的作品的一般的特色与通病!"①郑振铎的批评格外犀利,他看到青年学生创作中陈陈相因的弊病,这就与遭到人们诟病的新文艺腔问题息息相关。新文艺腔既然为青年读者所爱好,也就可以成为模仿的对象;而青年学生在创作初期尚不具备独创性,常常将流行的语句为己所用,摘取到自己的文章里,这样便导致新文艺腔问题的普遍化。郑振铎在批评中指出青年作者表达的"浅薄的情绪"。郑振铎曾在《新文学观的建设》一文中论述过"人类情绪的流泻于文字中的,不是以传道为目的,更不是以娱乐为目的。而是以真挚的情感来引起读者的同情的"②。在他看来,情感真挚方可引发读者共鸣。对照本章第一节中关于青年苦闷问题的讨论,我们可以发现文学教育者面临的两难:一方面要指导写作者创作"个人"的、"为人生"的作品,无拘无束地抒发性灵;另一方面又要教育写作者把握好情感与理性的尺度,避免过于夸张的表现伤感、沉溺于苦闷。因此,叶圣陶提出"诚实"这一解决路径:"文字须与写作者的思想性情环境等相一致","有一些青年所写的文字.'人生没有意义'呀,'空虚包围着我的全身'呀,他们在写下这些语句的时候,未尝不自以为直抒胸臆。但是试进一步自问:什么是'人生'? 什么是'有意义'? 什么是'空虚'?"③在新文艺腔的问题上,文学教育家们为引导青年写作者走出语言的陷阱,传授给写作者反思自省、辨识情感真挚与否的思路。

新文艺腔的问题包含欧化语倾向与情绪无节制倾向,这两点在50年代的台湾都存在。1950年底创刊的《野风》杂志上刊载了大量青年作者的文章,其中新文艺腔的问题并不鲜见。鲁钝是该刊编者之一,他在创刊号上发表的小说《往事如梦》开头有这样一段描写:"在

---

① "致文学青年"专辑,《中学生》1931年5月第15号。

② 西谛:《新文学观的建设》,《文学旬刊》1922年5月11日第38号。

③ 郢生:《写作杂话之三——"好"与"不好"》,《中学生》1930年3月第3号。

庸俗的忙碌中,我常把吃过午饭以后的一个半钟头,算成我自己的。在疏帘半卷,一榻横陈的斗室内,让塞饱肚子的身子舒舒服服地随意躺下","这份闲情,自从踏进社会那一天起,我从没有把它轻易放弃过。可是这天我不得不放弃了,因为一个卖花姑娘底叫声,一直打入了我底灵魂,使我再也无法安枕。"①整体上看,这段文字尚具可读性,但其中新文艺腔的痕迹也很明显,特别是"让塞饱肚子的身子舒舒服服地随意躺下"与"一个卖花姑娘底叫声,一直打入了我底灵魂"两句,体现了写作者在语言问题上尚未摆脱习作阶段的生硬。鲁钝其他的创作中也出现过叠用形容词的现象,例如"母亲正绝望地呆看着她这个唯一的孩子,从她怜惜迟钝的眼神里,她是多么希望她能把他从法庭上领回去呀","父亲是从没有在他的心灵里留着一丝印象过,一切都是母亲照顾着他,他们二个人孤零零地相依为命生活着","他挤开惺忪底眼催母亲可以入睡了,母亲总是打一个哈欠或者伸一个懒腰叫他先睡,从她干瘪的眼皮盖下水汪汪的眼眶里,他知道母亲是多么缺乏睡眠呀!"②这篇作品中蕴含着作者的悲悯,但过多的修饰一定程度上削弱了读者对作品的信任度,因为作者在堆叠词语的不经意间已经流露出炫才的意味。本省作家钟肇政在50年代评述文友的作品时说:"作家气质较多的,尚可举文心,但他行文,文艺气息太浓重,难免有点矫揉作态之感,兄则以淡淡的笔触出之,描写是如此犀利,到了动人心弦之地步。"③诚哉斯言,作家在创作中若是将"文艺气息"表现得过于夸张,就不免趋向了新文艺腔。相反,倒是不露痕迹的描写更有打动读者的力量。

在50年代的台湾文学教育的具体过程中,教育者不断尝试引导文学青年突破形式的束缚,杜绝一味模仿,在写作中体会创造的力量,这在一定程度上纠正了"新文艺腔"的风气。1954年中华文艺函

---

① 鲁钝:《往事如梦》,《野风》1950年11月创刊号。

② 鲁钝:《黎明的钟声》,《野风》1951年1月第6期。

③ 钱鸿钧编:《台湾文学两钟书》,台北:草根出版公司1998年版,第106页。

授学校的校刊《中华文艺》设置了"习作修改"的专栏，第4期上有一篇以《琴声》为课题的新诗习作，作者是函校学员徐荣耀，批改者则是担任诗歌班主任的诗人覃子豪。在修改意见中，覃子豪主要的出发点是对"新格律诗"的否定："无论中国旧诗的格律也罢，西洋诗的格律也罢，其束缚新诗自由发展的内容则一。"因此，他对当时台湾诗坛的形式主义创作倾向保持了高度的戒备，批评那些诗人"以陈旧的形式和油滑的陈调，为其作品的装饰""除了形式和音韵，内容贫乏，无足可取"。覃子豪坚持"创造是自由诗的特征"，所以评价徐荣耀的习作存在"形式主义的弊端"。此处将覃子豪修改前后的《琴声》进行对比，原作如下：

> 谁在深沉的午夜，
> 凄清的碧空下面，
> 拨动放肆的琴弦，
> 弹出那凄迷之音。
> 心扉是开放着的，
> 否则，我将误认为
> 不幸的寡妇啜泣，
> 远处的夜莺幽鸣。
> 好似苦雨之细泣；
> 又如山泉之低咽，
> 唉！消极的悲观者，
> 人间真充满不幸？
> 在这漫漫长夜里，
> 钩起辛酸的乡愁，
> 憧憬失去的童年，
> 新仇旧恨齐交迸。
> 向着茫茫的人间，
> 走进深黑的广野，

独自寻找那馀音，

原是同病相怜人。①

　　覃子豪在批评这首诗作的文字中体现了他作为一名文学教育者的素养，他从内容、结构、句法、节奏以及形象和意境等方面提出批评，"其内容不仅平凡，不仅没有作者的生命注入，而是些无意义，无意味的拼凑"；"新仇旧恨"一类的词语"是近于内容上的滥调。这种写法，用得太多了，几乎为形式主义的诗人们千篇一律的内容"；而结构"似乎很谨严，这是由于整齐的形式给予读者的错觉"，"为了凑上四行的缘故""被刻板的形式所害，这首诗就没有自然的结构"……在覃子豪看来，该诗作者被形式主义的观念所误，落了窠臼，"作者诗底教养，重于形式，而从未曾注意到形象和意境是近代的诗最重要的表现方法"。这首《琴声》经过覃子豪"脱胎换骨"的修改之后，呈现出这样的面貌：

琴声是一条鸣响的小河，

从黑暗的空间向我流来。

它流过幽暗的丛林，

带来夜莺凄婉的鸣声。

又像一阵风把满天的星斗吹落，

一颗颗，叮咚的

打入小河的水波。

小河上有我模糊的影子，

故乡的景物唤起我儿时的记忆。

而那黑暗的空间是多么渺茫，

在哪里去寻找流浪的慰藉？

哦！不停息的小河的音波，

---

① 覃子豪：《新诗批改》，《中华文艺》1954年9月第1卷第4、5期合刊。

我的心灵已化作音波，

随你流去。①

　　修改后的《琴声》在整体风格上迥异于原诗：首先，读者可看出最直观的改动是覃子豪将整齐划一的句式都打散了重新编排，成为错落有致的自由诗，诗歌语言因此更富于可读性；其次，诗人将徐荣耀在原作中使用的"深沉""凄清""凄迷""不幸""幽鸣""啜泣""细泣""低咽""消极""辛酸"等修饰词全部删去，代之以在写景状物中营造氛围，避免了突兀呈现伤感主题。原作者徐荣耀在他的小诗习作中正体现了"新文艺腔"的问题，经过覃子豪的改动，《琴声》在气象与格局上都有所提升，的确能够体现覃子豪的文学功力。

　　应凤凰在评述50年代台湾的出版情况时说"那时青年人的阅读领域是相当狭窄的。当时最容易读到，包括教科书一直采用的，是朱自清的散文，徐志摩的诗"，"有文评家相信，台湾青年读者的口味因此被养成'徐志摩型'或'朱自清型'的抒情与浪漫"②。不只是青年读者的阅读口味，青年写作者的写作习惯也一定程度上受到影响。这一时期的青年创作中，我们常常能够看到引用徐志摩诗句入文的做法，例如小说《一封无法投递的信》，它以徐志摩《偶然》的名句"你我相逢在黑夜的海上，你有你的，我有我的方向"作为题记③；后来成为著名作家的於梨华在50年代有颇多习作，她的小说《黄玲的第一个恋人》描写了1949年前一对学生的青涩感情，其中细腻展现了女性心理，而小说结尾也是引用徐志摩的《偶然》来烘托人物无可奈何的感喟。④以这两篇小说为例，徐志摩的诗作在台湾传播的情况可见一斑，可以说"抒情与浪漫"的作品并不受制于国民党有意限制新文学

---

　　①　覃子豪：《新诗批改》，《中华文艺》1954年9月第1卷第4、5期合刊。

　　②　应凤凰：《在那激越的年代——〈全国青年最喜阅读文艺作品测验〉作为一份文本》，《文讯》2007年8月第262期。

　　③　浦马：《一封无法投递的信》，《宝岛文艺》1951年5月第3年第4期。

　　④　於梨华：《黄玲的第一个恋人》，《文学杂志》1958年11月第5卷第3期。

的文艺政策。这使得"徐志摩型"的青年写作者在台湾出现成为必然，而青年习作中沾有新文艺腔的概率便大为提高。

新文艺腔之所以在50年代的台湾文坛出现，其原因也包括"五四"时期作家创作中产生新文艺腔的因素：语言的习得过程决定了许多作家此时尚不能运用纯熟的白话。台湾在日据时期被迫执行日语政策，民众在台湾光复之后重新进入中文环境，必须经历一个漫长的过渡阶段。在本省写作者的创作中，日文思维与中文思维的碰撞决定了他们使用的语言具有生造的特征。

此外，也有作家出于写作技巧的考虑，自觉选择欧化的表现法。50年代初期，作家师范承担着《野风》的编辑工作，他曾因作品语言的欧化倾向遭到别人的非议。师范在一次与蒋碧微谈话时表明了他对欧化问题的见解：

> 我觉得某些句子我之所以没有很简短，是因为那一句话，或那一个思想还没有表达完整，必须要连续形容来加强，才能透澈的了解那整个的意义，或是思维的全部，就好像英文中主句下面用附属子句来润饰主句，或者在附属子句下再加一个附属子句来润饰第一个附属子句一样，而使主句的意义发挥得非常完整，表达出完整的中心思想。而如果断成几句，虽然在阅读时减轻了压迫感，但是在气势上就没有这么生动有力，减弱了表达的张力，我是中国人，当然是中国人的思想，但是，如果我们已经学到了西方人表达时更好的技巧与方法，我们是不是还要退回去，迎合一般人的所好呢？[1]

师范以这番辩白回应了那些批评他作品过于欧化的评论家，他的看法正呼应了傅斯年在1919年发表的观点即"哲学的白话文。就

---

[1]　师范：《文艺生活》，台北：文艺生活书房2005年版，第107页。

是层次复杂,结构极密,能容纳最深最精思想的白话文"①;也暗合了另一位论者40年代提出的意见:"复杂的生活,复杂的感情,在文艺的表现上就产生了许多新的文字和语句,为易于表达现代生活的情绪,强调形容的表词也自有其必要。"②师范从技术层面考虑,欧化语并不成其为问题,反倒成为白话文全面进入文学之后,表现工具在进化论意义上取得的成功。

以"过度描写"为标志的新文艺腔在50年代的台湾也具有一定的正面意义。"反共文学"注重宣传而忽略技巧,许多作品都疏于打磨语言,因此,文学青年的作品虽然在技巧上有若干问题,归根结底是他们在技巧的追求上没有把握好平衡而已。当时的许多文艺刊物都经常收到文艺青年的投稿,比如《国风》编辑就说:"我们收到很多文稿,出之于青年学生和战士之手,他(她)们的作品也许尚未成熟",其中的"一颗慧心"与"一片热忱"都值得肯定。③就是"反共文艺"刊物也避不开文艺青年的"相扰",《半月文艺》坚持"反共"立场,编辑在创刊号中向文学青年征稿:"本刊第二期将专辟青年园地一栏,供给爱好文艺的青年朋友写作。希各学校同学以及社会青年多多投稿。"④但是,文学青年常常无视"反共"主题的要求,以至于编者不得不在稍后一期发出声明:"本期青年园地的来稿,非常踊跃……但是得合乎我们选材的原则,最低限度要'言之有物'。"⑤文学青年并不会因为当局给出创作样板就遵照执行,实在是因为文学青年的阅读口味与语言粗制滥造的"反共文学"南辕北辙。

新文艺腔的问题在50年代的台湾文坛逐渐平息。写作者借着新文艺腔的"少作"走上文坛,经过一段时期的历练,自然领悟到新文艺腔的局限,寻求个人风格的创作便由此成为自觉的行动。作家王敬

---

① 傅斯年:《怎样做白话文》,《新潮》1919年2月1日第1卷第2号。
② 哲非:《新文艺的内容问题》,上海《杂志》1943年3月10日第10卷第6期。
③ 《编者小言》,《国风》1953年5月第9期。
④ 《投稿简约》,《半月文艺》1950年3月第1卷第1期。
⑤ 《编后》,《半月文艺》1950年4月第1卷第2期。

义是梁实秋在台湾师范大学的学生,他在50年代的创作经历了一个从新文艺腔中逐步解脱的过程。王敬义1953年在散文《舞台》中,以繁复的语言来描述人物:"那些抹着厚厚的香粉,涂着鲜红的唇膏的,缀满明亮的钻石的贵妇人;那些秃亮头顶的,面上堆满虚伪笑容,被一个诗人形容成'鸡蛋架上的熟鸡蛋'的绅士。"①一年之后,王敬义在《自由中国》发表了短篇小说《吻》,它可看作王敬义的转型之作,至少在同一份杂志上发表的诸篇作品中,若按时序排列,这一篇作品呈现出与他前面几篇作品颇为不同的语言风格——"降雨的时候是黄昏,现在已经是夜晚了,明净异常的夜空,有稀落的几颗星星。远方传来的车声、虫声皆嘹亮已极。他们匆匆的跑进阁楼迅速的关紧身后的木板门,然后两人都背倚着门,双手按在胸前。呼吸匀缓下来以后,他们相顾的微笑,在黯暗中,他们的面颊都有一种朦胧的美丽。"②正如小说开头语言的干净自然,全文中,人物对话无赘语,场景描写不铺陈,全文篇幅不长,却有短兵相接的戏剧性:一对男女逃离醉酒的友朋,在阁楼上对话,在他们一起回忆儿时相见的印象时,窗外的远处发生大火,而人声嘈杂不妨碍他们的第一个吻。王敬义写作这篇小说时频繁运用"他说"这样的提示语,使得全文大部分是剧本式的对话,省却了过多的描写修饰。人物的心理活动则以"他想"揭示,心理描写也较简短,且与人物说的内容并不一致;因此,对话在能够呈现的部分之外还有若干暗示,令读者回味不已。对作家而言,他在删繁就简的时候,彻底抛开新文艺腔的牵绊,寻到了一个崭新的文学世界。

在新文艺腔的问题上,我们可以看出50年代的台湾文坛与1949年前新文学界的关联性,这一问题的产生在不同的时段有相似的原因。由于文学语言在过渡时期不可避免的生硬、习作者取法乎下的模仿、"为赋新词强说愁"的心理,新文艺腔成为文学青年中较为普遍

---

① 王敬义:《舞台》,《自由中国》1953年12月第9卷第12期。
② 王敬义:《吻》,《自由中国》1954年8月第11卷第4期。

的创作弊病。1949年前，文学教育者不仅从语言本身，更是从创作主体的局限性着手提出批评，而新文艺腔问题在50年代的台湾因为体现了文学青年对创作本身的热衷，阴差阳错地蕴含了一些与国民党当局宣传方针相悖的积极因素。此外，与新文艺腔相关联的欧化语问题也在50年代被年轻作家们重新进行诠释，"五四"时期傅斯年等人提倡的"欧化"由此在台湾得到呼应，被作家赋予了一定的正面意义。随着青年写作者的成长，新文艺腔被更精炼、自然的语言表达所代替，50年代台湾青年作家的创作也逐步走向成熟。

二、从"铁屋子"到"废墟"——20世纪50年代的青年心灵史

尽管已被动员到一个声势浩大的群体中，20世纪50年代文学青年的内心仍蕴藏着深深的悲剧感，在特定情境下也只能以扭曲的方式进行表达，其悲剧色彩并不逊色于新文学时期尝试着表达各种苦闷的作家们。青年为其痛苦亦被其滋养，悲剧感帮助他们酿出了许多文学佳作。在这一小节，笔者以"铁屋子"和"废墟"分别代指文学青年在"五四"时期及20世纪50年代对于自身处境的描述，梳理中国文艺界自"五四"时期形成的文学观如何影响着青年写作者在创作中开掘悲剧的深度。

"铁屋子"这一意象最初出自鲁迅的文章。鲁迅在20世纪20年代初描述中国社会的令人绝望时说："假如一间铁屋子，是绝无窗户而万难破毁的，里面有许多熟睡的人们，不久都要闷死了，然而是从昏睡入死灭，并不感到就死的悲哀。现在你大嚷起来，惊起了较为清醒的几个人，使这不幸的少数者来受无可挽救的临终的苦楚，你倒以为对得起他们么？"①鲁迅对当时来动员他参与启蒙的钱玄同说出这番话。不过，他后来响应前驱者的号召，也尝试着动员人们起来打破"铁屋子"——旧制度、旧传统以及一切不合理的旧事物。20年代之

---

① 鲁迅：《鲁迅全集》第1卷，北京：人民文学出版社2005年版，第441页。

后的青年创作中不乏这种为除旧布新而欢欣鼓舞的情绪，试看1930年一位来自湖北省第九中学的青年学生如何在他的诗作里面歌唱人生：

> 我们都在这美丽的时代；
> 我们都在这伟大的世界；
> 我们都从狭小的卑低的地方前来，
> 携手呵，是热爱；唱歌呵，是和谐。
> 古老的宫殿将要颓败；
> 斜倾的桥梁将要毁坏；
> 当我们走出了灰色的城外，
> 觅着了灿烂的朝阳之所从来。
> 水和路向无尽处伸张；
> 云和烟向无尽处飞扬；
> 我们向无尽的世界幻想，凝望；
> 世界是荒漠的哟，那无尽的苍茫。
> 我们在苍茫里歌唱；
> 我们在苍茫里兴创；
> 宇宙感动了，幽谷在回响；
> 宇宙活跃了，流星在翱翔！
> 生命莫要投到黝黯的阴影，
> 生命莫要徘徊昨日的黄昏；
> 赞美呵，赞美晴朗的清晨，
> 歌唱清晨呵，歌唱我们的人生。①

　　这首诗中展现了丰富的意象，其中与鲁迅所说的"铁屋子"相对应的应属"古老的宫殿""斜倾的桥梁"，而它们作为旧有事物的象征

---

① 柴宗海：《我们的歌》，《中学生》1930年5月第5号。

已经处于崩溃边缘。因此,年轻的作者在诗中塑造出一群朝气蓬勃的青年——"我们"——从"灰色的城"中走出,在"灿烂的朝阳"之下尽情畅想、放声高歌。在青年学生进行这种乐观主义的浪漫抒怀时,鲁迅当初所说的"绝无窗户而万难破毁"的铁屋子似乎快要被攻破。正因为现实远非如此,"五四"之后的历次社会变革鼓动人们继续去探寻新的路径。

作为一种象征,"废墟"在20世纪50年代的台湾文学中常有出现,它是人们心灵状态的折射。举当时在台湾出版的期刊《中华文艺》为例,该刊效仿大陆1949年前的学生刊物,也设置了为青年学生答疑解惑的栏目。某一期中,有一学生提问如何理解"废墟"的意义,解答者王奋给出的答复很简单:"废墟是残破了的城市。"[①]20世纪发生在中国的历次战争造成难以计数的废墟,不仅是物理意义上的残垣断壁,也包括人们心灵上遗留下的种种创伤。姚雪垠创作于40年代初期的小说中,主人公自述经历战争之后的心境:"如今我没有兴奋,没有热情,没有希望和失望。虽然我才过了二十二岁,可是我的心情已经苍老了。"他使用了这样的一个比喻来说明自己身处废墟的空虚之感:"我好像从热闹的音乐会中走出来,走过了被夜雾沉沉笼罩的,崎岖而荒僻的一段山径,回到萧条而寒冷的老旧住宅,虽然耳朵边依然回荡着音乐声,笑声和鼓掌声,但心上却逐渐在增加着空虚之感了。"[②]"萧条而寒冷的老旧住宅"这一喻体正好对应着这里论述的"废墟",当青年学生认识到这一意象的重量,他们就和世纪初要"打孔家店"、打破"铁屋子"的"五四"青年有了本质的不同。口号越是喧嚣,越是反衬了这些青年内心的萧条,甚至就是"在战斗文艺最高潮的50年代前期","中国青年反共救国团"主办的刊物《幼狮文艺》上,也有青年作者写出这样无助的句子:"我说不尽我近年来如何的

---

① 王奋:《关于新旧文学的派别》,《中华文艺》1955年5月第2卷第6期。
② 姚雪垠:《重逢》,《文艺先锋》1943年2月第2卷第2期。

空虚，我们生活，我们如同没有生活。"①50年代台湾文坛"多愤怒慷慨之词"，文风"逼迫热辣"②，在这样的一种语境中，青年喊出"空虚"几乎就是大逆不道的声音。《幼狮文艺》本身是"中国青年反共救国团"主办的刊物，发表一些调子低沉的作品以投合青年读者的阅读口味固然可以理解，不过，像这样否定"生活"、近乎颓废式的感喟，在主流文艺界看来毫无价值。

沈从文在1931年评述20年代作家创作时说："时代这东西，影响及于一切中国作者，作品中，从不缺少'病的焦躁'，十年来年青作者作品的成就，也似乎全在说明到这'心上的不安'。"③沈从文认为年轻作者在文学上之所以取得成就，是与他们"心上的不安"之间有着密切的关联。50年代，《宝岛文艺》的编辑潘垒形容作家王蓝"内心中似乎充溢着一种悬悬不安的情绪，愤懑和抑郁，也许他这种情绪影响他的作品"④，潘垒接着将这位作家的"不安"与文学表现相联系，论述后者作品中的独特气质。这一时期，李辰冬也在他翻译的《巴尔扎克论》发表时特意在前言中提醒文学青年：文学作品"是作者的整个完成的；他的性格，他的生活与教育，他的过去与现在，他的德性与嗜癖，他的灵魂的一切部分与行为，在他所想的与他所写的里面，都留下了痕迹"⑤。此处列举的几种观点都认同写作者的心理状态与文学创作之间存在重要关联，而且，都承认坦诚地表现内心的不安情绪在文学创作中的价值。

1949年，自大陆赴台的人群以百万计，这场大迁徙造成了无数离乱悲剧。50年代，台湾文坛绝大多数的创作者都体验过离家/丧家之痛，"乡愁"成为一个颇为风行的题材，许多青年作者也在作品中表现故园之思，但不以文坛流行的写作模式为准绳，不刻意附会"反攻复

① 杨群奋：《窗前》，《幼狮文艺》1954年3月创刊号。
② 王鼎钧：《文学江湖》，台北：尔雅出版社2009年版，第80页。
③ 沈从文：《沈从文全集》第16卷，太原：北岳出版社2002年版，第212页。
④ 潘垒：《王蓝·卜莱蒙斯基和我》，《宝岛文艺》1951年3月第3年第1期。
⑤ [法]泰纳：《巴尔扎克论》，李辰冬译，《中华文艺》1955年3月第2卷第4期。

国"的主题。在1955年发表的《故乡、海洋和爱》中,作者写自己当年报考海军作为出路,从家乡北平远赴江阴受训的故事。他这文章中本本分分地写个人遭遇,不提报效国家之类的套话,却把他对家乡的眷恋刻画得很到位:

> 在病榻上,思乡情绪像一团烈火,在心里燃烧着。故宫,北海,太庙,景山……像立体电影,一幕幕的映在心屏上,耳边永远萦绕着故乡卖花女那清脆的叫卖声:"晚香玉大花篮儿……茉莉花骨朵儿——玉兰花儿。"和着那十三四岁男孩子的卖冰孩儿的悠扬腔调,再加上卖酸梅汤的,手里敲弄着那对小铜碗儿,铿锵的伴奏,在幽深的小巷里,构成一支,非常动听的乐曲。也只有病在异乡的时候,它们才有这么大的魔力①。

作者在这段文字中不写悲情,却用力描摹故乡的生活细节,这一派深情款款折射的是真正的相思之苦。此文发表于台湾,所记述的都是在大陆发生的事情,作者回顾自己少年时代在大陆的漂泊往事,也只着重揭示当时在江阴生病时期的思家之情。许多迁徙至台湾的大陆人经历过两重望乡体验——不仅是50年代在台湾隔着海峡遥望故乡,那之前在大陆也曾有家难回。早期的《自由中国》曾发表过宛宛的小说《堆草龙》②,《自由中国》创刊之初发表的文学作品大多呼应国民党当局文艺政策,数年间发表了不少"反共文学"作品。《堆草龙》就是一篇从"反共"立场出发而写成的关于"女匪干"回乡的故事,不过《堆草龙》和《文艺创作》上发表的"反共小说"不同,它从一开始就分明对主人公——一名"出身不好"的共产党——表示同情与好感。题目中的"堆草龙"(丰收之后在农田里堆砌的草堆)是主人公故乡风

---

① 李传绣:《故乡、海洋和爱》,《中华文艺》1955年3月第2卷第4期。
② 宛宛:《堆草龙》,《自由中国》1951年7月第5卷第2期。

土人情的象征,也是人物追忆童年往事的关键提示,作者将主人公幼时与表哥在草堆上游戏的两小无猜写得朴素而隽永。主人公返回暌别12年的故乡,内心涌起倦鸟归林而不得的悲伤。在这篇小说的后半部,作者未能免俗套用了"反共文学"的情节模式,尽管如此,作者已经在描写"个人"的文学实践中体现了他对个体生命的关注与尊重。有关"回乡"母题的创作自新文学奠基以来便出了不少成果,如20年代鲁迅等人身体力行的乡土小说,40年代师陀等人以小城镇为背景的小说等等,它们在城与乡、新与旧、今与昔的对比之中展现中国人的精神世界,都是新文学作家在这一题材进行开掘所诞生的佳作,而《故乡、海洋和爱》等50年代台湾文学青年的创作也以新的视角使"回乡"题材的创作更加多样。我们不妨将这一系列作品看成1949年前同类创作的延续,作品中折射的创作心理也是50年代特殊历史时期中青年人的心灵记录。

"朋友,我要为我们这一代青年的悲剧/写一篇心灵的传记"①,这是《文艺创作》上一首诗歌的引子。虽然诗作本身像常见的那些"反共文学"一样,极尽控诉之能事,最后流于对共产党的恶魔化描述,这句诗却可以用来描述许多50年代青年作家的写作动机。高阳后来成为历史小说大家,《有泪不为汝曹弹》是他在50年代创作的短篇小说,他在其中成功塑造了青年的形象,生动刻画出大变动时代个人的内心冲突,特别有意味的是他以自己的名字命名小说主人公。②青年作家师范在1952年完成长篇小说《没有走完的路》,他有意为自己及同辈写像,"大家都同意,这本书的描述,或多或少的代表了近二三十年来中国青年的成长历程;凡是这个年龄——这一代的中国青年智识分子的成长历程;他们的遭遇大多类似,他们要寻找的方向也大致相似"③。

---

① 童华:《魔鬼的契约——今天的童话》,《文艺创作》1951年6月第2期。
② 高阳:《有泪不为汝曹弹》,《文艺创作》1952年2月第10期。
③ 师范:《文艺生活》,台北:文艺生活书房2005年版,第156页。

　　20世纪50年代常在《文艺创作》上发表作品的端木方也在其作品中勾勒了青年群体的生存处境。因为多次获得台当局的文艺奖金，端木方被视作"反共作家"，但在某种意义上他是一位被50年代台湾文坛冷落了的作家。在1950年中篇小说一、二奖空缺的情况下，端木方的《疤勋章》获得第三奖。1951年"五月四日中篇小说奖金"第一奖空缺，端木方的作品《四喜子》也只是得到第三奖。同一次评比的得奖榜单上，张云家的《为着祖国》以及另外几位作家的作品却获得了第二奖，只因为它们更直接表现了当时"反攻复国"的宏大主题。①《四喜子》后来曾在《文艺创作》发表，它因为蕴含复杂的意义系统而不同程度地遭到读者误读。台湾学者梅家玲论述"反共文学"中的女性形象从家庭走向"革命"，须从男性那里获得"革命者"的认证。她援引《四喜子》作为论据，这样讲述故事情节："女主角是一位姓胜名四喜的孤女，她原本单纯质朴，由于嫁给国军朱连长，历经诸多磨难，又经上级师长为她更名为'胜似曦'，正式开始加入革命行列。而最后，整篇小说就在她被改造成功之后，充满骄傲自信的振臂疾呼声中戛然而止……"②梅家玲基于性别理论对《四喜子》进行解读，颇有新意，但笔者认为这一视角无法把握到端木方作品在50年代台湾社会背景下的独特气质。端木方在写作《四喜子》时，为契合时代主题给小说加了一个"公式"尾巴，但这部小说重点是在讲述一个青年女子在动乱中的生活故事，从她为人女，为人妻，再到为人母，记录了人在困境之中带着希冀与生活艰辛的对抗。四喜子逃难路上带着尚在襁褓的孩子，她疲惫至极时，脑中浮现出孩子长大的情景，"四喜子拍着孩子眠；觉着孩子梳上冲天辫了，穿上花布袄，离开怀抱壮大了！能提着铺盖卷，在路上大踏步的：'娘，快点！'跟着走了。可是，肩膀上的酸麻，刺戟着又睁开了眼，孩子依旧睡在怀里，撅动着嘴找

---

　　① 《中华文艺奖金委员会得奖作家芳名录》，《文艺创作》1951年12月第八期。

　　② 梅家玲：《性别，还是家国？——五〇与八、九〇年代台湾小说论》，台北：麦田出版社2004年版，第69页。

奶哑"①。

虽然四喜子这一人物并非知识女性,《四喜子》也不是师范等作家所描述的青年知识分子题材作品,但是从《四喜子》到《星火》,端木方一直遵循着从普通人的生活着手记录人心沉浮的写作手法,也正因此,他的《星火》有特别打动人心的悲剧力量。《星火》首次刊登在1952年6月的《文艺创作》上,因篇幅较长,5个月的时间内共分作5次在《文艺创作》连载。该刊编辑自始至终似乎有意回避对其作出评价,仅仅引用读者意见做了一次简单介绍:"《星火》本期亦刊完,留下纸型准备印单行本。很多读者对这个中篇,甚为赞美,认为超过作者过去的《疤勋章》和《四喜子》两个中篇。"②吕正惠评述50年代大多数的写作者时说:"他们所重视的是'社会',而不是'个人'。当他们描写'个人'时,这个'个人'不是作为某种社会主张的'代表',就是作为某种社会现象的'代表',这些人物只是'社会'的表征,很少具有个人独特的生命形象。"③在这个意义上,端木方的《星火》实现了对当时一般小说的超越,这部作品是沈从文所说的"在沉默里存在"的"年青人心灵的悲剧"④。小说背景设置在40年代后期的北方某个小城,第一章颇有些类似巴金的《激流三部曲》,描写大家族分崩离析之前,各人为瓜分家产而相互盘算的闹剧。小说主人公若颖在这样混乱的氛围中与寡母相守,家庭纷乱只是让人看到旧制度的崩塌,而外界发生的政治变动更让人觉得前途渺茫,"一切都这么混沌,沉闷。现在简直像在下雾,谁也看不清走着的路"。端木方在人物的对话中写出其内心的深重悲凉,"我早就意味到,预感着了;家,这样败落,离散,冷酷。国家又这么残破,骚动——我怎么会活在这个年月里? 痛苦不由我,一切都不由我,只能接受,不能拒绝!"⑤在变动之中,一位长辈向苦闷

---

① 端木方:《四喜子》,《文艺创作》1951年9月第5期。

② 《编后》,《文艺创作》1952年10月第18期。

③ 吕正惠:《战后台湾文学经验》,北京:生活·读书·新知三联书店2010年版,第402页。

④ 沈从文:《沈从文全集》第16卷,太原:北岳出版社2002年版,第208页。

⑤ 端木方:《星火》(二),《文艺创作》1952年7月第15期。

的若颖提出"味之素"处世论的建议，完全是成年人的圆滑世故，若颖不能接受。若颖的表哥家博也是一个在大变局之中体味到苦闷但仍然不断尝试突围的青年，他鼓励若颖："旧的沉淀了，新的还在混浊。我们怕看不到明亮？怕在动荡里沉没了？若颖，理智虽使我们顾虑，结果是增强果断。"①这种声音对于若颖而言，在短暂的一段时间中的确给了他勇气。但在新与旧交接的历史节点上，一切价值体系都有待重新建立，而人物对于迎接未来总是充满了无力感，"若颖，如果你不适合这新时代，该怎么做？你说，你想"，"一条路是死，一条路是走开。没有第三条路可想了"，"他不敢再看什么，什么都在向自己质问——你为什么还能活下去？"②待新的秩序、新的生活方式进入小城，爱情给若颖注入力量："'汝芸，我为了你，有了勇气。历史就只讴歌强者，我也会的。上大学学习，革命去！看齐去！斗争去！我什么也做得出，做得好！'"③当若颖在实践中碰壁，内心冲突不断，更添痛苦。④小说结尾，若颖受了伤，"挣扎着挺站起来了，臂肘冲流着鲜红的血汁，染满了手！向着远远屹立的山，跑着奔了过去！"⑤最后一章，端木方刻意套用一般"反共文学"的公式，描写主人公家破人亡，将《星火》写成主流的"反共小说"，但无碍于他的这部小说成为记录青年在悲剧时代的心灵史。

诗人罗门在1955年完成的《当我战死了以后》一诗中有这样的句子："世界上，时间最长，空间最阔的一次战役"，"是永不休止的发生与进行在人类心灵的战场上。"⑥端木方的《星火》并不因为有一个狗尾续貂的结尾而逊色，正是因为作者不断在人物内心开掘，对人物心灵深处的冲突进行了最充分的描写，将人物塑造得分外立体、有深

---

① 端木方：《星火》（二），《文艺创作》1952年7月第15期。
② 端木方：《星火》（三），《文艺创作》1952年8月第16期。
③ 端木方：《星火》（四），《文艺创作》1952年9月第17期。
④ 端木方：《星火》（四），《文艺创作》1952年9月第17期。
⑤ 端木方：《星火》（五），《文艺创作》1952年10月第18期。
⑥ 罗门：《罗门自选集》，台北：黎明文化事业股份有限公司1975年版。

度。主人公若颖并非一个在革命前夜整装待发的"有为青年",而是不断在两难抉择面前苦恼的普通人。生命赐给他青春,但是时代给予他困惑,他不能不感到自己作为悲剧角色而存在。

第三章 "国语"与文学——新文学传统与"国语运动"中的文学教育

新文学发端于白话运动,当时即有建设"文学的国语"与"国语的文学"这样的口号。这两句口号成为此后新文学作家创作的远景目标,也成为新文学传统中的一个重要构成。在台湾,由于光复初期的"国语运动"尚未完成历史使命,20世纪50年代的文学教育中很重要的一个方面就是教育者试图将语文教育与文学教育结合,实现互为促动的效果。因此,这一时期的语文教育一方面继承了1945—1949年间推行"国语"的经验,另一方面则更注重将语文教育向文学教育转化。语言的习得是创作的第一基础,本省籍作家从日据时期的日文教育中走出,在光复初期的"国语运动"中,他们已具备了较高的听说能力和一定的读写能力,但仍需克服不能在文学创作中娴熟运用中文的现实问题。在他们努力尝试的过程中,本省籍作家与白话运动初期的新文学作家有类似的心理调适,后者也曾经历从文言文转向白话文写作的过程。如对本省籍作家进入中文写作的具体过程做一个纵深考察,我们可以探寻到台湾文学在后来的发展中较注重语言风格的源头。与此同时,台湾的中学"国文"课堂承袭1949年前大陆语文教育的诸多弊端。"国文"课堂的写作本是文学创作的基础阶段,是文学教育中的重要一环,教育者试图以不同的策略进行纠偏。"中国文艺协会"的小说创作研习组、中华文艺函授学校这两个校外文学教育机构的开设是其中最为成功的尝试。另外,基于20世纪50年代台湾的作家创作,回溯白话文学在1917年后的理论倡导、创作实践,也可以将"文学的国语"与"国语的文学"这两个口号在台湾的传播情况勾勒得更为清晰。

第一节 "国语运动"中的本省籍作家

一、"国语运动"与20世纪50年代作家的语言隔阂

20世纪20年代,一批留日学生受大陆白话文运动的影响,在日本创刊《台湾民报》,意在"专用平易的汉文,满载民众的知识,宗旨不外欲启发我岛的文化,振起同胞的元气,以谋台湾的幸福"①。这种以"平易的汉文"来启发文化、动员民众的思路正是新文学最基本的一个理念。光复之后,文化官员有意借推行"国语"实现"再中国化",将台湾民众改造为真正的中国国民,因此"国语运动"得到了国民党当局的高度重视。本书讨论20世纪50年代的文学教育,设专章来谈"国语运动"的问题非常切题。"台湾省'国语'推行委员会"1946年在台湾正式成立,到1959年归并于台湾省教育厅,时间上恰好覆盖了战后数年以及整个50年代。从"国语运动"与文学运动关联的角度来辨析新文学传统如何在台湾落地生根,学界尚较少涉及,笔者认为它是一条值得一试的路径。

台湾光复初期,推行"国语"的人员均来自大陆,经由他们的推广工作,本地也出现大批"国语"师资。1946年1月16日,魏建功、何容等人抵达台湾,②二人分别担任"台湾省行政长官公署'国语'推行委

---

① 王敏川:《创刊词》,1923年4月15日《台湾民报》创刊号。
② 张博宇:《台湾地区国语运动史料》,台北:台湾商务印书馆1974年版,第29页。

员会"的主任委员、副主任委员。①1946年10月北京大学文学院设"台湾省行政长官公署教育处招考'国语'推行员办事处",分多次安排"国语"推广人员赴台。"国语运动"进行过程中，众多赴台大陆人员为沟通两岸创造了极好的契机。台湾被日本割据半个世纪，讲惯了日语的台湾民众学习标准"国语"，是一件很有难度的事情。日据时期结束之后，标准汉字的读音在台湾使用范围相当有限，推行"国语"所需的社会基础在台湾比较薄弱。针对这种情况，1946年出台的《台湾省"国语"运动纲领》进一步引导台湾民众从使用闽南语过渡至"国语"，纲领中列出这样六条：

> 一、实行闽南语复原，从方言比较学习"国语"。
>
> 二、注重国字读音，由"孔子曰"引渡到国音。
>
> 三、刷清日语句法，以国音直接读文，达成文章还原。
>
> 四、研究词类对照，充实语文内容，建设新生"国语"。
>
> 五、刊用注音符号，沟通各族意志，融贯中华文化。
>
> 六、鼓励学习心理，增进教学效果。②

最初台湾缺乏"国语运动"的执行人员，但是随着时间推移，逐步实现了从"依赖大陆输入"向"自主培养"的转变。1948年4月，台湾大学文学院正式设立"国语"专修科，科主任由台湾省"国语"委员会主任委员魏建功兼任，招收福建、台湾两省学生共四十名。③相对于1946年的筚路蓝缕，1948年台湾"国语"师资已渐渐完善。台大始创

---

① 至1947年6月，该委员会由于"台湾省行政长官公署"改组，遂改名为"台湾省'国语'推行委员会"，这一时期，魏建功转任台大中文系特约教授，由何容担任主任委员，洪炎秋为副主任委员。1959年7月1日，"台湾省'国语'推行委员会"并入台湾省教育厅，何容自此卸职。参考张正男：《语言文字组大师——何容先生》，载《汉学研究之回顾与前瞻国际学术研讨会论文集》，台湾师范大学创校暨"国文学"系创系六十周年纪念，台湾师大"国文学"系主办，2006年4月8—9日。

② 张博宇：《台湾地区国语运动史料》，台北：台湾商务印书馆1974年版，第51页。

③ 张博宇：《台湾地区国语运动史料》，台北：台湾商务印书馆1974年版，第41~42页。

"国语"专修科之后,为适应培养"国语"推广人员的需要,制定出一份水准颇高的课程表,除了三民主义(2学分)、"国文"(6学分)、教育概论(6学分)、体育(无学分)、音乐(无学分)这几门通用课程,《"国语"专修科科目表》内容如下所示[①]:

第一学年科目表

注音符号(4学分)、"国音"及其练习(4学分)、"国语"及其练习(6学分)、"国字"正体(2学分)、"国语"文法(2学分)、"国语"文选读(6学分)、"国语"文习作(2学分)、"国语运动"史(2学分)、中国文学史(4学分)、教育行政(3学分)、社会教育概论(3学分)

第二学年科目表

"国音"及其练习(4学分)、"国语"及其练习(6学分)、"国语"文法(4学分)、"国语"文选读(4学分)、"国语"文习作(2学分)、"国音"沿革(4学分)、方音字汇及方言词汇(3学分)、"国语"速记(3学分)、"国语"教学法(4学分)、中国语文概论(3学分)、"国文"教材教法研究(4学分)、事务行政(3学分)

在课程的设计上,台湾大学的"国语"专修科更为注重系统性,"国音""国语""国文"三个门类都已经在课程表中得到兼顾平衡。第一学年的课表中涵盖了国语文习作和中国文学史这两门课程,使得学生在熟悉"国语"教学的基础上,也可以在文学课程中为"国语"教学寻找新的资源。

正如《台湾省"国语运动"纲领》中特意点出"沟通各族意志,融贯中华文化"的主旨,国民党当局执行推行"国语"的政策,其最大关注除了教育层面的考量,主要是借助推行"国语",将原先使用日语的台湾本省人整合到使用标准"国语"的国民系统中。50年代初,蒋介石

① 张博宇:《台湾地区"国语运动"史料》,台北:台湾商务印书馆1974年版,第81页。

作出"国文第一""统一'国语'"的训示①,张道藩则在其后重申借统一"国语"而凝聚人心的意义,"无论从教育立场或政治立场来提倡'国语',都在要求全国人民发音的统一,以消除地方畛域的观念"②。地域与语言的关系是"国语运动"执行者关注的问题,如何利用推广"国语"达到消除地域限制,便成为"国语"推广人员的具体工作。

由于本省籍民众有多重语言背景,50年代初,中下层本省籍民众当中的语言问题并未解决,客观造成本省与外省两个族群之间的隔阂。经历日据时期,日语在台湾民众当中得到较为深入的推广,例如日据后期台湾发行的《新大众》杂志上刊载了许多短歌、俳句,有不少台籍作者的创作,作家将这些日本传统文体运用得颇为娴熟,这可谓是日文教育在台湾民众当中较为深入的一个表现。③1948年魏建功返回大陆之后,何容在"国语"推行运动中担任了重要角色。50年代前半期,何容担任"国语"推行委员会主委,而赵友培则主持"中国语文学会"。赵友培在1952年说:"一个不懂闽南语的河南籍大学教授,和一个不懂普通话的台湾籍大学教授,可能语言不通,但一个台湾籍大学教授和一个普通的台湾同胞,除了太高深的名词,他们的语言都可以相通。"④他将之总结为"语言的隔阂是受地域的限制大,而受知识程度的限制小",这样的观念表现出"国语运动"的执行人对全面推行"国语"持有的乐观态度。

在本省人、外省人两方交流中,因为对于"语言"问题的敏感,民众才有"本省/外省"的对立概念。50年代的青年创作对此有所表现,在"中华文艺函授学校第一届毕业同学专号"上的一篇小说中,主人公"我"在一位台湾老人的资助下得以继续求学。最初"我"因语言不通,认为老人很古怪,当得知真相,"我"向老人表示歉意与谢意。文中有这样的句子:"他用闽南语跟我说了许多话,大概的意思就是说:

---

① 本刊:《语文教育的新纪元》,《中国语文月刊》1958年7月第3卷第1期。

② 张道藩:《我对中国语文的看法》,《中国语文月刊》1958年10月第3卷第4期。

③ 文讯杂志社编:《台湾文学杂志展览目录》,台北:文讯杂志社2003年版,第22页。

④ 赵友培:《科学·群众·艺术》,《火炬》1951年1月第2期。

他的年纪大了，无法跟我们内地人接近，但是他心里却没有分过彼此，大家同是大中华民国的同胞，应该相互帮忙，亲爱精诚，团结一致才对，最后他说，要我不要把那一点小意思记在心上，应该把学校里所学的知识，用在建设国家方面，才不负他对我的期望。他没有孩子，他希望我时常去走走，学学台湾话。"①这是一篇站在当局立场针对省籍问题发表观点的小说，虽然作者借人物之口进行说教，却点出了语言问题横亘在两个群体之间。

在进行语言描写的时候，外省作家关注到语言问题的存在，《野风》杂志上的小说《债》即一例。小说中，来自大陆的李先生在邻人菜园中躲债，邻人发现之后向警员告状。作者描写邻人告状的语言是"'他有偷东西，在我园里'。台湾同胞说起话来，总喜欢带着个'有'字"②。作者是外省人，他带着语言敏感观察本省人，体现了此时两个群体相互认识、适应的过程。与此同时，写作者创作中所使用的语言也成了读者辨认其省籍的线索。"在语言的转换过程中，台湾作家的文章里面，还有不少日本式的词汇，这样的词汇，对当时的编辑，也就是所谓的外省人来说是看不懂的。"③从本省籍作家钟肇政的这番话中，可知这一时期的作家无意中在作品中以语言标示了自己的身份。《文艺创作》上曾多次发表"吕梁"的作品，编辑称吕梁"生平不详，从书法的笔迹和语言的运用上看，作者大概是台籍青年"④。在作家人际交往中，语言问题也成为壁垒。50年代中期，本省作家文心结婚时宴请文友，陈火泉、李荣春、施翠峰、钟肇政、郑清文等人应邀赴约，他们同是本省作家。林海音夫妇亦受邀出席，钟肇政持反对意见，他认为年纪大的作家"'国语'又不能畅所欲言，自然就大谈日本话了"，

---

① 臧冠华：《我所认识的一个台湾人》，《中华文艺》1955年1月第2卷第1期。

② 笔风：《债》，《暖流》1951年5月月刊第1期。

③ 钟肇政：《钟肇政口述历史："战后台湾文学发展史"十二讲》，台北：唐山出版社2008年版，第63页。

④ 《编后》，《文艺创作》1952年5月第13期。

"海音一来,融洽气氛便破坏无遗"①。钟肇政坦陈己见,话虽逆耳,却也符合当时台湾社会的语言现实。本省籍与外省籍作家在语言问题上的确有一定隔阂。

钟肇政出生于1925年,自称"念日本书、讲日本话长大的,满脑子都是日文,战后才开始学中文,这中间不能讨价还价,没有捷径"②。对于年轻的本省籍子弟来说,从"国语"教育过渡到文学教育,"国语运动"提供了可能。50年代的部分本省籍作家在创作上出现了语言疏离自身口语的现象。何容1945年赴台从事"国语"推广运动,早在40年代初他就有文艺实践方面的经验,③他深知"国语运动"并不能简单满足于一般的交际功用,"推行'国语'工作,是要普及语文教育,提高国民运用本国语言文字的能力,并不是仅'传习官话,以利商旅'"④。赵友培则呼吁"要选择最精炼最美妙,而且是大多数人皆懂的语言"来锻炼文学语言,并且"国语运动"与文学运动互为动力,"我们还要创造国语的文学,藉文学来推行'国语'运动,打破语言的隔阂"⑤,这是对于"五四"时代胡适等人的呼应。语言教育为创作作了铺垫,"国语"教育的实绩之一便是文学新作的诞生。"国语运动"中,不少青年学生以"五四"之后的白话文学作品作为语言教材。比如钟肇政在光复后就曾"大量的阅读鲁迅、茅盾等'五四'时代的作家作品,看多之后,很自然的就吸收到中文的表达方式,还学到很多语汇,是日文里面所没有的语汇"⑥。接触这些作品的同时,本省籍作家的思维、创作观都经历了一个逐渐被白话文,或者说是被新文学创作中

---

① 钱鸿钧编:《台湾文学两钟书》,台北:草根出版公司1998年版,第278页。

② 钟肇政:《钟肇政口述历史:"战后台湾文学发展史"十二讲》,台北:唐山出版社2008年版,第63页。

③ 何容:《战壕小调》(歌谣),《抗战文艺》1938年5月14日第1卷第4号;何容:《义讯救国》(抗日通俗故事),《抗战文艺》1938年10月19日第2卷第11、12期合刊。

④ 张博宇:《台湾地区国语运动史料》,台北:台湾商务印书馆1974年版,第92~93页。

⑤ 赵友培:《科学·群众·艺术》,《火炬》1951年1月第2期。

⑥ 钟肇政:《钟肇政口述历史:"战后台湾文学发展史"十二讲》,台北:唐山出版社2008年版,第63页。

的白话文所同化的过程。50年代，大多数本省籍作家在写作中都自觉使用标准"国语"，零星出现方言词汇。①

吕正惠认为1949年以后"台湾文学的发展，在'反共'的大背景下，逐渐疏远了'白话文学'是基于活语言而来的这一极重要的'五四''理念'"②。从这个角度来看，台湾作家在写作中的确舍弃了自己日常生活中习用的语言，他们的"活语言"自然应该是闽南语或者客家话，创作所依赖的语言却是"国语"。讨论本省籍作家写作语言的话题，钟理和是非常值得关注的个案。钟理和在青年时期出走大陆，在东北、北京生活的五年中开始学习写作。他在语言问题上的实践早于台湾光复之后才接触"国语"的台湾写作者。1946年他回到台湾，仍然坚持笔耕，而大陆生活的耳濡目染，使他的文学语言即为标准"国语"。钟理和50年代对台湾方言文学提出否定意见，"我们中国自来受制于复杂的方言，因语言不通发生隔阂"，"今有国语文通行上下，在它之下，无论老少，不分闽粤，不分本省外省，意思通达，感情融洽。我们大可不必标奇立异自分畛域"③。所以，他在写作中身体力行以国语文为工具，甚而采用较有中国北方地区特色的词汇。在这个问题上，两位钟姓台湾作家当时曾有过多次讨论。钟肇政认为钟理和短篇小说《竹头庄》中的"对白"存在问题，"与吾台湾人口头语颇有距离，看似北方人口气"④。对于钟肇政"能看出对话之非作者乡土语言"，钟理和承认自己用的是北方语言，"在今日，勿庸讳言的客家语所站地位极为可怜，故在创作时除开稍具普遍性的句子，可得借用外，若纯一客家语对话，恐将使作品受到窒息的厄运。这就是为什么我惯以北方语言用上对话上的原因"⑤。稍后，钟肇政对钟理和"客家

---

① 《联合报》在20世纪50年代初期设置的"台湾故事"专栏，常有文章中出现闽南语方言词汇。例如王干：《酒家之夜》，《联合报》副刊1952年11月11日。

② 吕正惠：《战后台湾文学经验》，北京：生活·读书·新知三联书店2010年版，第156页。

③ 钱鸿钧编：《台湾文学两钟书》，台北：草根出版公司1998年版，第34页。

④ 钱鸿钧编：《台湾文学两钟书》，台北：草根出版公司1998年版，第56页。

⑤ 钱鸿钧编：《台湾文学两钟书》，台北：草根出版公司1998年版，第59页。

方言不易如文"的观点表示赞同,但还是坚持认为若使用北方语言"其气氛难免矛盾","如其方言表现不出,宜以避免北方土语为佳"①。讨论持续了数月之久,二人最终并未达成共识。不过,在这一历史时期结束后,本省籍作家还是选择了回归他们更为熟悉的日常语言。

一定程度上,50年代台湾中学课堂内的文学教育也受到语言问题的困扰。某中学教师谈论他任教的"国文"课堂,分析本省学生成绩不理想有两点原因:一是先天的缺陷,二是学习的态度。后面一个原因主要是当时本省学生与外省来台的学生按照数理化等科目的学习状况分班,同班学习,在"国文"的学习上却不同步。②本省中学生在写作时遇到不少困难——先天条件的障碍、词汇贫乏的痛苦、句子构造不通、文字认识不清、不明标点符号的使用,③文学教育者为解决这一系列问题,采取了多种策略。《中国语文月刊》上就登载了许多相关文章,而直接面向学生读者的《中华文艺》杂志上有"习作修改"栏目,对于提高本省学生写作水平有很大贡献(这一点在后面的章节将有具体讨论)。为了回应学校课堂语言关不能顺利克服的现实问题,《中国语文月刊》在1953年开办"中国语文函授学校",面向社会各界人士招生,共设"国文""国语"等十个组,编辑解释了语文教育稍后会转向文学教育,也强调了在当时的情境下,重视语文教育的意义所在:"文学当然很重要,但古今中外尚无对语文不能彻底了解应用、而在文学方面有精湛造诣的人"④。

"国语"是中国知识界在20世纪初形成共识的一个概念,它与新文学的诞生、成长有密切关联。借着推行"国语",国民党政府试图在光复之后的台湾对民众实现"去日本化""中国化"的改造,通过魏建

---

① 钱鸿钧编:《台湾文学两钟书》,台北:草根出版公司1998年版,第62页。

② 心宅:《漫谈现阶段的本省中学国文教学》,《中国语文月刊》1952年10月第1卷第6期。

③ 倪志僩:《本省中学生在写作方面的困难和常犯的错误》,《中国语文月刊》1952年10月第1卷第6期。

④ 本刊:《创设中国语文函授学校的必要》,《中国语文月刊》1952年10月第1卷第6期。

功、何容等人的筹划与组织，"国语运动"取得一定成效。在50年代的台湾，推广"国语"对于国民党当局而言仍然是一项重要的工作，除了推行"国语"委员会，"中国语文学会"等组织也加入"国语"推广的活动中。对语言问题进行讨论是考察这一时期台湾文学教育的重要前提——50年代初期，本省籍民众受限于语言隔阂，沟通交流尚不熟练，能够使用纯熟的中文进行写作的本省作家更是凤毛麟角。因此，这一时期的"国语"教育为之后的文学教育做了必要的铺垫。

二、20世纪50年代台湾本省籍作家的语言突围

1946年后，"国语运动"经过数年之功，在台湾逐步推进到城镇乡村。至20世纪50年代初，它为本省籍民众与外省籍人士沟通交流奠下语言基础，特别是为本省籍青年提供了书写工具，以及进入文学创作的可能性。由于语言转换的问题，许多本省籍作家写作时都有明显的习作意识，作品语言或多或少流露出生硬的痕迹。在国民党当局文艺政策制约之下，文学作品的语言如何作为表征来体现文学传统的辐射力？为回答这个问题，笔者将重点考察本省籍作家进入创作的过程，将他们作品的语言作为具体分析对象。

日据时期，基础教育在台湾中上层民众当中较普及，客观来说，这其实为台湾光复后的文化复兴作了铺垫。1947年，一位来台参与文化建设工作的大陆人士便意识到这个问题，他认为在台湾做文化普及工作有群众基础，"本省人是喜欢看文艺作品的，我常常发现公务机关的工友们一空下来就拿出日本小说放在桌上看"。因此，他提出解决好"国语"推广的问题对于本省民众接受中文作品有重要意义，"如果我们能做到使他们了解，那么新文艺运动的成效，在本省一定要比别地方来得快，而且来得大"①。按照这位论者的论述逻辑，第一阶段使本省籍民众"了解"汉文、掌握"国语"就成为文学运动进一步开展的前

提，这一部分工作正好是"国语"推行委员会、"中国语文学会"等机构所努力的重点，而第二阶段要进一步促使"新文艺运动"的理念深入人心、产生成效，则依赖于那些具体指导青年创作的组织或机构。

进入50年代之后，台湾的"国语"教育执行者更明确地考虑到将"国语"教育与文学教育结合起来。在《漫谈自由中国十年来的文艺》这篇总评文章中，《文坛》杂志的编辑穆中南论及1949年后台湾文学的发展轨迹。因为有一个整体观的视角，他的思路非常清晰，文章第六节重点讨论台湾作家的语言问题："对于文字的修养不够，不仅不能写作，就是欣赏也是谈不到；所以要谈到自由中国近十年来的文艺，我们不能忘记对于语文的推动工作。"[1]因此，穆中南充分评价"国语"推行委员会与"中国语文学会"在这一点上的贡献。"中国文艺协会"所举办的文学研习班的确是将"国语"推行者的工作向前推进了一大步。第一次文学研习班在1950年8月开班，共分五个班级，课程设计作短期安排，为期仅两周，由陈纪滢担任主任委员、赵友培为教务主任。1951年3月开办的"小说创作研习组"也是由"中国文艺协会"负责，为期半年，在课程上大为扩充，所以文协特地成立了教育委员会，赵友培任常务委员、李辰冬任教务主任。文协在1953年4月续办"小说研习班"第二期，由张道藩任主任委员，李辰冬任教务主任。同一年，李辰冬参照自己开展集体文学教育的经验，借小说创作研习组的学生为班底，创办了中华文艺函授学校，"扩大影响到社会各地，给文艺的贡献是相当大的"[2]。中华文艺函授学校下设的四个班级中，小说班与诗歌班的教学均注重创作方法的传授，教员从各国名家名作中为学员寻找示范教材。学生定期将自己的习作寄到函校，由函校安排教员批改学生习作。之后，函校再将教员的反馈意见寄到学生手中。此外，还有两个

---

① 穆中南：《漫谈自由中国十年来的文艺》，《文坛》1960年7月第7号。

② 1956年李辰冬将函校交由第二期小说研习班学员卢克彰主持，同年，国民党"国防部总政治部"委托中华文艺函授学校开办"新中国出版社军中文艺函授班"，该班运作得相当成功，开办两届之后解除合约，1958年谢吟雪接替卢克彰主持函校。中华文艺函授学校至1960年正式停办。

"国文"班："国文"进修班面向"国语"水平较高、具备一定"国文"功底的学员，教学内容与大学"国文"系有相似之处，经史子集都有所涉及，但更侧重中国古典文学的讲授，教学考核也采取呈交习作批改的方式。至于"国文"普通班则面向"国文"基础薄弱的学生——在当时主要是无缘接受学校教育的本省籍学生。该班不以创作为教学重点，而是讲授语文知识，帮助学员提高基本的语文素养。

"国文"普通班的教员将课程设计为"认字""作文""范文欣赏"三个部分，详情可见表3-1：

表3-1　中华文艺函授学校"国文"普通班课程表

序号	课程主题	课程子题	具体内容
1	怎样认字	怎样查字典	注音符号的认识与应用
			怎样"反切"？
		我国文字构造的原则"六书"	什么叫象形指事？
			什么叫会意形声？
			什么叫转注假借？
		怎样辨别容易混淆的文字	形体相似的文字
			形声相似的文字
			形义相似的文字
			音义相似的文字
		怎样读"同字异音"的字	（不详）
2	怎样作文	作文的基本态度	（不详）
		构成文章的主要因素是什么？	思想
			情感
			想像
		作文的基本训练	怎样炼字造句？
			怎样裁章谋篇？
			怎样表现声律和色采？
			怎样应用标点符号？
		各种文体的特质与作法？	怎样写抒情文？
			怎样写记叙文？
			怎样写议论文？
			怎样写说明文？

续表

序号	课程主题	课程子题	具体内容
3	范文欣赏	每周选范文二篇,文白各一,详细加注解,供同学精读,与以上所讲的写作原则相印证	

注:该表参考《中华文艺函授学校第四届招生启事》制成,见1954年9月《中华文艺》第一卷第四、五期封底。需要说明的是,本书引用的文献如直接取自原文,均保留文献原貌。因此,对原文中即使较明显的讹误也未作任何改动。例如此处课程表中,"想像""色采"均沿用原文。

这份大纲中涵盖了应用语文知识的基本技能,如利用注音符号查字典、以"六书"的知识帮助记忆生字、掌握不同文体的基本特征并在写作中实践各种文体的写作原则。如此循序渐进,可见课程设计者有意契合学员从"国语"教育过渡到文学教育的需要。置于与小说班、诗歌班、"国文"进修班平行的位置上,"国文"普通班精准地为初识"国语"、不善书写的受教育者进行了定位。中华文艺函授学校一直具有开放招生、办学灵活的特点,我们可以想象"国文"普通班扮演着中介角色,其学生有可能在完成基础阶段的学习任务之后,转投其他班级学习创作。

台湾民众受制于日本殖民政策已久,日语思维是他们重新学习"国语"时的一大障碍,在50年代尝试写作,难免不发生句法混杂的现象,因此钟肇政才会说"在语言转换的过程中,我是相当用心的在学习,并且努力过来的,所以今天才能有一点成果","有一个所谓的脑译问题,就是在脑子里面做翻译","想事情时是用日文在想,想到一个日文句子后,我就马上把它翻译成中文"[1]。整体而言,因为语言转换的原因,本省籍文学青年在这一时期的写作尚处于起步阶段。不少50年代的文艺刊物都参与到辅助本省籍写作者突破语言障碍的行动中。1950年底创刊的《野风》杂志对此给予了很多关注,编者对本省籍青年的语言能力有较清晰的了解,故而对于他们的创作多持善

---

[1] 钟肇政:《钟肇政口述历史:"战后台湾文学发展史"十二讲》,台北:唐山出版社2008年版,第63页。

意、肯定的态度："我们对于省籍同胞的作品,特别鼓励。只要是省籍同胞的作品,我们会很用心的尽量给予发表的机会。因为台湾光复只有五六年,一般说来,他们运用"国文"写作的力量要薄弱一点。如果我们不鼓励他们,还有谁会来做?""如果内容好,文章差一点,我们会尽量帮助它——把文字加以润饰。"①这是当时文坛有意扶持本省籍作家的一个真实案例。《中华文艺》上曾刊载不少函校学生的习作,批改者的评价意见、具体修改过程都一并附在例文之后。批改者勉馀对本省籍学员的一篇习作评价道："用字方面亦有不妥,这是有办法可想的。只要肯动手查字典,日久必有进步。"这对于初学者来说是很实际的建议。此外,批改者指出习作中的句式有受"硬译派"作品影响的痕迹,"'国文'写得清通,我们决不能容许'非我族类'的句法厕入"②。这时的台湾正处于"国语"推行运动之中,批改者将外文句法形容成"非我族类",不仅针对当时年轻写作者的"欧化语"问题,提醒学员注意维护汉语的纯粹性;另一层的用意则是配合"国语"推行运动,肃清台湾社会的语言环境。

由于沟通不畅,当时来自大陆的作家对于台湾文坛较为陌生,不熟悉日据时期台湾已诞生了赖和、翁闹、龙瑛宗、杨守愚、吕赫若等优秀作家。在50年代,一般的文评家都把1945—1949年的台湾文坛看成宇宙洪荒的阶段,这一定程度上是低估了本省籍作家的创作力。穆中南在总结文艺界第一个十年的成绩时,称1950年前"在这美丽的宝岛上,文坛上是一片荒芜"。穆中南并不否定当时"本省籍的作家"的客观存在,他对本省籍作家逐个分析之后,仍然得出这样的结论:文艺力量"自大陆移台"非常之必要。穆中南将本省籍作家分为三类:第一类本省作家"是可以用日本文字写作的","这些作家以前都是抗日的,然而在那个环境对于政治认识不能十分清楚,所以被诱惑而在思想上多为之左倾",他们或者受拘押或者主动停笔;第二类"是

---

① 师范:《文艺生活》,台北:文艺生活书房2005年版,第88页。
② 杨占勋:《我最敬爱的朋友杨少敏》,《中华文艺》1954年6月第1卷第2期。

用汉文写诗的诗人,他们都是爱国的知识分子,为保存国粹不忘祖国的文字是值得可敬的,直至今日每年端阳节而旧诗人大会之盛则可知一斑,然而这些诗已失掉了时代意识,非本文所欲检讨者";第三类是自大陆返台的本省籍作家,"都已改业不再提笔,如张我军(已故)供职于金融界,张深切则息影于台中等"①。虽然穆中南对于本省籍作家的创作持消极评价,但他的确是描述了本省籍作家在这一时期出现的分流。至50年代,本省籍作家大多是上述三类作家之外的新生力量。

如果对20世纪50年代的本省籍作家进行统计,廖清秀是最早成名的作家之一。这位作家生于1927年,在日据时期接受了完整的基础教育,1944年前就已有不少散文创作,但都以日语写成。他在50年代追忆光复初期的生活,说1946年3月自己从一场大病中痊愈时,就面临学习"国语"的问题。"第一的课题是:如何学习祖国语文,认识中国文化","那时,我根据学日文的经验,认为只要能说就能写,因此把全精神集中在'语'方面;而且为应试高普考需要,所看的都是论著,对'文'方面的帮助较少;所以,不久'国语'讲通了,普考教员检定及格了,但文章还是无法写得通顺流利。"②廖清秀后来在国民党当局主办的文学教育活动中实现了从学习"语"到学习"文"的转换,1951年3月,他与王鼎钧等人一起参加了中华文艺协会主办的小说研习组,他是这一期学员中唯一的本省籍青年。廖清秀的短篇小说集《冤狱》后来在1953年由葛贤宁主持的中兴文学出版社出版,这本小说集中收录了《阿九与土地公》等七篇短篇作品,大多作于研习组学习期间,例如《阿九与土地公》发表于1951年的《台糖通讯》,这篇作品已能体现廖清秀在描画人物心理、驾驭叙事节奏上的写作功力。小说研习组结业时,他提交的《恩仇血泪记》获得了1952年中华文艺奖长篇小说第三奖、同年度的"孙中山诞辰纪念奖金"第三奖。《恩仇血泪记》是

---

① 穆中南:《漫谈自由中国十年来的文艺》,《文坛》1960年7月第7号。

② 廖清秀:《冤狱》自序,台北:中兴文学出版社1953年版,第1页。

"台湾作家用'国语'写成的第一部长篇小说"①,小说讲述的是一个本省籍少年在殖民教育下成长的故事。从他在校时遭受日籍师生的欺凌,到毕业后在工作中与一位日籍女子相恋相别,作者展示了本省籍民众的民族意识如何形成和发展。他的小说语言并无一般本省籍作家常有的"文字欠通顺""日本化的词"②等问题。举《恩仇血泪记》中的文字为例:"春天在阴郁的云层和细雨中飘去,初夏的闷热又来控制住世界,幸而每天的下午,常有一阵骤雨,把炎气驱逐,给人们纳凉的恩赐。"③像这样简淡、流畅而又有韵味的句子,在当时的本省籍作家当中并不多见。

在当时,本省作家同侪与从事文学教育工作的赵友培对于廖清秀《恩仇血泪记》均有所评论,若将两方面观点进行对照,可以发现不同的关注。钟肇政在1957年主持《文友通讯》,为本省籍作家提供了互通声气的平台。在这份非正式刊物上,钟理和、钟肇政、李荣春、文心、陈火泉、施翠峰、郑清文等本省籍写作者都很活跃。他们在1957年9月对《恩仇血泪记》集中展开了一次讨论。陈火泉的意见是:"无论在形式上,或是描写上,它是成功的。当然小毛病也是有的;有些文字欠妥切,有些情节欠合理。"文心也从语言的层面提出:"人物、心理描写均成功,故事极好,予人印象至为深刻。"施翠峰则说"布局曲折有趣,引人入胜,主题正确,的确是佳作",但是"最大的毛病是作者以'空想'架在不'现实'的地基上"④。这些本省籍作家对于《恩仇血泪记》的评价集中在语言描写、结构、主题等方面,他们的视角表现了同为写作者的惺惺相惜。赵友培在1952年3月给廖清秀写信时,也对此书提出意见,则显示了他在文学教育者的位置上,引导写作者将视线从语言文字层面的纠结转向主题、立意等宏观层面的提炼。赵友培是廖清秀在小说研习组的老师,对于这位本省籍学生一直用心

① 王鼎钧:《文学江湖》,台北:尔雅出版社2009年版,第78页。
② 钱鸿钧编:《台湾文学两钟书》,台北:草根出版公司1998年版,第106页。
③ 廖清秀:《恩仇血泪记》,台北:廖清秀自印,1957年版,第60页。
④ 钱鸿钧编:《台湾文学两钟书》,台北:草根出版公司1998年版,第344~345页。

提携,廖清秀写出《恩仇血泪记》之后,赵友培多次帮助他进行修改。[1]在写给廖清秀的信中,赵友培说:"请你再不要以为:你的作品,单纯是文字问题","我所着重的,倒不是你的文字问题,而是你的作品本身的许多问题";"这世界上,我还没有看到一篇绝对客观的文艺作品。那些客观的材料,甚至历史,经过作家选择组合之后,必然渗入作家的主观及其个性。我相信,若使祖国不胜利,你就永远没有机会写这样的作品;而且,也不能写出这样的作品。"此外,他又向年轻的作者提出"文艺不是要'曾经如此',而必须'理应如此'。换句话说:它不是要生活,而是要生活的提炼或重组"[2]。在赵友培看来,语言障碍对廖清秀早就不成其为问题,在现有的语言基础上,廖清秀有能力在创作上进行更宽广的开拓,去思考更重要的写作问题。

在成功突破语言障碍之前,早期的本省籍作家从事创作时开掘的题材比较有限。本省青年邱家洪和廖清秀同样关注"回归中国"的主题,但多借助短篇小说的形式来呈现。[3]邱家洪受惠于中华文艺函授学校的栽培(《中华文艺》的"习作批改"栏目中曾以他的习作《悔》为批改案例),他的小说《祖父与三哥》发表在《中华文艺》第2卷第6期。正如廖清秀在《恩仇血泪记》中突出祖母的民族大义,《祖父与三哥》也描写老人向晚辈进行爱国教育:二战结束之前,祖父教导孙辈记住自己是中国人,中间还穿插了老人指导孙辈学习汉文的细节。小说立意并无创新之处,不过,小说语言倒是由于作者尚在学习阶段,体现出一种舒徐隽永的独特风格。试看小说这样的结尾:"一天黄昏,他对着窗外布满红霞的天空望了很久,忽然自言自语地:'中国,就要来了,快了!'我跑到他的身边,什么也没有看到。中国并没有来,但是在一个深夜里爷爷就停止了呼吸,与世永别了。爷爷死后

---

① 廖清秀:《感念赵友培老师》,《文讯》2006年6月第248期。

② 赵友培:《答廖清秀同学》,《中国语文月刊》1953年5月第2卷第2期。

③ 邱家洪1933年10月出生于台湾彰化,台湾行政专科学校毕业,20世纪50年代的作品主要是1957年4月在彰化书局出版的长篇小说《落英》,见封德屏主编:《2007台湾作家作品目录》第2卷,台南:国立台湾文学馆2008年版,第501页。

三个月,日本投降了,他没有看到中国,我想他以前一定看过的。"①风格与上文列举《恩仇血泪记》的句子相似,因为本省籍作家所掌握的中文词汇、汉语语法都尚未达到外省籍作家那样的丰富与缜密,所以,他们在写作中往往能够展示出朴拙、简洁。相较于《恩仇血泪记》与《祖父与三哥》都有意突出民族大义的主题,本省籍作家陈火泉也在1954年发表的小说《温柔的反抗》中以本省籍青年的视角观察日据时期殖民者的可笑。陈火泉在这篇小说中运用的语言,无论是短句,还是成语,都组合得恰如其分,"酒已过半筵,大半互换了座位,各自找各的对手去,这儿围成一圈,那边聚成一群,唱曲的唱曲,猜拳的猜拳,真是兴高采烈,热闹非凡。吴守仁看到人家热情疯狂,血液沸腾的情景,便感到无限孤独,于是他存心要醉一次了"②。小说语言的整体风格也和廖清秀、邱家洪的作品一样,不需假借赘语,也能轻快地勾勒出聚会情境。这就是本省籍作家在语言上取得进步的证明。

在长期的语言学习过程中,本省籍作家形成了较为独特的创作观。写作者开始创作时,一般以篇幅较短或片段式的描写作为训练,但是,钟肇政等本省籍作家并不遵循这一定律。钟肇政近年参加文学座谈时说自己创作长篇小说《鲁冰花》之前就已经有三部"长篇习作"。"很多人都是从短篇先锻炼,然后再写长篇,但我不是,我一开始就写长篇,我自己都知道长篇一定是卖不出去的,得不到发表机会,可是我还是要写、还是要写,我的习作当初就有三部。"③在这个漫长的过程中,作家有机会获得语言训练,提升了自己中文写作的表现力。50年代中期,钟肇政在给钟理和的书信中说:"写作本在求得心安,发表与否倒可放在其次","基于此,我今年起也打算致力于长篇

① 邱家洪:《祖父与三哥》,《中华文艺》1955年5月第2卷第6期。
② 陈火泉:《温柔的反抗》,《中华文艺》1954年7月第1卷第3期。
③ 钟肇政:《钟肇政口述历史:"战后台湾文学发展史"十二讲》,台北:唐山出版社2008年版,第291页。

创作。"①稍后钟理和在回信中称陈火泉也表示要写长篇。②钟理和从长篇作品的体大思精来评价长篇创作的优胜之处:"小文固可写,但我觉得终不出游戏文章,要表现作者的个性、灵魂和人生观等究竟非长篇莫办。"③本省籍作家在50年代纷纷出现对长篇写作的痴迷,与他们追求严肃文学的初衷有关,也与语言习得的自发要求有关。

　　台湾的本省籍作家一直关注作品语言的问题,对此也一直保持敏感。2008年,钟肇政在一次座谈中对陈映真小说的语言颇为赞许:"他小说的文字在日文的运用上有一种协和感。"④他也曾在评价李乔的小说时,称李乔的作品让自己"一看到就忽然感受到心中一种压力,他的文章,他的用词遣字,因为他的文章充满了新奇的词汇,一连的有这种新奇的词汇,不是我不认识的词汇,而是他用的词汇产生一种很特别的力量"⑤。相比后来的本省籍作家取得的种种成就,廖清秀、钟肇政等人在20世纪50年代的筚路蓝缕显得艰辛而宝贵。国民党当局宣传主流中,本省籍作家相对处于边缘位置。不过,中华文艺函授学校等教育机构却为作家提供了加强语言表达、提升创作水平的机遇。在外省籍作家占据文坛主流的形势下,他们所作的各种努力最终让他们进入了一个以中文书写的文学传统。

---

① 钱鸿钧编:《台湾文学两钟书》,台北:草根出版公司1998年版,第78页。
② 钱鸿钧编:《台湾文学两钟书》,台北:草根出版公司1998年版,第121页。
③ 钱鸿钧编:《台湾文学两钟书》,台北:草根出版公司1998年版,第65页。
④ 钟肇政:《钟肇政口述历史:"战后台湾文学发展史"十二讲》,台北:唐山出版社2008年版,第177页。
⑤ 钟肇政:《钟肇政口述历史:"战后台湾文学发展史"十二讲》,台北:唐山出版社2008年版,第159页。

第二节 "国文"教育与文学教育

一、"国文"课堂:从"五四"时期到20世纪50年代的台湾

1949年10月,"国语"推行委员会主任委员何容重提推行"国语"的目标。他从消除两岸隔阂的角度立论,提出不仅要做到"使本省同胞都能说'国语',听'国语'",还要"使本省同胞都能写国语文,读国语文"[①]。从掌握"国语"到掌握"国语文",即台湾民众从初级的听说到高一级的读写,语言能力不断提高的过程。"国语"与"国文"是一组相辅相成的概念,放在文学教育的系统中来看,掌握"国语"是进入写作的重要基础。"五四"时期白话文学运动的意义就在于它鼓励人们以易于习得的白话写作,使语言学习和文学创作之间的距离不断拉近。不过,从这个角度来看"五四"以来的"国文"教育,它与文学教育之间事实上存在一定的隔阂。就具体实践而言,国民党1949年后在中小学教育这一块执行的政策延续了1949年之前的诸种举措。当时台湾的"国文"课堂基本上沿袭了大陆时期的教学方式、教材编排方式。因"国文"教学文言文比重过大,造成这一时期学生写作水平普遍低下,一度遭到社会人士的非议。笔者在本小节尝试对照1949年前的"国文"教育实践,通过《中国语文月刊》等期刊上的论文来观察20世纪50年代台湾文艺界如何参与到中学"国文"课堂的讨论中,以及这一时期他们关于"国文"教育提出了哪些新的思路。

"国语的文学"是一个在"国语"之后出现的概念。清末民初,中国已有王照、劳乃宣、黎锦熙等人通过各种形式的努力,将"国音""国

---

① 何容:《"国语运动"的意义和目标》,作于1949年10月7日,载《何容文集乙编》,台北:"国语"日报社1993年版,第1~5页。

语"这两个新事物向各地推广。1917年,胡适等人发起文学革命,在语言层面提出的最重要观点就是"白话为文学之正宗",从"文学的国语"入手而至建设"国语的文学"。①这一观念确立之后,白话的"国语"在很短时间内便成为深得人心的概念,所以,成仿吾在1923年才会有"我们的新文学运动,自从爆发以来,即是一个'国语'的运动"这样的观点。②1918年4月15日发行的《新青年》开始全面使用白话文,在这之后,中国社会在推广白话上相当高效,尤其是当行政力量介入之后,白话文的星星之火渐有燎原之势。早在1912年,共和政府教育部颁布《中学校令实行规则》,在其中将语文学科定名为"国文"。及至1920年,北洋政府教育部训令全国各国民学校将一、二年级语文教材改用白话文,《国民学校令施行细则》中提出将"国文课"改为"国语课",这是以政治力量介入的方式将白话渗透到语文教育中。此后,编选白话文作品的语文教科书大量发行,当时的教育部在1920年、1921年中合计审定291册语文教科书。③编者在这批教科书中都将语体文作为教材的重要构成,奠定了白话在"国文"教育中的地位。与此同时,现代出版文化的繁荣使当局与民间在推行白话上可以相互鼓应。上海商务印书馆发行的《学生杂志》在1921年6月登出这样的"征文条例":"各项文字,请用白话,或用浅近的文言;旧文学势须改革,所有刻板式的古文诗词一类的投稿,以后概不收录;来稿请缮写清楚,并加新式标点。"④大势所趋,征文条例强调来稿须使用白话与新式标点,是对于政令、时风的快速回应,也进一步向文学创作者强调必须弃文言而取白话。白话运动的兴起、政府文件的出台、出版界对创作白话作品的要求,这种种因素综合起来,"国文"教育所受的影响就是教育载体从文言向白话进行转换。相对文言文来说,白话写作的难度也可说大为降低。

---

① 胡适:《建设的文学革命论》,《新青年》1918年4月15日第4卷第4号。

② 成仿吾:《新文学的使命》,《创造周报》1923年5月20日第2号。

③ 费锦昌主编:《中国语文现代化百年记事》,北京:语文出版社1997年版,第34页。

④ 《本志征文启事》,《学生杂志》1921年6月第8卷第6号。

随着白话文进入"国文"课堂,"五四"之后的中小学生在"国文"教科书中接触到大量浅近易懂的白话文章。1959年,作家林海音在台湾创作的小说《我们看海去》以20年代的北京为背景,作家记录了那时的小学生对白话诗歌表现出巨大的热情。小主人公兴致盎然地朗读着课本里的《我们看海去》:"我们看海去!我们看海去!蓝色的大海上,扬着白色的帆。金红的太阳,从海上升起来,照到海面,照到船头。我们看海去!我们看海去!"①这种朗朗上口、简单易懂的白话诗特别容易受到儿童的喜爱。小说中,小主人公与同学参加学校组织的"欢送毕业同学会",他们一起唱起《送别》:"长亭外,古道边,芳草碧连天,问君此去几时来,来时莫徘徊……"小主人公直言"我还不懂这歌词的意思"②。歌词出自李叔同之手,并非艰涩的古诗,但对于儿童来说,仍然比不上《我们看海去》那样的白话诗有亲和力。

在30年代初的文艺大众化等讨论中,教育界为中学生是否需要练习写作文言文而聚讼纷纭。当时公开发表的论文有《中学生必要作文言文么》③《中学生实在没有写作文言文的必要》④《这一次文言和白话的论战》⑤《谁使我们"国文"程度低落的》⑥《谈谈文言文》⑦等等。在讨论中,有几种意见逐渐浮现:一是学生在作文中使用文言的占据大多数,白话文尚未取得正宗地位;二是学生作文的水平低下与文言文教学有关。讨论者黄宾说:"白话文的势力和文言文的比起来,真是渺小的可怜了","各大学历届考试的'国文'题目,据统计有百分之八十七是八股式的题目(上海会考所取的所谓优等文章,都是八股的变相,并且大多数是文言文,内地各省只有加甚)。"⑧足见白话文创作

① 林海音:《我们看海去》,《文学杂志》1959年4月第6卷第2期。
② 林海音:《我们看海去》,《文学杂志》1959年4月第6卷第2期。
③ 《中学生必要作文言文么》,《中学生》1932年第27号。
④ 《中学生实在没有写作文言文的必要》,《中学生》1933年第43号。
⑤ 《这一次文言和白话的论战》,《中学生》1934年第47号。
⑥ 《谁使我们"国文"程度低落的》,《中学生》1934年第49号。
⑦ 《谈谈文言文》,《中学生》1934年第49号。
⑧ 黄宾:《关于白话文与文言文的论争的意见》,《中华日报·星期专论》1934年8月13日。

的弱势地位。一些站在激进立场发言的讨论者则彻底否定"国文"课堂中的文言教学,徐懋庸提出"今日的学校之所以教学文言文,就是拘束学生的思想的自由活动,这是很容易奏效的"。他以自己批改高中生作文簿的经历为例,说几十篇文章居然"没有一篇的造句是通达的,没有一篇的立意是妥当的",而这就是"教学文言文的结果"①。在这一问题的论述上,徐懋庸回到了"五四"时期胡适发起文学革命的逻辑原点,也是之后台湾教育界为作文教学展开激烈讨论的原因。

1952年,赵友培在台湾成立"中国语文学会"并创刊《中国语文月刊》,赵认为"语文教育是文艺事业的根本,无论文艺创作,文艺批评,文艺欣赏,都得先有某种程度的语文修养,推行语文教育的主场在中小学校"②。这一时期台湾中小学"国文"课堂颇为重视作文,以中学为例,"作文在"国文"课中是占着一个相当重要的分量,在本省更为显著;每周七小时的"国文"课中,作文占了两小时;教厅又硬性规定每学期作文篇数不得少于十六篇,于学期终了,且须列表呈报教厅"③。不过,文学教育者试图从语文教育达成文学教育,具体执行的过程中遇到不少阻碍,首要的就是文言文在"国文"教育中盘踞颇为深入,学生很难在课堂中得到写作技能的启发。某校教师分析教材讲读与学生习作脱节的原因,"按中学'国文'教材,语体文和文言文的分量分配,初一为七比三,初二为六比四,初三为五比五,高一为三比七,高二为二比八,高三为零比十"。随着学生成长,他们在课堂上越来越远离白话文学作品,"像这样无怪乎学生说作文的进益,不是得力于课堂上的讲读,而是得力于课外文艺作品的阅读了"④。另一位在教学一线工作的论者则说"学生作文用语体,而精读教材有百分之五十五是文言(照中学"国文"课程标准所定教材分配的比例,高中文言文占百分之七十,初中文言文占百分之四十,两共二百分之一百

① 徐懋庸:《关于文言文》,《申报·自由谈》1934年6月15日。
② 王鼎钧:《文学江湖》,台北:尔雅出版社2009年版,第281页。
③ 五平:《与中学生谈作文》,《暖流》1951年6月第2期。
④ 安毓永:《谈作文批改的方法》,《中国语文月刊》1958年7月第3卷第1期。

一十,即百分之五十五)"①,他也揭示了学生在白话文写作与文言文教学之间的两难境地。本省籍作家林钟隆对"国文"课本也进行过统计,"文言要占五分之四,白话仅占五分之一。老师所选授的都是文言文"。出现这样的情况是因为"老师说白话文没有什么可教,自己去看看就可明白",如此这般,便导致了50年代台湾中学生在"国文"写作方面表现不佳。林钟隆的批评颇为激烈,他说:"如今中学生的"国文"程度低得厉害,本省籍中学生比外省籍的又更差,即使白话文亦不能完全领会其意,何况文言文?"②对于要实现"国语运动"远景目标的赵友培们来说,这是非常大的现实挑战,因此,才有教育者在后来纷纷设法提出解决方案。

鲁迅1927年2月16日在香港青年会的演讲中回顾文学革命时有这样的意见:"文言和白话的优劣的讨论,本该早已过去了,但中国是总不肯早早解决的,到现在还有许多无谓的议论。"③相对于1949年前的种种讨论,50年代台湾关于文言白话的争议,主要集中在文学教育界、中学教育界,而且多是讨论如何整合资源更好地服务于"国文"教学。1958年章锐初在台湾提出:"我以为文言语体,所异仅在词句。词语句法,出于民族的语言法则,所以中外不同,古今多变;但是作文的思考经营,则属人类的逻辑法则,不特无分古今,亦且中外相通。读文言文而写作语体文,除了文言的词语句法不能尽应用于语体文,其写作之如何审题,如何立意,如何运材布局,匠心运用,实在理无二致。我们倘能在精读教学中,照我以上所说,不忽略于写作指导,同时再注意于文言文词语句法与语体词语句法的类比,则精炼的文言文经营法度,有助于语体文写作能力增进之处,也还是至多至大。"④

① 章锐初:《"国文"精读教学中对于写作指导之注意》,《中国语文月刊》1958年8月第3卷第2期。

② 林钟隆:《中学生对"国文"老师的建议》,《中国语文月刊》1952年10月第1卷第6期。

③ 鲁迅:《鲁迅全集》第4卷,北京:人民文学出版社2005年版,第14页。

④ 章锐初:《"国文"精读教学中对于写作指导之注意》,《中国语文月刊》1958年8月第3卷第2期。

应当说,与彻底否定文言文的做法相比,这种见解具有综观全局的视角。从取其精华的角度接受文言文,便不至失之偏颇。因此,在肯定文言文价值的前提之下,梁实秋此时也提出一些教材编排方面的意见。梁实秋赴台之后曾有一段时间负责某职业学校高二高三年级的"国文"课程教学,这一过程中他积累了不少教学体会,"依我看,小学及初中完全读白话文,高中完全读古文,应该是最妥当的办法。小学注意语言,初中注重文字,循序渐进"。不过,梁实秋并不认同脱离现实生活的文言文教学,他介绍国外学生对于古典文学的熟识,主要是通过重写改编的版本,而非直接接触艰深的古代语言。因此,他又说:"以高中及大一而言,与其选读深奥的古典作品,不如选读与现代生活有关的资料。"①这样的观点与1949年前许多论者的意见基本一致,比如1946年《中学生》杂志上有人认为:"学习'国文'的主要目的,是要写得出,看得懂此时此地的文字——现代中国的语体文。即使现在还有附带学习文言的必要,也应该让那种跟语体接近的现代文言占第一位","生为现代的中国人,写不出看不懂古文,并不算怪事;可怪的倒是不会写也不会看现代的中国文。"②正如白话文学支持者强调"言文一致"的理念,课堂上的"国文"教育本来就应当与生活贴近。

如上所述,在当时台湾的"国文"课堂上完成文学教育是一件颇为不易的事情,文言文与白话文的结构失衡之外,作文教学过于突出议论文同样困扰师生。1950年台湾高考的"国文"试题可视作一例:"'国文'论文题为孔子曰'得众则得国失众则失国',试就之论陆沉后大陆人心及我复兴大业。"③这样的话题远离学生生活,考生临时在考场作出一篇论文,也只能写得大而无当。一位论者在1951年出版的《暖流》杂志上对"国文"考试过于注重议论文提出批评,"以中学生的

---

① 梁实秋:《"国文"与"国语"》,《中国语文月刊》1958年7月第3卷第1期。
② 思玄:《"国文"教学的两条路》,《中学生》1946年7月第177期。
③ 白石:《我参加了高考》,《野风》1950年11月第1期。

程度,刚学写作文,知识还很有限的时候,就来议论说理,的确是一件难事;不过各种作文比赛或征文题目,以及各级考试的'国文'题目,往往都是议论文","以前考大学或高中的'国文'题目常是《学无止境说》或《国家兴亡匹夫有责论》等类,知道是知道的,写却又写不出来"①。早在20年代,梁启超就曾批评过中学"国文"课堂偏重议论文写作的做法,他认为议论文教学的弊端之一就在于"奖励虚伪","现在学校里这类'国文'功课,学生并没有什么新理经自己发明要说出来,教师却出一个题目叫他说这种道理:学生并没有什么真感情真议论一定要发泄,教师也指定一个题目像榨油似的去榨出的感情议论。学生为分数起见,只好跟着混,你要我论辨,我便信口开河;你要我抒情,我便声随泪下。结果变成粉墨登场的戏子,底面判然两人了"②。这正是50年代的台湾学生在"国文"课堂所面临的问题。一位教师在《中国语文月刊》上发表教学体会,介绍他的学生在议论文和叙事文的写作中有着截然不同的表现:"那些应景的庆祝文和配合课本的议论文,他们写作得都不好。例如《国庆感言》之类,十九都是抄袭成章;而《廉耻》《四维》等题,更扯东扯西拼七凑八地不成其文章,还不如他们所写的《投考高中回忆》等记叙文",只因"人人有其甘苦"。③教师的这番感言颇能折射出学生在"国文"写作中的心理趋向,这个问题得到了当局的注意。

表3-2　1954—1960年台湾大学联考作文题目

序号	年份	作文题目
1	1954年	论各院校联合招生
2	1955年	一个影响我最深的人
3	1956年	论"国文"之重要
4	1957年	读书的甘苦
5	1958年	论大专入学考试科目分组与不分组之利弊
6	1959年	学问之为济世之本

① 五平:《与中学生谈作文》,《暖流》1951年6月第2期。
② 梁启超:《饮冰室合集》,上海:中华书局1936年版,第134页。
③ 钱孟邻:《我怎样教高一的"国文"》,《中国语文月刊》1958年9月第3卷第3期。

续表

序号	年份	作文题目
7	1960年	邀请居留海外学者回国服务书

如表3-2所示，这一时期大学联考中的"国文"试题间或也会出现一些贴近学生生活的写作题目，可见政策制定者、出题人都在尝试将学生的年龄特征、心理特征与"国文"教育相结合。

由于文学创作的风气在50年代的台湾较为盛行，这一时期讨论写作问题的文章遍布于各报纸杂志，许多刊物也有意针对"国文"课堂的不足，向青年学生进行一些写作指导。比如陈定山在《读书》发表的《怎么写信?》一文中提出写作的"三到"原则："想到""笔到""文到"。作者关于第一点"想到"的解释是"我想写什么时，就写什么，千万不要扭扭捏捏，空话连篇"①。郭枫则在《笔汇》提出这样的观点："在文学的创作上没有专家，如果你有需要写的思想或情绪，你就可以利用文字把它表达出来，也许你表达的不纯熟不精练，但是慢慢的来，你总能写出可以看的作品。"②这些意见对于学生创作中的放言空论以及新文艺腔问题都是很重要的提醒。

赵友培创办的《中国语文月刊》在50年代同时负起"国文"教育与文学教育的职能。在面向中学生提供作文指导方面，赵友培的贡献值得称道，他和他创办的期刊扮演着校外文学教育者的角色，引领当时的老师、学生超越现实中较为僵化的"国文"课堂，去感知写作与自身生活的关联。他的学生王鼎钧后来也效仿他走上了文学教育的路，其理念在中学生当中得到推广，也体现了校外文学教育思路的一脉相承。60年代初，王鼎钧接任《中国语文月刊》主编，因工作平台提供的机缘，他与从事推广"国语""国文"教育的学者有所接触，在与何容、毛子水、梁实秋等人往还的过程中，他也逐渐有了引导中学生写作的自觉意识。王鼎钧在1962年出版了《文路》，这是一本特意为中

---

① 陈定山:《怎么写信?》,《读书》1954年9月第5卷第3期。

② 郭枫:《走向文学的基本认识》,《笔汇》革新号1959年12月第1卷第8期。

学生学习写作而创作的书,由王鼎钧发表在各报刊的相关文章集结而成。王鼎钧也曾在《自由青年》杂志开设名为"讲理"的专栏,专门发表关于拓宽议论文写作思路的小文章。对于青年学生来说,这些小文章易懂易学。1963年《讲理》出版单行本,在书市畅销一时。王鼎钧指出《讲理》这本书注重"培养理性"[①],一定程度上是有意回应"国文"课堂解决不了的问题。礼失求诸野,作者自称"那时候,我对作文教学的想法几乎是一种革命,受正统的'国文'教学排斥"。尤为值得思考的是他说《讲理》一书中的文章"体例仿照夏丏尊的《文心》,专讲议论文的写法,这是我和夏老最贴近的一次"[②]。就这一点而言,一位从"中国文艺协会"小说创作研习组走出来的年轻作家实现了向1949年前"国文"教育前辈的遥遥致意。

二、20世纪50年代台湾的校外文学课堂

前文将20世纪50年代台湾文学界、教育界对于中学"国文"课堂的检讨与反省做了梳理。无论是教材的编排还是教师的教法,都在当时受到社会关注,应该说,讨论"国文"课堂的得失不仅是1949年前大陆教育界相关话题的延续,也是在台湾推行"国语运动"之后必然出现的一个教育议题。因为本省籍青年学生解决了事关"听说"的语言问题之后,就面临着如何提升读写能力、学习"国文"写作的问题。此外,40年代中国高校文科系所针对大学制度与新文学作家培养的问题存在较多争议,风波一直不曾平息。这个问题在50年代的台湾没有得到解决,直至70年代初爆发"大学文学教育论战",大学中文系能否培养作家的问题才在台湾"中国文化大学"的办学实践中有所落实。不论是中学"国文"课堂还是大学中文系教育,50年代台湾校园里的文学教育无法充分地鼓动学生参与创作,文学界由此产生的危

① 王鼎钧:《文学江湖》,台北:尔雅出版社2009年版,第290页。
② 王鼎钧:《文学江湖》,台北:尔雅出版社2009年版,第284页。

机感促成了各种校外文学教育组织的诞生。这一小节以"中国文艺协会"的小说研究组、中华文艺函授学校及其校刊《中华文艺》作为考察对象,借其课程设计中贯彻的文学理念来讨论新文学传统在此时台湾的传承,着重分析后者如何执行具体的文学教育以至于突破校内课堂的局限。

台湾光复之后,许寿裳受陈仪之邀赴台主持编译馆的各项工作。稍后,他的长子许世瑛也抵达台湾,1946年开始在台湾省立师范学院"国文"系任教。①1948年7月,许世瑛写下《新文艺可走的两条路》一文,他在其中为文学青年提出几个进行文学训练的建议。为矫正某些文学青年的错误认识,他重点讨论了大学"国文"系是否应当培养作家的问题,讨论中语气显得较为强烈,"尤其是高中学生,略具创作能力的,最容易步入歧途,以为他所以入'国文'系的缘故,不是为研究固有的国学,而是想研究新文学,怎样成为一个文人。这实在太可笑了,文人不是入某一个训练所,经过几年的训练,就能造就的。换句话说:大学设立'国文'系,用意不是想创造出若干散文家,小说家,诗人,词客,而是灌输固有的国学,使后人知道前辈已有多少的成绩,完全是历史性的研究。所以入大学'国文'系攻读四年,谁也不敢准保能造就出几个文人,词家,诗人啊!旧的不说,新文学也绝对不是单听《新文学习作》一课程,就能成功的,这一点希望以后的青年不要再抱着这不合情理的憧憬去读'国文'系"②。对于文学教育,许世瑛明显持谨慎态度,他一方面否认"国文"系以培养作家为己任,另一方面也强调成为作家并非轻而易举之事。客观来说,他抨击青年学生梦想通过"国文"系学习成为作家的想法,并不含恶意。文章中,他描述部分写作者钻营于文坛登龙术、以文学为幌子来拉帮结派,在这样的背景下,许世瑛才有意向青年指出不要将文学看作一种晋身之道,

① 戴琏璋:《许世瑛先生的生平与著作》,载《汉学研究之回顾与前瞻国际学术研讨会论文集》,台湾师范大学创校暨"国文学"系创系六十周年纪念,台湾师大"国文学"系主办,2006年4月。

② 许世瑛:《新文艺可走的两条路》,《创作月刊》1948年9月第1卷第5、6期合刊。

这片谆谆教诲的苦心颇为可贵。

在20世纪50年代的台湾，大学"国文"系师生在文学创作这一领域的参与度相当有限。台湾师范大学前身为台湾省立师范学院，50年代担任中华文艺函授学校校长的李辰冬、创建"中国语文学会"的赵友培都是这所学校的"国文"系教授。他们二人在大学围墙之外另辟疆场，首要因素就是他们对自身所处的大学环境有充分认识。"今日大学文学系的课程、教材、教法，皆不能培养文艺写作人才"，二人深知"国文"系重视学术的薪火相传，在文学创作上则有诸多制约。这一点与许世瑛的见解并无二致，不过，李、赵与许世瑛的观点不同之处在于他们提出"文艺创作，除天才与学识经验而外，尤赖技术。天才可以启发，学识经验可以吸收、消化、发挥，技术可以训练"。二人在这样的共识之下，才起意在"中国文艺协会"、中华文艺奖金委员会与台湾省教育厅的助力之下开办小说研习组。所谓"创设一个研究小说写作的机构。这个机构，同时是生产的工厂"，大致便是许世瑛在数年前所不屑的"训练所"。从正面来看李辰冬与赵友培的这番用心，其中也未尝不包含着一种过河卒子的勇气。李、赵二人在发起成立小说研习组的宣言中指出："大学教育制度的改革，特别是文学系课程的调整与教法的改进，不是一朝一夕的事，也不是闭门造车纸上谈兵的事；而夜间教育的倡导，亦不应仅注意于补习，而应更注意于深造。我们当从这次实验中，提出具体意见，藉供教育当局的参考。"①他们有意以实践来检验设想，试图在大学文学教育并不尽如人意的情况之下开辟新路。

50年代末，尉天骢有感于20多年前谢六逸在《中国文学系往何处去》一文中提出的问题并未解决，发出"今天的中国文学系，实际上就是国学或国故学系"的感慨，"我们成天听人说，近几十年来中国没有作家，没有伟大的作品。但我们反问一句：这些年有人培植了科学家

新文学传统的延续：以20世纪50年代台湾文学教育为中心的考察

---

① 李辰冬、赵友培：《关于小说写作的研究》，《火炬》1950年12月创刊号。

出来,有人培植了法学家出来,但有谁来培植文艺作家?"①尉天骢是要呼吁大学"国文"系进行改革,在培养文艺人才上多尽义务,但由于思想观念、师资配置、考评制度等多方面的障碍,此事一直难成。有这样的对照,李辰冬等人早在50年代初就创办了授课制的创作班、函授式的文艺学校,便是他们暂时搁置争议、以实践检验一切的初衷使然。

如前所述,台湾在50年代的文学教育实践可谓是"礼失求诸野",当校园里的文学教育不能尽如人意,文学教育者便在校园之外另立山门,面向社会招生办学。1951年2月11日,"中国文艺协会"为即将开办的小说创作研习组举行报考人员的甄选笔试,考场设在台北市南海路国语实验小学,120人参加考试。试题包括撰写一篇自传、"列举小说名著十篇并略述其艺术价值"以及听写主考官朗读朱自清散文《背影》中的一段。笔试结果出来之后,56位报名者参加了2月25日的口试,由蒋碧微、李辰冬等人担任口试委员。②中华文艺函授学校于1953年9月招生,10月21日正式开始函授。最初来函索要简章者有5000多人,1252人确认报名,审查后入学则有901人,③当它创办将近2年的时候,学员已共计有3000余人。④

相对中学"国文"课堂脱离学生实际生活的作文教学、大学"国文"系轻视创作而专注于传统典籍的学术研修,"中国文艺协会"小说创作研习组、中华文艺函授学校基本上都能针对前两者的不足来设计课程。具体而言,二者"纠偏"工作的重点是强调写作个体的生活

---

① 尉天骢:《中国文学系往何处去》,《笔汇》革新号1959年6月第1卷第2期。
② 王鼎钧:《张道藩创办小说研究组》,《文学江湖》,台北:尔雅出版社2009年版,第70页。
③ 李辰冬:《四年来自由中国的文艺教育》,《文艺创作》1955年1月第45期。
④ 《中华文艺函校同学纷纷获得文艺奖金》,《中华文艺》1955年4月第2卷第5期。

经验①、将学员的创作活动作为教学重点②;对名家名作进行解读也是从与创作相结合的角度进行,避免流于空论。下面的表3-3、表3-4是基于当时相关期刊内容整理的课程表:

表3-3 "中国文艺协会"小说创作研习组课程概要表(1951年)③

序号	课程名称	课程介绍
1	中国小说名著研究	精选我国短篇小说或摘录长篇说部,解释其词汇、结构、表现技巧,与该时代的生活关系。一方面使学员了解中国小说发展的情形,一方面使他们知道怎样吸收和消化。
2	西洋小说名著研究	精选西洋小说若干篇,选择标准,以含义正大、描写细腻、结构谨严、并能代表一派的作品为主。一方面使学员了然西洋各派小说的特征,一方面学习其结构的方式与表现的技巧。
3	人生哲学	站在三民主义的立场,讲述世界文化的趋势与自由集权两种思潮的是非得失,以建立学员正确的人生观,而加深其对于"反共抗俄"的认识。
4	创作心理研究	除讲述一般与创作有关的心理学外,特约富有经验的作家,讲述其作品在未写成之前,如何把握主题、搜集题材、组织意象,以及表现时的种种心理活动经过,使学员了然创作的心理过程,作为自我创作时的心理借镜。
5	基本训练(甲)词汇研究	文学表现的媒介即为词汇,词汇愈丰富,则表现力愈强。这一课程的目的,即在指导学员如何从文艺作品里,从口语上研究词汇,同时训练其应用。
6	基本训练(乙)描写实习	从观察风景、人物、社会现象等着手,指导学员观察方法,并告诉他们怎样从观察、体验、到想象的过程。指定人物、景物、事物加以描绘;如绘画者之写生。

---

① 李辰冬与赵友培在设计小说创作研习组招生计划时即强调"选拔学员,重质不重量。在考验之始,即有一定标准,用各种方法,以测验其才智,生活经验,使用文字的能力等等,我们不限籍贯,不分性别,不问经验,不需情面,只重才能。且为便个别切实指导起见,只取三十名。又因小说写作,须有丰富的生活经验,故将学员年龄定为二十至四十五岁"。见李辰冬、赵友培:《关于小说写作的研究》,《火炬》1950年12月创刊号。

② 覃子豪就曾说过:"无论学校当局,教师们,学生们多注重的都是创作的练习,许多讲义只是一些修养上的智识,创作的练习,才能使学生们获得真的东西。"见"新诗批改"专栏,《中华文艺》1955年2月第2卷第2期。

③ 李辰冬、赵友培:《关于小说写作的研究》,《火炬》1950年12月创刊号。

序号	课程名称	课程介绍
7	基本训练（丙）创作指导	每一学员须依据其生活经验及才力与个性所近，拟定写作计划，于研究期间，完成一个中篇创作或两个短篇创作；并从此项创作的实践中，学习如何选择风景、人物、事件等等，加以组合和表现，使成为完整的作品。
8	作品批改	学员相互批改。
		导师批改，并择优在报刊发表。
9	讨论与座谈	根据讲授课程及写作经验提出问题，互相研究，作成有系统之记录。
10	艺术欣赏	有计划地约请绘画、音乐、建筑、雕刻、舞蹈、电影、戏剧等专家，指导学员如何欣赏各项艺术。
		有选择地指定学员参加各种艺术欣赏的活动；以辅佐小说的创作。
11	其他活动	凡不属于以上课程，而临时必须学习的，均属此类。

表3-4　中华文艺函授学校课程一览（1954）

序号	课程大类	具体课程名称
1	共同课程	民生哲学
		文学概论
		文学批评原理
		中国语文基本知识及其运用
		修辞学概要
2	小说班课程	小说概论
		怎样描写人物
		《水浒传》人物分析
		《红楼梦》人物分析
		《约翰·克里斯朵夫》人物分析
		景物描写
		小说中的人物
		小说对话研究
		西欧名著选读
		中国短篇小说选读
		小说故事的结构
		小说结构实例研究
		小说的故事

序号	课程大类	具体课程名称	
2	小说班课程	报告文学	
		小说的美学	
		美学原理在小说上的运用	
		小说创作准备	
		小说创作总论	
		作品批改	
3	诗歌班课程	诗歌概论	
		西洋音乐基本原理与诗歌关系	
		音节的研究	
		诗与散文	
		古诗新译	
		奈都夫人诗选读	
		美国诗选及其技巧研究	
		英国诗选及其技巧研究	
		法国诗选及其技巧研究	
		德国诗选及其技巧研究	
		世界名诗选及其技巧研究	
		诗歌欣赏	
		诗的表现方法	
		新诗分类	朗诵诗及其技巧
			抒情小诗及其技巧
			长诗及其技巧
			散文诗及其技巧
		作品批改	
4	"国文"进修班课程	散文概论	
		文法研究	
		六书浅说	
		文章作法	
		报告文学	
		中国短篇小说选读	
		中国诗学研究	
		古诗今译	
		词曲选读及中国旧词格律	

续表

序号	课程大类	具体课程名称
4	"国文"进修班课程	群经概说
		诗经楚辞及选读
		汉赋六朝骈文及选读
		魏晋南北朝乐府及选读
		唐诗及选读
		唐代古文及选读
		宋词及选读
		明清小品文及选读
		应用文研究
		作品批改
5	国文普通班课程	（本章第一节已引用，此处从略）

来源：《中华文艺函授学校第四届招生启事》，《中华文艺》1954年9月第1卷第4、5合期。

在"反共抗俄"的时代，上述两个文学教育组织都有意将教学活动向文学本身倾斜。从"中国文艺协会"小说创作研习组的课程设置可见其重视写作基本训练远甚于其他理论知识的传授：除分组指导不计外，各项课程总计为250小时，其中以表现技巧训练的部分占据了最大比例的时间，有82小时之多。①师资方面，由李辰冬与赵友培延请到的专家学者包括潘重规、高明、牟宗三、陈纪滢、葛贤宁、李曼瑰、罗刚、罗家伦、张其昀、任卓宣、张道藩、张铁君、胡秋原、谢冰莹、梁实秋、陶希圣、许君武、陈雪屏、何容、王玉川、王寿康、王梦鸥、王平陵、齐如山、闵守恒、刘狮、梁中铭、郎静山、王沛纶、沈刚白等人。②李辰冬与赵友培除了作为组织者参与创作组的各种活动，也承担了教

① 关于中外小说名著研究部分，共44小时；关于人生哲学及文艺思潮部分，共30小时；关于创作心理研究部分（包括创作经验谈），共16小时；关于表现技巧训练部分共82小时；关于艺术欣赏部分共32小时；关于作品批改部分共32小时；关于讨论及座谈部分共14小时；关于分组指导部分，每周各2小时。参考李辰冬《四年来自由中国的文艺教育》，《文艺创作》1955年1月第45期。

② 李辰冬：《四年来自由中国的文艺教育》，《文艺创作》1955年1月第45期。

学任务。①由于课程设计中包括"艺术欣赏"与"人生哲学"这两种与文学创作并无直接关联的课程,因此师资显得较为庞杂。

中华文艺函授学校在时间上晚于小说创作研习组出现,师资阵容相对更为纯粹,罗家伦、张其昀、任卓宣、张道藩、张铁君等人物已不在教师行列。小说创作研习组的"人生哲学"课程是一个大类,意在"站在三民主义的立场,讲述世界文化的趋势与自由集权两种思潮的是非得失,以建立学员正确的人生观,而加深其对于反共抗俄的认识"②,这样的说辞颇与1950年台湾社会的环境相契合。在函校这边,此类课程仅仅简化为"民生哲学"一门,发起人与负责授课的教授在函校的校刊《中华文艺》上都从未提及"反共抗俄"一类的时代关键词。③

相比于"中国文艺协会"小说创作研习组教师名单中仅有李曼瑰、谢冰莹两位女性,中华文艺函授学校的师资阵容不仅有谢冰莹,另外还出现了王怡之、沉樱、张秀亚等女性作家。这一细节上就体现了函校有意平衡文学生态的用心,不仅以女作家的阴柔缓冲了清一色男性作家、学者过于突出阳刚、战斗性的基调,也在创作导向上为学生提供了更为多元的案例,例如张秀亚、沉樱的散文创作都很注重艺术氛围的营造。因资料有限,笔者尚未掌握中华文艺函授学校师资的完整信息。基本上,担任授课任务的多为名作家、台北各高校的教授、"国语"推行运动委员会的委员。小说班、诗歌班、"国文"进修班、"国文"普通班的班主任分别为谢冰莹、覃子豪、梁容若、王怡之,而普通教员则包括黎中天、沉樱、张秀亚、纪弦、许世瑛、张锦鸿、潘重规、程发轫、高明

---

① 小说创作研习组课程中,李辰冬主讲课程《巴尔扎克的表现技巧》,李曼瑰主讲《托尔斯泰的表现技巧》,陈雪屏主讲《人物心理分析与描写》,陈纪滢主讲《人物描写》等。见师范:《文艺生活》,台北:文艺生活书房2005年版,第97页。

② 李辰冬、赵友培:《关于小说写作的研究》,《火炬》1950年12月创刊号。

③ 《中华文艺》杂志本身似乎是有意避开时代的政治主题,比如一篇描写士兵生活的小说中,作者也只是以轻松风趣、相互取笑的对话写出军营当中人们相处的真实状态,以淡笔渲染兄弟情谊。见舒坦《战斗的伙伴》,《中华文艺》1954年9月第1卷第4、5合期。

等人。①大概由于组织者李辰冬本身任教于台湾师范大学"国文"系，函校师资多来自该校。师大教授在函校授课的有：谢冰莹、程发轫、高明、梁容若、潘重规、许世瑛、张锦鸿等，而谢冰莹、潘重规与高明等几位教授之前也曾任教于"中国文艺协会"小说创作研习组，他们是两大文学教育机构师资的交集。函校还有一个很重要的教育者群体，其职责包括辅助授课教授批改习作。由于函校学生人数众多，单凭授课教授之力难以及时将学生习作批改完毕，所以这些批改者在当时发挥了重要的辅助作用。学生的写作习惯与批改者的文学观念也有很大关系，因为批改者的意见对于学生修改习作有关键意义。目前暂时无法统计这一群体的人数和规模，根据穆中南的说法，可知他们多来自李辰冬主持的两期"中国文艺协会"小说创作研习组毕业学员。②

　　因当时的授课讲义未得到妥善保存，笔者试图从其他途径来考察函校教师开展文学教育的具体实践。由李辰冬担任发行人的《中华文艺》是中华文艺函授学校的配套刊物，创刊于函校开学的翌年5月。创刊号上开宗明义提出以"提高创作水准，探讨写作技巧"作为办刊宗旨③，编辑根据这一主题，设计了17个相关的栏目，如"每月短评""文学理论""作家研究""作品研究""作家评介""小说""散文""新诗""中国文学欣赏""范文选读""创作经验谈""批改示范""创作示范"等④，其中较有特色的当数"范文选读""批改示范""创作示范"这3项。为论述中华文艺函授学校的授课者如何借《中华文艺》向学生传达文学创作的有关理念，下面就以这3个专栏中频繁现身的沉樱、覃子豪、黎中天作为讨论对象，考量这种由函校与期刊携手"虚拟"出来的师生关系怎样影响50年代的文学创作。

　　沈从文在1931年曾称沉樱是"女作者中极有希望的"作家，她的

---

　　① 《中华文艺函校教授简介》，分别参考《中华文艺》1955年第2卷第2、4、5期。

　　② 穆中南：《漫谈自由中国十年来的文艺》，《文坛》1960年7月第7号。

　　③ 《编后记》，《中华文艺》1954年5月1日创刊号。

　　④ 通常每期固定出现的栏目是"作家研究""小说""散文""新诗""批改示范""创作示范"等。

作品"与施蛰存笔致有相似处,明朗细致","能使每一个作品成为一个完美好作品,在组织文字方面皆十分注意"①。沉樱1948年赴台,她在大陆的创作以女性题材的小说为主,《喜筵之后》《爱情的开始》等作品都是篇幅不长但在女性人物内心有出色开掘的佳作。赴台之后,沉樱专注于翻译和散文创作,译作中以茨威格《一个陌生女子的来信》最负盛名,这篇小说的女性视角恰好契合了她的创作特长。沉樱在中华文艺函授学校很受学生欢迎,她撰写的《短篇小说选读》是"最受同学们欢迎的讲义,不但文笔隽秀,课意完美,而她的解释和分析,使同学们看了以后,获得很多的益处"②。沉樱是一位对于文学创作持严肃态度的作家,在函校的教学中她也是一位态度严正的教育者。1954年她在《中华文艺》创刊号上译介英国作家毛姆的小说《家》,作品正文之后,她又作了一篇《〈家〉的解剖与欣赏》对原作进行评述:"这篇小说中最大的特点是含蓄,所有作者要表现的,应该要说的,都没有正面写出,全都是稍稍透露一点点","一篇小说多含蓄些,让读者自己去仔细琢磨,去心领神会,有如吃青果,会使人觉得回味无穷而更加爱好的。"③1954年正是国民党当局发起"战斗文学"号召的一年,可以想见沉樱向学生提出的指导意见蕴含着许多未曾明言的东西。后面一期的《中华文艺》上,她在"范文选读"栏目中再次向学生介绍毛姆的小说,并在"释义"的环节中重复写作须注重"含蓄"的理念:会说笑话的人,是自己不动声色的;会表示意见的人,是从不明言直道的,伟大的小说家是不肯说教,而只要我们去思索去领悟。"④在《中华文艺》创刊号上,黎烈文也在"作家研究"栏目中以类似的视角来评论莫泊桑的小说,"我们读《脂肪球》的时候,看不见作者对于他的人物有一字的褒贬","这种把事实,单是赤裸裸的事实显示给读者,作者自己不加一语,不置一词的'无我性'的写法,是近代小

① 沈从文:《沈从文全集》第16卷,太原:北岳文艺出版社2009年版,第222页。
② 《中华文艺函校教授简介》,《中华文艺》1955年3月第2卷第4期。
③ [英]毛姆:《家》,沉樱译,《中华文艺》1954年5月1日创刊号。
④ [英]毛姆:《脸上有疤的人》,沉樱译,《中华文艺》1954年7月第1卷第3期。

新文学传统的延续：以20世纪50年代台湾文学教育为中心的考察

说的一个特色。这样的作品可以收得艺术的最大效果，因为作者观察所得，不诉之于读者的理智，却诉之于读者的良知"①。沉樱、黎烈文二人早先都有外文系的教育背景，他们在对于文学的认识上都有相当开阔的参照系，不以一时一地的拘束而投合风气，而是始终坚持文学自身的艺术水准。综观50年代初期的台湾，夏济安与《文学杂志》当时都尚未出现在读者面前，文坛创作从总体上还是偏向于直白、浮躁的风格，沉樱与黎烈文在文论中提倡"含蓄""无我"的创作，对于当时的年轻作家有着深远的教育意义。

如果说沉樱、黎烈文等人都只是以暗示的方式向学生旁敲侧击，覃子豪对他的学生则是当头棒喝。覃子豪颇具有诗人的执着，1949年后，台湾出现的第一份新诗刊物《新诗周刊》便是由他创办。作为"蓝星诗社"的主持人，覃子豪曾在50年代与诗人纪弦有过多次诗歌创作的辩论，他在诗歌创作中坚持反"西化"、反"移植"的立场。②这一时期，覃子豪注重校正新诗发展历程中出现的偏差，倡导诗创作不要落入旧体诗那种形式主义的窠臼。在面向函校学员讲授的时候，他曾表达过这样的观点："诗之所以为诗，其内容本身该是一个完美的存在，即使作者无能力有完美之表达，只要显示出内容的生命，即使表达有着太多的缺点，只要对诗的生命无伤。"③这正是覃子豪的诗歌创作观。他在文学教育中、个人创作中所体现的是自由舒展、融汇中西的文学追求，这正是新文学薪火相传的一脉。覃子豪在《中华文艺》"批改示范"栏目中也坚持自己的文学观念，他因此成为学员又敬又畏的函校教师。本书第二章已经引述过他批改函校学员诗作《琴声》的案例，评语之犀利足见他教学中的严格。当时有学生因为覃子豪的严厉而不愿主动提交习作，覃子豪站在学生的立场上反思自己的做法，也曾有过疑惑，"我曾以怀疑的态度问过辰冬兄，我的批改会不会太严格，他

① 黎烈文：《莫泊桑及其成名作〈脂肪球〉》，《中华文艺》1954年5月1日创刊号。
② 纪弦：《纪弦回忆录》，台北：联合文学2001年版。
③ TS：《音乐》，《中华文艺》1955年4月第2卷第5期。

认为不严格,学生们又怎能进步? 其实文艺函授学校,就是文章病院","整个的函授学校,既是一个文章病院,那么,诗歌就算病院里的一科了,无论是眼科和儿科,需要动手术的地方,施行手术的医生总不该马虎开刀,致病根未除,病诗不能痊愈,诗怎么能健康长成?"他以这样的话来澄清学员的误解,并提示学生从批改中吸取写作经验,"批改犹如科学的实验,在科学上实验比理论更重要,对于初学写诗的人,要重视实验的记录,这记录比理论更为有用"[1]。对照李辰冬所说的"我们办小说班的时候,有人讥评在办'作家速成班',而实际我们是在办'作家迟成班'"[2],结合覃子豪的批改实例,可见当时中华文艺函授学校等机构的创办初衷还是关注学员的成长过程。文学教育者看重的不是立竿见影的教学效果,而是从长远考虑培育文学新秀、为文学本身谋得发展,因此,他们才会在批改中给予学员严厉而细致的修改意见。在教师与学生不断互动的过程中,学员循序渐进,接触到文学创作的核心,而非走马观花地阅读空洞理论。

正如40年代沈从文在《"国文"月刊》发表的"习作举例"系列是他在西南联大师范学院"各体文习作"课程的讲义,[3]50年代中华文艺函授学校在办学中不论师生都有较强的"习作"意识。小说班教员黎中天常常给学生示范他的不同风格、不同题材的创作,他向学生解释道:"这是在'实验各种形式'。实验各种形式的意思是模仿各种形式来写小说,看哪一种形式适合自己的个性,同时又适合表现自己的意识,还能有最高的效果,最后希望从实验中创造出新的形式","一直到现在,我还在实验各种形式,想发掘别人从没有发掘到的,表现别人从没有表现过的,创造出新形式来。"[4]这正是沈从文在30年代前后进行"文体实验"的创作动机。

黎中天也曾借用学生的现成题材,将学生的习作重写再以之作

① TH:《冬之景物》,《中华文艺》1955年2月第2卷第2期。

② 李辰冬:《当前我国文学的危机》,《中华文艺》1954年5月创刊号。

③ 吴世勇编:《沈从文年谱(1902—1988)》,天津:天津人民出版社2006年版,第230页。

④ 黎中天:《成见与误信》,《中华文艺》1955年5月第2卷第6期。

为示范教材。为避免学生效仿这种凭空想象的改写,他向学生事先声明:"我先交代清楚:通常作者在现实里面拣取某种题材,要就是思想有感触,要就是情感有反应,有感触、有反应写成的小说,容易含有真实的感情;我写这篇小说,一没有思想上的感触,二没有情感上的反应,也就难免缺少真实的感情,好在我只是就写作技巧做个榜样,同学们不必苛求。"①他作这番补充就是在提醒学生注意避免在创作中生搬硬套,选择自己不熟悉的题材,写出情感虚假的作品。具体指导创作的过程中,黎中天比较注重作品语言及描写问题,他针对函校教材的特征,评价翻译小说的"写作技巧值得模仿",但是如果"不晓得吸收西洋小说的写作技巧,单单模仿翻译笔调造句子,走上死文学的道路,所以决定选几篇自己的作品,加以分析,作为补充材料,给大家参考";"很多初学写作的同学,连怎样描写都搞不太清楚,就决定选这篇散文,加以分析,使同学们读了,懂一点描写的门路"。在分析了他自己的创作之后,黎中天又向学生总结出描写的要求:"要适当、要细腻、要有层次、要和谐,才能产生美感。"②他在前面已有充分的讲解做铺垫,最后这样总结就不致流于空泛。在刻画人物心理及性格方面,黎中天也对学员有所警示:"同学们刻画人物的毛病,往往把人物的性格写得和那个人物的身份不切合,人物的对白不是那个人物应该有的口气,看得出是作者自己的口气,那个人物的性格就抽空了。"③黎中天的这番话较有针对性,当时的"反共文学"创作中,人物语言与身份不相符合的问题很常见,所以,他提出语言与身份相符的意见其实是从侧面针砭时弊。黎中天很鼓励学生在艺术探索的路上往前走得更远,但他对初学者的建议是从比较保守的模仿、练习开始。他说"拿自己做例子,说明学习和创造的过程","照我说的这条路走,总是一条便路;想想看:文学的各种形式,是好多个了不起的作

---

① 邱家洪:《悔》,《中华文艺》1954年9月第1卷第4、5合期。
② 黎中天:《友爱》,《中华文艺》1955年2月第2卷第2期。
③ 黎中天:《老兵》,《中华文艺》1955年4月第2卷第4期。

家，尽个人的天才，穷毕生的精力，才产生的结晶，假使我们能够吸收很多大作家的结晶，凝结在自己的作品里，还怕自己的作品没有价值吗？"①归根结底，黎中天在教育实践中特别注意提倡学生打好基础，养成习作意识。

中华文艺函授学校在教材的设计上也顾及了校园"国文"教育的一些不足，例如李辰冬针对白话文教学的问题进行的尝试。当时大学入学考试的"国文"卷子上有学生将白话文和文言文打乱着写，《中华文艺》杂志上设置"习作修改"的栏目，在一次批改中，评者指出当期习作存在"文言白话夹杂""半文不白"的问题。②为了克服这一问题，李辰冬在中华文艺函授学校试验新的教学方法："在教白话文的阶段，专教白话文，并告诉他们写白话文的方法，在教文言文的阶段，专教文言文，也告诉他们文言写作的方法"，"白话文写通了，然后再教文言文，而且告诉他们文言文与白话文作法不同之点，千万不能相混。这种试验成功了。"③黎中天在创作示范中也介绍过函授学校的学员学习写作使用两种教材："学校里发给同学们的短篇小说选读，有两种：一种是我国的旧小说，由校长选的，这一种都是文言文，只能培养同学们的欣赏力，不宜于模仿。还有一种是西洋短篇小说，由沉樱教授译的。"④李辰冬是函校校长，即黎中天所提及的教材制定人。李辰冬所提出的这一方法与1949年前文学教育者设想的方案有异曲同工之妙。1940年，浦江清在讨论如何帮助学生在"国文"课堂提升写作能力的问题时，认为"要一下子把应用文都改成白话文，是决不能做到的事"。他当时提出的策略包括"把混合'国文'分成两个清楚的学程"，前者以白话文为主，后者则以文言文为主，使得学生明确什么材料可以作为练习写作时借鉴的范本。至于教材方面的改进措施，一是吸取"宋元以来白话小说的菁华"作为一本教材，"古白话文

① 黎中天：《成见与误信》，《中华文艺》1955年5月第2卷第6期。
② 洪尚波：《日记二则》，《中华文艺》1954年9月第1卷第6合期。
③ 李辰冬：《怎样把文章写通》，《中国语文月刊》1958年8月第3卷第2期。
④ 黎中天："创作示范"，《中华文艺》1955年1月第2卷第1期。

的好处是干脆爽利,因为没有参杂欧化句调,这种文章可以读来作现代白话文的'底子'";二是"选现代白话文的短篇"另出一部教材,其中"包括短篇小说(创作及翻译),抒情散文,游记,传记,书札,议论文,演说辞等"。当时夏丏尊、叶圣陶合编的《"国文"八百课》《初中"国文"课本》已由开明书店出版,正符合浦江清所设计的理想的教材。①1949年前的种种设想最终在50年代台湾的校外文学教育机构的实践中实现了。

综上所述,"中国文艺协会"的小说创作研习组与中华文艺函授学校不唯政治马首是瞻,组织者和教员都在文学教育实践中扮演着严格、负责的教育者形象。作家师范这样评价小说创作研习组课程给他的影响:"经过六个月的听讲、研究与心得,我个人对参加小说组的感想是:不但是对我今后小说写作的方向有所指引,而且使我今后的小说写作,要以压缩时间、顾及空间的架构,对表面似是单一事件的描述,达到实际上兼及不止一方面的人生哲学的实践与阐述。我认为这是我最大的收获,也是我今后写小说所以遵循的方向:简短、多主题或一主题多副题、即使是短篇小说,也要循此方向,才能使读者在花最少的时间下,得到最多的收获。"②师范描述了一种兼具简洁形式与多元内涵的小说模型,这样的创作在50年代后期的台湾越来越多地出现。蔡文甫是"中国文艺协会"小说创作研习组第二届的学员,③他在50年代中期崛起于文坛,在《自由中国》等刊物发表了许多佳作。他的小说《解冻的时候》情节并不复杂,但是成功塑造出一个内心压抑的女性人物形象。主人公像一颗螺丝钉,生活中处处循规蹈矩,但她与施蛰存小说《春阳》中的蝉阿姨一样期待得到爱情,在诱惑面前,她一步一步接近越轨边缘,千钧一发之际,固有的责任感、道德观念让她恍然惊醒,最终还是回归到原有的生活秩序。④这篇作品

---

① 浦江清:《论中学"国文"》,1940年10月《国文》月刊第1卷第3期。

② 师范:《文艺生活》,台北:文艺生活书房2005年版,第79页。

③ 师范:《文艺生活》,台北:文艺生活书房2005年版,第74页。

④ 蔡文甫:《解冻的时候》,《自由中国》1959年第20卷第3期。

叙事节奏不疾不徐，语言富于张力，对于人性深处的复杂面有极精细的描画，可以说是这一时期校外的文学教育为文学青年助力、催化其习作逐渐成熟的证明。

第三节　白话文学的检视

一、"文学的国语"与中国文学落后论

1943年，北京的《中国公论》上曾有论者讨论"五四"白话文运动与新文学传统在形式层面的含义："当时胡适之先生提倡白话文学，标出'国语的文学，文学的国语'十个大字……使白话文学从'五四'以后奠下巩固的基础。这是早已为人所熟知的新文学的传统，是属于文学形式方面的。"①该论者将形式层面的新文学传统直接与白话文运动关联，是对白话文运动在新文学发展脉络中的历史地位有准确把握。从"五四"时期倡导新文学运动的胡适到20世纪50年代在台湾创办《中国语文月刊》的赵友培，中国文学界一直期许"文学的国语"与"国语的文学"能够互为依托，使文学与"国语"都获得境界的跃升，这从一个侧面展现了中国现代作家普遍的焦虑感。可以说，在西方文学的对照之下，新文学自诞生之日起便与一种潜在的危机感一路同行。这一小节以"文学的国语"为切入点，考察"五四"之后文学界关于中国文学不足之处的检讨，并梳理20世纪50年代台湾文坛回应"五四"主题在语言层面提出的解决方法。

在新文学的进化过程中，文学界一直对于中国文学在世界文林

---

① 林榕：《新文学的传统与将来——兼论乡土文学问题》，《中国公论》1943年12月1日第10卷第3期。

200

新文学传统的延续：以20世纪50年代台湾文学教育为中心的考察

的落后位置有清晰认知。1923年,成仿吾对照外国文学丰富的表现力,直白地慨叹中国文学之落后,"我们在外国文学中所能看出的那种丰富的表现,在我们的生活中,在我们的文学中,都是寻不出来的。是数千年来以文章自负的国民,也入了循环的衰颓的时代了?"当新文学持续积累了一段时期,蔡元培1935年在《中国新文学大系》的序言中总结新文学第一个十年的实绩时,则是将欧洲文艺复兴运动作为参照,并以自勉的态度来描绘未来愿景:"我国的复兴,自'五四'运动以来不过十五年,新文学的成绩,当然不敢自诩为成熟。其影响于科学精神民治思想及表现个性的艺术,均尚在进行中。但是吾国历史,现代环境,督促吾人,不得不有奔轶绝尘的猛进。吾人自期,至少应以十年的工作抵欧洲各国的百年。所以对于第一个十年先作一总审查,使吾人有以鉴既往而策将来,希望第二个十年与第三个十年时,有中国的拉飞尔与中国的莎士比亚等应运而生呵!"[1]蔡元培以欧洲各国为参照,期许中国文坛日后出现拉斐尔、莎士比亚那样的伟大作家,也是基于中国文学落后于人的认知。

最初也正是沿着一种复兴民族文化的思路,早期的新文学倡导者对于"国语"与文学之间的相互促进寄予厚望。胡适在1918年《建设的文学革命论》中说:"真正有功效有势力的'国语'教科书,便是'国语'的文学,便是'国语'的小说、诗文、戏本。'国语'的小说、诗文、戏本通行之日,便是中国'国语'成立之时。"[2]以新文学作家的作品为标志,"国语的文学"在"五四"之后很短时间内即有一定规模,例如鲁迅的小说、郭沫若的诗、周作人的散文,以现代汉语写就的文学作品在前驱作者的探索中确立了基本形式。相比之下,"文学的国语"词汇语法诸要素得到均衡发展,实现从日常交际到艺术表现等多种功能,具备实用、优美、具有表现力的种种特征,这个目标难以一蹴而

---

① 蔡元培:《总序》,载胡适编选:《中国新文学大系·建设理论集》,上海:良友图书印刷公司1935年版,第11页。

② 胡适:《建设的文学革命论》,《新青年》1918年4月15日第4卷第4号。

就,需要经历一个缓慢而曲折的发展之路。

30年代,夏丏尊在《文心》一书中,借"国文"老师之口对新文学的语言提出批评:"近来的白话文,在语汇上是非常贫乏的,因为它把各地方言的词类完全淘汰了,古文中所用的词类也大半被除去了,结果,所留存的只是彼此通用的若干词类。于是写入小说中,一不小心,农妇也喊'革命',婢女也谈'恋爱'了。"[1]白话的优势本在于它具有鲜活生动的特点,但顾及要成为"现代""国语"意义上的白话,古文、方言两方面的语汇都受到极大限制,写入文章中的白话丰富性难免大打折扣。对于中国文学在技巧、手法上的欠缺,胡适当初提议"赶紧多多的翻译西洋文学名著做我们的模范",因为"西洋的文学方法,比我们的文学,实在完备得多,高明得多,不可不取例"[2]。当新兴的白话文学在语言层面出现危机时,解决之道也是"吸收"与"模仿"。欧化语的合理性一定程度在此时得到显现,但未免又走向另一个极端。以"大众语"问题的讨论为例,如果我们搁置这一问题中包含的有关现实功利的考量不提,如何建设、完善现代中国白话的相关议论其实是解决白话语危机的路径。鲁迅在1934年的一篇文章中谈到大众语问题,"白话并非文言的直译,大众语也并非文言或白话的直译";"我也赞成必不得已的时候,大众语文可以采用文言,白话,甚至于外国话,而且在事实上,现在也已经在采用"[3]。后来毛泽东1942年讨论写作模式化问题时,也关注到语言的问题,并从同一个角度提出改善的途径,"第一,要向人民群众学习语言""第二,要从外国语言中吸收我们所需要的成分""第三,我们还要学习古人语言中有生命的东西"[4],便是鲁迅所说的从白话、外国话、文言中吸取营养,融入自己的写作语言中。

在50年代的台湾,钟肇政、纪弦、虞君质、彭歌等人以外国文学为

---

① 夏丏尊:《文心》,北京:开明出版社1996年版,第133页。
② 胡适:《建设的文学革命论》,《新青年》1918年4月15日第4卷第4号。
③ 鲁迅:《鲁迅全集》第5卷,北京:人民文学出版社2005年版,第581页。
④ 《毛泽东选集》第三卷,北京:人民出版社1991年版,第837页。

参照,对中国文学的不足提出批评意见。钟肇政是本省籍作家,熟读日文作品,有国外作品的审美参照,他对台湾当时文学创作的缺失较具洞察力。在与钟理和通信时,钟肇政谈及作家创作语言与文学个性的问题,"日本作家的文章大部分可由文字猜定作者是谁,而每一个作家都有其独特的风格,新人力求表现新颖,把前人窠臼弃如敝屣,我想这是日本文学近年来突飞猛进,跃上世界文坛最高水准的第一个原因。而每观吾国文学水准,一直落在最后之最后,新人只知因循前人旧辙,墨守成规,不知图谋推陈出新,实在也是重要原因"①。

钟肇政将台湾创作界不善、不知突破陈规的问题摆出来,还只是在与友人交流的小圈子里提出这样的观点。1953年,纪弦则在公开发行的《现代诗》创刊宣言上以"我们还停留在相当落后十分幼稚的阶段"这样的当头棒喝显示出创作者的自省。②虞君质当时是《文艺月报》的编辑,也是颇为畅销的《文艺辞典》一书的编写者,他敢于立场鲜明地指责文坛弊端:"不读书,不鉴赏,而梦想创作水准的提高,这真是当前文艺界的一大悲剧!"他也抒发了对当时文坛创作水平低下的不满:"时至今日,我们所创作的文艺作品,无论从世界水准或自己过去的水准去衡量,在质与量的双方都感觉到极端的落后。"③此语较之成仿吾当年的感慨,称得上是极度失望,他在痛心疾首之余,对创作者们提出多读书、提高鉴赏名家名作水平的建议,这一点与彭歌关于作家提高创作水准的观点一致。彭歌在为美国小说《白鲸记》撰写赏析文章时也称:"文学水准的提高,一方面靠创作,同时也要靠观摩与吸收。在我们观摩舶来品时,我们不能只挑选自己喜欢的,而更要接受值得我们欣赏的东西。这样我们才不至于赶不上世界的标准。"④就是在当时台湾文坛居于边缘的儿童文学,也有人意识到其落后,无法比肩国外同行:"儿童文艺在中国是最弱的一环,虽然目前儿童读物多如春

---

① 钱鸿钧编:《台湾文学两钟书》,台北:草根出版公司1998年版,第154页。

② 纪弦:《新诗论集》,高雄:大业书店1956年版,第51页。

③ 虞君质:《鉴赏与创作》,《中华文艺》1954年6月1日第1卷第2期。

④ 彭歌:《美国文学之瑰宝——〈白鲸记〉》,《自由中国》1956年11月第15卷第10期。

笋,严格的说来又有几种合格的呢？较之英、美、日本,可谓少得可怜又可怜。"①上面引述的这种种针砭之语,并非单纯是对中国文学水平低下的抱怨,其实更多还是对文学创作者的鞭策和期待。

回到本节题目中的"文学的国语",它是"五四"时期奠下的一个文学标的,作家如20年代的鲁迅、30年代的沈从文,再到40年代的张爱玲,都有意或无意地为创造一个高规格的"文学的国语"而进行各种形式的探索。40年代末期,许世瑛在台湾高校任教,前文已引述他的文章《新文艺可走的两条路》,介绍他关于中文系是否应承担文学教育的看法,在同一篇文章中他也反省了新文学的语言问题。对白话文学运动之后"言文一致"的口号,许世瑛的思考与夏丐尊、鲁迅等人的观点有相似之处。他首先提出了单以口语写作的局限性,"口语怎样说,写在纸上就照样那么写,这当然便于初学的人,使他们容易了解。但这里面也有很多困难,因为口语里的语汇有限,有时候专靠极简单贫弱的语汇,去表达复杂丰富的意识,常常会感到无法表达的苦痛"。因此,他对如何丰富语言这一问题提出了两条路径:"第一条路是借旧文学里的词汇,来补充语汇的不足,使语体文不仅是口语文学,并且也让语体文不致贫乏得有好多意思,因无适当的词汇表达而割爱了";第二点则是要借鉴西洋作家的写作方法,学着描写出人物个性,许世瑛为此举例福楼拜指导莫泊桑初事写作,让他练习描写一百个人物,②通过这个故事论述在练习描写的过程中可以丰富写作者的文学语言。

描写问题之所以受重视,与中国文学落后论息息相关,胡适在《建设的文学革命论》中就曾充分论述描写的方法与意义。许世瑛在《新文艺可走的两条路》这篇论文中讨论提高描写水平的问题,他有两点建议:首先是丰富创作语汇,以恰如其分的词语准确传达出自己的意思,其次是借鉴外国作家描写的方法,写出有个性的人物。时隔

①　归人:《悼杨唤兼介他的〈风景〉》,《中华文艺》1954年12月第1卷第6期。
②　许世瑛:《新文艺可走的两条路》,《创作月刊》1948年9月第1卷5、6期。

新文学传统的延续：以20世纪50年代台湾文学教育为中心的考察

数年,陈纪滢来到台湾担任"中国文艺协会"理事,1951年他在《论小说创作》一文中总结台湾文坛的创作问题,无意中重提旧话。他对新文学发端以来文学创作的批评集中在两点:一是写人物的问题,"不但三十几年来,我们的小说不够伟大的原因是因为没写人物,我们不能和旧小说相比的原因,仍然是由于没有人物";另外便是语言的问题,"多年来为人所诟病的一件事是作品中不但没人物,而且没语言"①。归根结底,人物描写的缺失也是受限于语言的问题,写作者若语言贫乏,无法寻找到一个准确的词语刻画人物,在创作中也就无法展现生动的人物形象。简言之,语言的问题再次被陈纪滢提出来作为新文学创作的软肋,正体现了50年代台湾文坛延续了1949年前文艺界念兹在兹对"文学的国语"关注。

虞君质反省了中国语言中的僵化表达:"我们大家都是喜欢'成语'的,至今小学的学生,也有学习'优美词句'的这一门功课。而所谓'成语',所谓'优美词句',竟有大部分是带点比喻性质的。但是比喻到了成为'成语'或'优美词句',往往只存比喻的躯壳,用得过于烂熟,渐渐把原来那种生动活泼的情趣忘得一干二净,不但说的人在说时丝毫不起所谓'联合的想象',就是听的人也不去追究那句话的原来的命意","比喻的作用在情感上差不多完全麻木,而这种比喻可以说是一种'死比喻'。"②

50年代的文学教育当中贯穿着一条很清晰的线索就是对语言的关注。教育者时时警醒,引导学生在创作中联系生活,避免因过度模仿落入"死文学"的窠臼。例如中华文艺函授学校的教员黎中天在给学员进行教学时,提醒学生不要生硬模仿翻译小说中的语言,他说翻译小说的"写作技巧值得模仿,不过,因为翻译小说的笔调,和我们说话的语气不太切合,我怕同学们像时下一些作家一样,不晓得吸收西洋小说的写作技巧,单单模仿翻译笔调造句子,走上死文学的道

---

① 陈纪滢:《论小说创作》,《文艺创作》1951年5月第1期。
② 虞君质:《论比喻》,《中国语文月刊》1958年8月第3卷第2期。

路"①。胡适提倡白话文,他的一个基本观念就是文学与"生活"的切近,即书面语言向日常语言的靠拢、文学的日常化。50年代初,虞君质在《文艺创作》上发表论文《生活,语言,文艺》,他也是从语言问题来呼应胡适的观念。不过,虞君质在前人的基础上将自己的观点表述得更为周密,他以书写语言落后于口头语言的现实来商榷"言文一致"的可能性;也从讲究"表现效果"的角度来强调写作语言不可单纯满足于口语,"就文艺表现生活这一目的来说,作者笔下写出来的文字,愈和口语接近,愈能表现一种平易近人的风格,便也愈能得到大多数民众的接受,这是一个不需要证明的真理。但是只求接近口语,而不讲求语言的洗炼,其结果,势必流于散漫庸俗,毕竟也无从完成文艺表现生活这一伟大使命! 如像美国近代作家赫明韦(Ernest Hemingway)似的,发明了如何利用单调型的美国语言,加以洗炼,创造出一种质地朴素,而又轮廓分明的文艺的语言,这是有志文艺创作的朋友们应该急起效法的!"②虞君质还引用了国外作家关于写作中斟酌语言的观点如"适当的字眼放在适当的地方"等,进一步论证磨洗语言是很重要的写作训练。

1958年,陈纪滢说自己"深感近代知识分子语言贫乏","以我个人感觉所及,近代文字虽然因文体解放而进步,但语言反而退步,尤其在知识分子口中与文学作品内最为显著"③。余光中曾抨击"五四"时期的白话文是"清汤挂面"式的语言。④夏济安的学生如白先勇、王文兴等人也评价"五四"文学在语言层面的不足。⑤对照这些意见,虞君质在《文艺创作》这样一份"反共文学"刊物上讨论文学语言的话题,确实是回归文学本身,尝试去解决新文学发展历程中创作者在语言层面所面临的瓶颈问题。虞君质进一步提出"凡是能够在语言上

① 黎中天:《创作示范》,《中华文艺》1955年2月第2卷第2期。
② 虞君质:《生活,语言,文艺》,《文艺创作》1952年8月第16期。
③ 陈纪滢:《语言与小说》,《中国语文月刊》1958年8月第3卷第2期。
④ 王鼎钧:《文学江湖》,台北:尔雅出版社2009年版,第262~263页。
⑤ 白先勇:《白先勇文集》第4卷,广州:花城出版社2000年版,第517页。

新文学传统的延续:以20世纪50年代台湾文学教育为中心的考察

表现着活泼生动的生活,并为大多数识字民众所理解接受的文艺,就是活的文艺"[1],"作家们自应排除万难,深入民众的基层,了解他们的生活,学习他们的方言土语,先以较多数人流通使用的语言为依据,作为初步写作的基准,时间一久,集合起全体文艺界人士的努力,便不难造成功'国语的文艺'与'文艺的国语'来"[2],论述中不难看出虞君质对胡适观点的呼应。胡适在1918年倡导创造"国语的文学"与"文学的国语",而虞君质在1952年倡导创造"国语的文艺"与"文艺的国语",其精神实质是一脉相承的。

"五四"时期,"引车卖浆之流"的语言在白话文学运动中被奉为正宗,这一革命性的举措源于胡适等人的危机感,具体而言,便是他们对中国文学因受制于文言表达而呈现衰疲状态的不满。在胡适的倡导之下,建设"国语的文学"与"文学的国语"成为中国文学界的普遍共识。新文学传统也正是基于这样的理念而形成。不过,白话文进入文学创作首先需要解决丰富语汇、协调白话与欧化语关系等问题。1949年前的中国文学界历经文艺大众化讨论、大众语讨论,都是尝试从不同的角度提出应对之道。50年代的台湾文坛仍然为这几个问题所困扰,虞君质等人提出的建议契合1949年前文艺理论家的思路,从一个侧面体现了中国文学落后论在20世纪中国文学界的普遍传播。

二、"描写"问题——从"五四"到20世纪50年代的白话文学

"五四"时期的新文学为之后的中国文学奠定了小说、散文、诗歌等现代文体的基本特征,以白话为书写工具是不同文体创作的共通之处。沈从文说"纪念'五四',最有意义的事,无过于从'工具'的检视入手"[3],指的就是文学革命在语言层面实现了突破。"描写"在白话

---

[1]　虞君质:《生活,语言,文艺》,《文艺创作》1952年8月第16期。

[2]　虞君质:《生活,语言,文艺》,《文艺创作》1952年8月第16期。

[3]　沈从文:《沈从文全集》第14卷,太原:北岳出版社2002年版,第135页。

进入文学创作之后成为一个重要的写作问题,当代台湾文学常常因语言艺术上的优势受到研究者的赞许,这一小节从"描写"问题展开论述,观察从"五四"到20世纪50年代之间新文学语言的进化过程。在50年代的台湾,外省籍作家早期在大陆生活时培养出来的描写能力等写作优势得到发挥,他们的作品对于本省籍作家也不无范文意义。

以学生习作为例,我们可以看到描写能力的养成需经历较长时间。商务印书馆的《学生杂志》创刊于1914年,最初完全采用文言,至白话文学运动兴起,白话文作品逐渐增加。1921年之后,该刊仍发表了许多文言体的学生创作。在这个过渡时期中,一位中学生创作了游记《游千山记》,此文以文言写成,开头便是"推扉远望,见有耸然环于辽阳县之南者,千山也,岗峦层叠,雾色苍茫,直齐云汉,为辽东诸名山之最瑰奇而伟丽者也"①。这篇游记是当时学生在文言文的写作套路里难以突围的一例,其描写全是沿用前人范式。留日学生李宗武的《日本箱根游记》文白夹杂,例如"是日天方破晓,即准备一点轻便的行装出发"等句即有语言过渡期的痕迹。此外,以"用典"来代替景物描写的问题在这篇文章里很突出,李宗武形容他乘电车在山中穿行时所见的景物,写道:"正是邱希范所说'诡怪石异象,崭绝峰殊状'的样子。"当他随着电车到达山顶,再次套用诗句:"极目一望,记得沈休文有两句诗说:'倾壁忽斜竖,绝顶复孤圆'很能够形容这个景象。"②以李宗武为例,我们可以看出这时候的年轻写作者还不能独立掌握描写技能,需要借助别人的语言来表达。

讨论描写问题的文章在1949年之前的文学期刊中相当普遍,练习描写的重要意义得到教育者、被教育者的普遍认同。例如1930年谢六逸向文学爱好者强调描写的重要:"小说这种艺术,从他的形式上看去,就知道描写是极重要的。在常识的'小说作法',可说其中所

---

① 徐桢:《游千山记》,《学生杂志》1921年5月第8卷第5号。
② 李宗武:《日本箱根游记》,《学生杂志》1921年5月第8卷第5号。

讲的，一是描写，二是描写，三还是描写。小说里人物的心理非描写不可，小说里的情景非描写不可，小说里的风景非描写不可，人物的关系非描写不可。"①这对于年轻的写作者关注描写问题有直接的导向意义，也是在30年代，《中学生》等文学刊物上刊登的学生作品中出现了大量生动、细腻的描写。例如一名高二学生在她的习作《风雪之晨》中尝试展现和鲁迅小说《祝福》一样的人文关怀。这篇习作的语言可圈可点，开头以淡笔描写天色、流浪妇人，塑造出一种冷清、肃杀的气氛："才是六点钟的晨光，街上的铺店，都还没有撤门；闲居的人家，更没有动静；天空通亮，降着重重的雪花。在一个大公馆的门廊阶角里，坐着一个蓬头的妇人，张着青灰色的两眼，痴望天空，吐出一声无奈的长叹。"全篇大多运用短句，开头的许多句子就是主语与谓语有意以逗号隔开，粘连得并不紧密，不过语法上并不属错误，也形成了顿挫的节奏感。年轻的作者在描写环境的沉寂、寒冷时，以口语"刮得很紧"描写冷风，以恶兽的呼号形容风声的凄厉："路上连狗的行迹也看不到，仍旧和晚间一样的沉寂，不过寒冷的北风刮得很紧，好像猖狂的恶兽向人行凶似的在呼号。"虽然没有特别复杂的句式，语言很有表现力。流浪妇人在饥寒之中呼求施舍，却得不到富人的怜悯，小说结尾，作者有意以极平淡的语气点出女乞丐的命运："听说曾有过一匹军营里的马，在同日结果了一条无辜的性命，也许就是她。"②以这篇学生习作为例，我们可以看出作者运用白话文的娴熟，而文言文对于青年作者的影响在此已渐渐淡化。

描写能力之所以得到整体提高，文化界、教育界的重视之外，出版市场的推动也不可忽视。1949年前，大陆出版了不少以"描写辞典"为名的书籍，就是将名家名作中摘取出来的精彩描写片段按照内容进行分类，供给爱好文学创作的读者参考。表3-5列出了1949年之前我国出版的部分作文描写辞典：

① 谢六逸：《论描写》，《中学生》1930年9月第9期。
② 熊岳兰：《风雪之晨》，《中学生》1930年2月第2号。

表3–5　1949年之前的作文描写辞典出版情况

序号	书名	作者/编者	出版社	出版时间
1	《新文艺描写辞典》	钱谦吾	南强书局(上海)	1929年
2	《新文艺描写辞典续编》	钱谦吾	南强书局(上海)	1931年
3	《作文描写类典》	马兼善、姚壬龙	普益书局(上海)	1933年
4	《学生描写辞典》	时圣西、朱仕谷	学生书局(上海)	1933年
5	《自己描写》	中学生社	开明书店(上海)	1935年
6	《描写文辞典》	钱一鸣、袁慕洁	博文书店(上海)	1941年
7	《作文描写辞典》	刘铁冷	文潮书店(桂林)	1943年
8	《最新文艺描写辞典》	钟元吾	新中书局(重庆)	1944年
9	《作文描写新辞典》	徐涛	长风书店(上海)	1945年
10	《记叙文描写辞典》	钱一鸣	群学书店(上海)	1946年
11	《小品文描写辞典》	张叶舟	博文书店(上海)	1946年
12	《谈人物描写》	张天翼	作家书屋(上海)	1947年
13	《作文描写辞源》	李白英	中央书店(上海)	1947年
14	《作文描写辞典》	张盰	民立书店(上海)	1947年
15	《景物描写辞典》	谢天申	经纬书局(上海)	1948年

　　根据版权页的信息,可知这些书出版后很是畅销,常常一版再版。当时有不计其数的文学爱好者从这些书籍中获得了描写的示范。表3–5中的《景物描写辞典》一书由上海的经纬书局1948年出版,经纬书局地址在上海市海宁路,分销处却散布全国各处,其中就包括台北市重庆南路的一家书店。各辞典编排体例不一,但章节设置具有共通性,提供的描写例文都集中在写景、写人、写物、写事这四个方面。有关心理描写的部分,到40年代出版的几本辞典中开始作为独立章节出现,体现了新文学的描写从表面到深层、从简单到复杂的发展趋势。写景、写人、写物、写事这四点正好契合胡适在1918年《建设的文学革命论》中倡导从学习"描写"来创造"国语的文学"与"文学的国语"①。

　　在50年代的台湾,若比较本省籍作家与外省籍作家同一时期创作的作品,二者在编排情节方面也许没有大的能力差异,但本省籍作

──────────

①　胡适:《建设的文学革命论》,《新青年》1918年4月15日第4卷第4号。

家在描写细节上的功力上与外省籍作家相比仍有很大差距。作家段彩华自称在大陆读中学时很喜欢新文艺,初中时代的"国文"老师曾以这样的赞语评价他的一篇作文:"郁达夫先生写的《屐痕处处》是有名的游记文章,但是如果郁达夫先生看过段彩华先生的《贾汪远足记》也会自叹不如。"①外省籍作家如在这样的基础上进行创作,本省籍作家自然无法与之匹敌。正是这个原因,50年代的文学教育者也有意识地从语言描写的角度对本省籍写作者进行启发、鼓励。比如《中华文艺》杂志第3期"批改示范"专栏中,批改者对一名本省籍学生的小说创作评价道:"在人物方面,作者对颓唐空虚的心情有细腻的刻画。在此值得特别指出的,是小说中的所谓'具体描写'。"②这篇作品描写主人公渴望购买一部收音机的热切心理,语言尚称清通,描写的表现力并不怎样出彩,批改者对作者描写方面的肯定更多是一种鼓励。

潘人木1949年自大陆赴台,1950年以处女作《如梦记》获得了"双十节短篇小说奖金",在这篇小说中,她充分显示了自己的描写才能:

> 那并不是一个悦人的早晨。在北国寒冷的十一月上午,阳光之下,还有隐约的雪点飘飞。街上行人稀少,这些人也都缩了脖子,袖手匆行。想要赶到什么地方,吃一顿温暖的午饭。只当我们看见那雄伟的鼓楼,才知道它是唯一在寒风中坚挺的英雄。它是那么巍峨健稳,仿佛在上帝创造地球的时候,就让它冻在那里的。鼓楼大街的店铺,仍是每家一幅蓝布镶黑边的棉门帘,最旧的已用了三四十年了。窗子上昨夜的冰花尚有余烬。那卖了二三百年高香的"金驴"和乾隆题招的"大葫芦"都给人无限亲切,使我们像回到

---

① 林丽如:《走访文学僧——资深作家访问录》,台北:文讯杂志社2009年版,第149页。

② 王衍魁:《收音机》,《中华文艺》1954年7月第1卷第3期。

祖母时代的太平日子了。一盘黑色的香蕉,摆在某家鲜果店的橱窗前面,苹果,梨儿,海棠,大柿子分享屋内第一线刚刚冒起的炉火。那店里的伙计一面搓着双手一面扫地,然后索性把扫帚一扔,去拨那仍在冒烟的火。①

潘人木的小说语言简洁明快,不含多余的修饰,阅读时读者能体会其中平易朴素却又别具韵致的美感。葛贤宁对《如梦记》作品语言的评价非常之高:"最可贵的,是这篇小说中语言的亲切和纯挚,笔触的清婉与柔和,句与句结合的自然而美丽,显示了作者特殊的风格,也创造了特殊的非凡的文体。而这种文体,是接近白夫人(Pearl S. Buck)哈代(Thomas Hardy)和屠格涅夫(I Turgenev)诸人柔和的美的。"②葛贤宁将潘人木语言的清新、自然准确地概括出来,同时也引用国外名家进行比较,来肯定潘人木的创作潜力。

《如梦记》是潘人木初次发表的作品,在之后的写作中,潘人木也一直对锤炼作品语言保持专注。1952年,潘人木又以自己的首部长篇小说《莲漪表妹》获得中华文艺奖金委员会的奖金,这部作品在1951年11月号(第8期)的《文艺创作》开始连载。当时评论界给予《莲漪表妹》极大关注,《文艺创作》杂志上曾开辟专题,发表了不少相关的评论文章。关于《莲漪表妹》的众多品评文章中,对潘人木小说语言夸赞有加者也不少,邓禹平就认为该小说中的句子"无一不是成功的"③。《莲漪表妹》出版成书时,张道藩为之作序,他也是从肯定潘人木描写语言的角度来赞许她作品中"简洁单纯的美"。序言中,张道藩对"五四"以来的小说在描写方面的缺失提出意见,强调不事雕琢的文学语言在作品传播中的重要性:"繁重累赘的新小说,也许不适合于中国的读者,也许中国许多小说作者尚没有把它熔炼成艺术

---

① 潘人木:《如梦记》,《火炬》1951年12月创刊号。

② 葛贤宁:《评介〈如梦记〉》,《火炬》1950年12月创刊号。

③ 邓禹平:《〈莲漪表妹〉读后感》,《文艺创作》1952年6月第14期。

的形式的原故,一般读者即使抱着很大的耐心,而注意力仍不免为复杂冗沓的描写给分散割裂了,留下一片模糊,不知所云。潘人木女士小说的文体,似乎可以改正这种缺点,容易为广大国民所接受,且也显示了中国小说一条平坦的正确的道路。"①潘人木在小说中的描写语言一贯简洁,例如《涟漪表妹》中她这样描写女主人公的外貌:"若以香烟画上的美人去衡量她,她并不真美。但是,她有一种明亮的标致,站在一群小姑娘里,不管有多少比她更美的,她总是最先被人注意。她有天然的所谓'樱桃拌豆腐'红白分明的脸蛋儿,又圆又光润","头发又浓又密,柔软而垂直,从不像我的,老是在发梢打弯儿,好像在她每根发尖上都有个看不见的坠子。"②这段描写没有使用什么高级的修饰词,语言偏口语化,但由于写作者具备较强的观察力,把握住人物的鲜明特征,贴着特征进行描写,因此其描绘的人物和语言本身,都具有一种天真之美。

在《建设的文学革命论》一文中倡导"国语的文学"与"文学的国语"时,胡适就是以"描写的方法"作为三种重要的文学方法之一。1949年前,文学教育者的有意提倡、出版界描写辞典的畅销、新文学作家作品的示范作用等因素都助力描写问题得到写作者高度关注。经过锤炼,写作者逐渐能在创作中以准确而简洁的现代汉语描绘场景、塑造人物、表达思想。置于50年代台湾的文学史图谱中,潘人木等作家高超的语言素养并非凭空出现,而是她们在新文学发展脉络中浸润已久,早已得到了充分滋养。因此,她们的作品语言作为前期新文学传统的果实,也可以在50年代台湾文坛发挥示范作用,为中国文学进一步开辟"文学的国语"新疆界奠定基础。

---

① 张道藩:《〈涟漪表妹〉序》,《文艺创作》1952年4月第12期。
② 潘人木:《涟漪表妹》(一),《文艺创作》1951年12月第8期。

第四章 "娱乐与教育"——20世纪 50年代语境下文学的通俗化 与大众化

在文宣部门、文学期刊、文化机构等多种力量的共同参与之下，20世纪50年代的台湾文学教育得到了实施，并且在不长的时间内即见到实效。相对于前面三章中讨论的"反共文学"教育、青年的文学教育及"国语运动"中的文学教育，还有一个有关文学教育的问题值得讨论，这便是文艺大众化及相关实践对于作家创作的影响。"大众"是20世纪初中国新出现的词汇，早期的现代中国知识分子意识到文学与一般民众生活有一定距离之后，便开始尝试对其做出改变，这是新文学运动的重要背景。正统的中国古典文学大多是由文人雅士所作的诗词歌赋，由于其过于精英化、知识化的特征，往往难以与未接受教育的下层民众发生关联。对于普罗大众来说，吟诵风月的文学创作不是一个面向所有人打开大门的世界，而是将普通人隔绝在高墙之外的小群体唱和。它标志着一种贵族化的生活方式。单纯从文学角度，读书人与普通民众的隔阂就称得上客观存在。从文学本身的前途考量，如何打破二者隔阂的问题自清末民初开始得到知识分子阶层的重视，而一旦文学的功利意义被发现和承认，文学创作与普通民众的关系便开始发生革命性的改变。

20世纪初的文学运动中，文坛前锋呼吁创作者须背负上启蒙国民智识的重任，创作者摒弃过去的自说自话，将普通民众置于视线之内，在"教育/被教育"的结构关系中实现自上而下的知识传输，意图把民众塑造为思想开通、具备一定现代国民意识的个体，进而将民众带到除旧布新的实践之中，让他们也亲身参与历史。20世纪50年代国民党文艺阵营有此意图，一度以"到民间去"之类的口号呼吁作家创作为民众"喜闻乐见"的文学作品，民间也有刊物或组织呼应这样的口号。但在具体实践过程中，由于推行文艺大众化所需的民众基础并不牢固、"反共文学"宣传策略的失败、市民文化的强大同化力等因素,意识形态意义上的"大众化"远景目标难以在这一时期的文学教育中实现,反而有不少作家创作渐渐趋向具有通俗性、以市民文化为特征的文学形态。

第一节 20世纪50年代台湾"文艺大众化"口号溯源

一、"到民间去"——有待实现的大众文艺远景

新文学初期,胡适等人提倡"言文一致"是意在破除知识分子的文言文与普通民众使用的白话之间的语言隔阂,使普通民众也能够掌握读和写的技能。随着白话文的普及,"文艺"与"大众"形成日益密切的关系——文艺作品如何塑造"大众"形象、文艺怎样对大众产生积极影响、大众是否能够参与文艺创作……这些都是中国文学界自新文学诞生之日起便不断讨论的议题。20世纪30年代前半期的"文艺大众化"讨论在左翼文学语境中确立了作家要通过"大众化"的方式达到"化大众"的目标。历经抗日战争,在文艺界联合发动大众参与抗日救亡的过程中,"文艺大众化"的口号深入人心,中国的文艺家普遍产生了文学必须与大众结合的认识。在50年代的台湾,文艺大众化是一个仍旧受到颇多关注的话题,且在讨论之中出现了不少左翼文学阵营常用的语汇。这一小节参照1949年前有关文艺大众化问题的讨论,对国民党制定文艺路线时处理通俗文学的策略、在台湾发动作家参与大众化文艺实践这两方面进行考察,尝试解读国民党文艺阵营使用"大众文学""人民群众"等词语的心理机制,并为当时国民党当局主导的文学教育勾勒出一条"大众化"的清晰线索。

作为一个旗帜鲜明的口号,"文艺大众化"一词源于左翼文学的

理论表述。它要求作家实现写作形式的大众化、创作主体自身的大众化,而这两方面的改造都很难一蹴而就。新文学最初是从语言的层面来贴近民众的,胡适等人提出要建设"国语的文学"以及"文学的国语",最重要的工具便是白话文。鲁迅在《阿Q正传》的序言中称这篇小说中的语言"是'引车卖浆者流'所用的话"①,这虽是在当时语境下有所隐射的戏谑之语,实际却是中国作家最早在文学作品中对普通民众的语言明确表示承认和尊重。白话文运动潜在地为文艺大众化作了铺垫。不过,由于语言转换期特有的杂糅现象,不少新文学作家在写作中使用结构复杂、"欧化"倾向的语言,并不利于读者与文学作品接近。这一点首先就受到来自左翼阵营作家的批评,瞿秋白的意见很具有代表性。他批评"'五四'式的新文言,是中国文言文法欧洲文法日本文法和现代白话以及古代白话杂凑起来的一种文字"②。瞿秋白的意见是对于新文学能否真正面向大众的直接质疑。1932年《北斗》杂志发起文学大众化的专题征文,其中不乏从语言层面提出应对之道的声音。③

文艺大众化涉及的第二个问题是作家身份的转换。"五四"时期的作家作为先觉者,最早参与唤醒民众并改造国民性的文化实践。在这一场文化运动中,他们常常扮演导师和启蒙者的角色。左翼文学的最大关注点在于借文艺的大众化动员民众;在这样的原则之下,作家不仅要在文艺实践上以大众为对话的对象,还要摒弃自身的精英身份,将自己视作社会实践中的一分子,深入大众中间。1931年11月,中国左翼作家联盟执行委员会在一份决议中强调,要"实现作品和批评的大众化,以及现在这些文学者生活的大众化""使广大工农劳苦群众成为无产阶级革命文学的主要读者和拥护者,并且从中产生无产阶级革命的作家及指导者"④。这一指示就已经透露出号召作

① 鲁迅:《鲁迅全集》第1卷,北京:人民文学出版社2005年版,第513页。
② 宋阳:《大众文艺的问题》,《文学月报》1932年6月创刊号。
③ 《〈北斗〉杂志社文学大众化问题征文》,《北斗》1932年7月第2卷第3、4期合刊。
④ 《中国无产阶级革命文学的新任务》,《文学导报》1931年11月15日第1卷第8期。

家投入大众生活、改造自我身份的讯息。在1932年3月9日"左联"秘书处会议上通过的一份决议中则进一步强调要加快步伐"教育出工农作家及指导者",并"左联应当'向着群众'！应当努力的实行转变——实行'文艺大众化'这目前最紧要的任务"①。这些意见对作家的职责、任务加以规范,为左翼文学之后数十年的实践奠定了理论基础。"向着群众"这一简洁明了的口号也对新文学在下一历史阶段的走向产生巨大影响。

在左翼文学阵营积极展开文艺大众化实践的同时,国民党的文学阵营也相应地做了调整。左翼的"普罗文学"在20年代后期获得快速发展,激发了国民党文学阵营的危机感,因此他们提出"民族主义文学"的概念与之抗衡。左翼推进文艺大众化的进程中,国民党阵营也从如何加强文学与大众的关联这一角度对民族主义文学进行理论扩充。30年代初期,由国民党浙江省党部主办的《黄钟》即为一个传播民族主义文学理论的平台。《黄钟》杂志在1934年曾刊载过有关民族主义文学与大众文艺二者关系的讨论文章,一位作者论述了民族主义文学与大众的关系,"利用文学来培养民众,使民众健全起来",要达到"普遍"和"深入"的效果,作为民族主义文学一支的"民俗文学"方可胜任,"贵族文学和心境文学"则不符合时代需要。②从内涵来看,这位作者在论文中界定的"民俗文学"未尝不是左翼大众文艺的变体;此外,署名"柳丝"的作者在《大众文学与民族主义的文学》一文中传达了民族主义文学支持者的微妙心态:作者以"大众文学"指称当时左翼文艺界通行的"大众文艺",他虽然以谨慎态度指出民族主义者须对大众文学"随时检查,加以批评和指导",不过也建议"不宜于用高压力去任意禁止"。他认为大众文学与民族主义文学的共通之处在于二者都是以"包括工农商学兵在内的民众为对象";至于

---

① 《关于"左联"目前具体工作的决议》,《秘书处消息》第1期,"左联"秘书处1932年3月15日出版。

② 上游:《民俗文学与民族主义的文学》,《黄钟》1934年10月15日第5卷第5期。

创作,民族主义文学也须做到"文字浅显,题材普遍,技巧单纯",而这一方面就可以借鉴大众文学,①同样是这位作者,在之后一期的《黄钟》上又论及民族主义文学创作"以能够普及为原则","使得多数的民众都能够发生关系"②,至此,他所使用的"民众"一词指涉的人群与左翼文学界看重的"大众""群众"已形成高度重合。综观这几篇论文,论述者都是在大众文艺的参照系中对民族主义文学的创作规范、读者群体进行界定。

抗战时期,各阵营爱国人士在国家危急存亡之秋搁置争议,共赴救亡事业,历史在这样的情况之下提供了一个契机让左翼文学与民族主义文学能够进行对接。尽管文艺大众化的讨论仍在延续,但是语境已不同于原先,因此,大众化在这一阶段悄然实现了向对立意味相对淡化的"通俗化"进行过渡。国民党在《通俗文艺运动计划书》中规定,通俗文艺十二条题旨之一正是"激励民众使其有继续抗日之耐心"③,通俗文艺在抗战中被赋予宣扬抗战精神、激励人心的重任。历史学者顾颉刚"五四"时期在北大念书时曾参与刘半农发起的征集歌谣运动,后来也一直关注民间文艺。他对于大众文艺的丰富性及功能都有深入认识,抗战时期,他主办的通俗读物编刊社主要就是利用通俗书画向民众宣传抗敌意识。④语言学家何容1946年初自大陆赴台,这之后直至50年代末,他都在"国语"推行委员会中担任重要职务。早在抗战时期,他就曾亲身参与通俗文艺实践,在《抗战文艺》发表了抗日通俗故事《义讯救国》、歌谣《战壕小调》等多种创作,激励抗日军民奋战到底。陈纪滢后来在台湾回忆何容这方面的实践:"抗战时期在提倡'通俗文学'方面,子祥兄(引者注:子祥是何容的字。)是

① 柳丝:《大众文学与民族主义的文学》,《黄钟》1934年11月30日第5卷第8期。

② 柳丝:《小说在民族主义文学的地位》,《黄钟》1934年12月15日第5卷第9期。

③ 国民党中央宣传委员会:《通俗文艺运动计划书》(1932年8月25日),载中国第二历史档案馆编:《中华民国史档案资料汇编》第五辑第一编·文化(一),南京:江苏古籍出版社1994年版,第321页。

④ 《介绍通俗读物编刊社简史及其工作》,《抗战文艺》1938年5月第1卷第4号。

主角之一，功不可没。"他为市井艺人编过鼓词、相声，"把抗战精神寓于词内"，与作家老舍、老向共同"努力于'旧瓶装新酒'的作品，以加强抗战宣传的效能"①。陈纪滢本人在抗战时期担任《大公报》文艺副刊的编辑，也曾间接地参与到文艺大众化的实践中，他组织过作家进行集体创作，"把七七以来的重要战绩以及各种后方情况，集体的计划用诗歌小说剧本各种形式去写"②。

　　正因为文艺大众化的议题最初由左翼文学界发起，不管是理论倡导还是具体创作，也是由左翼文学阵营更早取得丰硕成果；论及大众文艺似乎易与左翼文学建立联系，至于50年代的台湾，国民党以"反共抗俄"为宣传口号，对左翼文学理论采取严防死守的策略，此间的作家如何着手大众文艺的实践？他们的理论资源来自何处？这些问题可以从两个方面得到解答，首先是许多作家在大陆或者光复初期的台湾参与过"文艺大众化"的讨论，对于左翼文学有关文艺大众化的若干子议题持不同程度的认同态度；另外，国民党在台湾有借助大众文艺实现动员民众的客观需求，便不可回避文艺大众化的问题。在50年代初期，国民党在"反共文艺"作品的推广问题上自觉走向文艺大众化，与其之前在30年代选择"民俗文学"来普及"民族主义文学"如出一辙，其目的都在于普及文艺到大众、改造大众，所以首先须使作品与"多数的民众都能够发生关系"③。

　　就演剧这一门类来说，因为它具备一定的直观性、娱乐性与潜在的教化作用，在文艺大众化的问题上，当时戏剧界人士最早具备自觉意识。以漆雕燕1951年在《宝岛文艺》上发表的论文为例，漆雕燕提倡推行"戏剧通俗化"。他首先界定了这一戏剧运动的方向，"在今天，我们的剧作者，导演，演员，以及一切的剧人，应该毫不踌躇地深

　　①　陈纪滢：《记何容》，参考张正男：《语言文字组大师——何容先生》，载《汉学研究之回顾与前瞻国际学术研讨会论文集：台湾师范大学创校暨"国文学"系创系六十周年纪念》，台湾师大"国文学"系2006年4月。第35~45页。
　　②　《文艺简报》，《抗战文艺》1938年5月第1卷第4号。
　　③　柳丝：《小说在民族主义文学的地位》，《黄钟》1934年12月15日第5卷第9期。

入农村,深入军中,深入生产部门……在自由中国的每一个角落,每一个战斗单位,活动起来,搭起台来,演起戏来。这样我们才不会感到物质与精神上的贫血症,戏剧运动才能蜕去'奢侈的装饰品'的旧躯壳,而获得新的血液与生命";其次,在明确"到民间去"的基础上,他提出大众化的两条路径,"到民间去的戏剧就应该注意到:一方面,在内容上必须密切地与时代相配合,同时又须汲取民众所熟知的题材,一方面,在形式上更需要使民众感到亲切与了解,然后才能使他们接受,喜悦与爱好。自然这不是单指一切旧形式的利用与承袭,并且是包括适宜的新形式之创造而言"①,这里点出的"新形式之创造"已经体现出对于抗战时期通行的"旧瓶装新酒"模式的突破,不过,漆雕燕提出的意见是从题材和形式两方面考虑,既要"化大众"来提升民众认识,又要"大众化"去照顾到民众的审美口味,这并无新见,还是30年代文艺大众化讨论中的基本观点。

同样是1951年,在《野风》这份立场偏民间的文学刊物上,胡雷发表文章《我对新诗创作的感受》,也体现了文艺界在文艺大众化的问题上具备共识。胡雷在文章中讨论创作者须深入现实生活,创作"深入现实生活的诗";在思想及感情上真正拥抱大众,与大众"共同悲叹,共同憎恨,共同热爱","使人民的热望成为诗人的热望,使诗人的感情成为人民的感情"②。文学作品要贴近大众则必须善于运用大众的语言。正如郑伯奇在30年代说作家"应该抛却自己的洁癖,而学习大众的语言,大众的表现方法",只有这样"智识阶级的作家才能成为大众的作家,他们所创造的文学才能成为大众所要求的文学"③。基于同一视角,虞君质1952年在台湾撰文号召作家"排除万难,深入民众的基层,了解他们的生活,学习他们的方言土语,先以较多数人流通使用的语言为依据,作为初步写作的基准,时间一久,集合起全体

---

① 漆雕燕:《从一出戏看剧运前途——评介〈王大娘补缸〉》,《宝岛文艺》1951年5月第3年第4期。

② 胡雷:《我对新诗创作的感受》,《野风》1951年1月第6期。

③ 郑伯奇:《关于文学大众化的问题》,《大众文艺》1930年3月1日第2卷第3期。

文艺界人士的努力,便不难造成功'国语的文艺'与'文艺的国语'来。作家们在今天情势之下,要创作出广大民众喜闻乐见的作品,不能不首先在语言方面作高度的努力"①。这一番表述中引用了1918年胡适的表述,也借用了1938年毛泽东的语言——中共六届六中全会的报告中,毛泽东号召作家为中国老百姓创造他们"喜闻乐见的中国作风和中国气派"②。虞君质在自己的发言中引用了胡适、毛泽东等人的语言,所要强调的还是文学作品应当与民众结合的问题。台湾省立工学院的林禄宫在《文艺与生活》一文也表达了相似意见:"只有深入群众的底层,从实际生活中,发掘其中的宝藏;提炼其中的精华,用活的口语,描绘血淋淋的现实;用活的口语赋给作品一鲜明的形象,这种作品才能为广大群众所了解,所喜爱。也只有这样,创作的内容,才不会失之空虚,贫乏芜杂;也只有这样,创作的主题,才会凸显出来。"③

在"反共文学"的语境之下讨论文学问题,文艺理论家们都意识到"化大众"与"大众化"相结合的问题,由此出现以"群众"代替原先惯用的"民众"一词进行论述的现象。赵友培的《群众·社会·艺术》一文很有代表性,论文中发生在"主"与"客"之间的一场访谈,带有虚拟性,总的原则是提出以"是否接近群众"为标准对文学作品做出评价。"客"的观点是"现在时代进步了,环境不同了,作家再也不能逃避现实,脱离社会;他必须为群众,也只有为群众,走上群众路线,争取社会广大的公民。然后,他的作品才有存在的价值""主"肯定这一观点之后又补充道:"'为群众'并不是迎合群众,不能以此为藉口而偷懒取巧。我们要有'群众化'着手,达到'化群众'的目的。才能由普及而提高,把社会性和艺术性统一,创造适合新时代要求的伟大作品。"④赵友培在此文中点出"群众化"与"化群众"的两个主题,涉及由

---

① 虞君质:《生活,语言,文艺》,《文艺创作》1952年8月第16期。
② 《毛泽东选集》第二卷,北京:人民出版社1991年版,第534页。
③ 林禄宫:《文艺与生活》,《野风》1951年1月第5期。
④ 赵友培:《群众·社会·艺术》,《宝岛文艺》1951年3月第3年第1期。

普及而提高的问题,与上文引用漆雕燕关于戏剧运动的相关论点属于同一个论述系统。

参与"群众化""化群众"这一文化实践的主体是位居主导地位的文艺工作者,他们从上而下推行大众化,试图在不同的阶层中实现文艺的政治效应。在20世纪50年代初期的台湾,尽管国民党极力批判"阶级论",以三民主义理论的三个关键词"民生""民权""民主"拆解阶级论描述的阶级对立,但在进行文艺大众化实践之时,也已经将民众按照他们在生产关系中的位置进行了层级划分。常有论述者用"阶层"代替"阶级"以避免论述的尴尬,但有意识地对于人群进行划分是共同的。上文中漆雕燕提出戏剧要"深入农村,深入军中,深入生产部门"的观点,这在一年之后得到呼应,在1952年的《火炬》杂志上,一位署名"黄叶"的作者论述要把"反共文学"推广到大众中间的必要性,"反共文艺作品不是给少数人欣赏的,而是要引起广大的读者群在心的深处发生相同的共鸣。所以反共文艺作品需要推广,反共文艺作品所表现的精神,需要社会上各阶层的人群来感染";在这样的考虑之下,他仿照抗战时期"文章下乡,文章入伍"的口号,提出"文艺下乡,文艺入伍,文艺上山"作为文艺界为了实现大众化而努力的目标①,与漆雕燕的说法相当一致。

早在1951年6月,《文艺创作》杂志为"中国文艺协会"成立一周年而设的栏目上,就有作者介绍了"中国文艺协会""文艺下乡"的做法,②不过在当时的条件之下,真正实现了的只有"文艺入伍"。随国民党到台湾的士兵人数众多,当时散布在台马澎湖各岛的军队合计约有60万人,③其中不乏像朱西宁、王鼎钧、司马中原、痖弦这样后来成为重要作家的年轻士兵。他们是文坛重要的支持力量,"一本文艺书刊出版,军中的读者要占百分之七十以上"④,这是国民党能够推行

① 黄叶:《反共文艺作品的问题》,《火炬》1952年8月第2卷第1期。
② 蔡坚:《灿烂辉煌的节日》,《文艺创作》1951年6月第2期。
③ 茅家琦:《台湾三十年(1949—1979)》,郑州:河南人民出版社1988年版,第6页。
④ 穆中南:《漫谈自由中国十年来的文艺》,《文坛》1960年7月第7号。

文艺到军中的一个前提条件。至于1954年1月《军中文艺》创刊、1955年1月蒋介石提倡文艺工作者创作"战斗文艺"、1956年由蒋经国主持的"总政治部"委托中华文艺函授学校开办军中文艺函授学校、连年举办的军中年度征文比赛……这些都对军人参与文艺创作起到了正面促进的作用,而因为"克难时代"娱乐设施的普遍欠缺,年轻士兵无以遣怀,他们往往身兼文学青年的角色,极容易被动员到创作活动中,无怪乎穆中南认为"军中不仅有广大的读者,而且很多优秀的作家也多出自军中。我相信,'总政治部'在这方面投入最少而收到的效果是最大的"[1]。虽然军中文艺局限于"反共抗俄反攻复国"的口号,从中也产生了一大批"反共文学";不过许多年轻士兵在之后的文艺实践过程中陆续寻找到路径,绕道而行,比如在诗歌领域,就有管管、张默、瘂弦、辛郁等军中作家纷纷选择现代主义诗歌创作,在这一路径上他们与狭义的战斗文艺背道而驰,他们的作品也成为50年代台湾文学的重要收获。

不可否认,50年代台湾文艺界多次提及的"文艺下乡"口号存在局限性。黄叶提出"文艺下乡,文艺入伍,文艺上山"的议题,具体是在"中国文艺协会"1951年的一次委员集会上。他所谓的"下乡"是指深入乡村、"入伍"则是指进入军营、"上山"就是占据偏僻山地,分别覆盖农民、军人、高山族三个群体。在这次会上,当时担任"国语"推行委员会主任委员的何容认为,这个课题在实行上有很大难度,并不很赞同黄叶的提案。何容的考虑比较理性,他以推行"国语"的实际困难作为例证。[2]对照抗战时期,当时他曾创作大量抗战主题的通俗作品,由艺人在市井、乡村推广,起到了极佳的宣传效果。他认为50年代的台湾不具备大陆那样的推广环境。由于语言隔阂长期存在,当时台湾的通俗文艺实践主要集中在以外省人为主的城市或者边地军队中,乡村生活中的通俗文艺相对而言仍延续了旧有形貌。本身

---

① 穆中南:《漫谈自由中国十年来的文艺》,《文坛》1960年7月第7号。
② 黄叶:《反共文艺作品的问题》,《火炬》1952年8月第2卷第1期。

文坛从事创作的人口绝大多数都是自大陆赴台人员，他们的作品无一例外都是以"国语"为载体，在语言层面就存在障碍。为推行"反共文学"，国民党文艺阵营在大陆时期参与文艺大众化实践时采取"旧瓶装新酒"的创作模式又重新在台湾得到文艺工作者的重视。大批旧戏新编、曲艺创作涌现，以《文艺创作》杂志为例，该刊第8期刊载了费啸天创作的京剧剧本《李贞娘》、第16期发表泮漪编写的鼓词《孝女报父仇》、第11期刊登张大夏改编的京剧剧本《金钗记》等等；本省作家吕诉上也尝试以民间文艺形式演绎所谓"反共抗俄"题材，比如他改编的《女匪干》便是一本不折不扣的歌仔戏剧本，①但由于这些作品都以"国语"创作而成，它们难以渗透到以方言为日常生活语言的普通本省籍民众中间去，所以，歌仔戏、木偶剧、说书、演义等一般民众喜好的娱乐活动与"反共文学"及相关的政治动员基本是相互隔绝的，后者很难将前者充分整合到自己的话语系统之中。

对照国民党文艺阵营在1932年制定的《通俗文艺运动计划书》，当时该计划书将通俗文艺分为"都市通俗文艺"和"农村通俗文艺"，且把后者作为工作重点加以改造，因为"目前农村情形，农村通俗文艺实较都市通俗文艺尤为切要"②。马璧50年代在台湾担任新中国出版社编辑主任，他1957年在《当前文艺运动的方向》中提出的第一点意见就是"现代的文艺运动必须向农村开展"，"我国的社会是农业社会，在全国总人口的比例上，农民人口占百分之八十，今后我们要改造社会，必须以农业社会为对象，今后我们要反攻大陆，又必须以农民为后备力量，因此我们实不能不提高一般农民的文化水准，而要提高一般农民的文化水准，除了普及教育，便要靠文艺运动来出力了。因为小说、诗歌、历史故事、地方戏剧等，是农民最容易接受的，所以

---

① 王蓝：《台湾的戏剧世家——吕诉上》，《宝岛文艺》1951年3月第3年第2期。

② 国民党中央宣传委员会：《通俗文艺运动计划书》（1932年8月25日），载中国第二历史档案馆编：《中华民国史档案资料汇编》第五辑第一编·文化（一），南京：江苏古籍出版社1994年版，第321页。

要把文艺运动开展到农村去"①。固然当时台湾的农民人口基数较大，但马璧一定程度上忽略了台湾底层民众的语言问题，以所谓反攻大陆成功之后的远景作为他当时立论的现实基础，一旦面对现实，在农村开展文艺运动的可行性也就降低了。

考虑到文学作品包含的政治潜能，不同的文学阵营都把大众化文艺作为待实现的目标，国民党文宣部门1949年前在大陆就开展过这方面的实践，但是相比左翼文学阵营相关实践的深与广，国民党在推行文艺大众化上取得的成绩并不显著。在50年代的台湾，国民党当局为动员民众参与"反共"，需要先动员"文艺工作者"，因而提出"到民间去"的口号。漆雕燕、虞君质、赵友培等文艺理论家将抗战时期建设通俗文艺的有关经验翻新再利用，并部分挪用左翼文学的理论资源，由此出现"文艺下乡，文艺入伍，文艺上山"的口号。虽然这一时期的台湾尚不具备推行文艺大众化的客观条件，各种与之相关的讨论也可说是真实折射了20世纪中国文学界在大众化问题上的普遍焦虑。

二、"从民间来"：20世纪50年代台湾文学教育的民粹主义倾向

抗战时期，左翼作家楼适夷曾在致信日本学者鹿地亘时述及"五四"新文学的实绩："'五四'以后的新文学的建设，从'旧式文人和官吏书生私有玩弄的旧文学'，解放为'活的民族的语言艺术'，这其间已经留下了不少的辉煌的成就。"②楼适夷是从新文学在形式层面对古典文学有所突破发出这样的赞语。文学不再由精英知识分子所垄断，这的确是陈独秀、胡适等人推动新文学运动的重要成果。在20世纪50年代的台湾，不少文化组织有意识地以"民有民治民享"的文学作为目标，鼓励平民参与写作。在校学生之外，学徒、工人也被号召

---

① 马璧：《当前文艺运动的方向》，《文坛》1957年11月创刊号。

② 楼适夷：《答鹿地亘》，《抗战文艺》1938年6月第1卷第7期。

到文学创作中去。笔者在这一小节对照"五四"时期有关"人的文学""平民文学"的讨论，从50年代《野风》杂志对"平民文学"的倡导切入，分析赵友培、虞君质等文艺理论家民粹主义倾向的文学教育观，并论述其如何对台湾50年代的文学景观造成影响。

新文学运动最初由坚持启蒙路线的知识分子主导，在文化精英的视野之中，中国社会罹患沉疴痼疾已久，太多"苟偷庸懦之国民"[①]。周作人提倡"人的文学"这一概念的出发点则是民众受传统礼法、社会制度制约，原有的文学"妨碍人性的生长，破坏人类的平和"，民众无从享受物质与道德相协调的理想生活，而遵循"个人主义的人间本位主义"的文学可以"扩大读者的精神，眼里看见了世界的人类，养成人的道德，实现人的生活"[②]。这一时期，知识界间或有"劳工神圣"的呼声，总体上来说，大众仍是面目模糊、在历史进程中处于蒙昧无知的状态。当"文学革命"发展到"革命文学"，无论是左翼文学阵营，还是国民党文艺阵营，在发挥文艺潜力的实践过程中，都把争取民众放在重要的战略位置上。30年代初，左翼文学理论家在阐释文艺大众化的远景目标时提出要"使广大工农劳苦群众成为无产阶级革命文学的主要读者和拥护者，并且从中产生无产阶级革命的作家及指导者"[③]。洛扬(冯雪峰)认为首要的问题就是建设革命的"新的大众文艺"，将大众从"反动的大众文艺"中拖带出来；[④]国民党阵营则批评旧有的大众文艺对民众心理带来极大的消极影响，导致"他们对于人生社会始终没有正确的认识，对于民族国家始终没有正确的观念"[⑤]，而文艺工作的意义就在于除旧布新，"如果宣传党义能从歌谣方面入手

---

① 陈独秀：《文学革命论》，《新青年》1917年2月1日第2卷第6号。
② 周作人：《人的文学》，《新青年》1918年12月15日第5卷第6号。
③ 《中国无产阶级革命文学的新任务》，《文学导报》1931年11月15日第1卷第8期。
④ 洛扬：《论文学的大众化》，《文学》1932年4月第1卷第1期。
⑤ 《中央宣传委员会文艺宣传工作报告》，见《文艺宣传会议录》，国民党中央宣传委员会1934年编印。

去贯注一般民众的思想,作一番基本的工作,则'新中国'之造成,当在目前也"①。两大阵营在利用文艺改造民众这一点上具有共识,只不过后者当时尚较少涉及引导民众参与文艺生产。

1949年之后,国民党将失败的原因归结为思想战与宣传战中的失误,因此多方设法补救,路径之一就是设法动员大众。如上一小节所述,在推广"反共文学"及相关的文艺实践中,国民党文艺阵营要让文艺界"深入农村,深入军中,深入生产部门"的意识比较明确,而任卓宣也曾提议国民党"要走群众路线,提出方案,要把文艺作家组织起来"②。正因为当局定下这般论调,在军事上已经耗费大量财力的情况下,当时的台湾仍有众多"反共文艺"刊物相继出版,其着力点都是深入民间,在人群中间造成普遍效应。50年代初期,中华文艺奖金委员会重金悬赏,鼓励作家参与以"反共"为主题的文学创作;以《文艺创作》为代表的若干刊物也积极指引着写作者为这一时代主题如何选材、如何表现……但从动员作者方面来说,国民党真正能发挥效力的空间有限,基本上可以说局限于"军公教"系统。另外,从读者接受的方面来看,早期大多数的"反共文艺"作品概念先行,手法生硬,所以可读性不强,读者群便也相应地维持在一个小规模的水平。

国民党当局的文艺大众化只能借助行政力量将文艺推广到特定人群中,而且在深入程度上还很可疑。在这种情况下,当时一些小型民间刊物不以"反共文学"为号召,却能做到将普通民众带到文学创作中,不仅是刊物内容面向大众,而且鼓励大众供稿,由大众自己来呈现他们的生活,比如1950年11月在台湾面世的《野风》杂志,即其中较有代表性的成功案例。《野风》由台糖公司的几个青年职员主办,针对当时创作不景气的局面,他们的创刊意图是鼓励写作者进行创作,为文坛贡献原创作品。因为有"让《野风》成为国民大众共同的园

---

① 《请中央推进民众文艺运动案》,见《文艺宣传会议录》,国民党中央宣传委员会1934年编印。

② 王鼎钧:《文学江湖》,台北:尔雅出版社2009年版,第73页。

地"这一口号，①编辑将刊物读者锁定在并非专门从事文学工作的人群。根据《野风》创办人之一师范回忆，他和同事们最初设定的读者对象主要包括：大、中学生，一般社会青年，家庭主妇，"军公教"人员，各行业从业员工。在这样的基调奠定之后，他们提出"以潜移默化国人爱家爱国、发挥人道、人性的生之意义为主要精神，引导大众迈向丰衣足食、安居乐业的社会"的用稿准则，②这其中作为关键词之一的"大众"果然在《野风》之后的出版实践中得到了落实。第1期的杂志上就有面向全体读者的征文启事，点明要求是以"描写你最难忘的一件事"为题材，题目不拘，20日之内截止，从第一名到第三名，奖金具体数目分别是100元、80元、50元。③征文启事中给出的命题"描写你最难忘的一件事"覆盖面相当宽泛，应该说是一个人人有所经历、人人有话说且有所感悟的平常题目。

在期刊的出版实践当中，助力写作者成长是许多编辑的共识，伴随着作品质量的提升，期刊与写作者互相成就，因此，期刊吸引文学爱好者进入写作、为文学爱好者提高写作能力提供帮助，也是校园文学教育、机构文学教育之外堪称非常重要的一种文学教育形式。《野风》从第4期起设置"青年园地"一栏，据师范介绍，这个专栏"目的在鼓励文艺爱好者，凡是水准或文笔尚待磨练，但是内容感人的文章，会被放到'青年园地'来。这是一个进入前栏的'预科'，有很多人都是从先到'青年园地'，再进入到前栏，终于成为优秀的作家"④。按照师范的讲述，"青年园地"并非专为青年作者而设，而是按照写作水平界定投稿者。这一个环节上，一方面体现了《野风》杂志重视"发掘新作家"的办刊宗旨，⑤另一方面，也是一种不设门禁向民众开放的文学教育观的体现。

① 师范：《文艺生活》，台北：文艺生活书房2005年版，第88页。
② 师范：《文艺生活》，台北：文艺生活书房2005年版，第46页。
③ 《〈野风〉首次征文》，《野风》1950年11月第1期。
④ 师范：《文艺生活》，台北：文艺生活书房2005年版，第132页。
⑤ 《编后记》，《野风》1951年1月第5期。

　　在刊物上正式提出"平民文学"的概念之前,《野风》已经在许多细节上体现了这一文学立场。《野风》第5期的编后记上明确该刊以"发掘新作家,创造新文艺"为主旨,上文已论述了该刊如何"发掘新作家",在"创造新文艺"这一点上,《野风》也有若干开拓。柏涓根据《小白菜》民谣改写的小说《寒夜曲》发表于《野风》第四期,作者取民谣"小白菜呀,地里黄呀,三岁二岁,没了娘呀"作为素材,在小说中扩充原有民谣的人物关系,塑造出一个孤苦无告、备受后母虐待的儿童形象,传达了对弱者的深切同情。编者为表示对这种创作方法的有意识倡导,特地在小说正文后面加以说明:

　　　　在乡村,那里没有士大夫阶级的教育,没有有闲阶级的余暇,所以那里也产生不出较标准的文化,然而乡村里有的是农民,有的是纯朴的人生,那些农民一样的有情感,一样的需要发泄,一样的需要艺术生活,因为天赋与他们的情感和审美观念原和我们一样,可怜他们缺少了文化的营养,所以他们只能够顺口讴歌,作成许多简短粗略的歌谣,以发泄他们内蕴的音乐艺术及文学艺术,歌谣就是毫无掩饰和点缀的反映着他们的情绪和生活。民谣的内容包罗颇广,有社会的,心理的,民生的,政治的……等等成分。我们试把一首民谣加以培植,加以装饰,会发现它的原质是既美且富,它正如一幅漫画,粗粗的几笔,生动而又切实,所以乡村中不知埋没了多少无名的作家。这里将华北最流行的民谣《小白菜》引申成短篇小说,或者从这篇小说里可以更清楚的看到放大后的民谣的真面目。这是野风的一个尝试而愿意就教于文艺界之前的。①

　　这一段说明文字中,编者对农民在创作歌谣上体现的艺术禀赋

---

① 编者:《野风走向创造新文艺之路的一个尝试》,《野风》1950年12月第4期。

给予肯定。他将"他们"(农民)与"我们"(受教育人群)置于平等位置观照,肯定农民与知识分子一样拥有丰富的内心生活,他们的情感、审美并不因为教育程度的低下而与知识分子有所区别。民谣出自淳朴的乡村生活,有不加矫饰、题材多样、内容丰富的特征,《野风》尝试发掘这些隐藏在民间世界中的文艺作品,将看似原始的民间歌谣重新以现代小说的形式来诠释,这正对应着题目中出现的"创造新文艺"一语。在50年代的时代背景之下,《野风》做这番尝试,以"培植"和"装饰"的方法对民谣进行艺术加工,呈现民间文艺的"真面目",与当局反复强调的时代主题毫无关联,可谓敢为人先,更重要的是,《野风》杂志以这种对民间文艺的推许,为之后的作者、读者提供了一个突破创作瓶颈的路径,也为该杂志下一步在鼓励"从民间来"创作这方面继续有所推进作了铺垫。

读者群的"大众"设定、面向全体读者的征文活动、提炼民间文学……将这些细节排列在一起,可连成一条步步深入的线索,之后《野风》再推出"平民文学"便是有章可循。在杂志第6期上,编者向读者推荐小说《叛徒》,在按语中有相关的背景说明:

> 自从"平民文学"运动掀起以来,二三十年间,不少人发表过平民文学的作品,这些作品大多数——几乎是全部——是越俎代庖的。例如《月牙集》里面的《月牙儿》《我的一生》等篇,虽然描写的对象皆为下层阶级人物,但却不能算为平民文学,因为这些文章出自作家老舍(有人称他为平民文学家)的拟构,尽管内容写的淋漓尽致,终不免与事实脱节。所以,真正的平民文学应该是由人民的手写出来的,因为唯有这样才能把故事写得真切、生动和有力。①

这段文字中遵循的论述逻辑可简单概括为:因为老舍以作家身

---

① 易正大:《叛徒》,《野风》1951年1月第6期。

份从事写作,他无法真正洞悉平民生活,所以,他的作品即使描写平民也不能被称作平民文学。毫无疑问,《野风》编者在这里故意对"平民文学"的概念有所曲解,编者界定的"平民文学"与周作人"五四"时期提出的"平民文学"并非同一事物。周作人所界定的"平民文学"是指"研究平民生活、人的生活"的文学,而之所以说其与贵族的文学相对立,"不过说文学的精神的区别,指他普遍与否,真挚与否的区别"①,并非一味强调写作者的身份非得是平民。专业作家的作品无法被视作真正的平民文学,应当说这个观点值得商榷,但《野风》编者从平民参与写作才能写出真切生动的作品这一观点立论,可说是延续了周作人对平民文学之"普遍"与"真挚"两种要素的关注。

在30年代初的文艺大众化讨论中,郑振铎(西谛)描述他理想中的"大众化的文学"即"为了大众而写,出于大众之手的大众自己的创作"②。较之"五四"时期周作人关于平民文学的观点,郑振铎"为"大众以及"出于"大众的构想更有理想化的色彩,而50年代台湾的《野风》杂志重提旧话,将"人民的手"写出来的平民文学视作正宗,对郑振铎在文艺大众化讨论时期的观点做了更为详细、笃定的引申,其立场越来越偏向民粹主义。

在《野风》避开"反共文学"、取径平民文学路线的同时,台湾也有几位文艺理论家在不同场合表露了类似《野风》这种平民立场的观点。1951年3月,赵友培在《群众·社会·艺术》一文中说:"中国从秦代以后,文艺界几乎就是读书人的世界。若就广大社会群众的意识说,我们只有一部《诗经》,称得上代表作。"他下这般断语可谓是对中国历史上"广大社会群众"的声音未得到文人重视表示遗憾,赵友培之所以有如此论断,是从创作者的身份来论述的,他也和《野风》编者一样否定作家代平民发言,在他看来,《诗经》是由普通民众参与创作的大众文学,比任何文人墨客的向壁虚构都有价值,"我们看诗经,有真

---

① 周作人:《平民文学》,《每周评论》1919年1月19日第5号。
② 《〈北斗〉杂志社文学大众化问题征文》,《北斗》1932年7月第2卷第3、4期合刊。

正的农民诗(非陶潜的田园诗),有真正的社会诗(非白居易的社会诗),有真正的战争诗(非王昌龄的从军行),有真正的爱情诗(非香奁诗),这是唯一有血、有泪、有爱、有恨、有美、有刺的群众诗集。除此之外,我们只能在历史的缝隙里,偶然找到一些被记载的作品"。赵友培虽然没有明确提出"平民文学"的概念,但归根结底他的论述已经和《野风》定义的"平民文学"若合符节,他认为"非艺术家所作的作品"比专业艺术家的创作更有代表性,"因为是从一群之中产生,而又在一群之中生长成熟的,较艺术家个人的作品,往往更为丰富而深远。所以,它有很高的价值"。但是关于非专业艺术家投入创作的问题,赵友培也在这篇文章补充了前提条件,强调创作者须具备两点:观察事物保持"敏感"和"有使用语言媒介的能力"。①这样的观点无疑是对普通民众参与文学创作的鼓励,它以集体大于个人且优先于个人为论述基础,对普通民众的艺术实践抱持肯定评价。

除了赵友培,虞君质也鼓励民众中间产生"民有民治民享的作品",他首先引用法国作家雨果的观点,"19世纪的文学是'平民的'的文学",继而提出在民众当中培养写作者:"现在摆在作家面前的任务,首先是如何使一般民众阅读文艺,享受文艺;再就是如何培养民众里面的优秀分子","等待民众文艺家拿起他们自己的笔来表现他们自己的生活的时候,一种划时代的民有民治民享的作品,以崭新的姿态在中国文坛上出现。"②这样的平民文学观念与郑振铎的大众文学理想更相似,也更接近30年代文艺大众化实践中关于先"大众化"再"化大众"的讨论。因为虞君质还是坚持先教育民众,再带动民众进入创作,所以提出"民众里面的优秀分子"这样的概念,这样他描述的大众写作者形象就比较客观,也就是说,他承认不是每一个平民都能够进入创作。

《野风》杂志编辑、赵友培和虞君质在文艺思想上都流露出一定

---

① 赵友培:《群众·社会·艺术》,《宝岛文艺》1951年3月第3年第1期。
② 虞君质:《生活,语言,文艺》,《文艺创作》1952年8月第16期。

的民粹主义倾向，即不仅提出要创作者为平民大众创作文学作品，以平民大众的语言为自己的语言、以平民大众的价值观为自己的价值观，也鼓励普通民众参与文学创作，为自己代言。他们几人在50年代台湾文坛的相关发言与大陆同一时期作家的观点有相通之处，例如赵树理在1952年写成的《决心到群众中去》一文中以"到群众中去"为主题，文章内容却先强调自己是"从群众中来"："我是在农村中长大的，而且在参加革命以前，家庭是个下降的中农，因此摸得着农民的底。这是我自以为幸的先天条件。"赵树理正视自己出身农民阶层因而在创作上具有的优越性，也由此生发脱离大众的危机感："从群众的实际生活中来，渐渐以至于完全脱离群众的实际生活，如不彻底改变一下现状，自己的写作历史是会从此停止的。"①

　　尽管50年代国民党当局有鼓动民众参与宣传战的口号，笔者认为不可单纯以政治视角对文艺理论家热衷引导大众参与写作这一现象进行解读。这一时期的文学教育实践对文艺大众化的群众基础有所巩固，以《野风》杂志为例，它在50年代以"平民文学"的口号鼓动社会大众参与创作，使文学成为民众日常生活的构成部分。期刊扮演文学教育者角色的方式是通过筛选、发表合乎其文学观念的稿件，树立正面典型，并对其文学观念加以阐释，从而营造出相应的创作风气、激励写作者投入创作。《野风》在第6期介绍"平民文学"的概念时，向读者推荐小说《叛徒》是一篇理想的平民文学作品，"我们特别把它介绍给读者，并希望各方面多赐给我们这类稿子"②。这之后，《野风》在"青年园地"先后刊出不少由学生、学徒创作的文章，该栏目名为"青年园地"，发表的主要是具备文学性但艺术上还不十分成熟的作品，并非单单以创作者的年龄来界定。当时《野风》对本省籍写作者的宽容态度也与杂志重视普通民众的创作有关，"我们对于省籍同胞的作品，特别鼓励。只要是省籍同胞的作品，我们会很用心的尽量给

①　赵树理：《和青年作者谈创作》，长沙：湖南人民出版社1983年版，第40~42页。
②　易正大：《叛徒》，《野风》1951年1月第6期。

予发表的机会"，"如果内容好，文章差一点，我们会尽量帮助它——把文字加以润饰"①，50年代的本省籍写作者由于语言障碍比较缺少发表渠道，《野风》在发表上提供便利对他们而言是很大的助力。

《野风》培养了许多平民作家，比如李景溁，他在《野风》发表的小说作品有《凤雯》(第8期)、《鸭绿江的依恋》(第11期)等，每篇作品都能看出比上一篇创作有进步。李景溁后来并未成为专业作家，还有更多在《野风》发表作品的人都没有在50年代台湾文学史上留下显著的痕迹。但是正如郭枫在50年代末赞美文学在现代社会中的"平民化"，他说："文学尤其是现代的文学，它已经除去了'贵族'的枷锁，走到生活中来，它已经挣脱了'载道'的拘禁，而回到平凡中来。它是和生活与社会打成一片，它是易于为大家所接受而能为大家所创作的东西。"②文学"回到平凡""易于为大家所接受而能为大家所创作"，与其在古典时期作为贵族的专属物大不相同，这也是新文学最初萌发阶段的理想。

第二节　爱情——20世纪50年代台湾文学的第一通俗要素

一、从"革命加恋爱"到"反共加爱情"的写作模式

20世纪50年代的台湾，在"文艺下乡，文艺入伍，文艺上山"的口号之下，作家创作与读者之间的距离逐步缩减。"文艺工作者"的身份要求作家一方面要顾及时代使命，另一方面，也必须考虑受众的阅读期待。这种背景之下，一些年轻作家写出了以"反共加爱情"为主题的

---

① 师范：《文艺生活》，台北：文艺生活书房2005年版，第88页。
② 郭枫：《走向文学的基本认识》，《笔汇》1959年革新号第1卷第8期。

小说作品,从"反共"和"爱情"两个关键词上面来落实20世纪50年代国民党文艺阵营对作家创作提出的两点要求:兼顾时代主题与可读性。这些小说较多注重刻画人物心理,也精心描写景物借以烘托情调,并且为了增强小说的可读性,作家有意将故事情节编排得富于传奇色彩,导致这些作品往往因为情爱、娱乐、通俗等因素的掺入,成为平易近人的通俗文艺作品。如果说"反共文学"的终极关怀本是对阅读者进行政治宣传,那么,50年代以"反共加爱情"为题材的创作在转渡到通俗文学的过程中,逐渐失去了国民党当局看重的教化作用,获得的却是普通读者所热衷的娱乐效果。这一小节中,笔者重点考察这些"另类"的"反共"作品,论述王蓝、郭嗣汾等作家在"反共加爱情"这一题材上的实践对于下一个历史阶段的台湾文学有怎样的影响。

20年代后期,苏联作家柯伦泰的作品《赤恋》被翻译成中文之后在中国传播,"由于受它的影响,这一时期的中长篇小说几乎毫无例外地都出现了革命者和恋爱的纠葛"①。在许多左翼文学当中,革命与恋爱同构。写作者将小说人物置于革命活动的空间之中,借人物的成长故事表现革命者的心路历程,这一类型的作品不仅使"革命"主题得到浓墨重彩的凸显,爱情母题也有较充分的开掘。洪灵菲在1930年发表的小说《前线》中,年轻的男主人公在其与女友的合照背面题写:"为革命而恋爱,不以恋爱牺牲革命!革命的意义在谋人类的解放;恋爱的意义在求两性的谐和,二者都一样有不死的真价!"②由于左翼文学的推广,在创作中同时展现人物的革命活动与情爱经历逐渐流行,乃至于后来很快演变成一种写作模式,人们称之为"革命加恋爱"模式。

文学中表现革命与爱情的主题,并不限定于左翼文学作品。国民党文艺阵营1930年推出的所谓"三民主义文艺的第一部创作"《杜

---

① 汪应果:《左联时期的中长篇小说》,载陈瘦竹主编:《左联时期文学论文集》,南京:南京大学学报编辑部1980年版,第149页。

② 洪灵菲:《前线》,上海:泰东图书局1928年版,第101页。

鹃啼倦柳花飞》也暗合左翼文学"革命加恋爱"的写作模式。①该书由国民党山东省党部的宣传官员鲁觉吾写成，书中讲述的是一对青年男女在革命与爱情之间进行抉择最终走上不同道路的故事。当时报刊就以"其材料用青年最陶醉的革命、恋爱合成，并不因主义而干枯"②之类的话语宣传此书。广告语的撰写者准确进行了读者群的定位，把青年读者锁定为最主要的阅读与购买群体，将"革命"与"恋爱"视作促销图书的卖点。

"革命加恋爱"模式的文学创作本来是以宣传教化为己任，但是却在青年作者/读者、市场等因素共同介入之后发生了形态的变异，向纯文艺风格的青年读物甚至一般的社会言情小说靠近。作家王蓝以1958年出版的抗战小说《蓝与黑》闻名于台湾。他早期在大陆的创作就奠定了以男女爱情悲欢为主题的写作模式。在1942年写成的《战马和铃》这一短篇小说中，王蓝从多个层面对于男女主人公参与地下抗日运动时期的生活进行描写，比如滑冰、骑马、聚会：

> 皇后公园，有一个广场，是我们工作后欢聚的地方，在那儿我们曾度过可爱的绮丽时光：穿上轮子鞋，围着纱质的长长的花围巾，滑跑起来时，围巾在飘飘的风中吹，像一群艳丽的花蝴蝶，追着我们飞；戴着黑眼镜，穿着白裤子，三个人骑在三匹漂亮的澳大利亚种的马上，吹着口哨，伴奏着马蹄的哒哒声响，轻风往脸上扑着野花的香。我们一块笑起来，又互相地："嘻！咱们简直像在西班牙原野上骑着马一样地惬意啊！"我们做了许多漂亮的新衣服，我们买了三双滑冰的长跑刀，我们每天到电影院，到剧场，我们每天都举办茶会，举办化装舞会，邀请那些一块打网球的英国男女孩子们参加，

---

① 倪伟：《"民族"想象与国家统制——1929—1949年南京政府的文艺政策及文学运动》，上海：上海教育出版社，第16页。

② 《三民主义文艺的第一部创作：〈杜鹃啼倦柳花飞〉》（广告），《中央日报》1930年7月14日。

　　邀请那些美国兵朋友们带着他们的情人参加……我们的嘴
　一分钟都不停地嚼着香的糖,喝着甜的酒,一分钟都不停地
　在大声地笑,拼命地叫,我们的头,我们的手,我们的脚,一
　分钟都不停地在晃,在摇,在摆,在舞蹈……

　　王蓝在《战马和铃》中倾全力塑造青春洋溢的生命,文本一步一步远离小说作者预设的严肃主题。男主人公的两个女战友被日军俘虏,二人在残酷的审讯过程中都表现出不屈不挠的坚强意志,甘愿为民族大义牺牲自己,最终遭受虐待被折磨致死。男主人公闻讯之后涌出无限伤感,他因被日军通缉而不得不退出队伍回到"后方的平安乐园","南方给予我的是冷清清的寂寞,是浸着泪的太息,是海洋深的哀伤"。他后来醒悟自己沉迷在伤感之中远离前线太久,选择重新回到疆场,"要在战斗的血腥日子里,永远地忘掉在平津度过的岁月"①。男主人公以这种英雄归来的姿态扭转上文的伤感基调,作者似乎也意图借之树立一个从废墟中崛起的高大形象,但是至此小说已近尾声,读者掩卷沉思之时更有深刻印象的想必还是前面那些青春烂漫的欢快场景,也正是那一部分的描写成为吸引年轻读者的焦点。

　　在结合革命与爱情这一系列主题的写作上,从40年代起就开始有作家将抗战时期作为小说背景,只不过将"革命"置换为"抗战",上面引述的《战马和铃》就是一例。这一方面,50年代台湾的写作者无疑是延续了作家在大陆时期习用的创作路数,特别是像王蓝这样的作家来到台湾之后,在写作中并未放弃原先惯用的思路,常常置"反共文学"倡导者期待的政治动员效果于不顾。50年代的台湾文学界就不乏经过变形处理的"才子佳人"题材的创作,台湾评论家杨照以"抗战罗曼史"一词命名出现在50年代台湾文坛的某些小说作品。他认为由于"战斗"与"浪漫"这两个要素的诡异结合而产生了"抗战罗曼史",包括徐訏的《风萧萧》、王蓝的《蓝与黑》、徐速的《星星、月亮、

---

① 王蓝:《战马和铃》,《美子的画像》,重庆:红蓝出版社1943年版,第39~60页。

太阳》等,①杨照点出"这些小说的共同特色是小说背景都是抗战中的爱国民族主义,然而真正著墨搬演的,却是复杂的男女情爱",最讽刺的是"与其说是藉儿女情长写家国战争,还不如说是在庆幸因为家国战争才成全成就了一段段的儿女情长"②。这一观点将《蓝与黑》定义为爱情小说而非抗战小说,从根本上质疑了其借宏大主题进行政治动员的实际效力。

套用杨照评述王蓝《蓝与黑》等作品的说法,50年代还有一类有待学界重新解读的创作类型便是"反共罗曼史",其中能够归纳出"反共加爱情"的写作公式,可说是"革命加恋爱"公式的变体。在《文艺创作》《自由中国》上发表较多小说的郭嗣汾被评论家称为"反共作家",陈芳明评述其在50年代的创作"不脱反共加爱情,或战争加爱情的公式"③。郭嗣汾50年代前期的创作的确有模式化的问题,比如1951年的小说《蓝色之歌》中,前半部写年轻的海军军官陈康明率领手下作战获得胜利,套用了"共军必败"的写作公式;而后半部则是明显的"反共加爱情"模式,陈康明在外国港口逗留时邂逅了一位年轻女华侨,受到她的热情接待。这名女子驾着"一九五〇年式的雪佛兰轿车",载着二人在"平坦光滑的柏油路上缓缓的驶着,温暖的微风从头上轻拂过去",二人在之后的交往中渐生情愫,由此衍生出一段恋爱故事。④郭嗣汾的另一篇小说《海阔天空》讲述的是一群到台湾的华侨充当业余水手,在海军军官的指导之下驾驶着舰船作战,最终凯旋。⑤剑拔弩张的战斗过程中穿插着军官的恋爱故事,郭嗣汾以爱情描写来舒缓小说由于要突出"反共"而具有的紧张气氛。另一方面,关于华侨水手们的生平,郭嗣汾也做了许多细节性的描绘,塑造出性格各异的人物,从而

---

① 徐訏的《风萧萧》写于1943年前后,最初在重庆《扫荡报》连载,1947年由上海怀正文化社出版。

② 杨照:《梦与灰烬——战后文学史散论二集》,台北:联合文学1998年版,第215~216页。

③ 陈芳明:《反共文学的形成及其发展》,《联合文学》2001年5月第199期。

④ 郭嗣汾:《蓝色之歌》,《文艺创作》1951年10月第6期。

⑤ 郭嗣汾:《海阔天空》,《文艺创作》1951年12月、1952年1月第8、9期。

给作品增添了可读性、趣味性。陈芳明分析过郭嗣汾的小说作品存在公式化的问题,但也指出其独特之处在于"擅长于以海战与空战场面烘托国共对峙的紧张关系"①,《蓝色之歌》《海阔天空》都是这样的例子,而在《莎玲》一文中,郭嗣汾将希腊神话中的海妖赛壬作为神秘力量的象征,再次运用了海战这一他相当熟悉的题材。②

为了突出故事所必需的种种浪漫要素,写作"反共加爱情"题材的年轻作者想方设法增加描写的生动性。墨人(张万熙)在1951年对郭嗣汾的小说进行评价的时候,肯定其文笔动人,语言层面超脱时弊:

> 文笔清新婉丽,词藻优美生动,如溪流潺潺,如空谷幽兰,不流入俗套,完全超脱了反共八股③。

一方面,年轻作者不愿单纯以口号敷衍"反共抗俄"的主题,他们无法抛开对于艺术性的追求,在文辞上注重精心修饰便是自始至终坚持的一点明证。此外,除了为凸显文字效果,作者也有意借修饰文辞、完善细节来传达都市生活趣味,具体而言便是描写小说人物的西化生活方式,含有这一要素的文本对于当时的读者来说具有相当的吸引力。这里以《铁蹄下的春宵》《碧云天外》等小说为例。顾冬在《铁蹄下的春宵》的开头有这样的环境描写:"那是坐落在霞飞路近西区的一个俄式咖啡馆;辉煌的大门上挂着一排陈旧而无光彩的霓虹灯,霓虹灯旁边钉着四个电镀的克罗咪字:'卡夫卡斯';二楼的平台栏杆上,围缀着无数鲜艳而瑰丽的花朵,有怒放着的百合,有含着蓓蕾的蔷薇,少有美丽的令人心跳的月季",而咖啡馆中,"紫罗兰色的窗帷"与"翡翠色微晕的灯光"则营造出"迷蒙里带有清晰,而清晰中却又有些迷迷蒙蒙的感觉",艺人用单簧箫演奏"古老而带有浓烈情

---

① 陈芳明:《反共文学的形成及其发展》,《联合文学》2001年5月第199期。
② 郭嗣汾:《莎玲》,《国风》1952年12月15日第4期。
③ 墨人:《评〈失去的花朵〉》,《文艺创作》1951年8月第4期,第143页。

感的《玫瑰屋》",主人公则被"凄婉""抑郁"的音节所陶醉,直到乐音终了之际,作者描写男主人公如梦初醒,"拿出烟斗衔在口中,顺手从衣袋里掏出'郎生',用着潇洒而极熟练的手法,'啪'的一声将其燃起,让烟雾冲激在碧色的灯光里透现出一阵袅袅的漩花"[①]。作者将咖啡馆内外的景观作了较为细致的描绘,渲染出一种既美丽又颓废的氛围,同时也为全篇小说奠下节奏舒徐的基调,使得这部作品在开始就呈现出与所谓"战斗"文艺不同的面貌;而其中描写乐队演出、人物用打火机点烟的相关文字更是直接显示作者对都市生活方式的熟稔,他能够在作品中写出一派远离现实政治的异域风情便是易解之事。

和顾冬一样,年轻作者黄黛子也在"反共加爱情"的写作中将关注重心转向了文辞的经营与意境的营造。她在小说《碧云天外》中有不少关于武汉东湖及武大校园的景物描写,例如:"夜很静寂,黯蓝的天空,没有月亮,也没有星星,我倚靠在一棵不知其名的大树上,树上长满了密丛的树叶,窗帷内流透出几缕被树叶剪碎了的蛊惑人的黯绿色的灯光","东湖本身的美更是不必描述了,水是碧绿的,一面连系了彩霞和白云,一面是连系了人类和天地。武大建筑得相当伟大,最美的是这闪出银绿色的屋顶,这种奇特的光彩,只有上帝才能创造得出,假如没有上帝赐予它阳光,而这人力所成的平凡的绿屋顶是不能反射出这特殊光彩的,然而众智慧安排了最恰当的地位和方向,这也是非常值得钦佩的。"像这样对武大景色的赞美分明折射出作者对当年校园生活的记忆。此外,她在文中描述只有上帝才能设计出这番人世美景,一定程度是借此来形容景观之奇美,但也暗示了主人公的宗教立场。由此,小说人物兼具基督教徒、大学生两重身份,作者以此为出发点,在写作中呈现了不少倾向西化的生活方式,比如黄黛子这样描绘主人公参加舞会时的所见所闻:"我凝望着乐台,那钢琴的键盘跳出了一支 *So Deep Is the Night*,芬芳的美酒,袅袅的烟雾,围绕了各种有光亮底线条的腰肢,在我面前旋动着。他们好像渐渐地

---

① 顾冬:《铁蹄下的春宵》,《宝岛文艺》1951年3月5日第3年第1期。

旋转得更快了,这有色彩的线条反射出的光亮也越发强了,它掠过我的发际,我的襟缘,摇曳的光使我感到一阵晕眩……"①小说主人公因为怀念故人,在声光舞动之时产生心理落差,作者将舞会现场描写得分外喧哗,有意借之反衬人物内心的落寞;主人公由此深入内心,回忆过往,把自己最初与恋人在武汉的舞会上结识的故事道出,作者便为"反共义士"在下文出场做了铺垫。而就全篇来看,这一段关于舞会情境的描写并非重要情节,删去也无碍大局,但因为其中包含了若干都市元素,使得小说在可读性上得到加强,诸如钢琴演奏的西洋乐曲、美酒、烟雾、灯光、拥挤的舞者,造设出一种目眩神迷的氛围,对读者而言也较具亲近感。

对照王蓝在40年代初写成的《战马和铃》,黄黛子的小说同样把参与舞会等娱乐活动作为人物日常生活的重要组成部分,这样的设置折射了写作者微妙的创作心理。当舞厅、咖啡馆在小说中成为年轻人日常交际的场所,王蓝等作者描写跳舞、听音乐等娱乐活动时,在环境描写上大费笔墨,处处展示摩登都市的西化生活气息,其文字颇具娱乐性质,即使其中渗透了契合时代主题的宣传内容——不管是40年代《战马和铃》的"抗战建国"还是50年代《碧云天外》的"反共抗俄"——读者在阅读的时候,这些宏大主题事实上已经处于被遮蔽、被消解的位置。

"革命"与"爱情"是20世纪中国文学的两大母题,二者分别对应着人类生活"外"与"内"两方面的内容,因此能够同时获得创作者的关注,一些作家试图从二者的结合来写出革命实践与爱情纠葛交锋时的人性深度,更有意借描写二者的冲突来传达某种政治理念。20年代后期开始成形的"革命加恋爱"写作模式便与作家的这种创作心理有关。50年代台湾的主流文学教育着重引导写作者突出前者——"反共抗俄"与"反共复国",不过,为了使"反共文学"作品在传播过程中得到推广,理论家对作家表现儿女情长持相当的宽容态度,导致

---

① 黄黛子:《碧云天外》,《宝岛文艺》1951年6月25日第3年第5期。

"抗战罗曼史""反共罗曼史"等类型化的创作在这一时期出现井喷现象。通过文本细读，我们可以发现王蓝、郭嗣汾等作家习用的"反共加爱情"写作公式直接源自"革命加恋爱"的模型。由于当时写作者的创作心理、读者的阅读口味这两方面均注重趣味性，蕴涵"爱情"要素的"反共文学"通常逐渐倾向于通俗化，"反共文学"倡导者的初衷自然无从实现。

二、爱情小说的反动——以徐訏《江湖行》为案例

在20世纪的中国，普通民众的生活当中充满太多的现实苦难，阅读文学作品可以慰藉人心，因此，表现个人情感生活的作品易于得到读者的喜爱。不管是"革命加恋爱"，还是"反共加爱情"，创作一旦注入了爱情成分便很容易获得读者的共鸣，甚而脱离作者原先设定的写作立场，成为具有娱乐性、通俗性的文本。在文坛受到热点关注的创作常常成为初习写作者的范本，这些作品在被借鉴、模仿的过程中不知不觉成为文学教育的素材，其影响往往超越了理论家的说教。这一小节以"海派作家"徐訏在20世纪50年代创作的长篇小说《江湖行》作为考察对象，通过文本细读，捕捉该作品如何回归徐訏早期进入文坛时的左翼立场，并结合当时台湾文坛对徐訏1949年前作品进行批判的相关史料，论述爱情小说在20世纪50年代的台湾具有怎样的颠覆意义。

徐訏跨越雅俗文学界限，在40年代的上海文坛是一颗耀眼的明星，1950年后在香港生活仍写作不辍，他50年代后期完成的长篇作品《江湖行》在《自由中国》连载，后来《徐訏全集》也是交给台湾的正中书局出版，是一位在港台文坛之间发挥关联作用的人物。《江湖行》在《自由中国》发表已是1959年6月，全文共计分为26次刊载，自第20卷第11期连载至第23卷第3期结束，是《自由中国》前后所有发表作品中篇幅最长的一部。《江湖行》最后一次在《自由中国》刊载是1960年8月，距离杂志停刊仅有1个月的时间，作为《自由中国》办刊后期重点

推出的长篇小说,《江湖行》有着不容忽视的意义,它包含的通俗文学因子是当时台湾文学生态的重要构成要素,而徐訏在写作此书过程中对他早期的创作有所呼应,由此小说中体现的反省态度和批判精神更是意味深长,预告着一个更开放的文学史阶段即将到来。

台湾学者应凤凰指出了徐訏50年代创作中的一个独特现象:"这位作家明显是右翼文人,写的却是浪漫奇情故事,正如《盲恋》的情节,与反共题材毫无关系。"①这个问题其实并不费解,我们可从应凤凰归纳出的"右翼文人"的身份与"浪漫奇情故事"的创作这两个对立因素来分析。首先,在形成自己独特的写作风格之前,徐訏有一个短暂的时期接受过马克思主义,他早期的一些创作中有着非常明显的左翼文学特征,后来受到康德、柏格森等西方思想家的影响,才与左翼文学渐行渐远。②其次,徐訏相当擅长写作浪漫的爱情故事,他的作品特别是40年代的创作中涵盖了大量富于传奇色彩的小说,例如《吉布赛的诱惑》《鬼恋》《风萧萧》《盲恋》《阿拉伯海的女神》等,都搬演着年轻男女在现实时空之外发生的爱情传奇。以1936年写成的《阿拉伯海的女神》为例,小说的男主人公在阿拉伯海上航行,途中先后结识了两位神秘女子。他们的谈话涉及宗教、爱情、文化差异等话题,言语交锋的过程中,男子渐与其中的年轻女子相恋,后来念及家中已有妻室,男子内心的纠结相当复杂。不过,待他无从抉择纵身入海时,才发现自己是躺在海轮的甲板上,这一切的奇幻故事只是南柯一梦。③《阿拉伯海的女神》的小说语言充满思辨色彩,人物的谈话内容与日常生活有一定距离,但是徐訏能将它们处理得与场景、人物身份贴合无缝。对于爱情的描写上,徐訏逐渐发掘出他所擅长的独特角度,重在从解读现代人心理的层面表现都市男女的情感生活,而不

---

① 应凤凰:《在那激越的年代——"全国青年最喜阅读文艺作品测验"作为一份文本》,《文讯》2007年8月第262期。

② 陈旋波:《时与光:20世纪中国文学史格局中的徐訏》,南昌:百花洲文艺出版社2004年版,第30~35页。

③ 徐訏:《徐訏文集》第6卷,上海:上海三联书店2008年版,第200~224页。

单纯表现传统爱情小说中习见的儿女情长,这是徐訏与张恨水等其他通俗大家的区别所在。

　　1949年后,徐訏的作品在台湾的传播与接受过程也像他的小说一样具有戏剧性。当时国民党当局对1949年前的新文学作家作品进行了相当严格的筛选,除了将左翼文学视作禁忌,也将许多不涉政治意识的文学作品按照作家创作动机的不同进行甄别。徐訏在50年代初期的台湾受到非议,焦点就在于他的小说因为有太多关于爱情的描写而被批评为色情文艺。《鬼恋》在抗战时期风靡上海,1950年一位署名"婴子"的作者在《论徐訏的小说》一文中称《鬼恋》"内容不过是一个爱情的小故事",这一评语带有相当的不屑,婴子承认徐訏的小说对读者有极大的吸引力,他自己在学生时代就一度沉迷于徐訏的作品,因耗费许多时间,不得不放弃阅读《包法利夫人》等经典名作。在婴子的描述中,前者是所谓的"软性读物"。他又进一步从当时文艺政策的立场斥责徐訏的小说是"毒素的作品,荒谬的色情狂","虽然表面上是用了外国人名,内容完全是脱化着以往的'鸳鸯蝴蝶派'(即礼拜六派)的旧小说,这些东西只是灾纸祸墨,诱导了多少青年"①。婴子对徐訏作品价值持全盘否定的态度,考虑其在"反共文学"期刊《半月文艺》发表这番言论,不难理解他采取的是与国民党当局一致的立场。在50年代的台湾,国民党文宣部门主导的评论界对于爱情题材的创作保持戒备。彭歌的长篇小说《流星》与《落月》都在1956年出版,二者皆以爱情为主题,且彭歌写作技巧高超,善于营造抒情氛围,因而两本书在出版市场上受到读者热捧;但是评论界的态度却有劝诫之意,比如林适存曾撰文向彭歌提议少写爱情的悲喜,"回到我们时代的迫切需要"②。

　　徐訏的《江湖行》就在这样的背景之下出现在台湾。1959年6月《江湖行》(第三部)开始在《自由中国》连载时,作家尚未完成全篇的

---

① 婴子:《论徐訏的小说》,《半月文艺》1950年9月第1卷第5、6期。
② 彭歌:《十年来我的写作生活》,《文坛》1959年5月第6号。

写作。根据最后一次连载的标示,小说在1959年10月终稿,整个连载过程较少脱期。第一次刊载时,编辑按语中称"《江湖行》是一部几十万字的小说,故事复杂,人物繁多"①,因此作了第一部与第二部的情节介绍:男主人公野壮子(原名周也壮)的人生经历颇为复杂,他在经历丧家之痛后跟随戏班班主四处流浪,与戏班旦角葛衣情一波三折的恋情尚未告终,又出于急人所难的善心,充当了一个有身孕的尼姑的情人,带她还俗并为之取名映弓。不久,为戏班老乐师料理丧事的过程中,野壮子爱上老人的孙女紫裳。他屡屡深陷于情网纠葛,不胜苦恼,离开上海投奔土匪阵营,却在经过一番历练后遭遇变故,独自逃出敌阵,路上偶然结识紫裳的亲生母亲,组成新的戏班再回上海。第三部就承接着第二部的结尾展开,徐訏又在其中添了若干人物并将情节编写得更为复杂,进一步描写野壮子在葛衣情、紫裳、小凤凰、唐默蕾、容裳等女子之间的情感波动,主人公的感情故事作为小说的主线之外,野壮子在抗战时期的动荡社会中观察、体验到的世态人情成为一条重要的副线。与徐訏在1949年前的小说相比较,这部《江湖行》具有更复杂的人物关系,也运用了更多通俗文学的写作手法,而其中很多情节都可在他的旧作中找到模型,比如野壮子与唐默蕾在赌场中初次相识时,二人便合作赢了一群老千,这其中的很长一段叙写与徐訏40年代的作品《赌窟里的花魂》存在多处雷同。②文中不断出现通俗文学惯常借力的偶然与巧合,也不断描写野壮子省思造化弄人的心理,"我忽然想到如果当初我不告诉他关于他的儿子的下落,不帮助他到上海,也许他不会有这样下场。如果……"③,小说中主人公不断发出类似这样的假设,一定程度上是作者为了消解

---

①　徐訏:《江湖行》,《自由中国》1959年6月第20卷第11期。《江湖行》全书约60万字,根据编辑按语,第一部曾由香港长风出版社发行单行本,而第二部在香港《祖国周刊》上发表,台湾《自由中国》上连载的部分属于《江湖行》第三部,后来徐訏继续写完第四部,由香港亚洲出版社1961年出版。

②　徐訏:《江湖行》(十二续),《自由中国》1959年12月第21卷第11期。

③　徐訏:《江湖行》(十四续),《自由中国》1960年1月第22卷第1期。

读者对故事中出现太多巧合的疑虑。

《江湖行》在表现社会生活的广度、深度上超出一般的通俗读物，原因之一是徐訏在塑造男主人公形象时，赋予人物以书生气质，并让他以全知视角审视社会，剖析各种不公不义。为了使主人公获得观察周遭的新角度，徐訏在小说中间设置了野壮子进行文学创作的有关情节，当野壮子以作家身份出现在读者面前，他的意识、活动特别是言谈便很容易被视作作家徐訏的夫子自道。比如野壮子与友人宋逸尘讨论如何在拥有丰富生活的基础上进行创作，①看似是与国民党文艺理论家的相关口号呼应，而他在创作出一部大受读者欢迎的中篇小说之后，自述"其成功的原因我自己是知道的，因为我有真正生活的体验。其中所写的那个江湖女郎爱上两个人的矛盾彷徨心情，正是我在爱紫裳与小凤凰的矛盾痛苦的自白"②。徐訏以人物在多角恋爱中的感情体验来概括丰富芜杂的生活，相较于"反共文学"教育中呼吁的那种强调战斗性、革命精神的生活，二者一旦相提并论，自然有一定的讽刺意味。

不过，在《江湖行》中，徐訏也有意对野壮子的文学观念做了微调，特别是卢沟桥事变发生之后，国仇家恨进入视线，野壮子开始对自己疏离现实社会进行反省，"我觉得我真是太不关心国事，也太不注意政局，我到上海以后所想所忙的正都是我个人注意的事情。对于民族，对于国家的问题，我竟一直没有去想，也没有想参加意见或者出点什么力量。我心中感到一种奇怪的残酷与内疚"；野壮子自此开始了一个新的成长阶段，他为了"对于过去的冷淡与落伍作一种补偿"，便间接参与抗战活动，"我们组织了慰劳队，宣传队，输送队，我们与前线取得联络，给前线将士各种鼓舞与慰劳"，之前很多读者"批评我作品的题材不够现实，我虽认为这是文艺以外的批评；但现在当我自己在战争场面进出，才知道问题并不是在题材的现实与否，而还

---

① 徐訏：《江湖行》(六续)，《自由中国》1959年8月第21卷第4期。
② 徐訏：《江湖行》(六续)，《自由中国》1959年8月第21卷第4期。

在自己生活的贫乏与狭窄。我从出入战线的经验中,写了好几篇报道文学,一时轰动了上海。我深信这些经验与生活,对于我写作比我读书一定更有帮助"①。至此,徐訏传达了抗战时期中国作家关于创作与生活二者关系的代表性意见,而紧随其后,徐訏借小说人物见证民众艰苦生活,展现更开阔的社会图景。《江湖行》第七十五小节中,徐訏描写珍珠港事件之后人们逃离上海取道杭州萧山进入内地,就是借野壮子之眼将难民一路奔波的辛苦捕捉在小说中。②

正是因为徐訏有意在小说后半部呈现社会现实、揭示不公不义,《江湖行》这部作品逐渐具备了一定的批判性。作家关于不合理现象的个人思考也借由人物之口有所阐发。小说第七十七节中,主人公野壮子在杂志上读到友人之子大夏的文章,大夏在文中介绍了抗战时期贫苦民众与特权阶级的生活状态,二者有天壤之别,而重庆的情形则是"豪门贵官的奢侈,官场里是谄媚无耻的风气以及统特系统之跋扈"③。徐訏在小说中通过人物对话交代大夏离开上海之后去了延安的鲁艺学院,点出大夏观察社会的视角与之相关。野壮子转述大夏原文的时候仅仅直陈其事,除了说明自己的心情因之难过,并未表露自己的观点,但这一处的引述为下文的情节发展作了铺垫。稍后在第八十二节中,野壮子收到余子聪自重庆寄出的书信,此人乃是野壮子逃难途中结识的友人,他将到达重庆之后的种种见闻写在信中,关于"士兵待遇的低微,军官的贪污,豪门的奢侈与官场的腐败","他的话竟同我上次在一个刊物上读到的一篇文章所报道的竟完全一样",这时野壮子的回应是生发了不少感慨。他在给友人回信中劝说对方从积极的角度考虑问题,"一切老的旧的都会过去,国家的前途总是在年轻人手里"④。再往后,野壮子在湘西、江西、福建参与犒军访问,目睹各种乱象之后,他验证了大夏、余子聪在文字中的描述,并

---

① 徐訏:《江湖行》(八续),《自由中国》1959年9月第21卷第6期。

② 徐訏:《江湖行》(十三续),《自由中国》1959年12月第21卷第12期。

③ 徐訏:《江湖行》(十三续),《自由中国》1959年12月第21卷第12期。

④ 徐訏:《江湖行》(十五续),《自由中国》1960年1月第22卷第2期。

形成一个清晰的观点："到底这世界要怎样演变,这社会要如何改革,我无从解答;我所体验到的是这世界一定要动,这社会一定要变。这样的情形是无法维持下去的。"①这已经显示出主人公的思想完成了趋向激进立场的转变。作者也在人物接近"批判者"角色的过程中将《江湖行》从通俗言情小说向社会批判小说逐渐转进。小说临近结尾处,野壮子这样评价抗战时期的中国社会："千万的人在流亡,千万的人在奔忙,千万的人在忍冻挨饿,千万的人在流泪流血。但是我们看不见公道正义平等自由,这里是人挤人人吃人的社会。"②像这样对社会丑恶现实进行直接控诉,小说人物可谓完全是站在左翼立场上来发言。这种针对国民党统治的"批判者"写作立场在50年代的台湾近似于"大逆不道",无论是徐訏还是《自由中国》期刊编辑,他们的勇气与担当给读者留下深刻印象,也使得50年代台湾文坛能给新文学传统留下潜滋暗长的空间。

《江湖行》"这部六十万字的长篇是1950年代汉语文学中最好的小说之一",它"渗透出浓重的人生无常感",而主人公的命运则折射着"二十世纪中期中国人人生命运"③,在学者黄万华看来,徐訏的作品代表着"五四"时期个性主义文学传统的一脉。以《江湖行》为例,我们可以感知到徐訏个性主义文学在50年代台湾特立独行的意义。这部作品表面是描写情爱纠葛的通俗文学,实质上则是借主人公的视角观察现实、回应现实、批判现实。正如本书第一章曾引述王集丛对徐訏有关现实主义论述的攻讦意见,当时国民党当局对徐訏其人其文的批评多以肃清"色情文艺"的毒为借口,但实际上在通俗文学的创作实践之外,徐訏注重"独立个人"的写作风格超越了文艺理论家界定的边界,对后来的年轻写作者产生了深远的影响。

---

① 徐訏:《江湖行》(二十一续),《自由中国》1960年5月第22卷第10期。

② 徐訏:《江湖行》(二十五续),《自由中国》1960年7月第23卷第2期。

③ 黄万华:《战后二十年中国文学研究》,北京:人民文学出版社2008年版,第53~54页。

第三节 从"大众"回到"市民"——日常生活观照中的文学

一、传奇：读者的阅读期待

沈从文在1931年评述"五四"时期"为人生"的文学创作,他说"在当时'人生文学'能拘束作者的方向,却无从概括读者的兴味"①,以之来解释读者对作家作品的选择总是出于自己的喜好和阅读习惯,而非与创作口号、文艺思潮亦步亦趋。如果将沈从文的这句话套用在评述20世纪50年代的台湾文学,也颇能说明问题。尽管当局对创作者在舆论导向上奠定基调,有诸多羁绊,但读者在阅读中自由选择,并不受"反共抗俄反攻复国"这一类口号的制约,读者的期待视野对作家创作有所作用。因此,50年代台湾出现了大批具有通俗文学倾向的作品。②这一小节就尝试从作家的创作心理与读者的期待视野这两条线索对50年代通俗文学创作进行分析,继而考察这两点要素对于当时的文学教育有怎样的影响。

20世纪50年代的台湾,许多作家的主观意愿并非创作通俗文学,之所以作品最终成为具备通俗文学倾向的"乱世传奇",有诸多原因。这里首先借《野风》杂志中的相关文本进行分析,该刊是50年代台湾最早出现的文艺刊物之一,编辑有意倡导"平民文学",因此不仅鼓励民众参与创作,也呼吁作家描写普通民众的生活状态。《野风》创刊之

---

① 沈从文:《论中国创作小说》,《文艺月刊》1931年4月15日、6月30日第2卷4、5、6号。

② 需要说明的是,这一小节论述中使用的"通俗文学"一词是指情节曲折,具有趣味性、可读性,因而普通读者有能力阅读且喜好的文学作品,关注的是受众接受文本的最终效果。相较于学者范伯群定义的"中国近现代通俗文学",这里论述的通俗文学是一个更为宽泛的概念,不限定创作者和读者的身份,但强调作者和读者的共同参与对作品传播效果的决定意义。

初就刊载了多篇以1949年赴台大迁徙为主题的小说，它们将大陆人在动荡时代的悲喜沉浮做了不同角度的描绘。师范身兼编辑与作家的身份，他在小说《迟来的幸运》中率先开掘这一题材，题记中他引用屠格涅夫的话来解释题意："没有比迟来的幸运更坏的了，这是一种使人陷于难堪的恶作剧。"[①]这个关于痴情人无缘相守的故事也就在题记奠定的哀怨基调中展开。在一次乘火车旅行的途中，男主人公何承正与女主人公徐康平结识。二人有过几番鸿雁往来之后，承正单独赴台，在台湾找到一份足以糊口的工作。此时解放战争尚未结束，康平还在上海读书，所以两人仍有频繁的通信。在书信之中他们分享彼此对社会、文艺、感情的见解，在对方遇到困惑的时候也都竭力开导。天各一方，相爱的两个人没有走到一起。康平有过一段婚姻但很不幸福，在有孕在身的情况之下乘船赴台。承正与未婚妻如约在基隆港口等待，最终接到的却是康平在航程中因难产而死的消息。师范在故事中寄托了他对人生无常的唏嘘，小说的开头男女主人公相识于偶然，二人的感情纠葛在通信中断断续续。在女方悲惨去世时小说收梢，加上乘船渡海赴台的有关描写，对于有类似经历的读者来说，这篇小说很容易引起他们的共鸣。

像徐訏在《阿拉伯的海神》中为人物对话引入有关文化差异、宗教话题一样，师范让男女主人公在通信中交流各种话题，比如谈论钱钟书的《围城》，在小说中布设不同于通俗读物的氛围。师范自己也有意识地避开传奇小说的写法，据他在回忆录中记述，《大华晚报》社长曾向他约稿，希望他提供适合报纸读者在休闲时候阅读的传奇短篇，但师范婉拒了，他说"我没有能力再写这样的短篇。虽然不落俗套，但是落入了传奇。而传奇不是我选择的路"，自称要走出"用传奇来吸引读者的陷阱"[②]。不过，客观地说，《迟来的幸运》终归还是一个具有通俗文学意味的文本，它以萍水相逢的男女为主人公，依靠二人

---

① 师范：《迟来的幸运》(上)，《野风》1951年2月第7期。

② 师范：《文艺生活》，台北：文艺生活书房2005年版，第77页。

的通信使情节得以铺展,通信的内容大多是二人相互的试探,对于读者来说比较容易激起阅读兴趣,男主人公在台湾与女友的相处当中也出现许多小儿女情态,最后女主人公的离世则是给小说带来一个出人意料的结尾,加强了开头已有所渲染的哀情基调。

言情小说是通俗文学当中很重要的一个门类,在言情小说当中,男女主人公的爱情纠葛不论悲喜,总蕴含着娱乐读者的要素。如果说师范在他所撰写的小说《迟来的幸运》中,还有意识地拒斥着传奇性、娱乐性,在他之后的许多作家则放下顾虑,以曲折离奇的情节娱乐读者、以皆大欢喜的结局安慰读者。张漱菡50年代创作的长篇小说《意难忘》在这方面颇具典型性。《意难忘》讲述了女主人公李明珊的成长故事,她在30年代为追求个人理想、为母亲在大家庭的纷乱中谋求安宁,大学毕业之后拒绝了心上人,选择工作、出国留学,学成之后于抗战时期回国,历经纷乱(在张漱菡笔下这些纷乱更多是与生活琐事相关,而非直接与战争、动荡局势关联),终而经由老同学牵线搭桥,一波三折,与旧日恋人再续前缘。《意难忘》最初在《畅流》半月刊连载时已好评如潮,正式出版单行本后更是当选为"中国青年写作协会"1956年举办的"最喜爱的小说"读者票选首奖。①张漱菡写作这本书的时候不过22岁,正是憧憬爱情、善于做梦的年纪,她在这部作品中以大量篇幅描写青年男女之间的情感纠葛,文字细腻而流畅,读者在阅读中很容易代入角色,体验人物每一次的内心起伏。与上一节论述到的顾冬、黄黛子等作家一样,张漱菡描摹现代都市场景、俊男靓女外貌时,描写文字都格外生动,处处展示西化生活方式的痕迹,因此其作品的娱乐性、通俗性都比较突出。某种程度上,若把《意难忘》视作后来琼瑶等人写作言情小说的先声,放在都市通俗文学的范畴内对它们进行解读也是可行的。

在强调贴合时代主题的50年代,通俗文学在期刊中找寻到自己

---

① 林丽如:《走访文学僧——资深作家访问录》,台北:文讯杂志社2004年版,第141~142页。

的位置。作家王鼎钧曾这样评述50年代初期台湾文坛整体的风格趋向:"那时……政论家以'危疑震撼'形容台湾政局,文艺多愤怒慷慨之词,批评家以'逼迫热辣'形容当时文风。"①这一观点是出于对国民党阵营文艺刊物的把握,不能否认在"反共文学""战斗文艺"的口号之下,作家多发"愤怒慷慨之词"是事实;但也不容忽视大量的刊物在"反共文学"盛行的年代里发表过许多注重趣味的文章。

如果说上面提及的《迟来的幸运》只是作家无心插柳的通俗创作,《野风》杂志为了体现贴近大众的办刊方针,在后来还刊载过许多特征明显的通俗文本或"准通俗文本"。例如比《迟来的幸运》稍晚出现的《黑芍药》就是一部可读性很强的短篇传奇,叙述语言尤其婉转流畅,人物对话用的是北方口语,时空背景则是1949年前的大陆,讲述侠盗康八劫富济贫,最终被害的故事。题目中的黑芍药是康八情人的名字,黑芍药本是风尘女子,乡绅们在她家中的聚会被作者写出了《海上花列传》那样的繁华景象,热闹的场景里,男男女女的对话衬托出女主人公的老练泼辣。②考虑到《黑芍药》在1951年发表,正是国民党当局所谓《抗议共匪暴行宣言》发表、中华文艺奖金委员会创办《文艺创作》的那一年,而《黑芍药》完全脱离了作品当时所处的时空位置,在清一色的"战斗""反共"声音中为读者提供了多元的阅读选择。

《国风》杂志在《野风》发行两年后才创刊,刊名取自《诗经》中的"国风",隐含刊物坚持民间立场的意味,每一期封面都标明"生活的·艺文的·趣味的"这三点宗旨,而稿约更是明言"本刊欢迎人文漫谈、小说、散文、小幽默以及其他有关妇女、家庭、医药、科学等性质之稿件,译作创作均可,文字力求趣味隽永"③。夏承楹、琦君、梁实秋等作家都有不少供稿,发表的文章之中也不乏通俗作品。依风露的《默

---

① 王鼎钧:《文学江湖》,台北:尔雅出版社2009年版,第80页。
② 铭:《黑芍药》,《野风》1951年6月第13期。
③ 《稿约》,《国风》1953年1月第5期。

恋》就是一篇悬念重重的复仇小说，开头就是一段充满异域风情的描写："是一个七月的黄昏，涨红而漂亮的面孔，乌黑的长发，忧郁的眼睛，中年人温静的英俊，像诗人艾略特描写的失望者的男士那副神采，六年孤独的张家为，此刻正凭靠窗口眺望着库穆塔格沙漠上的荒凉。"①这样的写法酷似徐訏一贯的做派，将人物置于读者并不熟悉的空间，阅读中可激发起读者更多的好奇心理。小说的情节比较曲折，多年之前张家为与自己暗恋的女同学分别，就未有机会再见面，当他发现旅伴谭博士便是那位女同学的丈夫，谭博士与她毫无感情且对她没有尊重，张家为以爱之名进行复仇，带着谭博士往沙漠深处走，使他消失在流沙中。《默恋》的传奇色彩较突出，而依风露在《国风》发表的其他作品都有这一共性，如《绝崖鼻教堂的丧钟》前半段就颇有异国情调：一名偷渡客经历艰难险阻，到菲律宾找到旧友，劝其返乡与妻女见面；当主人公满怀希望返乡，却得知妻子亡故，稍后又听到女儿因肺病死去的消息，备尝锥心之痛；进入到小说的后半段，读者才发现其时空背景与日据时期的台湾有关联。②这篇小说主题模糊，不妨把其中关于东南亚风光的描写看作作者构思这篇小说的重点。讲故事之外，以描绘异域图景满足读者猎奇心理，这也可谓是通俗文学的功能之一。

《野风》《国风》这两份杂志的风格与其民间立场息息相关，故而读者在其中探寻到通俗文学并不奇怪。值得思考的是，以《文艺创作》为代表的"反共文学"刊物也在这一时期贡献了不少曲折离奇的通俗作品。对应着"反共加爱情"的公式，这些通俗创作中又以婚恋题材占了绝大多数。《文艺创作》在1952年1月刊载的小说《安妮嫂嫂》刻画了人们在动乱时代无法掌控自己命运的苦恼。叙事者的妻子在逃难路上得到安妮帮助，战火纷飞中二人相互挽扶，直到安妮看到叙事者妻子的相册，才发现自己数年前失踪的丈夫已与眼前女子

---

① 依风露：《默恋》，《国风》1953年5月第9期。

② 依风露：《绝崖鼻教堂的丧钟》，《国风》1953年8月第12期。

新成立家庭。作者以两个女子闲谈的方式披露各种曲折,技术上将各种偶然因素处理得比较高妙,做到了自圆其说。安妮去世之后,叙事者从妻子那里知道了事情始末,自责当初没有坚持寻找安妮。①读者在阅读这篇小说时,可以感知到这样一个通俗文学作品中常见的人物关系:一名男子与两名女子的情感故事。

在另一篇小说《爱与孽》中,"一男二女"的故事模式则调整为一名女子与两名男子的情感纠葛。这部作品写的是局势动荡的背景下,一女子自大陆赴台,而她的丈夫未能同行,在孤立无援之际,女子与丈夫的表弟相爱,在丈夫即将来台的消息传来之时,女子因愧疚选择自杀。②在艺术开掘的角度上,这些小说本无足观,但它们直接关联1949年的大迁徙,当时有无数人亲身经历过类似的悲欢离合,即或没有小说中塑造的那么曲折离奇,却都足够让他们对小说心有戚戚。这种心理机制不限于只应用在"反共文学"传播与接受的过程中,很多与这一主题无关的作品也体现了这个倾向。《国风》1953年刊出的小说《琴心》出自琦君之手,它以儿童视角展现动荡时代结束之后的一个婚恋故事,由练琴的孩子见证她守寡的母亲与丧妻的钢琴老师如何相识相恋。在50年代初期的台湾,同类创作中尚较少这般美满结局,琦君有意以《琴心》给予读者抚慰,抚平变故给人们内心带来的伤痕。

不可否认,"反共文学"刊物在通俗文学作品中另有寄托,为达到宣传效果,自然提倡"反共文学"首先要讲好故事,而故事越曲折离奇越能投合读者的好奇心理。吴雨的小说《还魂草》在立意上属于"反共文学",这篇小说可说是集50年代小说中流行元素之大成,表面是写男女主人公之间的恋爱故事,在情节设置上与当时其他的作家有很多重叠之处:比如男女主人公相识的情节酷似王平陵的小说《车中插曲》中所写的火车上一对初次相遇的男女暗生情愫;③二人相恋之

①　狄子耶:《安妮嫂嫂》,《文艺创作》1952年1月第9期。

②　杨炳南:《爱与孽》,《国风》1953年6月第10期。

③　王平陵:《车中插曲》,载符兆祥主编:《卓尔不群的王平陵——平陵先生纪念选集》,台北:世界华文作家出版社1999年版,第87页。

后,有关嬉水的场面描写又暗合刘非烈在1954年写成的中篇小说《那个传奇故事》,其中讲述的是一对男女因游泳结缘的故事;①闲暇时光两人以作画为娱乐,后来郭嗣汾在《雾里献花人》中有女主人公请画师到家中为表姐画像的相似情节②……诸如此类不胜枚举。《还魂草》中,当情节发展至最高潮,男子揭发女子的"匪谍"身份,读者这才知道二人本各事其主,作者在此造出紧张的氛围,使小说有了最集中的冲突。③这些带有趣味性、偶然性的元素被作者拼凑起来,小说的整体形态便相当趋近通俗文学当中的间谍小说。

通俗文学在50年代的台湾兼有多种功能,除了上面列举的部分,还有针砭时弊的效用。郭衣洞(柏杨)是这一类创作的代表作家,他的作品重在讽喻,具有很强的趣味性。比如《幸运的石头》就是一篇借古讽今的讽刺小说,作者改写民间故事,以"我"听人讲故事的布局结构全篇,一个智力障碍者阴差阳错中了进士并成为魏忠贤的红人,后来又因为机缘巧合得到了新朝皇帝的宠爱,乱中坠河又被认作忠义之士。④该小说在以直言极谏为本职的《自由中国》发表,是对国民党当局任免官员不能客观按照各人实绩推选贤能的批评。

关于小说创作及其阅读的功能,50年代的作者与读者已达成一定共识,即小说断不能缺失趣味。这对于创作走向的影响远远大于国民党文艺政策的制约。这一时期的文艺期刊部分行使着文学教育的功能,在期刊发表的文章当中,不乏强调重视读者需求、写作须注重趣味的声音。例如1954年台湾《读书》杂志发表过一篇译自美国《文学》杂志的文章——海明威撰写的《为什么小说写不好?》,海明威在这篇文章里先纠正一些青年学生以为照搬日常生活就能写作的观念,他格外强调一个好故事在小说中的意义,"没有好的故事,永远是写不出好小说的","我们要知道,看小说的人,是要想从小说里得到

---

① 刘非烈:《那个传奇故事》,《喇叭手》,台北:九歌出版社2005年版,第135页。
② 郭嗣汾:《雾里献花人》,《自由中国》1954年1月第10卷第1期。
③ 吴雨:《还魂草》,《国风》1953年8月第12期。
④ 郭衣洞:《幸运的石头》,《自由中国》1954年4月第10卷第7期。

他的排遣，所以你便不能忘记，你应该给予读者的需要，这个需要，便是小说里曲折紧凑的故事"，"小说，完全是供给读者们看的；那么，你绝不能忽略了这一个如何使人爱看的动力。怎么样使人爱看，便应该怎样去写。看小说的人，是要从现实生活中，找寻排遣，找寻慰藉，找寻震荡。那么，你假使能够从这些方面，去满足读者的需求，那便是一位成功的小说家了"。①

在文学教育机构那里，教师则更加会强调作品须具备吸引力，引导学生重视读者喜好。比如作家黎中天，他1954年前后担任中华文艺函授学校教师，在写给学生的讲义中，他就说为了获得吸引读者注意的效果，要采取夸大的表现，"宁愿夸大一点，来制造效果，好吸引人读。一句总话：作品不能没有效果，没有效果，就会没有人看。美国的作家爱伦坡，有一篇象征主义的作品，题目是《登龙》，题目毫无真实感，但是，由于他夸大的表现，很有效果，所以能吸引人看"②。而本省作家钟理和在与友人通信时，检讨自己被退稿的原因，他表示"小说终不能缺少有趣的故事，否则便不能博取广大的读者群。拙作之不容于时下的刊物，我认为与此有极大干系"③。这些观点相互对照，足可证明50年代台湾文坛对于作品可读性、趣味性的推崇。

早在1933年9月，范烟桥主编的《珊瑚》杂志上曾设有"为什么看小说"的讨论专栏，其中发表了各地读者对这一问题的见解，有位读者提出自己的观点："一是为转移不良的心境而看。二是为消磨孤寂的人生而看。三是为调剂苦闷的生活而看。四是为明了神秘的社会而看。"④他的意见可代表一般读者的观点，也可解释通俗文学何以历来长盛不衰。在50年代的台湾，读者同样有这样的阅读诉求，而作家、期刊、文学教育机构的教师也相应地有所回应。

① [美]汉明威(海明威)：《为什么小说写不好？》，樊正祥译，《读书》1954年9月第5卷第3期。

② 黎中天：《成见与误信》，《中华文艺》1955年5月第2卷第6期。

③ 钱鸿钧编：《台湾文学两钟书》，台北：草根出版公司1998年版，第102页。

④ 魏绍昌：《我看鸳鸯蝴蝶派》，台北：台湾商务印书馆1992年版，第9~10页。

综观这一时期台湾的文学创作,虽然主流文艺界一直在倡导战斗文艺、"反共文学",却不妨碍作家从通俗文学的创作手法中获得灵感、将小说写得离奇而富于趣味。即使是"反共文学"作品,通俗文学也对之有所渗透。这一时期人数众多的市民读者是一个主导因素,他们在1949年前后历经人生起伏,见证无数真实上演的悲喜剧,他们阅读文艺作品的初衷在于寻求心理慰藉与娱乐效果。另外,文学教育者也鼓励写作者注重作品的趣味性,写出"曲折紧凑的故事",以之吸引读者并满足读者的阅读需求。读者的期待结合作家的创作心理,便导致20世纪50年代台湾文学教育不可避免要与"趣味"发生关联。

二、日常:市民文化背景下的文学生态

赵友培等人在20世纪50年代初期的台湾倡导文学须"接近群众",若加以甄别可发现他们所指的"群众"与毛泽东《在延安文艺座谈会上的讲话》中论述的"人民大众"在意义上存在一定差异。如果后者是以工农兵为主要构成的大众,那么前者就是在工农兵之外还将"市民"包括在内的民众。正是因为这点细微差异,使得50年代海峡两岸具有不同面貌的文学生态。本小节以50年代台湾社会的市民文化作为考察对象,解读市民文化在影响50年代作家创作方面的作用,此外还试着从文学教育的角度来辨析市民文化与新文学传统的关系。

"市民"是附着于都市而存在的概念,它脱离了乡村社会中严格的宗法制度而与商业市场、现代教育制度、文化出版等领域有所关联,由此在这一群体当中出现新与旧、现代与传统等对立关系。传统社会里的部分习俗在市民当中得到继承和延续,但对于新事物也能保持相当程度的敏感和包容。由于都市生活的流动性,市民阶层是一个未定型的自由群体,因为没有特别强烈的政治诉求,这一群体更关注现实生活的具体内容,较难被动员到政治系统中去。

在新文学出现之后形成的理论话语体系中，市民处在一个相对边缘的位置，不过理论家也无法忽略他们的庞大存在。新文学进入革命文学阶段的时候，为达到推广的目的及考虑新文艺的前途问题，茅盾曾提出关于要重视市民阶层的意见，"我相信我们的新文艺需要一个广大的读者对象，我们不得不从青年学生推广到小资产阶级的市民，我们要声诉他们的痛苦，我们要激动他们的情热"。茅盾的这一说法自然是有的放矢，当时"新文艺腔"的问题比较突出，作家又往往在创作中灌输教条，因此他提出作家不应单纯批评市民阶层仍在阅读《施公案》一类的"无聊东西"，作家也亟须进行自我改造，"如果你能够走进他们的生活里，懂得他们的情感思想，将他们的痛苦愉乐用比较不欧化的白话写出来，那即使你的事实中包孕着绝多的新思想，也许受他们骂，然而他们会喜欢看你，不会像现在那样掉头不顾了"①。冯雪峰在数年后再次提及"广泛的大众，虽然并不读我们的作品，但他们是有文艺生活的，他们完全浸在反动大众文艺里"②，也还是在承认"旧文学"在市民阶层中的主宰地位。到了40年代，在民族文艺形式讨论中，胡风基于对市民阶层重要性的认识来评价"五四"文学的性质，他说"以市民为盟主的中国人民大众底'五四'文学革命运动，正是市民社会突起了以后的、累积了几百年的、世界进步文艺传统底一个新拓的支流"③。整体上，左翼文艺阵营对市民的态度是倾向于批判，又在批判中争取其支持。

在日据时期的台湾，普通民众与通俗文艺之间的关系也是较为紧密的。由于殖民政策对于政治言论的限制，台湾在日据时期较少出版批判社会的报刊，却有不少通俗文艺刊物发行，它们始终与政治话题保持距离，供给读者茶余饭后的谈资，逐步形成了自己的市民文

---

① 茅盾：《从牯岭到东京》，《小说月报》1928年10月10日第19卷第10号。

② 洛扬：《论文学的大众化》，《文学》1932年4月第1卷第1期。

③ 胡风：《胡风评论集》（中），北京：人民文学出版社1984年版，第235~236页。

化传统。例如由诗社成员创办的《三六九小报》①就是一份注重趣味的杂志，设置有"新笑林""杂俎""古香零拾"等栏目，通常不刊新闻、时评，却有较多通俗题材的长短篇小说作品发表。在全面推行日语教育的所谓"皇民化时期"，通俗刊物还可以因其具有政治无害性而用中文发行，另一份日据时期的重要通俗刊物《风月报》②就"全以中文撰写，白话文言兼用"，多刊载轻松性质的文章、名妓轶事、古典诗等，也有学术性的考据文章。因为名称不雅及担负"时代的使命"的考虑，主编吴漫沙1941年之后将《风月报》改名为《南方》，整体风貌并无改观，继续出版至1943年，但后期这份刊物有意识地借通俗的外衣"传播中国意识与中国白话文"，主编坚持"但能维护祖国文学于一天，就是一天的责任"的信念，一定程度上说明通俗刊物此时开始兼顾娱乐与教育两方面的功能。

1946年的《台湾文化》杂志上登出一首台湾民歌《最新毛巾歌》，共计十段唱词，用闽南语唱出，举第三段为例："五三毛巾绣毛蟹，吕布英雄栋万个，王允献出美人计，害死董卓伊全家。"③这首民歌体现了战后台湾知识分子开始对民间文化进行挖掘和重新认识，也从一个侧面体现中国传统演义故事在台湾民间社会深入人心。国民党在这一时期的"去日本化""再中国化"运动中对中文通俗读物保持很大的宽容，对出版较少设限，所以本省籍作家叶石涛自述他有机会在战后四年"读了无数来自唐山的书；包括所有白话古典小说以及三〇年代作家的无数杰作"④，不仅说明光复初期左翼文学在台湾广泛传播，也可体现传统的通俗文学在当时台湾如何畅销。后来本省籍作家廖清秀在1950年、1951年分别写出《邪恋姐夫记》《恩仇血泪记》两部小

---

① 发行时间为1930年至1934年，参考文讯杂志社编：《台湾文学杂志展览目录》，台北：文讯杂志社2003年版，第15页。

② 发行时间为1937年至1941年，参考文讯杂志社编：《台湾文学杂志展览目录》，台北：文讯杂志社2003年版，第20页。

③ 《最新毛巾歌》，《台湾文化》1946年9月第1卷第1期。

④ 叶石涛：《一个台湾老朽作家的五零年代》，台北前卫出版社1981年版，第54页。

说,从题目就能看出通俗文学对作家的潜在影响。

相较于1949年前理论家在大陆对于市民阶层的评价,50年代的台湾文艺界对于"市民"的界定较多否定性意见,且对"市民"的否定评价总是与对通俗文学的批评关联在一起。这一时期不少评论者都对通俗文学嗤之以鼻,以"小市民"文化的标签为之命名,具体论述中明显包含贬义。比如孙旗在论文中指责部分作家创作是为了"迎合小市民群的心理"①;彭歌也在小说中评议"《西游记》就是一部充满了幻想、神秘和戏剧性的作品,把它搬上舞台,最能适合好奇的小市民的胃口"②。与文艺界在评论中鄙薄"小市民"及其相关作品同步,国民党当局在50年代有改造市民的尝试,台湾省政府于1952年3月通过《改善民俗纲要》,以"为提倡节约,消灭无谓的浪费"为原则来改造民众的日常生活,到1959年7月又公布较为具体的《改善民间习俗办法》,涉及民众生活中的寺庙祭典、宴客、婚丧庆典等环节,③通过改善民俗、革除旧习来培养新的市民阶层。

尽管国民党当局对通俗文学整体持消极评价,要借大众化的口号将通俗文学创作引导到为时代服务的路径上,同时也以行政力量改造民众的日常生活;不可否认的是,之前在大陆形成的市民文化随着1949大迁徙抵达台湾,加上台湾本身就有通俗文化的强大传统,二者合流之后,产生了更有辐射力的市民文化氛围。这对于50年代的台湾文化生态有很大的影响。

以电影市场与出版市场的合作为例,当时新华、艺华、邵氏等香港的电影公司资金雄厚,为了推广自己制作的影片,在台湾进行全方位的商业营销,台湾出版界配合刊出许多相关的电影资讯,就连一些属于学术、教育类的期刊也为影讯让出一定的空间。《自由中国》这份偏重发表政论的期刊也不例外,在第7卷第10期刊有电影《风华绝

---

① 孙旗:《论文艺的统一战线》,《半月文艺》1950年5月第3期。

② 彭歌:《落月》(五),《自由中国》1956年3月第14卷第6期。

③ 薛化元:《战后台湾历史阅览》,台北:五南出版公司2010年版,第106页。

代》的广告,该片由香港影星张翠英、欧阳莎菲、黄河等人主演,广告词着重点明它是一部"豪华腻艳血泪交织奇情歌唱巨片"①。又比如"中国语文学会"主办的《中国语文月刊》上,图文并茂的电影海报更是比比皆是,其第1卷第5期上同时推出《仲夏夜之恋》《新西厢记》与《红玫瑰》3部电影的海报,以《仲夏夜之恋》为例,海报中不仅点出该影片"影坛十大巨星联合主演"的阵容,更强调了由李丽华领衔,"李丽华主唱《钻婚颂》《花光璀璨》《比翼双飞》不同凡响";剧情概要则以小报标题式的语言示人:所谓"假夫妻蜜月旅行,假丈夫护花有责,假新娘滋味不同,到头来弄假成真",极尽吸引读者注意力之能事。电影明星也在当时的期刊中得到重视,一些注重趣味的刊物排版时总是把关于著名演员的报道放在醒目位置。②1950年创刊的《自由谈》杂志以"山水、思想、人物"为办刊重心,走清新通俗的路线,封面常常有电影明星的照片,③契合穆中南对其"以趣味为出发点"的评价。④

期刊中如此密集的电影资讯折射了当时台湾民众对于观看电影的热情,作为一种休闲方式,看电影和看戏一样逐渐成为民众日常生活中的重要组成部分。50年代初,台湾大学校园里的电影欣赏会已经深受年轻学生的追捧,⑤作家们对于电影鉴赏也有特别的兴趣,比如作家司马桑敦会为了比较电影和文学原作之间的出入而专程到影院观影。⑥随着时间推移,看电影的风尚很快扩大到全社会,在1955年《海风》杂志的一篇小说中,男主人公说"这温馨的斗室,这经过我太太艺术心手的布置,这些舒适的家具,这样柔和的灯光,这种宁静的气氛,收音机里轻松的音乐,报纸上有趣味的副刊"已经足够他放松,所以他说不愿用看电影、逛马路、坐咖啡馆这些常见的休闲方式

---

① 《广告》,《自由中国》1952年11月第7卷第10期。

② 林黛:《我的银幕生活》,《海风》1956年4月1日第5期。

③ 文讯杂志社编:《台湾文学杂志展览目录》,台北:文讯杂志社2003年版,第28页。

④ 穆中南:《漫谈自由中国十年来的文艺》,《文坛》第7号。

⑤ 秧秧:《从开学到现在》,《暖流》1951年5月第1期。

⑥ 司马桑敦:《从纪德谈起》,《自由中国》1954年8月第11卷第3期。

度过下班之后的时光。①这从侧面体现了当时一般民众进影院看电影相当普遍,我们也可从作者对当时电台、报刊一笔带过的形容中体会到民众生活带有"轻松"与"趣味"的基调。

台湾从1949年5月开始长达近30年的戒严时期,但是民众对于趣味的追求使得当局苦心经营的森严纪律无法全然渗透到民众的日常生活中去。诗社雅集是精英阶层的娱乐活动,在日据时期的台湾有频繁的雅集活动,即使进入50年代之后仍较为盛行。《台湾诗坛》是一份创刊于1951年的古典诗刊物,提供给文人酬唱应和,至1956年停刊前,由曾今可担任发行人。在该刊出现的作者包括外省和本省的诗人,国民党高层于右任、居正等人也常有作品在此刊发表。②曾今可在30年代初的上海因为宣扬"救国不忘娱乐"的论调曾受到鲁迅等人的批评,③但在戒严时期的台湾,他的办刊实践有很大的意义,对于当时台湾民众获得安定心态是一种潜移默化的暗示。曾今可在《海风》这份风格平易的杂志上出现过多次,都是以吟诗作赋为当行本色。例如1956年他与于右任等人唱和之后的记录:"余晋谒右老,围炉谈诗,获益良多。旋随右老往曹府,煜老以其'天下第一厨'贺右老荣获中华文艺奖金之诗歌首选也。即席以所感赋呈诸老,叠'忘年小集'韵。"④虽然这次雅集的由头是于右任新作《迎接战斗年》刚刚发表,曾今可等人的加入却使得这次文人雅集流向了趣味,在宴饮与酬唱之中将政治文本的效力尽数解除。

诗社雅集归之于市民文化并不准确,但是从中可见民众在50年代的台湾有相当多元的选择去体验丰富的文化生活,而市民文化在这个过程当中得到了确立。这一点是许多文艺活动背离政治却能得以展开的心理基础。因为市民文化和通俗文学在戒严时期台湾民众中间仍具备较深入的基础,50年代的台湾文学与日据时期的台湾文

---

① 咸思:《夫妇之间》,《海风》1955年12月1日创刊号。

② 文讯杂志社编:《台湾文学杂志展览目录》,台北:文讯杂志社2003年版,第30页。

③ 巫小黎:《鲁迅与曾今可及其他》,《中国现代文学研究丛刊》2007年第3期。

④ 曹景德等:《忘年小集》,《海风》1956年4月1日第5期。

学便有所衔接。

作家吴漫沙在日据时期担任通俗刊物《风月报》的主编,50年代他主持《联合报》副刊"终身大事在台北"等栏目,[①]因为话题切近民生、稿件通俗,普通读者大多对之颇感兴趣,所以"终身大事在台北"在《联合报》副刊持续设立了较长一段时间。而《文学杂志》最初诞生于麻将桌的故事是50年代台湾文学史上的一段佳话,也未尝不是纯文学与市民文化之间存在血肉联系的实证。1956年,台大外文系教授夏济安在明华书局经理刘守宜家中与友人打牌,闲谈中便聊出办文学刊物的点子,余光中回忆当时场景是"雀战方酣,气氛十分热闹,刘守宜的江北口音、夏济安的吴侬软语、吴鲁芹的上海闲话,在牌声劈拍之间你来我往,忽起忽落"[②]。这十足是市民生活的鲜活写照。《文学杂志》汇集众多名家名作,在50年代的台湾文坛具有极重的分量。夏济安等人在文学上坚持精英立场自不必多说,其在日常生活中却有亲近市民文化的共性。从夏济安等人对于武侠小说的喜好这一点即可看出。夏济安、吴鲁芹、宋淇等人被余光中戏称为"上海帮",三人都有在上海长时期学习、生活的经历,尤其吴鲁芹籍贯是上海,念书期间过的是倜傥少年的生活。他曾在《我的"误人"与"误己"生活》这篇文章中回忆学生时代参加军训的往事,读者从中可以体会他重视趣味的生活态度,也能感知到战争年代并不绝然弭除日常生活的痕迹。[③]50年代初《暖流》杂志一名学生感慨"功课,打球,旅行,多平凡的事,但我忽然发现'幸福'

① 林丽如:《走访文学僧——资深作家访问录》,台北:文讯杂志社2009年版,第260~261页。

② 余光中:《夏济安的背影》,《联合报》副刊2003年6月21日。

③ 1938年国民党政府要求全国大学生不分年级参加三个月的军训,吴鲁芹与同学到达成都之后,因为成都方面的军训筹备工作尚未完成,"我们几个在都市长大的动物就住在成都最热闹的一条大街春熙路上的春熙饭店,每天吃小馆,逛名胜看电影";及至军训正式开始,这些学生也不过是虚应故事走一个过场,"这三个月军事方面的知识,所获有限,打桥牌的技术可是长进了不少"。参考吴鲁芹:《师友·文章》,台北:传记文学出版社1985年版,第168~169页。

竟偷偷藏在平凡里"①。这与吴鲁芹的文章一样可作为日常生活优先于时代主题的一个例证。1957年在台湾创刊的《人间世》沿用林语堂1949年前所办刊物的名称,也有趣味幽默、风格轻松的特征,在当时是一份老少咸宜的通俗性刊物,②加上上面已有介绍的《海风》《自由谈》《台湾诗坛》杂志,这些刊物从市民文化中产生,发表的文章内容整体呈现市民友好的特征,使得民众在50年代的台湾一定程度上还能享受到一个安定、正常的社会状态。

跳出现实政治所规定的直接利害关系,将市民文化作为作家创作的背景,我们可以发现,20世纪50年代台湾文学作品更多的内在特质。这一时期的作家对于家庭生活的描写相当热衷,在叙写一家人共同经历某次波动的过程当中塑造出不同性格的人物形象,是许多小说作者习用的构思方式。人物经历的波动通常都不足以酿成变故,从未超出日常生活的范围。

这里借中华文艺函授学校校刊《中华文艺》上刊载的4篇小说进行分析:楚茹的《小白兔》写的是家庭生活中很平常的一次争吵,因为家中豢养的一只小兔突然失踪,各人对此有不同的反应,女主人焦急中忍不住埋怨丈夫,引起了几个回合的口角。当夜晚来临一切复归平静,兔子在床底下出现,女主人又喜又羞,但终归这一家人的生活又回到原来的秩序。老奶奶之前在儿子儿媳争吵时插上的一句"无事生烦恼,都是兔子害人"③很有喜剧感。在这出近于无事的喜剧中,宠物失踪事件给整个家庭带来的是一种新鲜的刺激,家庭成员之间的关系得到重新审视。

小说《边缘》与楚茹的《小白兔》发表在同一期《中华文艺》上,作者为才在其中演绎了一个婚恋故事。丈夫卧病在床,妻子为此与医生有较多来往,医生对她颇为关照。她离丈夫越来越远而与医生走

---

① 丹立:《浪花日记》,《暖流》1951年5月第1期。

② 文讯杂志社编:《台湾文学杂志展览目录》,台北:文讯杂志社2003年版,第43页。

③ 楚茹:《小白兔》,《中华文艺》1954年9月第1卷第4、5合期。

得越来越近。整篇小说就发生在女主人公决定和医生见面并开始"新生"的早晨。作家在这里大段大段使用心理描写,让女主人公在等待的时间里回忆自己的情感经历。直至与医生会面,丈夫的病容时时隐现,使女子不能释怀,最终选择回归家庭。①作者在这篇小说中借一次没有发生的"出轨"写出人性的复杂,女子在孤独无助之时对他人的关心体贴充满感恩,由此生发的爱恋属于人之常情,当她在个人幸福与婚姻道德之间徘徊,自省意识和责任感使得她悬崖勒马。

《身份》是"中华文艺函授学校第一届毕业同学专号"上的一篇小说。作者黎隐在其中描绘了人性的阴暗面,小说主要人物是一位家庭主妇,最初因为自卑心理,她对新搬进宿舍楼来的高尚家庭百般推崇,一旦拐弯抹角打听到新邻居的女主人有做舞女的经历,她心中陡增一股道德优越感,不仅开始散布流言蜚语,中伤新邻居,还发动其他邻居对这一家施以压力,直至迫使新邻居一家迁出宿舍大楼为止。②在这一作品中,年轻的作者成功塑造出一个冷酷自私的人物形象,作者对之不作道德评价,只是着力在人们闲聊家长里短的过程中呈现市井景观的自然状态。

1957年,马璧作为国民党文艺理论的智库人物,从市民不足以代表全体大众这一点来总结"五四"新文艺运动的局限性,"我们无可讳言,过去的文艺,一般的说来,只到都市小市民和一般知识分子而止。写文艺作品的人,既是市民为多数;读文艺作品的人也是如此"③。如果对50年代初期台湾读者的构成进行分析,可以看出乡村里受中文教育的人口有限,文艺运动自上而下发生,从理论倡导者到作家再到最终止步于市民而无法再推进到农民也就不难理解。作家在创作时必然要考虑到自己的受众,像楚茹、黎隐等作家描写市民生活状态,不管是否有意消解主流文艺带来的消极影响,他们对于受众以市民

---

① 为才:《边缘》,《中华文艺》1954年9月第1卷第4、5合期。
② 黎隐:《身份》,《中华文艺》1955年1月第2卷第1、2期。
③ 马璧:《当前文艺运动的方向》,《文坛》1957年11月创刊号。

为主体的认识是比较准确的。

　　上面引述的小说可以使我们约略发现当时文坛的一种写作趋向,但楚茹、黎隐等年轻作家尚在起步阶段,其作品分量尚不足以使他们作为从市民文化背景中走出来的代表作家。作家林海音在50年代特别是1955年之后颇多小说创作,她也常常以类似楚茹、黎隐那样的视角来捕捉普通男女在日常生活中的悲喜,将她与楚茹等人并列在一起考量,可以发现她们创作的共性。有学者评议"林海音作品中所呈现的是一个安定的、正常的、政治不挂帅的社会心态"①,这一点其实也适用于楚茹等年轻作家。

　　林海音本人受过良好的教育,业余写作之外,更多的时间用在担任报刊编辑、从事文化实践上,但她在50年代创作起步时所依托的分明还是市民文化。林海音当时在报刊发表了不少小说,她这段时间的创作后来结集成册时以《绿藻与咸蛋》为书名,该小说刊登在1956年的《自由中国》上,情节并不复杂,讲的是一对夫妇之间的小误会。女主人与家中来访的男士曾在学生时代有恋人关系,丈夫误以为来客与妻子旧情仍在,因此在三人的谈话中他时刻保持紧张,使得对话充满张力。待到最后收到来信,打消了疑虑,二人重归于好。②林海音在这篇小说中叙事手法干净利落,使用不露痕迹的喜剧语言,使得全文有淡淡的喜剧色彩。与之形成对比的是林海音的另一篇作品《鸟仔卦》,她在其中写出了小人物的悲凉,算命先生为了让自己和小文鸟吃上饭,遇着一个女人便使尽浑身解数为她卜卦,不想那女人身无分文,算命先生走投无路,偷了一把商店的谷子,被店主认准前一天他店里失窃也是算命先生所为,因此被送进拘留所。这篇小说将视线从《绿藻与咸蛋》对家庭生活的关注转移到对社会问题的思考,其叙事语言弥散着林海音其他作品所没有的紧张感,呈现出悲戚的基调。算命先生和求签占卜的女子都遇到生活难题,在困厄之中人

---

① 季季:《听说林先生去买鼓》,《印刻文学生活志》2009年8月第5卷第12期。

② 林海音:《绿藻与咸蛋》,《自由中国》1956年7月第15卷第1期。

与人之间还有慰藉和依靠。"人总是希望预知未来,她也不例外。那么他要给她一个好的未来,一个令人安心、令人兴奋、有希望而又富足的未来。为什么不呢?眼前这个女人,无疑是有着痛苦的,为了解除这个女人的忧心,为了自己的一顿饱餐和凑出旅店钱,他将毫不吝惜的多说几句好话。"①作家虽然不能提供解决问题的方法,但她在这里流露出对不幸者的同情与悲悯,其深切的人文关怀令读者动容。《鸟仔卦》的主题无疑比《绿藻与咸蛋》更为严肃、宏大,结尾尤其具有悲剧意味,并不能让读者在阅读中感受轻松和趣味,但是林海音在小说中以民间卜鸟仔卦的算命先生作为主人公,这属于读者在日常生活中所常见的人物形象,在人物塑造之外,林海音在《鸟仔卦》中的对话描写方面也较多借用"江湖话",可以说这篇小说的创作素材在多个层面显示出市民文化背景的渊源。

林海音小说中的本省人形象与她创作依存的市民文化也有联系。光复初期曾有人感慨"台湾人,台湾风物,台湾问题,一向没有一个文人提起笔来作为'作品'的题材"②,到50年代初期这个情况还比较普遍。1952年前后《联合报》副刊上曾设置以聚焦台湾本省籍民众生活为主题的专栏,③当时的副刊有作为消闲读物娱乐大众的功能,上面刊载关于本省民众的文章并不具有很高的文学性,《鸟仔卦》是林海音第一篇出现本省人身影的小说,选题与立意都让读者印象深刻。

林海音将日常所见的市井人物写到自己的小说中,在《文学杂志》上发表的《蟹壳黄》是另外一例出现本省人的作品,叙事者"我"与丈夫每天固定在一家小餐馆里吃早餐,目睹了一桩桩关于经营者的有趣故事,餐馆老板来自大陆,因脾气暴躁,前后共三次雇请大陆人帮忙,三次合作都以失败告终,直到遇到一个善良又能干的本省女子,不仅生

① 林海音:《鸟仔卦》,《自由中国》1957年5月第16卷第9期。

② 林任民:《上海的报纸和杂志》,《台湾文化》1947年9月第2卷第6期。

③ 例如奇伟的《台湾民间故事:日月潭之恋》(1952年8月6日)、苏阡的《台湾真实故事:小城的风波》(1952年8月7日)、桃叶的《台湾地方故事:父与女》(1952年8月24日)等,其中桃叶的小说即讲述本省女子与外省男子缔结婚姻的故事。

意得以顺利推进,也为自己寻到一桩美满姻缘。①小说写的仍然是普通人的生活,但是林海音的选题角度很新颖,她兼顾外省人与本省人在50年代的生活主题——迁徙来台的外省人期待稳定生活,而本省人需要学习与外省人和平相处。林海音以叙事者"我"观察人物身上发生的故事,全文都是由"我"来好奇地打量事情进展,与丈夫谈话时,"我"带着善意津津乐道餐馆老板的一切趣事,这种在旁侧观察、寻找他人闲聊分享的一系列动作,都可以说是市民文化的折射。

"五四"时期,周作人在倡导平民文学时曾说:"我们不必记英雄豪杰的事业,才子佳人的幸福,只应记世间普通男女的悲欢成败。因为英雄豪杰才子佳人,是世上不常见的人。普通男女是大多数,我们也便是其中的一人。"②在文学的维度,关注、记录普通男女的悲欢成败,这正是新文学传统中"人的文学"具体的表现。如果说上一小节当中我们能看出50年代台湾文学中的"传奇"因素,这一小节则是考察了这一时期台湾文学当中的"日常"场景。在当时的社会环境下,文学本来被寄予了发挥现实效用的期待,因此才有种种关于文学与大众如何发生关联的口号,但是市民文化在台湾有较深入的渗透,加之随着大环境的调整,社会氛围向宽松方向发展,至50年代中后期,不管是中华文艺函授学校年轻的学员,还是林海音这样富于创作经验的作家,众多作家在文学创作中都回到对渺小个体的关注,从而实现了对"人的文学"这一新文学传统的继承和发展。

---

① 林海音:《蟹壳黄》,《文学杂志》1957年7月第2卷第5期。
② 周作人:《平民文学》,《每周评论》1919年1月19日第5号。

结　语

　　受制于国民党严苛的图书查禁制度,20世纪50年代台湾的文学教育实践无法从1949年前的新文学作品直接获取资源。但是,在与经典文库隔绝的情况下,教育者、办刊人的文学观念已经预先承载着新文学传统,使得新文学传统的因子能够以多种形式出现在20世纪50年代台湾文学生产的许多环节上。为了厘清50年代的台湾文学与新文学传统的关系,本书尝试放大文学生产的细节,将当时以不同形式指导创作的实践置于文学教育的概念之下,去考察新文学传统如何在文学教育的过程中传播。

　　自1901年梁启超《论小说与群治之关系》发表,文学的功能在20世纪初的中国文化界得到确认,作家群体在之后数十年中成为历史进程的积极参与者,以创作动员大众,影响深远。这正是国民党在50年代的台湾对文艺事业高度重视的心理基础。1952年台湾杂志《火炬》上刊载文章鼓吹文艺创作的时代价值,"小而言之,对于个人的人生观、性格、趣味、行为嗜好有直接的影响,大而言之,对于国家民族意识及民族性,民族智慧,民族英雄和整个的文艺思潮和文学史演进,有密切的关系,所以文艺创作对于时代有明显的价值"①。出于加强宣传的现实需要,行政力量介入文学教育,的确对文学创作产生冲击,导致大量不具备文学性的作品面世。解放战争中,国民党阵营是失败的一方,其后来对"反共文学"的推崇可以说是国民党阵营的精神胜利法,在污蔑与诋毁之中,败者寻求到内心的一点平衡。不过,文学生态由复杂多样甚至相互对立的因素所构成,所以50年代台湾文学教育并未被"反共文学""战斗文学"的口号所局限,而是不断出现微妙的逆转:

---

①　逢吉:《文艺与时代》,《火炬》1952年8月第2卷第1期。

赵友培等人为开拓集体文学教育所进行的成功尝试、文学青年在个人成长与创作上的追求、以"国语"为关键词但对作家语言观产生积极意义的"国语运动"、为发挥文学宣传功能而倡导的文艺大众化口号……都为50年代台湾文学与1949年前新文学发生关联提供了契机。

无法切断50年代台湾文学与新文学的关联，国民党自身在文艺理论建设上的滞后也是一个重要原因。国民党在1949年之后试图从民族主义的角度来论述"五四"，并且重提"民族文学""三民主义文学"的口号，鼓动作家围绕"民族文学"等概念进行创作，但一直没有产出有分量、有影响力的文学作品去支撑其理论倡导。国民党文艺阵营无法在"五四"新文学传统之外另立山门，因此，其不断沿用新文学传统形成过程中的许多概念，甚至由于理论建设的滞后，国民党文艺界在动员作家时，不得不挪用其左翼对手的话语资源。如此一来，新文学传统进入50年代台湾文学自然存在相当多的缝隙。

正如学者计璧瑞所言，"无论左翼知识分子还是国民党文化人，他们都是'五四'之子"[①]。在文学的领域之内，"五四"为50年代的台湾奠定了思想资源与问题意识。对50年代台湾的文学教育进行系统考察之后，我们可以发现"改造"这一观念潜伏于不同形式的文学教育活动当中："反共文学"教育的要义在于将作家的身份从"写作者"改造为"工作者"，使文学创作直接配合政策需要、服务于政治实践。青年文学教育的重心是引导文学青年克服情感困惑、坚定信仰，教育者具体以人生教育与文学教育为手段，动员青年参与到改造自己、改造社会的进程中。"国语"教育的执行者自光复之后面向本省籍民众将之改造为在语言、意识上相统一的"国民"，这一点在50年代有所延续，而从"国语运动"当中衍生的语文教育直接与写作有关，也在语言层面涉及本省籍作家的自我改造问题。在政治化的历史语境中，大众化口号的提出则包含着双重的"改造"命题——为了使文学作品能

---

① 计璧瑞：《"五四"叙事的又一种形态——再从文学史书写谈起》，《文学评论》2017年第2期。

够有效地影响、改造受众，作家首先必须进行自我改造，否定原先过于精英化的知识分子价值观。上述四种形式的文学教育在1949年之前的新文学实践均已有先例，而且，除了"国语"教育没有那么突出，它们在50年代的大陆文坛也程度不同地有所体现。归根结底，1949年前的新文学实践已经在文学教育上奠定了一定的范式，尤其是至抗战时期为止，围绕创作而展开的各种文学教育形式都已较为完备，它们在内涵与外延两方面影响了50年代两岸文坛的相关实践。

渗透了"改造"意识的文学教育观与新文学的发生机制息息相关，新文学最初诞生于启蒙者试图革新社会的心理背景，以"新"界定文学，不单纯是启蒙者将新文学与"旧"文学对立，也体现了启蒙者推广新文学的同时要对"旧"文学、"旧"观念进行改造的决心。"现代文学一方面不能不是民族国家的产物，另一方面，又不能不是替民族国家生产主导意识形态的重要基地"①，新文学的诞生与中国进入现代化的进程密切关联，可以说新文学最初就是作为一个语言改造的样板，为中国文化界人士演示了从中催生出一个新国家的可能性。这种以改造为诉求的文学观深刻影响了50年代台湾文学教育的执行者，落实在不同形式的文学教育活动中，则是互相依存的教育者与被教育者，也是改造者与被改造者的关系。

如上所述，20世纪50年代的台湾文学表面上看与新文学"脱节"②，却因为多种原因在这一时期的文学教育当中贯注了新文学传统的因子。新文学传统奠基于"五四"，正因为它与变动不居的时代保持关联，所以它不是一个僵化的传统，而是在保持其基本价值立场的前提下，不断跟踪历史进程，生发出新的议题。应当说，50年代台湾的文学教育执行者对于"传统"可谓是念兹在兹，但也不拘泥于成规。赵友培就曾公开表达这样的观点"文艺研究是广泛的，也是随时

---

① 刘禾：《文本批评与民族国家文学》，载唐小兵主编：《再解读：大众文艺与意识形态》，北京：北京大学出版社2007年版，第3页。

② 余光中：《余光中集》第5卷，天津：百花文艺出版社2004年版，第248页。

在进步的：外国人的优点要学，敌人的长处要学，祖先的遗产自然该学；对群众要学，对儿童要学，对名家自然该学。我们赞成要传统，要师承，但传统就是镜子，不是枷锁；师承是南针，不是戒尺。几千年前的祖先怎样作，我们就不能改进吗？三十年前的老师怎样教，我们就不能变通吗？"①他这里所谓"三十年前的老师"正可以理解成新文学发展过程中的理论家、作家，他们的经验在50年代的台湾有充分的空间得以被批判地继承。

20世纪后期，两岸学界在表述各自新文学史观时对"新"的理解各有千秋，例如台湾学者周锦1980年前后曾以下列因素来界定新文学的"新"：战斗性、民族性、社会性、思想性、时代性等；②大陆1996年出版的一部现代文学史教科书中提出新文学"'新'在和社会、和人生或者说和人民的关系，发生了重要的变化"③，这与周锦从文学外部、政治社会的层面讨论新文学属性有相似的思路；学者钱理群则在80年代后期将新文学定义为"用现代文学语言与文学形式，表达现代中国人的思想、感情、心理的文学"④，他把"改造民族的灵魂"⑤作为一条贯穿于20世纪中国文学史的红线，这样的诠释最大可能地包容了文学内部与外部两个层面的考虑，也将新文学的价值取向聚焦在现代中国"人"上面。以"反共文学"为标志的20世纪50年代结束之后，特别是解严之后，台湾作家逐渐抛开一些来自外部力量的束缚，为了表达"现代中国人的思想、感情、心理"而展开创作。大陆文坛的"新时期文学"也经历过一番曲折，回到"文学是人学"的线索上。从这个意义上来说，两岸文坛在暌别三十年之后又心照不宣地实现了合流，而新文学传统正是其中暗潮汹涌的动力。

① 赵友培：《尊重与宽容》，《中华文艺》1954年7月第1卷第3期。
② 周锦：《中国新文学简史》，台北：成文出版社有限公司1980年版。
③ 郭志刚：《中国现代文学史论》，北京：高等教育出版社1996年版。
④ 钱理群：《中国现代文学三十年》，上海：上海文艺出版社1987年版。
⑤ 黄子平等：《二十世纪中国文学三人谈》，北京：人民文学出版社1988年版，第38页。

新文学传统的延续：以20世纪50年代台湾文学教育为中心的考察

参考文献

一、原始报刊

[1]《半月文艺》(台北:半月文艺社,1950年3月—1956年)

[2]《宝岛文艺》(台北:宝岛文艺出版社,1949年10月—1951年7月)

[3]《笔汇》(台北:笔汇编辑委员会,1959年5月—1961年11月)

[4]《畅流》(台北:畅流半月刊社,1950年2月—1991年6月)

[5]《传记文学》(台北:传记文学出版社,1962年6月至今)

[6]《创造周报》(上海:创造社,1923年5月—1924年5月)

[7]《创作月刊》(台北:创造月刊社,1948年4月—1948年1月)

[8]《纯文学》(台北:纯文学月刊社,1967年1月—1972年3月)

[9]《当代青年》(台北:当代青年双周刊社,1950年2月—1955年)

[10]《读书》(台北:中国读书出版社,1952年7—?)

[11]《风月报》(台北:风月俱乐部,1937年9月—1941年7月)

[12]《国风》(台北:国风杂志社,1952年10月—1953年8月)

[13]《"国文"月刊》(昆明:西南联大"国文"系,1940年6月—1946年3月)

[14]《海风》(台北:海风月刊社,1955年12—?)

[15]《黄钟》(杭州:黄钟文学周刊社,1932年10月—1937年9月)

[16]《火炬》(台北:火炬出版社,1950年12月—1952年8月)

[17]《抗战文艺》(重庆:1938年5月—1945年3月)

[18]《联合报》(台北:联合报社,1951年9月至今)

[19]《联合文学》(台北:联合文学杂志社,1984年11月至今)

[20]《每周评论》(北京:每周评论社,1918年12月—1919年8月)

[21]《明道文艺》(台中:明道文艺月刊社,1976年3月至今)

[22]《暖流》(台北:台湾大学文艺社,1951年5月—1951年6月)

[23]《青年俱乐部》(台北:青年俱乐部杂志社,1964年9月—?)

[24]《少年中国》(上海:少年中国学会,1919年7月—1924年5月)

[25]《生活教育》(上海:生活教育杂志社,1934年—1936年)

[26]《台湾青年》(日本东京:台湾青年杂志社,1920年7月—1922年2月)

[27]《台湾文化》(台北:台湾文化协进会,1946年9月—1950年5月)

[28]《台湾文学丛刊》(台中:台湾文学社,1948年8月—1948年12月)

[29]《文坛》(台北:中国文坛出版社,1952年6月—1985年11月)

[30]《文星》(台北:文星编委会,1957年11月—1965年12月)

[31]《文学季刊》(北京:立达书局,1934年1月—1935年3月)

[32]《文学月报》(上海:光华书局,1932年6月—1932年9月)

[33]《文学杂志》(台北:文学杂志社,1956年9月—1960年8月)

[34]《文讯》(上海:文通书局,1940年10月—1948年12月)

[35]《文讯》(台北:文艺资料研究及服务中心,1983年7月至今)

[36]《文艺创作》(台北:文艺创作出版社,1951年5月—1956年12月)

[37]《文艺复兴》(上海:文艺复兴社,1946年1月—1947年19月)

[38]《文艺突击》(延安:文艺突击社,1938年5月—?)

[39]《文艺先锋》(重庆:文艺先锋社,1942年10月—1948年1月)

[40]《文艺学习》(北京:文艺学习编辑委员会,1954年4月—1958年1月)

[41]《文艺月报》(台北:中国新闻出版社,1954年1月—1955年12月)

[42]《文友通讯》(台北:钟肇政,1957年4月—1958年9月)

[43]《现代》(上海:现代公司出版部,1932年5月—1934年11月)

[44]《现代文学》(台北:现代文学杂志社,1960年3月—1984年3月)

[45]《小说月报》(上海:商务印书馆,1910年7月—1931年12月)

[46]《新潮》(北京:北京大学新潮社,1919年1月—1919年10月)

[47]《新青年》(《青年杂志》)(新青年社,1915年9月—1926年7月)

[48]《学生杂志》(上海:商务印书馆,1914年7月—1947年1月)

[49]《野风》(台北:野风出版社,1950年11月—1965年2月)

[50]《印刻文学生活志》(台北:印刻文学生活杂志出版有限公司,2003年9月至今)

[51]《幼狮》(台北:幼狮月刊社,1953年1月—1989年6月)

[52]《幼狮少年》(台北:幼狮少年社,1976年10月至今)

[53]《幼狮文艺》(台北:中国青年写作协会,1954年3月至今)

[54]《中国文艺》(台北:中国文艺杂志社,1952年3月—?)

[55]《中国语文月刊》(台北:中国语文出版社,1952年4月至今)

[56]《中国作家》(上海:中华全国文艺协会中国作家编辑委员会,1947年10月—1948年5月)

[57]《中华文艺》(台北:中华文艺月刊社,1954年5月—1960年)

[58]《中外文学》(台北:中外文学月刊社,1972年6月至今)

[59]《中学生》(上海:开明书店,1930年5月—1949年9月)

[60]《周报》(上海:周报社,1945年9月—1946年2月)

[61]《自由青年》(台北:自由青年旬刊社,1950年5月—1991年6月)

[62]《自由中国》(台北:自由中国社,1949年11月—1960年9月)

二、中文著作

[1]阿英编选:《中国新文学大系·史料·索引》(影印本),上海:良友

图书印刷公司,1936年。

[2]艾晓明:《青年巴金及其文学视界》,上海:复旦大学出版社,
2009年。

[3]白先勇:《白先勇文集》第4卷,广州:花城出版社,2000年。

[4]北京大学、北京师范大学、北京师范学院中文系中国现代文学
教研室主编:《文学运动史料选》(全3册),上海:上海教育出版社,
1979年。

[5]北京图书馆编:《民国时期总书目(1911—1949)》(语言文字分
册),北京:书目文献出版社,1986年。

[6]北京图书馆书目编辑组编:《中国现代作家译书目(续编)》,北
京:书目文献出版社,1986年。

[7]北京图书馆书目编辑组编:《中国现代作家译书目》,北京:书
目文献出版社,1982年。

[8]蔡鸿源:《民国人物别名索引》,长春:吉林人民出版社,
2001年。

[9]蔡元培:《蔡孑民先生言行录》,济南:山东人民出版社,
1998年。

[10]曹聚仁:《中国文学概要·小说新语》,北京:生活·读书·新知
三联书店,2007年。

[11]曹明等:《月是故乡明——大陆籍台湾作家研究》,南京:江苏
省台港暨海外华人文学研究会,1995年。

[12]曾建民编:《1945光复新声——台湾光复诗文集》,台北:印刻
出版有限公司,2005年。

[13]曾健民:《1945破晓时刻的台湾——"八·一五"后激动的100
天》,北京:台海出版社,2007年。

[14]陈伯海:《中国文学史之宏观》,北京:中国社会科学出版社,
1995年。

[15]陈方竞:《多重对话:中国新文学的发生》,北京:人民文学出
版社,2003年。

[16]陈芳明:《昨夜雪深几许》,台北:印刻出版有限公司,2008年。

[17]陈芳明:《左翼台湾:殖民地文学运动史论》,台北:麦田出版社,2007年。

[18]陈芳明编:《杨逵的文学生涯》,台北:前卫出版社,1988年。

[19]陈纪滢等:《中国文协卅周年纪念集》,台北:"中国文艺协会",1980年。

[20]陈敬之:《中国文学的由旧到新》,台北:成文出版社,1980年。

[21]陈平原、夏晓虹主编:《触摸历史:五四人物与现代中国》,广州:广州出版社,1999年。

[22]陈平原:《触摸历史与进入五四》,北京:北京大学出版社,2005年。

[23]陈平原:《中国小说叙事模式的转变》,北京:北京大学出版社,2003年。

[24]陈平原编,凌云岚考释:《现代学者演说现场:朱自清卷——文学的标准与尺度》,济南:山东文艺出版社,2006年。

[25]陈若曦:《陈若曦自选集》,台北:联经出版事业公司,1976年。

[26]陈若曦:《坚持·无悔——陈若曦七十自述》,台北:九歌出版社,2008年。

[27]陈瘦竹主编:《左联时期文学论文集》,南京:南京大学学报编辑部,1980年。

[28]陈旋波:《时与光:20世纪中国文学史格局中的徐訏》,南昌:百花洲文艺出版社,2004年。

[29]陈义芝主编:《散文教室》,台北:九歌出版社有限公司,2006年。

[30]陈映真、曾建民编:《1947—1949台湾文学问题论议集》,台北:人间出版社,2003年。

[31]陈映真总编:《左翼传统的复归:乡土文学论战三十年》,台北:人间出版社,2008年。

[32]陈子展:《中国近代文学之变迁·最近三十年中国文学史》,上

海：上海古籍出版社，2000年。

[33]成仿吾：《成仿吾文集》，济南：山东大学出版社，1985年。

[34]程榕宁：《文艺斗士：张道藩传》，台北：近代中国出版社，1985年。

[35]戴燕：《文学史的权力》，北京：北京大学出版社，2002年。

[36]丁淼：《三十年代文艺总批判》，香港：亚洲出版社，时间不详。

[37]丁望：《中国三十年代作家评介》，香港：明报月刊社，1978年。

[38]东海大学文学院编：《苦闷与蜕变——60、70年代台湾文学与社会国际学术研讨会论文集》，东海大学中国文学系，2006年。

[39]董保中：《文学·政治·自由》，台北：尔雅出版社，1978年。

[40]段彩华：《北归南回》，台北：联合文学出版社，2002年。

[41]段美乔：《投岩麝退香：论1946—1948年间平津地区"新写作"文学思潮》，台北：秀威资讯科技出版，2008年。

[42]范伯群主编：《中国近现代通俗作家评传丛书》，南京：南京出版社，1994年。

[43]方忠：《台湾当代文学的五四新文学传统》，南京：江苏凤凰教育出版社，2017年。

[44]方忠：《台湾通俗文学论稿》，北京：中国华侨出版社，2000年。

[45]费锦昌：《中国语文现代化百年记事(1892—1995)》，北京：语文出版社，1997年。

[46]封德屏主编：《台湾作家作品目录》(三卷)，台南：台湾文学馆，2008年。

[47]封世辉选编：《中国沦陷区文学大系·评论卷》，南宁：广西教育出版社，1998年。

[48]符兆祥主编：《卓尔不群的王平陵——平陵先生纪念选集》，台北：世界华文作家出版社，1999年。

[49]高友工：《中国美典与文学研究论集》，台北：台湾大学出版中心，2004年。

[50]高玉：《现代汉语与中国现代文学》，北京：中国社会科学出版

社,2003年。

[51]耿云志:《胡适年谱:1891—1962》,成都:四川人民出版社,1989年。

[52]龚鹏程:《台湾文学在台湾》,台北:骆驼出版社,1997年。

[53]古继堂:《简明台湾文学史》,北京:时事出版社,2002年。

[54]古继堂:《台湾文学的母体依恋》,北京:九州出版社,2002年。

[55]古继堂:《台湾新文学理论批评史》,沈阳:春风文艺出版社,1993年。

[56]古远清:《海峡两岸文学关系史》,福州:福建人民出版社,2010年。

[57]古远清:《台湾当代文学理论批评史》,武汉:武汉出版社,1994年。

[58]顾黄初、李杏保主编:《二十世纪后期中国语文教育论集》,成都:四川教育出版社,2000年。

[59]郭志刚主编:《中国现代文学书目汇要(小说卷)》,北京:书目文献出版社,1994年。

[60]韩立群:《中国语文革命:现代语文观及其实践》,北京:中央编译出版社,2003年。

[61]何凡、林海音:《窗》,台北:纯文学出版社,1972年。

[62]何容:《何容文集乙编》,台北:国语日报社,1993年。

[63]贺志强等:《鲁艺史话》,西安:陕西人民出版社,1991年。

[64]洪子诚:《问题与方法:中国当代文学史研究讲稿》,北京:北京大学出版社,2010年。

[65]胡风:《胡风评论集》(上、中、下卷),北京:人民文学出版社,1984年。

[66]胡风:《胡风选集》第1卷,成都:四川人民出版社,1996年。

[67]胡国台访问、郭玮玮记录:《刘真先生访问记录》,台北:"中研院"近代史研究所,1993年。

[68]胡兰成:《中国文学史话》,上海:上海社会科学院出版社,

2004年。

[69]胡秋原:《民族文学论》,重庆:文风书局,1944年。

[70]胡秋原:《文化复兴与超越前进论》,台北:学术出版社,1980年。

[71]胡秋原:《文学艺术论集》,台北:学术出版社,1979年。

[72]胡适:《白话文学史》,上海:上海古籍出版社,1999年。

[73]胡适编选:《中国新文学大系第一集·建设理论集》(影印本),上海:良友图书出版公司,1936年。

[74]胡适等:《中国文艺复兴运动》,台北:"中国文艺协会",1960年。

[75]胡有瑞:《现代学人散记》,台北:尔雅出版社,1977年。

[76]黄国昌:《中国意识与台湾意识》,台北:五南图书出版公司,1992年。

[77]黄锦树:《文与魂与体:论现代中国性》,台北:麦田出版社,2006年。

[78]黄俊杰:《光复初期的台湾——思想与文化的转型》,台北:台湾大学出版中心,2005年。

[79]黄曼君:《新文学传统与经典阐释》,武汉:湖北教育出版社,2005年。

[80]黄美娥:《重层现代性镜像——日治时代台湾传统文人的文化视域与文学想象》,台北:麦田出版社,2004年。

[81]黄万华:《跨越1949——战后中国大陆、台湾、香港文学转型研究》,南昌:百花洲文艺出版社,2019年。

[82]黄万华:《战后二十年中国文学研究》,北京:人民文学出版社,2008年。

[83]黄万华:《中国和海外:20世纪汉语文学史论》,天津:百花文艺出版社,2006年。

[84]黄武忠:《日据时期台湾新文学作家小传》,台北:时报文化出版事业有限公司,1980年。

[85]黄武忠:《台湾作家印象记》,台北:众文图书公司,1984年。

[86]黄修己:《中国新文学史编纂史》,北京:北京大学出版社,1995年。

[87]黄英哲等编《许寿裳日记:1940—1948》,福州:福建教育出版社,2008年。

[88]黄英哲:《"去日本化"·"再中国化":战后台湾文化重建》,台北:麦田出版社,2007年。

[89]纪刚:《滚滚辽河》,台北:纯文学出版社,1983年。

[90]纪弦:《纪弦回忆录》,台北:联合文学出版社,2001年。

[91]贾植芳等编:《文学研究会资料》(上中下),郑州:河南人民出版社,1985年。

[92]贾植芳主编:《中国现代文学的主潮——国外学者论文集》,上海:复旦大学出版社,1990年。

[93]贾植芳主编:《中国现代文学社团流派》(上、下卷),南京:江苏教育出版社,1989年。

[94]江宝钗等编:《台湾的文学与环境》,高雄:丽文出版社,1996年。

[95]姜穆:《三十年代作家论》,台北:东大图书股份有限公司,1986年。

[96]蒋碧微:《蒋碧微回忆录》,台北:皇冠出版社,1966年。

[97]蒋介石:《人格修养与训练》,上海:文化编译馆,1940年。

[98]蒋梦麟:《西潮》(第十版),台北:世界书局,1972年。

[99]柯庆明:《台湾现代文学的视野》,台北:麦田出版社,2006年。

[100]蓝博洲:《天未亮——追忆一九四九四六事件》,台北:晨星出版有限公司,2000年。

[101]黎湘萍:《文学台湾:台湾知识者的文学叙事与理论想象》,北京:人民文学出版社,2003年。

[102]李白英编:《作文描写辞源》,上海:中央书店,1947年。

[103]李辰冬:《文学与青年》,重庆:中国文化服务社,1940年。

[104]李辰冬:《文学与生活》,台北:力行书局,1957年。

[105]李广田:《论文学教育》,上海:文化工作社,1950年。

[106]李何林:《李何林全集》,石家庄:河北教育出版社,2003年。

[107]李欧梵:《中国现代作家的浪漫一代》,北京:新星出版社,2010年。

[108]李欧梵口述,陈建华访录:《徘徊在现代和后现代之间》,台北:正中书局,1996年。

[109]李瑞腾:《台湾文学风貌》,台北:三民书局,1991年。

[110]李瑞腾主编:《评论20家》,台北:九歌出版社,2002年。

[111]李瑞腾主编:《霜后的灿烂:林海音及其同辈女作家学术研讨会论文集》,台南:文化资产保存研究中心筹备处,2003年。

[112]李瑞腾主编:《中华现代文学大系·台湾一九八九一二〇〇三(贰)·评论卷(一)》,台北:九歌出版社,2003年。

[113]李宗刚:《新式教育与五四文学的发生》,济南:齐鲁书社,2006年。

[114]联副三十年文学大系编辑委员会编:《梦与狮子:联副三十年文学大系·小说卷1》,台北:联合报社,1981年。

[115]联副三十年文学大系编辑委员会编:《文化与生活:联副三十周年文学大系·评论卷23》,台北:联合报社,1981年。

[116]梁明雄:《张深切与〈台湾文艺〉研究》,台北:文经出版社,2002年。

[117]梁启超:《饮冰室合集》,北京:中华书局,1989年影印本。

[118]梁实秋:《梁实秋文集》第1卷,厦门:鹭江出版社,2002年。

[119]廖清秀:《恩仇血泪记》,廖清秀自印,1957年。

[120]廖清秀:《廖清秀集》,台北:前卫出版社,1991年。

[121]廖清秀:《冤狱》,台北:中兴文学出版社,1953年。

[122]廖清秀口述,庄紫蓉撰述:《苦学与写作》,台北:台北县政府文化局,2004年。

[123]林海音编:《中国近代作家与作品》,台北:纯文学出版社,

新文学传统的延续：以20世纪50年代台湾文学教育为中心的考察

1980年。

[124]林丽如:《走访文学僧——资深作家访谈录》,台北:文讯杂志社,2009年。

[125]林良 等:《见证:国语日报六十年》,台北:国语日报社,2008年。

[126]林淇瀁:《书写与拼图——台湾文学传播现象研究》,台北:麦田出版社,2001年。

[127]林礽乾总编:《台湾文化事典》,台北:台湾师范大学人文教育研究中心,2004年。

[128]林文月编:《台静农先生纪念文集》,台北:洪范书局有限公司,1991年。

[129]林政华:《台湾文学教育耕获集》,台北:文史哲出版社,2002年。

[130]刘登翰、庄明萱主编:《台湾文学史》,北京:现代教育出版社,2007年。

[131]刘非烈:《喇叭手》,台北:九歌出版社,2005年。

[132]刘俊:《从台港到海外:跨区域华文文学的多元审视》,广州:花城出版社,2004年。

[133]刘俊:《跨界整合:世界华文文学综论》,北京:新星出版社,2005年。

[134]刘纳:《论"五四"新文学》,杭州:浙江文艺出版社,1987年。

[135]刘纳:《嬗变——辛亥革命时期至五四时期的中国文学》,北京:中国社会科学出版社,1998年9月。

[136]刘永明:《国民党与五四运动》,北京:中国社会科学出版社,1990年。

[137]鲁迅:《鲁迅全集》,北京:人民文学出版社,2005年。

[138]陆卓宁:《20世纪台湾文学史略》,北京:民族出版社,2006年。

[139]鹿桥:《未央歌》(第四十二版),台北:商务印书馆,1988年。

[140]罗岗:《危机时期的文化想象:文学·文学史·文学教育》,南昌:江西教育出版社,2005年。

[141]罗门:《罗门自选集》,台北:黎明文化事业股份有限公司,1975年。

[142]罗盘:《小说创作论》,台北:东大图书公司,1990年。

[143]吕达主编:《陆费逵教育论选》,北京:人民教育出版社,2000年。

[144]吕芳上:《从学生运动到运动学生:民国八年至十八年》,台北:"中研院"近代史研究所,1994年。

[145]吕赫若:《吕赫若小说全集》,台北:联合文学出版社,1995年。

[146]吕正惠、赵遐秋主编:《台湾新文学思潮史纲》,北京:昆仑出版社,2002年。

[147]吕正惠:《文学经典与文化认同》,台北:九歌出版社,1995年。

[148]吕正惠:《战后台湾文学经验》,北京:生活·读书·新知三联书店,2010年。

[149]马兼善、姚壬龙主编:《作文描写类典》,上海:普益书局,1933年。

[150]马森:《中国现代戏剧的两度西潮》,台北:联合文学出版社,2006年。

[151]茅家琦主编:《台湾三十年:1949—1979》,郑州:河南人民出版社,1988年。

[152]梅家玲:《性别,还是家国?——五〇与八、九〇年代台湾小说论》,台北:麦田出版社,2004年。

[153]梅家玲编:《性别论述与台湾小说》,台北:麦田出版社,2000年。

[154]倪墨炎、陈九英编:《许寿裳文集》,上海:百家出版社,2003年。

[155]倪伟:《"民族"想象与国家统制——1928—1949年南京政府的文艺政策及文学运动》,上海:上海教育出版社,2003年。

[156]欧阳哲生主编:《胡适文集》,北京:北京大学出版社,1998年。

[157]彭瑞金:《台湾文学50家》,台北:玉山社出版事业股份有限公司,2005年。

[158]彭瑞金:《台湾新文学运动四十年》,高雄:春晖出版社,2004年。

[159]彭小妍:《超越写实》,台北:联经出版事业公司,1993年。

[160]朴月:《鹿桥歌未央》,台北:台湾商务印书馆,2006年。

[161]齐邦媛:《千年之泪》,台北:尔雅出版社,1990年。

[162]齐邦媛:《雾渐渐散的时候——台湾文学五十年》,台北:九歌出版社,1999年。

[163]齐邦媛主编:《中国现代文学选集》,台北:尔雅出版社,1984年。

[164]钱谷融:《论"文学是人学"》,北京:人民文学出版社,1981年。

[165]钱鸿钧编:《台湾文学两钟书》,台北:草根出版公司,1998年。

[166]钱理群、温儒敏、吴福辉:《中国现代文学三十年》(修订本),北京:北京大学出版社,1998年。

[167]钱林森主编:《20世纪法国作家与中国——1999南京国际学术研讨会》,南京:南京大学出版社,2001年。

[168]钱谦吾编:《新文艺描写辞典》,上海:南强书局,1929年。

[169]丘为君、陈连顺主编:《中国现代文学的回顾》,台北:龙田出版社,1978年。

[170]饶芃子、费勇:《本土以外——论边缘的现代汉语文学》,北京:中国社会科学出版社,1998年。

[171]商金林撰:《叶圣陶年谱长编》(四卷),北京:人民教育出版

社,2004年。

[172]尚道明等:《国家与认同——一些外省人的观点》,台北:群学出版社,2010年。

[173]沈从文:《沈从文全集》,太原:北岳文艺出版社,2002年。

[174]沈履:《青年心理学》,上海:商务印书馆,1933年。

[175]沈卫威:《学衡派谱系:历史与叙事》,南昌:江西教育出版社,2007年。

[176]沈卫威编:《胡适日记》,太原:山西教育出版社,1997年。

[177]沈卫威编:《自古成功在尝试:关于胡适》,北京:北京广播学院出版社,2000年。

[178]师范:《文艺生活》,台北:文艺生活书房,2005年。

[179]宋春、于文藻主编:《中国国民党台湾四十年史(1949—1989)》,长春:吉林文史出版社,1990年。

[180]台湾教授协会编:《战后台湾国际处境暨中华民国流亡台湾60年》,台北:前卫出版,2010年。

[181]台湾师大"国文学"系编:《汉学研究之回顾与前瞻国际学术研讨会论文集》,台北:台湾师范大学创校暨"国文学"系创系六十周年纪念,2006年。

[182]谭国根:《主体建构政治与现代中国文学》,香港:牛津大学出版社,2000年。

[183]唐小兵主编:《再解读:大众文艺与意识形态》,北京:北京大学出版社,2007年。

[184]陶菊隐:《孤岛见闻——抗战时期的上海》,上海:上海人民出版社,1979年。

[185]陶希圣等:《三十年代文艺论丛》,台北:"中央日报"社,1966年。

[186]陶行知等:《生活教育文选》,成都:四川教育出版社,1988年。

[187]天一出版社编:《陈若曦传记资料》,台北:天一出版社,

1985年。

[188]天一出版社编:《徐志摩传记资料》,台北:天一出版社,1985年。

[189]外省台湾人协会编:《乡关处处:外省人返乡探亲照片故事集》,台北:印刻出版有限公司,2008年。

[190]汪荣祖编:《五四研究论文集》,台北:联经出版公司,1979年。

[191]王德威:《茅盾·老舍·沈从文——写实主义与现代中国小说》,台北:麦田出版社,2009年。

[192]王德威:《台湾:从文学看历史》,台北:麦田出版社,2009年。

[193]王鼎钧:《关山夺路:王鼎钧回忆录四部曲之三》,台北:尔雅出版社,2009年。

[194]王鼎钧:《讲理》,济南:山东文艺出版社,2003年。

[195]王鼎钧:《怒目少年:王鼎钧回忆录四部曲之二》,台北:尔雅出版社,2009年。

[196]王鼎钧:《文学江湖:王鼎钧回忆录四部曲之四》,台北:尔雅出版社,2009年。

[197]王鼎钧:《文学种籽》,台北:尔雅出版社,2003年。

[198]王鼎钧:《意识流》,王鼎钧自印,1985年。

[199]王鼎钧:《昨天的云:王鼎钧回忆录四部曲之一》,台北:尔雅出版社,2009年。

[200]王鼎钧:《作文七巧》,王鼎钧自印,1984年。

[201]王鼎钧:《作文十九问》,台北:尔雅出版社有限公司,2004年。

[202]王汎森等:《中国近代思想史的转型时代——张灏院士七秩祝寿论文集》,台北:联经出版公司,2007年。

[203]王甫昌:《当代台湾社会的族群想像》,台北:群学出版社,2003年。

[204]王集丛:《三民主义与文艺》,台北:台湾商务印书馆,

1971年。

[205]王集丛:《文艺思想问题与创作》,台北:黎明文化出版社,1974年。

[206]王蓝:《蓝与黑》,台北:纯文学出版社,1979年。

[207]王蓝:《美子的画像》,重庆:红蓝出版社,1943年。

[208]王蓝:《长夜》,台北:纯文学出版社,1984年。

[209]王培元:《抗战时期的延安鲁艺》,桂林:广西师范大学出版社,1999年。

[210]王平陵:《文艺家的新生活》,南京:正中书局,1934年。

[211]王平陵:《新狂飚时代》,重庆:商务印书馆,1945年。

[212]王文兴:《家变六讲——写作过程回顾》,台北:麦田出版社,2009年。

[213]王尧:《文革对五四及现代文艺的叙述与阐释》,台北:文史哲出版社,2005年。

[214]王瑶:《中国新文学史稿》,北京:开明书店,1951年。

[215]王瑶主编:《中国文学研究现代化进程》,北京:北京大学出版社,1996年。

[216]王由青:《张道藩的文宦生涯》,北京:团结出版社,2008年。

[217]尉天骢编:《乡土文学讨论集》,台北:远景出版事业公司,1980年。

[218]魏建功:《魏建功文集》,南京:江苏教育出版社,2001年。

[219]魏绍昌:《我看鸳鸯蝴蝶派》,台北:台湾商务印书馆,1992年。

[220]温儒敏、陈晓明等:《现代文学新传统及其当代阐释》,北京:北京大学出版社,2010年。

[221]温儒敏:《新文学现实主义的流变》,北京:北京大学出版社,2007年。

[222]文讯杂志社编:《梦或者黎明——商禽文学展暨追思纪念会特刊》,台北:文讯杂志社,2010年。

[223]文讯杂志社编:《台湾人文出版社30家》,台北:文讯杂志社,2008年。

[224]文讯杂志社编:《台湾文学杂志展览目录》,台北:文讯杂志社,2003年。

[225]文讯杂志社编:《文讯25周年总目》,台北:文讯杂志社,2008年。

[226]文振庭编:《文艺大众化问题讨论资料》,上海:上海文艺出版社,1987年。

[227]吴鲁芹:《师友·文章》,台北:传记文学出版社,1985年。

[228]吴世勇编:《沈从文年谱(1902—1988)》,天津:天津人民出版社,2006年。

[229]吴文星等编:《日治时期台湾公学校与国民学校国语读本》,台北:南天书局有限公司,2003年。

[230]吴义勤:《漂泊的都市之魂:徐訏论》,苏州:苏州大学出版社,1993年。

[231]吴原编:《民族文艺论文集》(影印本),上海:上海书店,1984年。

[232]吴浊流:《无花果——台湾七十年的回想》,台北:台湾出版社,1988年。

[233]夏济安:《夏济安选集》,沈阳:辽宁教育出版社,2001年。

[234]夏丏尊:《文心》,北京:开明出版社,1996年。

[235]夏晓虹、王风等:《文学语言与文章体式——从晚清到"五四"》,合肥:安徽教育出版社,2006年。

[236]夏志清:《新文学的传统》,北京:新星出版社,2005年。

[237]夏祖丽:《握笔的人:当代作家访问》,台北:台湾纯文学出版社,1983年。

[238]萧延中等编:《启蒙的价值与局限——台港学者论五四》,太原:山西人民出版社,1989年。

[239]谢天申编:《景物描写辞典》,上海:经纬书局,1948年。

[240]谢泳:《书生的困境:中国现代知识分子问题简论》,桂林:广西师范大学出版社,2009年。

[241]辛广伟:《台湾出版史》,石家庄:河北教育出版社,2000年。

[242]邢小群:《丁玲与文学研究所的兴衰》,济南:山东画报出版社,2003年。

[243]徐惠珍编:《文艺创作研习班讲座专辑》,桃园:桃园县立文化中心,1988年。

[244]徐訏:《徐訏文集》(十六册),上海:上海三联书店,2008年。

[245]薛化元:《战后台湾历史阅览》,台北:五南出版社,2010年。

[246]痖弦:《中国新诗研究》,台北:洪范书店,1982年。

[247]杨昌年等编:《二十世纪中国新文学史》,台北:三民书局,1997年。

[248]杨牧、郑树森编:《现代中国诗选》,台北:洪范书店,1989年。

[249]杨贤江教育思想研究会编:《杨贤江纪念集》,北京:光明日报出版社,2005年。

[250]杨泽编:《从四〇年代到九〇年代——两岸三边华文小说研讨会论文集》,台北:时报文化出版事业有限公司,1994年。

[251]杨照:《梦与灰烬——战后文学史散论二集》,台北:联合文学出版社,1998年。

[252]杨宗翰编:《文学经典与台湾文学》,台北:富春文化出版社,2002年。

[253]姚玳玫:《想象女性:海派小说1892—1949的叙事》,北京:中国社会科学出版社,2004年7月。

[254]叶圣陶,叶至善编:《叶圣陶集》(八卷),南京:江苏教育出版社,1989年。

[255]叶石涛:《台湾文学的回顾》,台北:九歌出版社,2004年。

[256]叶石涛:《台湾文学的困境》,高雄:派色文化出版社,1992年。

[257]叶石涛:《台湾文学史纲》,高雄:文学界杂志社,1987年。

[258]叶石涛:《台湾乡土作家论集》,台北:远景出版社,1979年。

[259]叶石涛:《小说笔记》,台北:前卫出版社,1983年。

[260]叶石涛:《叶石涛集》,台北:前卫出版社,1991年。

[261]叶石涛:《叶石涛全集》,高雄:高雄市政府文化局,2006年。

[262]叶石涛:《叶石涛自选集》,台北:黎明文化事业股份有限公司,1975年。

[263]叶石涛:《一个台湾老朽作家的五〇年代》,台北:前卫出版社,1991年。

[264]叶石涛:《追忆文学岁月》,台北:九歌出版社,1999年。

[265]叶维廉:《中国现代小说的风貌》,台北:台大出版中心,2010年。

[266]尹雪曼:《鼎盛时期的新小说》,台北:成文出版社,1980年。

[267]尹雪曼:《抗战时期的现代小说》,台北:成文出版社,1980年。

[268]隐地:《隐地看小说》,台北:尔雅出版社,1981年。

[269]应凤凰:《五〇年代台湾文学论集——战后第一个十年的台湾文学生态》,高雄:春晖出版社,2007年。

[270]应凤凰:《五〇年代文学出版显影》,台北:台北县政府文化局,2006年。

[271]应凤凰:《钟理和论述》,高雄:春晖出版社,2004年。

[272]游胜冠:《台湾文学本土论的兴起与发展》,台北:前卫出版社,1996年。

[273]余光中:《余光中集》(九卷),天津:百花文艺出版社,2004年。

[274]余昭玟:《从语言跨越到文学建构——跨语一代小说家研究论文集》,台南:台南市立图书馆,2003年。

[275]郁达夫:《郁达夫全集》第1卷,杭州:浙江大学出版社,2007年。

[276]郁达夫等:《创作经验谈》,上海:光华书局,1933年。

[277]郁达夫等撰:《中国新文艺大系(小说卷)》(三册),台北:大汉出版社,1980年。

[278]张爱玲:《张爱玲全集》,台北:皇冠出版社,2001年。

[279]张宝琴等编:《四十年来中国文学》,台北:联合文学出版社,1995年。

[280]张博宇:《台湾地区国语运动史料》,台北:台湾商务印书馆,1974年。

[281]张春荣:《修辞散步》,台北:三民书局,1993年。

[282]张道藩:《酸甜苦辣的回味》,台北:传记文学出版社,1981年。

[283]张道藩:《张道藩先生文集》,台北:九歌出版社,1999年。

[284]张静庐辑注:《中国出版史料补编》,北京:中华书局,1957年。

[285]张静庐辑注:《中国近代出版史料初编》,上海杂志出版社,1953年。

[286]张静庐辑注:《中国现代出版史料乙编》,北京:中华书局,1954年。

[287]张瑞芬:《胡兰成、朱天文与“三三”:台湾当代文学论集》,台北:秀威资讯科技股份有限公司,2007年。

[288]张瑞芬:《台湾当代女性散文史论》,台北:麦田出版社,2007年。

[289]张漱菡:《胡秋原传》,台北:皇冠出版社,1988年。

[290]张漱菡:《意难忘》,合肥:安徽文艺出版社,1990年。

[291]张素贞:《现代小说启事》,台北:九歌出版社,2001年。

[292]张晓婉:《审美秩序的重塑:1950—1970台湾文学理论批评研究》,北京:九州出版社,2020年。

[293]张盯主编:《作文描写辞典》,上海:民立书店,1947年。

[294]张炎宪编:《20世纪台湾新文化运动与国家建构论文集》,台北:财团法人吴三连台湾史料基金会,2003年。

[295]张炎宪等:《二二八事件研究论文集》,台北:财团法人吴三连台湾史料基金会,1998年。

[296]张炎宪等编:《迈向21世纪的台湾民族与国家论文集》,台北:财团法人吴三连台湾史料基金会,2001年。

[297]张炎宪等编:《台湾近百年史论文集》,台北:财团法人吴三连台湾史料基金会,1996年。

[298]张炎宪主编:《战后政治运动及其他》,台北:财团法人吴三连台湾史料基金会,2002年。

[299]张艳华:《新文学发生期的语言选择与文体流变》,济南:山东大学出版社,2009年。

[300]张正修:《寻找主体的无国之民:台湾主体理论的建构与批判》,台北:前卫出版社,1998年。

[301]赵树理:《和青年读者谈创作》,长沙:湖南人民出版社,1983年。

[302]赵友培:《文艺先进张道藩》,台北:重光文艺出版社,1975年。

[303]赵友培:《赵友培自选集》,台北:黎明文化事业公司,1981年。

[304]赵元任:《国语语法:中国话的文法》,台北:学海出版社,1981年。

[305]郑炯明编:《点亮台湾文学的火炬:叶石涛文学国际学术研讨会论文集》,高雄:春晖出版社,1999年。

[306]郑炯明编:《越浪前行的一代:叶石涛及其同时代作家文学国际学术研讨会论文集》,高雄:春晖出版社,2002年。

[307]郑明娳编:《当代台湾政治文学论》,台北:时报文化出版事业有限公司,1994年。

[308]郑树森编:《与世界文坛对话》,台北:三民出版社,1991年。

[309]中国第二历史档案馆编:《中华民国史档案资料汇编》第五辑,南京:江苏古籍出版社,1994年。

[310]"中国文艺协会"编:《文协六十年实录》,台北:普音文化,2010年。

[311]"中国文艺协会"编:《中国文艺协会会员通讯录》,台北:"中国文艺协会",1953年。

[312]"中国文艺协会"第十届理事会主编:《文协十年》,台北:"中国文艺协会",1960年。

[313]"中国文艺协会"第四届理事会主编:《耕耘四年》,台北:"中国文艺协会",1954年。

[314]中国现代文学大系编辑委员会编:《中国现代文学大系》,台北:巨人出版社,1972、1974年。

[315]中华民国文艺史编纂委员会编:《中华民国文艺史》,台北:正中书局,1975年。

[316]中华日报社编:《大学文学教育论战集:中文系和文艺系的问题》,台北:中华日报社,1973年。

[317]钟理和:《钟理和全集》,高雄:高雄县立文化中心,1997年。

[318]钟肇政:《钟肇政口述历史:"战后台湾文学发展史"十二讲》,台北:唐山出版社,2008年。

[319]钟肇政编:《本省籍作家作品选集》(十册),台北:文坛出版社,1964年。

[320]钟肇政编:《台湾省青年文学丛书》,台北:幼狮书店,1965年。

[321]周策纵等:《胡适与近代中国》,台北:时报文化出版事业有限公司,1991年。

[322]周锦编:《中国现代小说编目》,台北:成文出版社,1980年。

[323]周锦主编:《中国现代文学研究》,台北:中华文化复兴运动推行委员会,1980年。

[324]周扬:《周扬文集》第2卷,北京:人民文学出版社,1985年。

[325]周扬编:《马克思主义与文艺》,北京:作家出版社,1984年。

[326]周英雄、刘纪蕙编:《书写台湾——文学史·后殖民与后现

代》,台北:麦田出版社,2000年。

[327]周玉山、林任重编:《民族文学再出发》,台北:仙人掌杂志社,1978年。

[328]周玉山:《文学徘徊》,台北:东大图书公司,1991年。

[329]周作人:《中国新文学的源流》,南京:江苏文艺出版社,2007年。

[330]朱介凡:《文艺生活》,台北:文史哲出版社,2007年。

[331]朱双一、张羽:《海峡两岸新文学思潮的渊源和比较》,厦门:厦门大学出版社,2006年。

[332]朱西宁:《狼》,台北:印刻出版有限公司,2006年。

[333]朱西宁主编:《山东人在台湾:文学篇》,台北:财团法人吉星福张振芳伉俪文教基金会,1997年。

[334]朱自清撰:《朱自清选集》(三卷),蔡清富等编选,石家庄:河北教育出版社,1989年。

三、中文译著

[1][美]安敏成:《现实主义的限制:革命时代的中国小说》,姜涛译,南京:江苏人民出版社2001年

[2][美]本尼迪克特·安德森:《想象的共同体:民族主义的起源与散布》,吴叡人译,上海:上海人民出版社,2005年。

[3][法]布尔迪厄:《艺术的法则——文学场的生成与结构》,刘晖译,北京:中央编译出版社,2001年。

[4][日]厨川白村:《出了象牙之塔》,鲁迅译,北京:人民文学出版社,2007年。

[5][美]约翰·费斯克:《理解大众文化》,王晓珏、宋伟杰译,北京:中央编译出版社,2001年。

[6][美]费正清、费维恺编:《剑桥中华民国史:1912—1949》(上下编),杨品泉等译,北京:中国社会科学出版社,1998年。

[7][法]罗曼·罗兰:《巨人三传》,傅雷译,合肥:安徽文艺出版社,1998年。

[8][美]格里德:《胡适与中国的文艺复兴——中国革命中的自由主义》,鲁奇译,南京:江苏人民出版社,1996年。

[9][美]海明威:《海明威谈创作》,董衡巽编选,北京:生活·读书·新知三联书店,1985年。

[10][日]河原功:《台湾新文学运动的展开——与日本文学的接点》,莫素微译,台北:全华科技图书股份有限公司,2004年。

[11][英]埃里克·霍布斯鲍姆:《民族与民族主义》,李金梅译,上海:上海人民出版社,2006年。

[12][日]家近亮子:《蒋介石与南京国民政府》,王士花译,北京:社会科学文献出版社,2005年。

[13][法]艾曼纽·卢卡耶:《流亡的巴黎:二战时栖居纽约的法国知识分子》,张文敬译,桂林:广西师范大学出版社,2009年。

[14]李欧梵:《上海摩登:一种新都市文化在中国(1930—1945)》,毛尖译,上海:上海三联书店,2008年。

[15]刘剑梅:《革命与情爱——二十世纪中国小说史中的女性身体与主题重述》,郭冰茹译,上海:三联书店2009年。

[16]刘禾:《跨语际实践:文学,民族文化与被译介的现代性》,宋伟杰等译,北京:生活·读书·新知三联书店,2008年。

[17][美]史书美:《现代的诱惑:书写半殖民地中国的现代主义》,何恬译,南京:江苏人民出版社,2007年4月。

[18][日]藤井省三:《台湾文学这一百年》,张季琳译,台北:麦田出版社,2004年。

[19][英]雷蒙德·威廉斯:《文学与社会》,吴松江、张文定译,北京:北京大学出版社,1991年。

[20][日]下村作次郎:《从文学读台湾》,邱振瑞译,台北:前卫出版社,1991年。

[21][美]张诵圣:《当代台湾文学场域》,镇江:江苏大学出版社,

2015年。

[22][美]张诵圣:《台湾文学生态:从戒严法则到市场规律》,镇江:江苏大学出版社,2016年。

[23][日]中岛利郎编:《日据时期台湾文学杂志总目》,台北:前卫出版社,1995年。

[24][日]中岛利郎:《台湾新文学与鲁迅》,台北:前卫出版社,2000年。

[25]周策纵:《五四运动史》,杨默夫等译,台北:龙田出版社,1984年。

四、期刊文章

[1]北塔:《纪德在中国》,《中国比较文学》2004年第2期。

[2]蔡盛琦:《1950年代图书查禁之研究》,《国史馆馆刊》2010年第4期。

[3]陈晓明:《开创与驱逐:新中国初期的文学运动——中国当代文学史的发生学研究》,《学术月刊》2009年5月号。

[4]邓昆:《"新文学":一个文学史概念的百年浮沉》,《东南学术》2007年第5期。

[5]黄美娥:《寻找历史的轨迹:台湾新、旧文学的承接与过渡(1895—1924)》,《台湾史研究》2004年第11卷第2期。

[6]黄万华:《左右翼政治对峙中的战后香港文学"主体性"建设》,《学术月刊》2007年9月号。

[7]黄万华:《五四新文学多种流脉的战后拓展——论二十世纪五六十年代的台湾散文》,《理论学刊》2011年第5期。

[8]黄万华:《世界华文文学对于中国现当代文学学科建设的作用和价值——以战后中国文学转型为例》,《广东社会科学》2011年第3期。

[9]黄万华:《"内化"中的"缝隙"——从1950年代文学谈文学建制

和文学转型》,《山东师范大学学报(人文社会科学版)》2011年第6期。

[10]黄新宪:《论光复后台湾教育的历史转型》,《东南学术》2010年第4期。

[11]黄英哲:《20世纪50年代台湾的"国语"运动》,《文学台湾》2003年第4、7期。

[12]计璧瑞:《"五四"论述的变迁——以台湾文学史为例》,《文艺研究》2015年第11期。

[13]计璧瑞:《"五四"叙事的又一种形态——再从文学史书写谈起》,《文学评论》2017年第2期。

[14]纪蔚然:《重探20世纪50年代反共戏剧:后世评价与时人之论述》,《戏剧研究》2009年第3期。

[15]纪蔚然:《善恶对立与晦暗地带:台湾反共戏剧文本研究》,《戏剧研究》2011年第7期。

[16]姜涛:《革命动员中的文学和青年——从1920年代〈中国青年〉的文学批判谈起》,《中国现代文学研究丛刊》2004年第4期。

[17]李斌:《论1930年代〈中学生〉杂志倡导的白话文观念》,《中国文学研究》2009年第3期。

[18]李牧:《新文学运动历程中的关键时代——试探五十年代自由中国文学创作的思路及其所产生的影响》,《文讯》1984年3月第9期。

[19]李怡:《20世纪50年代与"二元对立思维"——中国新诗世纪回顾的一个重要问题》,《中国现代文学研究丛刊》2005年第5期。

[20]李怡:《含混的"政策"与矛盾的"需要"——从张道藩〈我们所需要的文艺政策〉看文学的民国机制》,《中山大学学报(社会科学版)》2010年第5期。

[21]李勇:《从文学性到文学生活——文化研究范式中的文艺学基本范畴》,《艺术广角》2008年第2期。

[22]梅家玲:《性别 vs. 国家:五〇年代的台湾小说——以〈文艺创作〉与文奖会得奖小说为例》,《台大文史哲学报》2001年总第55期。

[23]梅家玲：《夏济安、〈文学杂志〉与台湾大学——兼论台湾"学院派"文学杂志及其与"文化场域"和"教育空间"的互涉》，《台湾文学研究集刊》2007年第1期。

[24]梅家玲：《战后初期的国语运动与语文教育——以魏建功与台湾大学的国语文教育为中心》，《台湾文学研究集刊》2010年第7期。

[25]钱理群：《五四新文化运动与中小学"国文"教育改革》，《中国现代文学研究丛刊》2003年第3期。

[26]钱振纲：《论三民主义文艺政策与民族主义文艺运动的矛盾及其政治原因》，《江西社会科学》2003年第4期。

[27]瞿骏：《"没有晚清，何来五四"之再思——以"转型时代"（1895-1925）学生生活史为例》，《学术月刊》2009年第41卷第7号。

[28]沈卫威：《彼与此——新文学发生时的语境关联》，《南京大学学报（哲学·人文·社会科学）》2003年第5期。

[29]苏伟贞：《弥补与脱节：台、港〈纯文学〉比较——以"近代中国作家与作品"专栏为主》，《成大中文学报》2018年第1期。

[30]王爱松：《"大众化"与"化大众"—— 三十年代一个文学话题的反思》，《南京大学学报（哲学·人文·社会科学）》1996年第2期。

[31]王尔敏：《中国近代知识普及化之自觉及国语运动》，《近代史研究集刊》1982年第11期。

[32]王洁：《建国后17年文艺工作者的"组织化"及其评价》，《南京师范大学学报》2002年第1期。

[33]文贵良：《大众话语：生成之史——三四十年代的文艺大众化描述之一》，《中国现代文学研究丛刊》2002年第3期。

[34]文贵良：《解构与重建——五四文学话语模式的生成及其嬗变》，《中国社会科学》1999年第3期。

[35]温儒敏：《中国现代文学的阐释链与"新传统"的生成》，《学术月刊》2008年11月号。

[36]向忆秋：《自由主义、现代主义文艺思潮与台湾文艺期刊——20世纪五六十年代台湾文坛的一种考察》，《华文文学》2007年第1期。

[37]向忆秋:《乡土文艺思潮与台湾文艺期刊——以20世纪五六十年代创刊的〈台湾文艺〉等期刊为例》,《江西社会科学》2009年第1期。

[38]向忆秋:《台湾〈文学杂志〉对二十世纪中国小说的批评倾向》,《齐齐哈尔大学学报(哲学社会科学版)》2012年第4期。

[39]萧信维:《张漱菡〈白云深处〉的桃花源改编》,《华文文学与文化》2021年第12期。

[40]许俊雅:《台湾新文学史的分期与检讨》,《复旦学报(社会科学版)》2001年第5期。

[41]许俊雅:《回首话当年(上)——论夏济安与〈文学杂志〉》,《华文文学》2002年第6期。

[42]许俊雅:《回首话当年(下)——论夏济安与〈文学杂志〉》,《华文文学》2003年第1期。

[43]杨联芬:《2004年现代文学研究综述》,《中国现代文学研究丛刊》2006年第1期。

[44]游鉴明:《是为党国抑或是妇女? 1950年代的〈妇友〉月刊》,《近代中国妇女史研究》2011年第2期。

[45]张鸿声:《当代文学中日常性叙事的消亡——重读萧也牧〈我们夫妇之间〉》,《中国现代文学研究丛刊》2005年第5期。

[46]张晓婉:《20世纪50年代台湾文学场域中的五四传统改造问题——以数种台湾文学期刊为考察中心》,《鲁迅研究月刊》2019年第5期。

[47]周励:《台湾作家司马桑敦和他的〈野马传〉》,《新文学史料》2005年第3期。

[48]朱双一:《"反共文艺"的鼓噪与衰败——兼论50~60年代国民党的文艺政策》,《台湾研究集刊》1994年第1期。

[49]朱双一:《光复初期海峡两岸的文学汇流》,《台湾研究集刊》1994年第2期。

[50]朱云辉:《承续的传统:两本〈文学杂志〉》,《中国现代文学研究

丛刊》2019年第12期。

[51]庄宜文:《移民经历和遗民情怀的托寓——战后台湾外省族群作家作品中的"桃花源记"》,《成大中文学报》2015年第9期。

五、学位论文

[1]白哲维撰,解昆桦指导:《覃子豪与战后初期台湾现代诗象征主义系谱的建制》,中兴大学硕士学位论文,2018年。

[2]蔡明贤撰,黄秀政指导:《战后台湾的语言政策(1945—2008)——从国语运动到母语运动》,中兴大学硕士论文,2009年。

[3]蔡明谚撰,吕正惠指导:《一九五〇年代台湾现代诗的渊源与发展》,台湾清华大学博士学位论文,2008年。

[4]蔡佩均撰,柳书琴指导:《想象大众读者:〈风月报〉〈南方〉中的白话小说与大众文化建构》,静宜大学硕士论文,2006年。

[5]陈冬梅撰,朱双一指导:《试论20世纪五六十年代台湾小说叙事模式的转变:以〈文学杂志〉〈现代文学〉为中心》,厦门大学博士学位论文,2009年。

[6]陈汇心撰,江惜美指导:《艾雯散文美学研究》,台北市立教育大学硕士学位论文,2007年。

[7]陈静芳撰,颜美娟指导:《青春不老:艾雯及其散文研究》,高雄师范大学硕士学位论文,2012年。

[8]陈康芬撰,颜昆阳指导:《政治意识形态、文学历史与文学叙事:台湾五〇年代反共文学研究》,台湾东华大学博士论文,2009年。

[9]陈俐安撰,张春荣指导:《王鼎钧的文学创作观及其实践》,台北教育大学硕士论文,2010年。

[10]陈瑞祥撰,罗岗指导:《青年往何处去?——〈中学生〉杂志对现代青年主体性的构想》,华东师范大学硕士论文,2009年。

[11]陈修齐撰,赵天仪指导:《研究台湾文学的史观探讨——以"写实主义史观"为中心的探讨》,静宜大学硕士论文,2004年。

[12]陈玉芳撰,潘丽珠指导:《夏丏尊、叶圣陶读写理论研究》,台湾师范大学硕士论文,1999年。

[13]戴勇撰,倪金华指导:《琦君散文创作论》,华侨大学硕士学位论文,2008年。

[14]翟二猛撰,王荣指导:《延安时期的文学教育研究(1936—1949)》,陕西师范大学博士学位论文,2015年。

[15]范维哲撰,黄美娥指导:《由大陆到台湾——李曼瑰剧作与风格转变研究》,台湾大学硕士学位论文,2017年。

[16]封德屏撰,吕正惠指导:《国民党文艺政策及其实践(1928—1981)》,淡江大学博士论文,2009年。

[17]顾云卿撰,刘正伟指导:《中小学新文学教育传统研究(1901—1949)》,浙江大学博士学位论文,2018年。

[18]郭羿彣撰,陈芳明指导:《鲁迅在台湾的传播,以许寿裳为中心》,政治大学硕士学位论文,2018年。

[19]何随贤撰,朱双一指导:《台湾人文主义文学的源流和形成》,厦门大学博士学位论文,2018年。

[20]胡笛撰,文贵良指导:《民国时期的国语教育和新文学(1920—1927)》,华东师范大学博士学位论文,2016年。

[21]胡芳琪撰,陈建忠指导:《20世纪50年代台湾反共文艺论述研究》,台湾清华大学硕士论文,2007年。

[22]黄嘉政撰,林玉体指导:《战后以来台湾台语教育发展之研究(1945—2002)》,台湾师范大学硕士论文,2001年。

[23]黄怡菁撰,陈建忠指导:《〈文艺创作〉(1950—1956)与自由中国文艺体制的形构与实践》,台湾清华大学硕士论文,2006年。

[24]黄玉兰撰,赵天仪指导:《台湾五〇年代长篇小说的禁制与想像—以文化清洁运动与禁书为探讨主轴》,台北教育大学硕士论文,2005年。

[25]简弘毅撰,胡森永指导:《陈纪滢文学与五〇年代反共文艺体制》,静宜大学硕士论文,2003年。

[26]简明海撰,薛化元、刘季伦指导:《五四意识在台湾》,政治大学博士论文,2008年。

[27]简忍撰,林秀蓉指导:《艾雯小说研究》,屏东大学硕士学位论文,2022年。

[28]简婉撰,王尧指导:《台湾现代诗的中国书写——二十世纪五〇年代到八〇年代》,苏州大学博士学位论文,2013年。

[29]金星撰,李宗刚指导:《华北联合大学的文艺教育与文学活动研究(1939—1948)》,山东师范大学博士学位论文,2017年。

[30]赖一郎撰,袁勇麟指导:《钟肇政小说创作论》,福建师范大学博士学位论文,2013年。

[31]李光辉撰,袁勇麟指导:《联合副刊文学生产研究》,福建师范大学博士学位论文,2019年。

[32]李佳谕撰,罗秀美指导:《流动的"故乡"——艾雯及其作品中的生命空间之研究》,中兴大学硕士学位论文,2009年。

[33]李江撰,殷国明指导:《民国时期教会大学的文学教育与新文学之间的关系——对沪江大学校刊〈天籁〉(1912——1936)的一种考察》,华东师范大学硕士论文,2010年。

[34]李钧撰,朱德发指导:《生态文化学与30年代小说主题研究》,山东师范大学博士论文,2007年。

[35]李丽玲撰,吕正惠指导:《五〇年代国家文艺体制下台籍作家的处境及其创作初探》,清华大学硕士论文,1995年。

[36]李诠林撰,汪毅夫指导:《台湾现代文学史稿(1923—1949)》,福建师范大学博士论文,2005年。

[37]李文静撰,刘志华指导:《二十世纪五十年代迁台女作家女性观念研究》,西南大学硕士学位论文,2017年。

[38]李晓旻撰,吕正惠指导:《夏丏尊散文创作与写作理论探析》,淡江大学硕士论文,2010年。

[39]李雅婷撰,庄锦农指导:《建构台湾艺术主体性的困境——战后国民党的文艺政策》,台湾大学硕士论文,2003年。

[40]李占京撰,李瑞山指导:《民国大学新文学教育研究》,南开大学博士学位论文,2018年。

[41]廖淑芬撰,张双英指导:《李曼瑰反共剧本研究》,淡江大学硕士学位论文,2017年。

[42]林柏宜撰,陈芳明指导:《五〇年代台湾现代诗的知性追求——以方思、黄荷生、黄用为研究对象》,政治大学硕士学位论文,2014年。

[43]林积萍撰,沈谦指导:《台湾"尔雅"三十年短篇小说选研究(1968—1998)》,东吴大学博士论文,2002年。

[44]林佳德撰,林黛嫚指导:《艾雯小说研究——以人物角色为中心》,淡江大学硕士学位论文,2019年。

[45]林佳惠撰,陈万益指导:《〈野风〉文艺杂志研究》,台湾师范大学硕士论文,1998年。

[46]林姿君撰,梅家玲指导:《台湾大学的语文学教育及其相关问题初探(1945—1960)》,台湾大学硕士论文,2007年。

[47]刘志宏撰,陈鹏翔指导:《一九五〇、六〇台湾军旅诗歌的空间书写——以洛夫、痖弦、商禽为考察对象》,佛光大学博士学位论文,2010年。

[48]罗岗撰,王晓明指导:《现代"文学"在中国的确立:以文学教育为线索的考察》,华东师范大学博士论文,2000年。

[49]罗诗云撰,陈芳明指导:《郁达夫在台湾:从日治到战后的接受过程》,台湾政治大学硕士论文,2008年。

[50]罗淑芬撰,陈芳明指导:《五〇年代女性散文的两个范式——以张秀亚、艾雯为中心》,政治大学硕士学位论文,2004年。

[51]马丽玲撰,张福贵指导:《教育政策与台湾1950—60年代文学》,吉林大学博士论文,2005年。

[52]马翊航撰,梅家玲指导:《生产·禁制·遗绪:论台湾文学中的战争书写,1949—2015年》,台湾大学博士学位论文,2017年。

[53]倪思然撰,朱双一指导:《1945—1970年的台湾文学与"五

四"》，厦门大学博士学位论文，2013年。

[54]欧素瑛撰，吴文星指导：《传承与创新——战后初期的台湾大学(1945—1950)》，台湾师范大学博士论文，2003年。

[55]邵宁宁撰，杨义、李存光指导：《四十年代后期中国的"文艺复兴"——〈文艺复兴〉〈文学杂志〉研究》，中国社会科学院博士论文，2006年。

[56]沈彦君撰，王玫珍指导：《艾雯散文研究》，嘉义大学硕士学位论文，2010年。

[57]施英美撰，陈芳明、胡森永指导：《〈联合报〉副刊时期(1953—1963)的林海音研究》，静宜大学硕士学位论文，2003年。

[58]谭玉婷撰，汤奇云指导：《钟理和文学叙事研究》，深圳大学硕士学位论文，2019年。

[59]汤惠兰撰，陈芳明指导：《何其芳与一九五〇年代台湾现代抒情诗》，政治大学硕士学位论文，2012年。

[60]唐玉纯撰，陈芳明指导：《反共时期的女性书写策略——以"台湾省妇女写作协会"为中心》，台湾暨南国际大学硕士学位论文，2004年。

[61]田华撰，张放指导：《台湾文学中的乡愁诗》，四川大学硕士学位论文，2007年。

[62]王碧莲撰，翁圣峰指导：《"国中国文"教科书中台湾文学作品之编选及诠释研究》，台北师范学院，2004年。

[63]王丹撰，李生滨指导：《台湾"现代派"诗研究》，宁夏大学硕士学位论文，2017年。

[64]王丽娜撰，王光东指导：《二十世纪上半叶中国现代大学的文学教育：以北大、清华、西南联大为例》，上海大学博士学位论文，2017年。

[65]王梅香撰，游胜冠指导：《肃杀岁月的美丽/美力？战后美援文化与五、六〇年代反共文学、现代主义思潮发展之关系》，成功大学硕士学位论文，2005年。

[66]王勋鸿撰,黄万华指导:《君临之侧,闺怨之外——五六十年代台湾女性文学研究》,山东大学博士学位论文,2008年。

[67]翁柏川撰,廖淑芳、吕兴昌指导:《"军中三剑客"的文学创作与活动研究》,成功大学博士学位论文,2017年。

[68]翁秋兰撰,余昭玟指导:《咏花、写物、记事——艾雯散文研究》,屏东大学硕士学位论文,2020年。

[69]吴怡萍撰,林能士指导:《抗战时期中国国民党的文艺政策及其运作》,政治大学博士论文,2009年。

[70]吴幼萍撰,左松超指导:《钟理和笠山农场语言运用研究》,辅仁大学硕士学位论文,1999年。

[71]夏冬兰撰,王文胜指导:《传承与变异——五六十年代两岸阴柔风格文学创作比较论》,南京师范大学硕士论文,2005年。

[72]谢劲松撰,张武军指导:《王平陵在抗战时期的文学活动研究》,西南大学硕士学位论文,2017年。

[73]徐纪阳撰,朱双一指导:《台湾鲁迅接受史研究(1920—2010)》,厦门大学博士学位论文,2012年。

[74]徐瑾撰,程国君指导:《台湾的半个文坛——林海音文学活动研究》,陕西师范大学硕士学位论文,2014年。

[75]徐筱薇撰,应凤凰指导:《战后台湾现代主义思潮之出发以〈自由中国〉、〈文学杂志〉为分析场域》,成功大学硕士学位论文,2004年。

[76]徐秀慧撰,施淑指导:《战后初期台湾的文化场域与文学思潮的考察1945~1949》,台湾清华大学博士论文,2006年。

[77]许珮馨撰,柯庆明指导:《五十年代的迁台女作家散文研究》,台湾师范大学中国文学系研究所博士学位论文,2005年。

[78]许婉婷撰,贺淑玮指导:《五〇年代女作家的异乡书写:林海音、徐钟佩、钟梅音、张漱菡与艾雯》,台湾清华大学硕士论文,2008年。

[79]杨婷婷撰,朱立立指导:《历史叙事?成长书写?乡土情

怀——五十年代台湾小说再解读》，福建师范大学硕士学位论文，2017年。

[80]杨志强撰，付中丁指导：《论台湾作家钟理和"乡土小说"的意识内蕴与审美价值》，内蒙古师范大学硕士学位论文，2006年。

[81]姚素珍撰，王富仁、郑国民指导：《香港中学中国文学科课程的历史、现状与展望》，北京师范大学博士论文，2006年。

[82]叶淑美撰，陈芳明指导：《徐志摩在台湾的接受与传播》，政治大学硕士论文，2009年。

[83]叶晓青撰，梁丽玲指导：《艾雯小说主题研究》，铭传大学硕士学位论文，2011年。

[84]叶言都撰，胡平生指导：《台海分治初期两岸报业之比较分析(1949—1958)》，台湾大学博士论文，2009年。

[85]易前良撰，朱寿桐指导：《国家主义与中国现代文学》，南京大学博士论文，2004年。

[86]尤妤冠撰，袁勇麟指导：《台湾大学的教育与文学生产(1945-1973)》，福建师范大学博士学位论文，2019年。

[87]俞巧珍撰，陆卓宁指导：《当代大陆迁台女作家流寓经验书写研究》，广西民族大学硕士学位论文，2013年。

[88]俞巧珍撰，朱双一指导：《1950年代台湾文学中的隐微写作》，厦门大学博士学位论文，2018年。

[89]袁娟撰，李怡指导：《多重身份镜像的结构与解构：张道藩文艺活动及思想研究：以二十世纪三、四十年代为中心》，四川大学博士学位论文，2013年。

[90]张利灵撰，李亚萍指导：《承续与坚守：论钟理和的乡土小说》，暨南大学硕士学位论文，2016年。

[91]张蓬撰，张文东指导：《中国"新文学"与"国文教育"互动关系研究》，东北师范大学博士学位论文，2021年。

[92]张惟智撰，赵天仪指导：《战后初期(1945—1949)台湾文学活动研究——以杨逵为论述主轴》，静宜大学硕士论文，2003年。

[93]张毓如撰,范铭如指导:《乘著日常生活的列车前进——以战后二十年间的《畅流》半月刊为考察中心》,政治大学硕士学位论文,2008年。

[94]张志云撰,赵毅衡、毛迅指导:《〈文艺先锋〉(1942—1948)与国统区文艺运动》,四川大学博士论文,2007年。

[95]赵丛娜撰,曹惠民指导:《大陆的台湾文学研究之回顾与反思(1979—2009)》,苏州大学硕士学位论文,2011年。

[96]赵翠欣撰,崔志远指导:《以文本摩画生命,用真爱吟唱灵魂——论琦君的散文创作》,河北师范大学硕士学位论文,2011年。

[97]赵伟撰,张中良指导:《〈文艺月刊〉(1930—1941)中的民族话语》,中国社会科学院博士学位论文,2019年。

[98]赵浠晰撰,余夏云指导:《在地化的身份重构——艾雯在台散文创作研究》,西南交通大学硕士学位论文,2018年。

[99]郑蕾撰,陈子善指导:《〈文艺月刊〉研究》,华东师范大学硕士学位论文,2009年。

[100]郑园园撰,刘正伟指导:《观念、知识与课程:新文学运动与新文学教育的建构》,浙江大学博士学位论文,2016年。

[101]朱宜琪撰,施懿琳指导:《战后初期台湾知识青年文艺活动研究——以省立师院及台大为范围》,成功大学硕士论文,2003年。

[102]庄曙绮撰,林鹤宜指导:《从报纸广告看战后(1945—1949)台湾商业剧场的演剧生态》,台湾大学硕士论文,2005年。

代后记　怀念恩师王亦群先生

　　呈现在您面前的这本《新文学传统的延续：以20世纪50年代台湾文学教育为中心的考察》基于我的博士论文修改出版，如开篇之页所示，我将它敬献给王亦群先生。平凡如我，成长路上何其有幸得到过许多老师的帮助。2005年起，在南京大学攻读学位的6年中，倪婷婷、潘志强、刘俊、沈卫威、余斌、翟业军、王彬彬、莫砺锋、马俊山等多位专业内外慎思明辨、治学严谨的老师，先后对我的成长起到了很大的促进作用，都是我一生难忘的恩师。其中，倪老师作为我硕士阶段的导师，刘、沈两位老师作为我博士阶段的导师，皆用心育人，不仅给予我规范而严格的学术训练，且在"为人师表"一词的诠释上身体力行，让我做人做事做学问均有范可循。因为他们的教诲，我在学术研究中重视搜集原始资料、知人论世，论述时尽力杜绝语言"泡沫"，直击问题本质；亦能在各种环境、各种角色中时时反躬自省，保持良知，对知识分子身份心存敬畏。

　　和上述恩师不同，王亦群先生从未有过硕导、博导的头衔，但我在内心深处始终认为是他引领我走进学术殿堂并改变了我的人生轨迹，先生是我的学术启蒙老师，也是我最重要的人生之师。1997年初中毕业之后，我进入近代中国第一所独立设置的师范学校——江苏省南通师范学校，就读五年制大专班。2000年秋，我进入第四学年时，有幸成为先生的学生。在为期一年的中国古代文学课上，先生以徐中玉编纂的《中国古代文学作品选》作为教材，精讲数十篇古诗文，引领我们40余名学生一道进入壮阔瑰奇的古代文学世界。虽是古稀老人，先生在讲台上思维敏捷、语言风趣，让我和许多同学听得入迷，纷纷对文本细读产生了浓厚兴趣。早在入学通师第一年的语文课上，梁文勤老师便向我们预告，在高年级我们很可能会与一位精力充沛、走路如风的老者相遇,梁老师说那位老者是她一直非常敬重的老师,他最喜欢鼓励年轻人多读书,不管是学生还是年轻教师,遇到这位老先生,都会是很幸运的。在先生的课堂上,我们发现梁老师的话一点儿不差。

王亦群先生1927年5月24日生于江苏姜堰,于2013年6月11日在江苏南通辞世。2002年9月结束返聘、正式退休的时候,他已是75周岁高龄,相比于其他准时退休的人来说,"超期服役"了15年。而且,在生命最后的10余年里,他在身体许可的情况下,依然"退而不休",为许多年轻人答疑解惑、加油鼓劲。先生的能量令人感叹,但他在86年的沧桑岁月里,着实历经坎坷。他是明代泰州学派王栋的后裔,1947年至1950年在国学大师唐文治先生创办的无锡国学专科学校就读,受教于学者朱东润先生,颇受器重;自1951年起的10余年,先生曾先后在江苏如皋师范学校、江苏南通海门中学、南通师范学校函授部、南通市教师进修学校、南通市第七中学等处担任教员;1958年被划为"右派"后参加劳动改造;1969年下放至江苏海安农村劳动;1979年获得平反后,先生回到通师,承担古代汉语、古代文学课程的教学工作,从52岁到75岁,在通师讲台用心耕耘23年整。当年朱东润先生对他的学术之路寄予厚望,但时代的无常黯淡了他最好的年华。20世纪80年代先后有南京师范大学等高校向先生递送橄榄枝,无奈各种机缘不巧,他没有能够去更大的平台尽展其才。命运这样的安排,反而"成就"了我们若干通师子弟的幸运。

先生把他后半生的光与热都慷慨赠予了学生们。自1981年1月先生勉励1979级史地班学生陈争平考研,且后者于1983年被南开大学经济学专业录取,成为经先生指导考取高校研究生的第一人之后,数十位通师学生在先生的鼓励、教导之下,先后进入大学之门,包括北京大学、清华大学、中国人民大学、南京大学、复旦大学、武汉大学等,其中还有数人进一步赴海外深造,取得不小的成就。不过,初在2000年秋季成为先生的学生时,我并不知道师范生在毕业之后除了当小学老师还有别的选择。先生在课堂上,从来不坐着上课,连续两节课的时间也从来不带水杯，一直以饱满的精神、略带乡音的普通话为我们讲授，从一个字的源流发展到一个典故的幽微奥妙，他向我们展示文学之壮美、历史之阔大。他也激励我们多读书、持续积累，先从参加高等教育本科自学考试起步，以后报考研究生，去看更大的世界。他对学生的关爱使得每次下课都会有好几个学生簇拥着他继续请教，我们班的课刚好是上午第三、四节课，为此，先生每周到班上课那天都不得不推迟午餐时间。我每次都在提问人群之中，先生感受到我向往读书的心意，便询问我的喜好，我说我根基太浅，以后如果考研，不打算报考古代文学专业，可能会尝试难度小一些的现代文学。不久，先生便开始向我赠送好书，包括陈思和的文学史专著、陈徒手的口述史研究专著等。我们一群已满18周岁但心智仍是懵懂少年的年轻孩子，本来没有什么特别的梦想，是先生引领我们去向往远方。先生在课堂上使用的教材正是江苏省汉语言文学专业本科自学考试的参考书，一方面其编排合理、质量较高，得到先生的首肯；另一方面，先生用这种方式为我们的自学助力，避免我们走弯路。回头去看，他的苦心让人感叹，而我们当时也着实不懂事，占用了他很多的休息时间。我们许多同学后来并未继续读书考研，但是先生为我们分享"甘居下游，力争上游"的人生态度，我想同学们应该都始终牢记着，以之为训，不急不躁、稳稳把持着自己的人生方向。

为期一学年的古代文学课结束之后，我便经常在周末闲时到先生家登门拜访。先生的地址得自我已经在通师附小工作的表姐，表姐说，她曾因为准备一份公开课教案去打扰先生，得到了先生的细致指点，这让我知道，先生的家门始终向学生敞开。2002年夏天，毕业离校前的那一年时间里，我多次搅扰先生，从学校步行到先生家并不太远。我已经不记得第一次去城南新村4幢305室先生家的时间，但我记得第一次进入那窄小的两居室客厅时，先生很是欢喜地向我介绍墙上镜框里身着博硕士学位服的几位年轻人，告诉我他们的姓名、就读的学校、关于他们的故事，他孩童般明亮的笑容里，有骄傲、有祝福，也有鼓励。先生独自一人生活，吃穿皆不讲究，每天的生活只保留无法精简的内容,其余都留给读书。他指着墙上另一幅镜框告诉我,那是朱东润先生的书法,朱先生晚年到80多岁还能写书,他笑着说希望我以后也能。那些日子里,待我坐定在一个深色的中式凳子上,先生会将自己近期读过并加以批注的报刊文章递给我,等我读完再与我讨论。谈话很自由,文学与历史是一以贯之的主题,我从未感觉到约束,先生不介意我刨根问底的提问,也几乎从不否定我各种幼稚的想法。在那些谈话里,我慢慢地成长着,一步一步,我从没有梦想到拥有一个小而璀璨的梦想,从怀疑自己到相信自己有追梦的能力。身边的同学带着善意戏称我是先生的"关门弟子",我说先生其实是我的"王老爷爷"。学校的老师们都敬称他为"王老",因为先生与我祖父年龄相仿,我在后面加上"爷爷"二字,后来就这么跟他打招呼。先生笑着纠正,说"老爷爷"比"爷爷"要长一辈,我想着断句是在"老"之后呀,所以并不改口,继续那样叫他,先生也就放弃了纠正。

工作、考研阶段,我也会利用寒暑假去南通看望先生,每次都有长谈,先生也每次都毫无保留地给我鼓励。平时遇到学习或工作上的困惑我给先生打电话请益时,先生也会言简意赅地为我解答疑问,让我觉得自己在前行路上,始终有底气、有力量。2005年春,我收到南京大学中文系的录取通知书,第一时间给先生打电话分享好消息。当年9月我在南大开始硕士阶段的学习,先生在南通还特意提前写好一封书信,让我捎给南京市鼓楼医院的一位王姓医生,那是他昔日好友的女儿。先生在信中向王医生介绍说我初到南京读书,是个好学的孩子,用脑多时会头痛,希望她日后在我有需要时能为我介绍好医生。我在通师就读时、毕业后复习考研时,都已经得到过先生很多很多的关爱,在与王医生打交道的时候,我发现先生对我的呵护真的就像祖父那样,不经意之间的拳拳之心与殷殷之情,全是长辈对小辈远行之际的牵挂与祝福。有先生的鞭策,在南大读书的前几年里,我不敢蹉跎岁月,读书、写作、抓英语,硕士阶段发表了多篇论文。后来我决定继续在中国现当代文学专业读博,在硕博过渡的那年暑假,我回南通请先生为我补古代文学的课,想把本来比较薄弱的底子夯一夯。

那段时间我有没有长进其实是存疑的，但先生很是高兴。每天上午我早早从表姐家出发去先生家，先生为我精讲一篇古文，结束时差不多就是正午时分。我回表姐家吃午饭、午休之前，偶尔到先生的小厨房里简单炒个蔬菜，配上熟食、馒头，再来一点低度数的小酒，祖孙俩吹着电风扇吃吃聊聊，是记忆里最好的夏日赏心乐事。攻读博士学位期间，我回南通的次数少了许多，与先生常有书信往来，信里虽无特别的叮嘱，鞭策的意义一直都在。有先生这样的长者护佑，我急躁的情格变得缓和许多，做人做事，都尽力做到宽厚、友善，也对世界保持着平和与乐观。就像是有一年在早春时分天气突然变化，温度颇高，我和同学大呼反常，先生让我们耐心等待，他说气温还会回归正常，不然不就很快到夏天了嘛。这简单的话语让我们一起笑着、回味着。

　　在这些喜悦的细节之外，我在内心对先生始终存着一份深深的愧疚。先生自1985年奉养其母亲终老之后，独自一人生活，平日生活俭朴，不讲究饮食。2010年10月初，他因贫血及营养不良晕倒在家。幸有细心的吴媚师姐当时从南京去电话总不能打通，请平日经常照顾先生的张静秋老师等上门查看、及时送医，就医后又有复发，学校安排送先生去医院住院治疗近一个月。出院后也是在校领导的安排下，先生入住南通市社会福利中心，享受到很优质的养老服务。当时我不知详情，只是为每次都打不通电话而疑惑，因忙于博士论文的写作，未深入细想，仅推测先生是到山东看望妹妹。一个月后，我才从一贯关心先生的梁文勤老师那里得知先生家电话不能打通的原委，原来先生在家摔倒时刚好打翻他平时用来储水的盆子，在一地凉水中恢复清醒时，无力起身，直至张老师等人在门外问话，他也不能开门，最后是老师们破门而入方才解决问题。2013年6月，先生因脑梗死、肺部感染辞世，我恰好因产期临近，不能从北京到场见先生最后一面。每次想起老师们描述的种种场景，我便为先生所经受的痛苦而不安、内疚。曾经在一次与先生道别时，我在先生家门口看着傍晚时分他那逐渐昏黄的小客厅，不忍离去，我请先生多保重身体，他笑吟吟以一句"好去不须频下泪,老僧相伴有烟霞"赠我。下楼的时候,因为他引用的这句诗,我的脚步与心情都轻快了一些。送走学生之后,先生的孤独又变得悠长,但他给我的都是笑容。张静秋、梁文勤等老师对待先生就像家人一般,20世纪90年代后期,张老师每年都在除夕夜邀请先生到她家共享年夜饭。与他们相比,我呢? 先生给予我的是那么多那么深厚,我为先生又做了些什么呢? 我一遍遍地问自己,每次都没有答案。

饶毅先生在悼念恩师张安中教授时说"张老师直接和间接地改变了我的一生",我自知不能与饶先生相提并论,但是看到这行文字时,它们瞬间击中了我心,让我想起先生给予我的帮助,我深深怀念先生。回想2011年5月24日下午(这一天是先生的生日),在南京大学鼓楼校区文科楼6层,我参加文学院2008级中国现当代文学专业博士论文答辩,从面向答辩委员会落座时的忐忑到论文被评优时的惊喜,这一切距今已近14年整。14年来,我在国家图书馆工作,"为人找书、为书找人"是我作为图书馆员的职责所在,学术兴趣也由文学史研究转向图书馆史、图书馆出版等领域,博士论文一度被尘封,但是,我始终有个小小心愿,希望有一天可以正式出版这篇论文,让它以学术专著的形式面世,借以告慰先生在天之灵。我在学术研究中的问题意识、人文关怀很大程度上都来源于先生给我的启发。他让我知道历史是桀骜的,我不能按我的意志只拣选合意的素材去思考、去写作,在学术研究中应该时时记得保持谦卑,找小的切口,并尽可能借之将历史情境加以还原。我这本书的主题是新文学运动之后形成的新文学传统在1949年后的台湾如何传播,我觉得先生如果在世,书中应该会有很多他感兴趣的话题,因为他在那个时间节点上也正处于一个剧烈动荡的人生阶段,是一个在困惑中吸收新知、在学习中扬弃"昨日之我"的年轻人。当然,他读了之后肯定也会指出很多问题和讹误,用他一贯明亮的笑容,调皮地等着看我作何反应。

这本书对于我个人而言,是我学术生涯目前为止最有分量的一个成果。我把它敬献给先生,因为他是我硕士、博士学位论文不署名的导师。先生所终老的学校是近代中国第一所独立设置的师范学校,是我无可取代的母校,但它没有"985""211"那样的名校光环。毕其一生,先生的职称只是高级讲师(他如果看到这里,会笑着说这个不重要啊)。在受他鼓励、寻得梦想的学生们眼中,先生值得我们为他在心里树碑立传,其意义在于传承,让我们的孩子们知道有这么一位不计个人得失、为许多来自普通家庭的孩子指引人生长路的长者,让孩子们也得到激励,一起传承善意,成为先生那样的人。

2025年4月

"南京大学白先勇文化基金·博士文库"丛书书目

丛书主编：白先勇

执行主编：刘　俊

已出版

待出版